KATRIN LANKERS

Kleine Wunder überall

Katrin Lankers

Kleine Wunder überall

Roman

Lübbe

Dieser Titel ist auch als E-Book erschienen

MIX
Papier aus verantwortungsvollen Quellen
FSC® C014496

Originalausgabe

Dieses Werk wurde vermittelt durch die Literarische Agentur
Thomas Schlück GmbH, 30161 Hannover.

Textredaktion: Claudia Schlottmann, Berlin
Umschlaggestaltung: ZERO Werbeagentur, München
Einband-/Umschlagmotiv: © shutterstock.com:
Harryjenny | Rusakova Halina
Satz: two-up, Düsseldorf
Gesetzt aus der Warnock
Druck und Einband: GGP Media GmbH, Pößneck

Printed in Germany
ISBN 978-3-7857-2735-5

1 3 5 4 2

Sie finden uns im Internet unter luebbe.de
Bitte beachten Sie auch: lesejury.de

Für meinen Vater

† 2015

Kapitel 1

Koalas führen ein perfektes Leben. Sie schlafen zwanzig Stunden am Tag, die restliche Zeit verbringen sie mit Nahrungsaufnahme und Fortpflanzung. Sprich: mit Essen und Sex. Und angeblich sind sie auch noch ständig high, weil die Eukalyptusblätter, die sie fressen, Toxine enthalten. Ich erinnerte mich nicht mehr, wo ich das gelesen hatte. Sicher nicht in *Geolino*, der Lieblingszeitschrift meiner Tochter Finja. Aber da ich den Dingen gern auf den Grund ging, hatte ich recherchiert und herausgefunden, dass es sich dabei bloß um ein Gerücht handelte.

Koalas sind genauso wenig ständig berauscht wie sie Bären sind. Sie sind Beuteltiere. Und der Eukalyptus macht sie nicht high, sondern müde, weil er schwer verdaulich ist. Diese putzigen Tiere und ich hatten also zumindest eine Sache gemeinsam: Ich war auch noch nie high gewesen. Da ich in jeder Situation gerne die Kontrolle behielt, hatte ich vehement abgelehnt, als mir ein einziges Mal in meinem Leben auf einer Studentenparty ein Joint angeboten worden war.

Davon abgesehen hätte der Unterschied zwischen dem Leben eines Koalas und meinem nicht größer sein können. Ich kam auf höchstens sechs Stunden Schlaf pro Nacht, weil Finja in der Regel zu einer Uhrzeit wach wurde, zu der einem jede Lerche einen Vogel zeigen würde. Meiner Figur hätte es nicht geschadet, wenn ich mich wie ein Koala nur von Grünzeug ernährt hätte. Oder wenigstens genauso viel Energie beim Verdauen eines Schokoriegels hätte aufwenden müssen wie Koalas beim Eukalyptus. Und was das Thema Sex betraf: Darüber wollte ich nach dreizehn Ehejahren lieber gar nicht erst reden.

Der gravierendste Unterschied zwischen dem Koala und mir aber war, dass das Tierchen quasi nichts tun musste, um ein perfektes Leben zu führen. Ich hingegen mühte mich permanent ab, um wenigstens in die Nähe von Perfektion zu gelangen und es allen recht zu machen. Trotzdem hatte ich ständig das Gefühl, dass es nie genug war.

Gerade stand ich zum Beispiel am Herd und kochte eine große Portion Bestechungsmilchreis für Finja. Mein Mann Markus und ich mussten nämlich zu einem wichtigen Geschäftstermin. Und die Chance, ohne Trotzanfall unserer kleinen Tochter aus dem Haus zu kommen, stieg im Verhältnis zu der Menge Milchreis, die ich kochte.

Eine Hand brauchte ich, um den Milchreis gleichmäßig umzurühren, damit er nicht anbrannte. Mit der anderen versuchte ich, Finja abzuwehren, die unbedingt selbst in dem Topf rühren wollte, und im Begriff war, sich daran die Finger zu verbrennen. Deshalb hatte ich keine Hand mehr für den Telefonhörer frei. Also hatte ich ihn zwischen Schulter und Kinn geklemmt, während ich dem Freizeichen lauschte. Annalena, unsere Babysitterin, war bereits eine halbe Stunde zu spät.

Es klingelte an der Haustür. Annalena, endlich! Im selben Moment ging sie an ihr Handy.

»Ja?«, hörte ich ihre etwas atemlose Stimme.

»Ich komme sofort und mache dir auf«, sagte ich.

»Was?«, fragte Annalena überrascht.

»Die Haustür«, sagte ich. »Ich würde Finja schicken, aber du kennst sie ja.«

»Hä?«, machte Annalena. Dann sagte sie: »Shit.«

Mir wurde klar, dass Annalena nicht vor unserer Tür stand.

Sie hatte den Termin vergessen. Überflüssigerweise erklärte sie, wie leid es ihr tue, sie habe sich wohl diese fiese Sommergrippe eingefangen, die zurzeit rumgehe, und hüstelte gekünstelt. Mein Mitleid hielt sich in Grenzen, denn ich hatte den Verdacht, dass ihre Sommergrippe den Namen Tillmann trug. Eigentlich war Annalena die perfekte Babysitterin. Sie studierte Kindheitspädagogik, rauchte nicht, trank nicht und war – bis vor Kurzem – immer zuverlässig gewesen.

Doch neuerdings hatte Annalena Tillmann. Tillmann sorgte dafür, dass sie Knutschflecke am Hals trug, die meine dreizehnjährige Tochter Merle für meinen Geschmack viel zu interessant fand. Das hätte ich ja noch toleriert. Es war so schwierig, einen guten Babysitter zu finden. Leider sorgte Tillmann auch dafür, dass Annalena nun schon zum dritten Mal einen Termin absagte, weil sie urplötzlich krank geworden war.

Ich wollte unserer zukünftigen Ex-Babysitterin gerade erklären, dass ich genau wusste, wie ihre Sommergrippe hieß. Da tat der Telefonhörer das, was Telefonhörer meistens tun, wenn man sie zwischen Schulter und Kinn klemmt. Er rutschte weg und landete krachend auf den Fliesen.

Finja hörte auf, »Ichwillrührenichwillrühren« zu quengeln, und deutete auf die Überreste des Telefons. »Mama, du hast es kaputt gemacht«, stellte sie fest. Dann legte sie wieder mit ihrem »Ichwillrühren«-Singsang los. Ich presste die Lippen zusammen, um vor meiner Tochter nicht laut zu fluchen. Annalena hätte sich keinen schlechteren Tag aussuchen können, um mich zu versetzen. Denn heute wollte ich mein erstes eigenes Projekt für unsere Agentur an Land ziehen. Erneut klingelte es an der Tür. Energischer dieses Mal. Auch das noch!

»Markus, kannst du bitte aufmachen?«, rief ich. Mein Mann musste das Klingeln auch gehört haben und ignorierte es geflissentlich. Wäre geflissentliches Ignorieren eine olympische Disziplin, hätte Markus darin Gold geholt.

»Bin auf dem Klo«, antwortete er prompt. Ich seufzte. Andere Männer gingen in den Hobbykeller und bauten an ihrer Modelleisenbahn, polierten ihre Golftrophäen oder spielten sinnlose Computerspiele, wenn sie ihre Ruhe haben wollten. Markus ging auf die Toilette. Dort war er dann für mindestens dreißig bis sechzig Minuten nicht ansprechbar. Der Milchreis kochte blubbernd hoch, und ich reduzierte die Hitze.

»Merle!«, brüllte ich, ohne mir Chancen auszurechnen, dass meine Große mich überhaupt hörte. Vermutlich hatte sie Stöpsel in den Ohren, aus denen laute Musik von einem dieser Youtube-Stars dröhnte, deren Namen ich mir nicht merken konnte. »Merle!« Wie zu erwarten: keine Reaktion.

»Schätzchen«, wandte ich mich mit Säuselstimme an Finja. »Wärst du bitte, bitte so lieb und würdest die Tür aufmachen, damit der Milchreis nicht anbrennt?« Meine kleine Tochter ließ bloß ihr »Ichwillrühren« auf Fortissimo anschwellen.

»Du kannst nicht rühren, Schätzchen, dafür ist der Topf zu heiß. Du könntest Mami stattdessen einen riesigen Gefallen tun und die Tür öffnen.« Finja sah mich mit kugelrunden Bambi-Augen an. Wieder schrillte die Klingel. Einmal. Zweimal. Dreimal.

»Ookay.« Mein Seufzen war vermutlich sogar auf der Gästetoilette zu hören, wo Markus sich verschanzt hatte. Ich schaltete den Herd auf die kleinste Stufe und legte den Kochlöffel auf den Löffelhalter. »Dann wollen wir mal schauen, wer da vor der Tür steht.«

Auf der Stelle verstummte Finja. Meine Fünfjährige war ein wenig schüchtern gegenüber fremden Menschen. Wobei zur Kategorie »fremd« mit wenigen Ausnahmen jeder zählte, der nicht zu unserer Kernfamilie gehörte. Im Beisein von Fremden klammerte Finja sich an mein Bein wie eine Kralle für Falschparker und ließ nicht mehr los, bis die Gefahr vorüber war.

Ich hinkte also mit einer zwanzig Kilogramm schweren Parkkralle zur Haustür, wobei meine Gedanken hektisch hin und her sprangen. Frage eins: Woher bekam ich jetzt auf die Schnelle einen Babysitter? Frage zwei: Wer klingelte da so unerschütterlich? Ich hatte auf keine der beiden Fragen eine Antwort, und das gefiel mir überhaupt nicht, denn ich war weder ein Fan von Planänderungen noch von Überraschungen. Ich mochte es organisiert und strukturiert. Verlässlich. Im besten Fall jederzeit vorhersehbar.

Für einen kurzen Augenblick musste ich deshalb gegen den Impuls kämpfen, Finja nachzugeben, die mich mit ihrer ganzen Kinderkraft zurück in die Küche zu zerren versuchte. Hätte ich gewusst, wie groß und vor allem, wie unerwünscht die Überraschung sein würde, hätte ich es vielleicht getan. Doch wie das so ist mit Überraschungen ... man weiß es eben nicht! Weshalb ich sie im Übrigen ja auch nicht mag. Stattdessen schleppte ich Finja-Klotz-am-Bein zur Tür, ignorierte das mulmige Gefühl, das mich auf einmal überkam, als ich die Hand schon auf die Klinke gelegt hatte, und öffnete endlich.

»*Hola chicas!*«, sagte meine Mutter.

»Oh«, machte ich.

»Mama, wer ist die Frau?«, fragte meine Tochter.

Finjas Neugier überwog bisweilen ihre Schüchternheit, weshalb sie versuchte, zwischen meinen Beinen hindurch einen Blick auf die Besucherin zu erhaschen. Was ihr nicht gelang, denn ich besitze definitiv keine Thigh Gap, also diese anatomisch unmögliche, von Modemagazinen völlig zu Unrecht zum Schönheitsideal stilisierte Oberschenkellücke.

Allerdings hätte Finja die Frau, die zum luftigen Hippiekleid mehrere bunte Perlenketten sowie einen gelben Turban trug und einen Duft nach Sommerblumen verströmte, ohnehin nicht erkannt. Das letzte Mal hatte sie ihre Großmutter gesehen, kurz nachdem sie das Licht der Welt erblickt hatte, und ich war mir ziemlich sicher, dass sie sich daran nicht mehr erinnerte.

»Hallo, Finja?«, sagte meine Mutter fragend. »*Qué preciosa!* Du bist ja so eine Hübsche geworden! Wie geht's dir denn?«

Finja antwortete nicht. Braves Mädchen.

»Und dir, Charlotte, wie geht es dir?«, wandte meine Mutter sich nun an mich.

Auch ich schwieg. Was sollte ich ihr auch antworten? Es ging mir besser, bevor du plötzlich hier aufgetaucht bist? Ich war ein höflicher Mensch, selbst meiner Mutter gegenüber.

»Darf ich reinkommen?« Sie machte einen Schritt auf die Tür zu und gab dabei den Blick auf einen riesigen altmodischen Reisekoffer mit Schnallen frei, der hinter ihr stand. Was hatte sie vor? Plante sie etwa, länger zu bleiben? Ich bewegte mich kein Stück.

»Charlotte?« Meine Mutter legte den Kopf zur Seite und sah mich mit einem leichten Lächeln in den Mundwinkeln an. Gegen das Lächeln meiner Mutter war Mona Lisa eine blutige Anfängerin. Es brachte andere dazu, ihr jeden Wunsch zu erfüllen. Doch bei mir funktionierte das nicht. Längst nicht mehr!

»Was willst du hier?«, platzte ich heraus, bevor mein innerer Knigge mich daran hindern konnte.

»Würdest du mir glauben, wenn ich sage, dass ich zufällig vorbeigekommen bin? Und mal schauen wollte, wie es euch so geht?« Das Lächeln meiner Mutter wurde eine Spur breiter. Noch gewinnender.

»Wohl kaum.« Ich ging nicht auf ihren scherzhaften Ton ein. »Du lebst fast dreitausend Kilometer entfernt. Von einem Spontanbesuch ist da eher nicht auszugehen, oder?«

»Nein, eher nicht.« Sie lächelte immer noch, wie mir schien, ein bisschen angestrengter. Und sie wirkte blass. Doch das musste eine Täuschung des Lichts sein. Wer auf Lanzarote lebte, war niemals blass.

»Ich habe hier ein paar Dinge zu erledigen und dachte mir, dass ich vielleicht heute bei euch übernachten könnte.«

Sprachlos schüttelte ich den Kopf. Meine Mutter schaffte es tatsächlich immer noch, mich zu überraschen. Sie war von Lanzarote nach Deutschland geflogen, um »ein paar Dinge zu erledigen«? Und sie hatte es nicht für nötig gehalten, vorher Bescheid zu sagen? Ich fragte mich nicht zum ersten Mal, ob wir auch nur einen minimalen Anteil der gleichen Gene besaßen.

»Warum hast du nicht wenigstens angerufen?«, erkundigte ich mich, noch immer kopfschüttelnd.

»Ich hatte Sorge, dass du dann eine Ausrede finden würdest«, erwiderte meine Mutter mit bestechender Direktheit. Womit sie vermutlich recht hatte. Ich war in den vergangenen fünf Jahren sehr gut darin gewesen, Ausreden zu erfinden. Ich hätte ihr lieber eine Suite in einem Luxushotel bezahlt, als sie in unserem Gästezimmer unterzubringen.

»Ich will auch keine Umstände machen, bloß den Abend mit euch verbringen. Morgen früh bin ich wieder weg …«

Ich konnte nicht verhindern, dass mein Kopf hin und her schwang wie bei einem depressiven Wackeldackel. Es war nicht nur Fassungslosigkeit, sondern auch der innige Wunsch, schlicht Nein zu sagen und die Tür wieder zu schließen. Aber auch dafür war ich viel zu höflich.

»Das ist leider wirklich ungünstig«, erklärte ich stattdessen. »Markus und ich sind heute bei einem wichtigen Kunden eingeladen. Wir müssen quasi sofort los.« Was stimmte. Wir waren spät dran, wenn wir pünktlich zum Gartenfest bei Herrn und Frau Schwalbenbach erscheinen wollten. Allerdings erwähnte ich nicht, dass wir unsere Pläne wohl würden ändern müssen, weil unser Babysitter mit einem Grippevirus namens Tillmann das Bett hütete.

»Das ist sehr schade.« Meine Mutter wirkte enttäuscht. »Ich hätte gern ein bisschen Zeit mit euch verbracht.«

Beinahe bekam ich ein schlechtes Gewissen, weil ich so abweisend zu ihr war. Dann erinnerte ich mich daran, dass sie diejenige war, die ein schlechtes Gewissen auf Lebenszeit haben musste.

Es gab zwei Sachen, die meine Mutter getan hatte, die ich ihr nie verzeihen würde. Die erste lag zwanzig Jahre zurück. Damals war sie zu irgendeinem Selbstfindungsseminar auf

Lanzarote geflogen. Dort hatte sie einen Kerl namens José-Miguel kennengelernt, der Bildhauer und Lebenskünstler war. Sie hatte beschlossen, dass sie künftig auch als Künstlerin und nicht mehr ohne José-Miguel leben wollte und war kurzerhand auf Lanzarote geblieben. Ich war gerade dreizehn Jahre alt geworden.

Im ersten Jahr hatte meine Mutter beinahe täglich angerufen und gefragt, wann ich sie endlich in ihrer neuen Wahlheimat besuchen würde. Schon damals war ich gut darin gewesen, Ausreden zu erfinden. Ich war einfach viel zu verwirrt und verletzt. Kurz vor Weihnachten schickte sie mir dann ein Flugticket. Ich solle mit ihr die Feiertage im strahlenden Sonnenschein verbringen, schrieb sie. Als ob ich das ernsthaft in Erwägung gezogen hätte!

Niemals hätte ich meinen Vater im grauen Dezember allein in Deutschland zurückgelassen und mit diesem Josemi, wie meine Mutter ihn nannte, um den Weihnachtsbaum getanzt. Außerdem hatte ich Flugangst. Das Ticket hatte meine Mutter vermutlich mehr gekostet als sie mit ihrem selbst gebastelten Schmuck, den sie auf Touristenmärkten verkaufte, in einem ganzen Monat verdiente. Doch ich riss es in winzige Papierfetzen, die ich in ein Knallbonbon steckte und ihr als Silvestergruß zurücksandte. Danach ließ ich meinen Vater am Telefon behaupten, ich sei nicht da, wenn sie anrief. Schließlich gab sie es auf, überhaupt noch anzurufen.

Sechs Jahre vergingen. Ich lernte Markus kennen, ich wurde schwanger, und wir beschlossen zu heiraten. Markus wollte wissen, warum ich meine Mutter nicht zu unserer Hochzeit einladen wollte. Da dachte ich plötzlich, dass ich das tun sollte. Ich war erwachsen, und ich würde meine eigene Familie haben. War das nicht ein guter Zeitpunkt, meine Mutter wieder in mein Leben zu lassen?

Braun gebrannt und in einem wallenden Blumenkleid flog Barbara zu unserer Hochzeit ein. Ihren Josemi brachte sie zu meiner Erleichterung nicht mit. Freimütig erzählte sie, dass sie nicht mehr mit ihm zusammen sei, aber noch mit ihm zusammenlebe, in einer Künstlerfinca mit drei weiteren Aussteigern in einem kleinen Bauerndorf. Sie sprudelte fast über vor Lebensenergie und verzauberte alle mit ihrem Mona-Lisa-Premium-Lächeln – und ich dachte, es wäre gut, dass sie wieder da war.

Nachdem Merle zur Welt gekommen war, besuchte meine Mutter uns jedes Jahr für ein paar Tage. Ich atmete zwar immer auf, wenn sie endlich wieder im Flieger saß, denn Barbara besaß ein großes Talent, überall das totale Chaos zu verbreiten. Aber ich freute mich auch über ihre Besuche. Wir unternahmen Ausflüge mit Merle und unterhielten uns über dies und das – nie jedoch über die Vergangenheit, denn das Thema enthielt meiner Meinung nach viel zu viel Sprengstoff. Ich war stolz darauf, dass wir es schafften, wie erwachsene Menschen miteinander umzugehen.

Dann wurde Finja geboren. Sie war ein heißersehnter Unfall. Ich wollte immer ein zweites Kind haben, denn ich hatte mir selbst mein Leben lang eine Schwester oder einen Bruder gewünscht. Am liebsten hätte ich Nummer zwei nach etwa drei Jahren bekommen, aus Sicht vieler Erziehungsexperten galt das als der ideale Abstand. Aus Sicht meines Körpers leider nicht.

Nachdem Merle sich völlig ungeplant in unser Leben gemogelt hatte, hatte ich geglaubt, es wäre kein Problem, wieder schwanger zu werden, wenn ich es wollte. Doch es klappte einfach nicht. Schließlich beschlossen wir, Merle zum einmaligen Glückstreffer zu erklären, und hakten das Thema endgültig ab. Etwas mehr als neun Monate später kam Finja zur Welt.

Zu diesem Zeitpunkt betreute Markus ein großes Projekt für einen wichtigen Neukunden. Er war in der Agentur unabkömmlich, und ich saß mit zwei Kindern allein zu Hause. Dann wurde ich krank. Ich bekam das sogenannte Wochenbettfieber, musste Antibiotika schlucken und sollte das Bett nicht verlassen. Meine Mutter bot an, mich zu unterstützen, und ich nahm an. Zum ersten Mal nach all den Jahren hatte ich die Hoffnung, sie würde für mich da sein, wenn ich sie brauchte. Doch da hatte ich mich getäuscht.

Schon wenige Stunden nach ihrer Ankunft sah das Haus aus, als wäre eine Bombe eingeschlagen. Barbara saß stundenlang seelenruhig mit Merle am Esstisch und bastelte Ketten aus kleinen bunten Glasperlen mit ihr, ohne einen Gedanken daran zu verschwenden, was passieren würde, wenn Finja eine davon in die winzigen Finger bekäme. Währenddessen schleppte ich mich in den Keller, um wenigstens die Wäscheberge unter Kontrolle zu behalten. Wir stritten ständig.

Dabei hätte meine Mutter gar nicht viel tun müssen. Ein bisschen kochen, ein bisschen aufräumen, mir vielleicht mal einen Tee bringen. Stattdessen dachte sie wieder nur an sich und daran, wie sie sich bei ihrer Enkelin einschmeicheln konnte. Und dann kam der Nachmittag, an dem ich die Polizei rief …

»Kann ich wenigstens auf einen Kaffee reinkommen?«, riss Barbara mich aus meinen wenig erfreulichen Erinnerungen.

Ich atmete tief durch und wollte gerade wiederholen, dass es wirklich im Moment sehr ungünstig sei, als Finja hinter meinem Bein sagte: »Mama, es stinkt.«

Gleichzeitig rief Markus durch die Toilettentür: »Charlotte, da brennt was an!«

Dann roch ich es auch. Den beißenden Gestank von überkochender Milch, die sich ins Ceranfeld einbrennt. Ich fluchte und spurtete zurück in die Küche. Finja, die ich noch gut einen Meter an meinem Bein hinter mir herschleifte, beachtete ich ebenso wenig wie meine Mutter, die mir unsicher »Charlotte?« hinterherrief.

Ich riss den Topf vom Herd und warf ihn in die Spüle, ließ kaltes Wasser darüber laufen und machte mich mit einem Küchenschwamm über die Sauerei auf dem Herd her. Natürlich war die Platte noch viel zu heiß, sodass der Kunststoffschwamm auf der Stelle zu schmoren anfing und zum Übergekochte-

Milch-Gestank nun auch noch ein Angesengter-Kunststoff-schwamm-Gestank hinzukam.

»Was machst du denn da, Charlotte?«, hörte ich Markus hinter mir verwundert fragen.

»Wonach sieht es denn aus?«, erwiderte ich spitz und gab den Versuch auf, die eingebrannte Milch wegzuscheuern. Ich würde den Herd später mit einem Spezialschaber bearbeiten.

»Bist du dann bald fertig?«, erkundigte er sich, ohne auf meine Bemerkung zu reagieren. »Wir müssen langsam mal los.«

Wie bitte? Wer hatte denn die letzte Dreiviertelstunde auf dem Klo verbracht, während ich mich umgezogen und geschminkt und nebenbei Finja aus »Conni im Krankenhaus« vorgelesen hatte? Und das Geschenk eingepackt, das im Übrigen natürlich auch ich besorgt hatte. Wer hatte Bestechungsmilchreis gekocht, unserer unzuverlässigen Babysitterin hinterhertelefoniert und sich dann auch noch mit ungebetenem Besuch herumschlagen müssen? Apropos Besuch! Meine Mutter stand ja immer noch vor der Tür. Und wo steckte eigentlich Finja?

»Und was ist das da? Mensch, Charlotte, wieso hast du denn das Telefon runtergeschmissen?«, fuhr Markus mit vorwurfsvoller Stimme fort.

Ich hätte schreien können. Vermutlich hätte ich geschrien, wenn meine Töchter nicht in Hörweite gewesen wären. Doch in diesem Moment kam Finja in einem rot-schwarz gepunkteten Flamenco-Kostüm in die Küche gehüpft, schwenkte einen Fächer über dem Kopf und berichtete stolz: »Guck mal, was die Frau in ihrem Koffer hatte. Ein Flamingo-Kleid.«

»Flamenco-Kleid«, korrigierte ich automatisch.

»Welche Frau?«, fragte Markus.

Da folgte ihr meine Mutter schon in die Küche.

»Barbara«, sagte Markus.

»*Hola!*«, begrüßte meine Mutter ihn strahlend.

»Das ist ja mal eine Überraschung«, sagte mein Mann.

»Und was für eine«, murmelte ich.

»Eine freudige Überraschung«, ergänzte er und gab ihr zwei Wangenküsschen. Ich verdrehte die Augen. Mein Mann hatte meine Mutter von ihrer ersten Begegnung an gemocht und auch nie damit aufgehört, was ich ihm ehrlich gesagt übelnahm.

»Was machst du denn hier in der Gegend? War das Wetter auf Lanzarote zu schlecht?« Er lachte über seinen eigenen Scherz. Manchmal hätte ich mich am liebsten von meinem Mann scheiden lassen. Als Scheidungsgrund hätte ich unüberbrückbare Peinlichkeit geltend gemacht. Jede Richterin hätte für mich entschieden. Meine Mutter lächelte noch immer.

»Ich habe in der Stadt zu tun und hatte gehofft, ich könnte heute bei euch übernachten«, erklärte sie.

»Natürlich«, stimmte mein Mann überschwänglich zu. »Charlotte kann dir das Gästezimmer fertig machen. Nicht wahr, Lotti?« Er legte es offenbar darauf an, dass ich mich vergaß!

»Ich dachte, wir müssen los?«, erinnerte ich ihn an seine eigenen Worte. Dass wir ein Babysitterproblem hatten, behielt ich noch für mich. Ich würde es ihm gleich erklären, sobald er meine Mutter gebeten hatte, im Hotel zu übernachten, und sie im Taxi saß.

»Ja, richtig«, sagte Markus zu meiner Erleichterung sofort. »Das tut mir jetzt leid, Barbara. Charlotte und ich müssen zu einer wichtigen Einladung bei einem unserer Stammkunden. Da ist es für dich sicher angenehmer, wenn ich dir schnell ein Hotelzimmer besorge. Du willst bestimmt nicht den Abend mit dem Babysitter verbringen.«

Danke! Ich atmete erleichtert auf. Doch ich hatte mich zu früh gefreut.

»Annalena ist krank«, schaltete sich meine kleine Tochter ein und tänzelte um meine Mutter herum.

»Wie, krank?«, fragte Markus. »Heißt das, sie kommt nicht?«

»Ich fürchte, so ist es«, antwortete ich gereizt.

»Aber du wolltest doch das neue Projekt ...«

»Ich weiß«, schnitt ich meinem Mann das Wort ab. Es war nicht nötig, mich daran zu erinnern, dass ich die Grillparty hatte nutzen wollen, um mein Konzept zu verkaufen. »Aber jetzt werde ich wohl hierbleiben müssen.« Kurz hoffte ich, dass er anbot, er könne zu Hause bleiben, obwohl mir eigentlich schon klar war, dass mein Mann etwas anderes vorschlagen würde.

»Wir könnten die Mädchen ruhig für ein paar Stunden allein lassen«, sagte Markus wie erwartet. »Merle ist alt genug, um ein bisschen auf Finja aufzupassen.«

»Nein.« Ich wusste, dass er damit nicht unrecht hatte. Trotzdem hatte ich ein mulmiges Gefühl allein bei dem Gedanken, meine kleine Tochter mit meiner großen Tochter allein zu lassen.

»Ich kann gerne bei den Mädchen bleiben«, mischte sich da meine Mutter ein. Markus und ich fuhren zu ihr herum.

»Das ist eine hervorragende Lösung«, freute sich mein Mann.

Mist! Das hatte ich nicht kommen sehen. So dringend ich zu den Schwalbenbachs wollte, dieser Preis war definitiv zu hoch.

»Das ist wirklich nicht nötig, du bist sicher erschöpft von der Reise und willst dich lieber ausruhen«, wandte ich schnell ein. Zu Markus sagte ich: »Du weißt, wie Finja mit Menschen ist, die sie nicht so gut kennt. Und sie hat ihre Großmutter ja ziemlich lange nicht gesehen.«

»Also, ich mache das wirklich sehr gerne«, unterbrach mich meine Mutter und streckte Finja eine Hand entgegen.

Und meine Tochter – ich traute meinen Augen kaum – legte ihre kleine Hand hinein.

»Die Frau darf hierbleiben«, sagte sie.

kapitel 2

»Nehmen Sie noch etwas Eierlikörkuchen, meine Liebe.« Frau Schwalbenbach schnitt ein sehr großzügiges Stück von dem Rührkuchen ab und packte es auf meinen Teller, direkt neben das halbe Stück, das sich noch darauf befand. »Ich weiß ja, wie gut er Ihnen schmeckt.«

Ich lächelte unsere Gastgeberin gequält an, unfähig, dankend abzulehnen, weil der letzte Bissen vom Kuchen noch nicht den Weg aus meinem Mund Richtung Speiseröhre geschafft hatte.

»Ich freue mich ja so, dass wir uns endlich mal wiedersehen.« Frau Schwalbenbach tätschelte meinen Arm, was den Kuchenteller gefährlich ins Wanken brachte. »Man hat so selten Gelegenheit, sich in Ruhe zu unterhalten.« Sie tätschelte erneut.

Zum Schweigen verdammt, nickte ich zustimmend, einen Gesprächsbeitrag erwartete die Gastgeberin ohnehin nicht. Gundula Schwalbenbach redete am liebsten selbst. Ich hatte sie im Verdacht, ihren Gästen nur deshalb den selbst gebackenen Eierlikörkuchen zu servieren, damit diese sie nicht bei ihren Monologen stören konnten.

»Meint der liebe Petrus es nicht gut mit uns heute?« Frau Schwalbenbach deutete mit ihren Fingern voller Ringe zum Himmel. »Wunderbares Wetter für unsere kleine Feier, nicht wahr?«

Ich nickte wieder. Was das Wetter anging, konnte man nur

zustimmen. Die Spätnachmittagssonne verbreitete ihr warmes Licht, kein Wölkchen ließ sich am Himmel blicken, und für Ende Mai herrschten fast schon zu sommerliche Temperaturen. Was die Größe der Feier betraf, untertrieb Frau Schwalbenbach natürlich gewaltig. Rund siebzig Gäste tummelten sich in Schwalbenbachs Garten, der eigentlich die Bezeichnung Park verdiente.

Der Rasen war mit der Nagelschere manikürt, die Büsche zu akkuraten geometrischen Formen frisiert, und im Gartenteich drehten auf Hochglanz polierte Kois ihre monotonen Runden. Das Haus beziehungsweise die Villa ließ ebenfalls keinen Zweifel daran aufkommen, dass Werner Schwalbenbach mit seinem Sanitärfachhandel dick im Geschäft war. Angefangen hatte er einst mit nur einem Geschäft, mittlerweile besaß er große Filialen in mehreren Städten. Und das zeigte er gern. Regelmäßig luden die Schwalbenbachs deshalb zu Partys im privaten Rahmen ein.

Auch dieses Mal hatten sie übertrieben, wo es nur möglich war. Das Buffet bog sich unter den Platten des Catering-Service, und an einem überdimensionalen Barbecue wendeten zwei Mitarbeiter riesige Fleischlappen. In der Nähe des Grills standen die Männer in Gruppen beisammen, während die Frauen sich mit vollen Kuchentellern an den gedeckten Tischen verteilt hatten. Nur mich hatte Gundula Schwalbenbach am Buffet abgepasst und mir erst eins und dann das zweite Stück ihres berüchtigten Eierlikörkuchens auf den Teller gepackt.

»Hoffentlich ist Ihnen das Wetter in drei Wochen ebenso gewogen«, fuhr Gundula Schwalbenbach fort. »Wir freuen uns ja schon so auf die Party.«

»Daschschön«, nuschelte ich an dem Kuchenklumpen in meinem Mund vorbei und schluckte krampfhaft, ohne dass die Krümel sich auch nur einen Millimeter Richtung Speiseröhre bewegten. Nur noch drei Wochen bis zu Markus' Geburtstagsparty! Mein Mann wurde vierzig und wollte die Gelegenheit nutzen, daraus ein großes Event nicht nur für Freunde und Familie, sondern auch für alle Kunden und Geschäftspartner unserer Agentur zu machen. Ich hatte schon vor einem Jahr mit der Planung begonnen und eine der zurzeit angesagtesten Locations in der Stadt reserviert. Diese Party sollte niemand so schnell wieder vergessen!

»Wie geht es denn Ihren bezaubernden Mädchen?«, setzte Gundula Schwalbenbach ihren Monolog fort. Unsere Gastgeberin liebte das Thema Kinder, vor allem, wenn es um ihr eigenes Kind ging. Salome Schwalbenbach war Mitte zwanzig, neuerdings Geschäftsführerin im Sanitärfachhandel ihres Vaters sowie seit einem Jahr mit einem höchst erfolgreichen Jungunternehmer verheiratet. Ihre Mutter ließ alle Welt gern wissen, wie stolz sie auf diese Tochter war.

Leider traf sie mit ihrer Frage heute einen ausgesprochen wunden Punkt bei mir. Seit die Haustür hinter uns ins Schloss gefallen war, fragte ich mich nämlich genau dasselbe. Mittlerweile war ich fest davon überzeugt, den größten Fehler meiner mütterlichen Laufbahn begangen zu haben, als ich meine Töchter unter der Aufsicht ihrer Großmutter gelassen hatte. Durch meinen Kopf geisterten Schreckensszenarien.

War meine Mutter bereits wie ein Orkan durch die Ordnung meines Wohnzimmers gefegt? Lagen unsere Möbel in Trümmern? Hatte eins der Mädchen sich womöglich verletzt? Vor meinem inneren Auge sah ich Finja mit Verbrennungen dritten Grades, weil meine Mutter ihr erlaubt hatte, sich selbst einen weiteren Topf Milchreis zu kochen. Und Merle lag mit einem Splitterbruch am Fuß der Treppe, weil sie mal wieder mit dem Smartphone beschäftigt gewesen war und meine Mutter sie nicht ermahnt hatte, auf die Stufen zu achten. Oder hatte Barbara womöglich einen ihrer spontanen Einfälle gehabt und war mit den Mädchen irgendwohin verschwunden? Was, wenn wir bei unserer Rückkehr ein leeres Haus vorfanden?

Meine Mutter so unerwartet wiederzusehen hatte mich

völlig durcheinandergebracht. Anders konnte ich mir nicht erklären, dass ich überhaupt eingewilligt hatte, Barbara mit den Kindern allein zu lassen.

»Bei deiner Mutter sind die Mädchen in besten Händen«, hatte Markus meine Befürchtungen abgetan, als ich im Auto wieder damit anfing. »Außerdem sind Merle und Finchen ja nun keine Babys mehr, auch wenn du sie so behandelst. Wirklich, Charlotte, du bist manchmal eine echte Glucke.«

Genau das hatte er gesagt: Glucke. Was für ein altmodischer Ausdruck. Und noch dazu so unfair! Bloß weil ich in mancher Hinsicht vorsichtiger war als er.

Natürlich war mir klar, dass meine Sorgen etwas überzogen waren. Zumindest, was die schweren Verbrennungen und die gebrochenen Glieder betraf. Was die Unzuverlässigkeit meiner Mutter anging, konnte man hingegen gar nicht übertreiben. Aber auch in diesem Punkt war Markus anderer Meinung als ich.

Als ich damals die Polizei rief, hatte er das als »nun wirklich übertrieben« bezeichnet und den Hormonen die Schuld gegeben, dass meine Nerven mit mir »durchgegangen« seien. Ich erinnerte mich noch sehr gut, wie er sich bestimmt zehn Mal bei den Beamten entschuldigte, weil ich ihnen diese unnötige Mühe bereitet hatte. Es war das erste Mal in all den Jahren gewesen, dass ich mich von ihm völlig im Stich gelassen gefühlt hatte. Und an dem Knacks, den das in unserer Beziehung verursacht hatte, war auch bloß meine Mutter schuld.

Über Markus' Schultern hinweg hatten mir die beiden Polizisten verstohlen mitleidige Blicke zugeworfen. Und ich hatte auf dem Sofa gehockt, das winzige Baby an mich gepresst und Merle über den Kopf gestreichelt, während mir unablässig die Tränen über die Wangen geströmt waren. Okay, das mochte auf Außenstehende ein bisschen verrückt gewirkt haben. Allerdings hatten weder diese beiden jungen Kerle noch mein eigener Mann die vorherigen drei Stunden durchstehen müssen. Drei Stunden, in denen meine Mutter mit den Kindern verschwunden gewesen war.

Sie wollte mit ihnen in den Zoo gehen, ich hielt das für keine gute Idee mit einem vier Wochen alten Säugling. Zu weit, zu voll, zu laut. Ich war wütend geworden, weil sie es Merle schon versprochen hatte und meine Große einen riesigen Aufstand veranstaltete, als ich den Ausflug verbot. Schließlich hatten wir uns geeinigt, dass sie zum Spielplatz um die Ecke gehen und anschließend ein Eis kaufen durften. Wir hatten vereinbart, dass sie eine Stunde wegbleiben würden.

Die Stunde verging, meine Mutter und die Mädchen kamen nicht zurück, ich wurde nervös. Eine weitere Stunde später war ich panisch. Ich hatte bestimmt hundert Mal versucht, Barbara auf dem Handy zu erreichen. Sie ging nicht dran. Ich hatte mir alles ausgemalt, von Unfall bis Entführung, dann zog ich mich an, obwohl ich eigentlich noch immer im Bett bleiben sollte, und machte mich auf die Suche. Aber ich fand sie nicht. Nicht auf dem Spielplatz, nicht an der Eisdiele und auch an keinem anderen Ort, wo man sich mit Kindern üblicherweise aufhielt: Rheinufer, Schreib- und Spielwarengeschäft, Supermarkt ...

Ich schwitzte und zitterte zugleich, als ich schließlich wieder nach Hause kam, hoffend, dass meine Mutter und die Kinder dort schon auf mich warteten. Was nicht der Fall war. Inzwischen waren drei Stunden vergangen. Da rief ich die Polizei.

»Frau Stern?« Gundula Schwalbenbach tätschelte heftig meinen Arm. »Was meinen Sie dazu?«

»Hm?«, machte ich. Ich hatte keine Ahnung, was sie als Letztes gesagt hatte. Schnell steckte ich mir eine weitere Gabel mit Kuchen in den Mund und bereute es sofort. Das Zeug schien mit jedem Bissen trockener zu werden.

»Ich sagte gerade, wie dünn Sie aussehen, meine Liebe.« Gundula Schwalbenbach, selbst Figurtyp Wassermelone, musterte mich von der Seite. »Sie haben ja fast noch nichts gegessen. Schmeckt Ihnen der Kuchen etwa nicht?«

»Goch, goch«, beeilte ich mich zu nuscheln und verdrängte den Gedanken an die vielen Kalorien, die ich in mich hineinschaufelte, um Gundula Schwalbenbach einen Gefallen zu tun. Die nickte, als hätte sie nichts anderes erwartet, und ihre zu einem Vogelnest toupierte Frisur nickte mit.

Höchstens noch eine Stunde, schwor ich mir. Eine Stunde, in der ich mir Salome Schwalbenbach schnappen und sie von meinem herausragenden Konzept überzeugen würde, um dann so schnell wie möglich wieder nach Hause zu rasen. Über die Schulter unserer Gastgeberin hinweg hielt ich Ausschau nach ihrer Tochter. Doch die war noch immer nirgendwo zu entdecken.

»Wenn du den Auftrag an Land ziehst, leitest du das Projekt«, hatte Markus versprochen. Salome Schwalbenbachs erste Handlung als Geschäftsführerin war es gewesen, eine neue Produktpalette ins Programm zu nehmen, um eine jüngere, trendbewusste Zielgruppe anzusprechen. Und jetzt wünschte sie sich eine Kommunikationsstrategie, um dieser jüngeren, trendbewussten Zielgruppe zu zeigen, wie sexy *Schwalbenbach Sanitär* neuerdings war. Ich wollte den Auftrag unbedingt bekommen, allerdings hatten auch zwei Konkurrenzagenturen ein Angebot abgegeben. Ich musste also sehr überzeugend sein.

»Sie arbeiten hoffentlich nicht zu viel, meine Liebe?«, erkundigte sich Frau Schwalbenbach, wartete allerdings keine Antwort ab. »Ich bewundere Sie sehr dafür, wie Sie Ihren Mann beruflich unterstützen. Für mich wäre das ja nichts gewesen. Bei meinem Werner und mir war das immer eine abgemachte Sache. Mein Mann hat sich ums Geschäft gekümmert und ich mich um unsere Salome. Aber ich bewundere Sie dafür, wirklich.«

»Hmpf«, machte ich, froh, dass mich der trockene Rührkuchen einer Antwort enthob. Was hätte ich auch sagen sollen? In Gundula Schwalbenbachs Welt vergaßen Frauen alle beruflichen Ambitionen im Moment der Geburt ihres ersten Kindes. Vermutlich ging sie fest davon aus, dass ihre Salome die Führungsaufgaben im väterlichen Unternehmen sofort wieder abgeben würde, sobald sie und der erfolgreiche Jungunternehmer ein Baby in die Welt gesetzt hatten.

Ich konnte Gundula Schwalbenbach nicht erklären, dass ich unbedingt arbeiten wollte. Nicht, um Markus zu unterstützen, sondern weil ich es wichtig fand, eine eigene berufliche Karriere zu haben. Wobei man, ehrlich gesagt, bislang nur bedingt von Karriere sprechen konnte. Ich arbeitete in der Agentur mit fünfzehn Wochenstunden als Senior Content Creator, was übersetzt in meinem Fall »Texterin für alles« bedeutete. Aktuell lagen auf meinem Schreibtisch eine Werbebroschüre über Gleitlagertechnik, der monatliche Kundennewsletter eines regionalen Energieversorgers sowie ein Flyer für den Fruchthändlerverband, für den wir die Zungenbrecherkampagne »Frische freche Früchtchen« mit Claims wie »Alles Banane« und »Gar nicht Feige« entwickelt hatten.

»Da ist ja unsere Salome.« Frau Schwalbenbachs Stimme schwoll an vor Stolz. »Huhu, Schätzchen«, rief sie und winkte ihrer Tochter, die mit energischen Schritten über den gepflasterten Weg von der Villa zur Festwiese lief. Salome Schwalbenbach hob die schmale Hand zu einer flüchtigen Begrüßung ihrer Mutter, mich schien sie auf die Entfernung nicht zu erkennen, obwohl wir uns schon in der Agentur begegnet waren.

Salome Schwalbenbach war der Typ Frau, der mir augenblicklich Minderwertigkeitskomplexe einjagte. Sie war eine personifizierte Size zero mit langer hellblonder Mähne, die in ihrem eleganten Hosenanzug aussah, als wäre sie einem Modemagazin entsprungen. Ich kaufte diese Magazine nie, weil ich natürlich wusste, wie unrealistisch ihr Inhalt war. Doch angesichts von Salome Schwalbenbach alias Business-Barbie hatte mein Wissen gegen meine Selbstzweifel keine Chance. Mit meiner beigen Leinenhose zur weißen Bluse und dem mittellangen Bob in Mittelblond, den ich mir schon seit Jahren schneiden ließ, kam ich mir plötzlich ziemlich mittelmäßig vor.

Salome Schwalbenbach winkte unverbindlich in Richtung der Damen an den Kaffeetischen und schloss sich dann der Runde der Männer beim Barbecue an, woraufhin ein beinah unmerkliches Schulterstraffen und Baucheinziehen durch die Reihen ging. Mit einem breiten Lächeln platzierte sie sich direkt neben meinen Mann.

Über das Buffet hinweg beobachtete ich Markus. Im Vergleich zu anderen Männern um die vierzig hatte meiner sich sehr gut gehalten. Einen Bauch zum Einziehen gab es bei ihm nicht, und auch seine dichten dunklen Haare waren noch so reichlich vorhanden, dass er sie immer einen Tick zu lang tragen konnte. Rein objektiv betrachtet, sah er ziemlich gut aus. Und wenn ich nicht gerade schlecht auf ihn zu sprechen war, fand ich das auch subjektiv.

Mit ausladenden Gesten erläuterte er seinen Gesprächspartnern seine Meinung zu irgendeinem Thema. Mein Mann hatte eigentlich zu jedem Thema eine ausladende Meinung. Salome Schwalbenbach neigte interessiert den Kopf. Ich schluckte krampfhaft die Kuchenreste hinunter.

Der Zeitpunkt war gekommen! Ich musste möglichst schnell das Gespräch mit Gundula Schwalbenbach beenden und mich an ihre Tochter heranmachen. Mein perfekt ausgearbeitetes Konzept hatte ich ihr bereits geschickt, doch sie hatte sich noch nicht entschieden und gab sich äußerst anspruchsvoll. Markus und ich waren uns einig gewesen, dass die Gartenparty eine gute Gelegenheit wäre, ihr die Details noch einmal schmackhaft zu machen und sie an die bislang gute Zusammenarbeit mit unserer Agentur zu erinnern.

»Es war wirklich sehr nett, mal wieder mit Ihnen zu plaudern«, versuchte ich, mich höflich zu verabschieden. »Und Ihr Kuchen schmeckt wie immer köstlich.« Zum Beweis steckte ich ein besonders großes Stück in den Mund, bevor ich mich zum Gehen wandte. Da verzog Gundula Schwalbenbach beinah gequält das Gesicht und hielt mich am Arm fest.

»Mein armes Täubchen«, sagte sie mit theatralisch gesenkter Stimme. »Ihr Mann hat sie verlassen. Nach nur einem Jahr. Ist das zu fassen?« Sie wischte sich eine Träne aus dem Augenwinkel. »Jetzt muss sie sich wieder auf die Suche nach dem Richtigen machen.«

»Hmpf«, machte ich, überrumpelt von der Wendung, die das Gespräch plötzlich genommen hatte. Sanft versuchte ich, Gundula Schwalbenbach meinen Arm zu entwinden. Ich wollte gehen. Ich wollte den Kuchen hinter einen Busch spucken und dann mit Salome Schwalbenbach übers Geschäft reden. Doch die Hand der Gastgeberin umklammerte meinen Unterarm wie ein Schraubstock.

»Sie wohnt jetzt wieder bei uns. Das arme Täubchen, so schrecklich unglücklich. Ach, Sie wissen ja, was man sagt: Kleine Kinder, kleine Sorgen, große Kinder, große Sorgen.« Frau Schwalbenbach wischte sich wieder über die Augen. Aus der Distanz betrachtet, wirkte Salome Schwalbenbach allerdings nicht übermäßig unglücklich. Gerade warf sie den Kopf samt blonder Mähne zurück und lachte laut, offenbar über einen Witz, den mein Mann gemacht hatte.

»Hmpf«, machte ich erneut und wand meinen Arm in Gundula Schwalbenbachs Griff – ohne Erfolg.

»Ich hoffe bloß, dass mein Täubchen bald einen neuen Mann findet, einen guten Mann, der sie wirklich zu schätzen weiß«, hörte ich Gundula Schwalbenbach, aber ich war plötzlich sehr abgelenkt. Denn in diesem Augenblick legte Salome Schwalbenbach ihre schmalen Finger auf Markus' Oberarm und schien ihm sanft darüber zu streichen. Worauf mein Mann seine Hand über ihre legte und sie kurz zu drücken schien. Moment mal! Was taten die beiden denn da?

Ich atmete scharf ein – wobei ich leider die Kuchenmassen in meinem Mund vergaß, sodass einige Krümel den Weg in meine Luftröhre fanden. Augenblicklich überkam mich ein heftiger Hustenreiz. Ich röchelte. Ich würgte. Die Krümel wollten raus. Mein Körper wollte Luft. Doch ich wollte auf keinen Fall eine Fontäne über das Buffet prusten. Also presste ich die Lippen aufeinander. Durch die Nase rang ich nach Luft. Tränen schossen mir in die Augen.

»Alles in Ordnung, meine Liebe?« Frau Schwalbenbach klopfte mir zwischen die Schulterblätter, was den Hustenreiz eher verschlimmerte. »Sie haben sich hoffentlich nicht diese schreckliche Sommergrippe eingefangen, die gerade rumgeht.«

Sie malträtierte noch immer meinen Rücken, und ich versuchte krampfhaft, zu schlucken und gleichzeitig mit geschlossenem Mund zu husten.

Die Frauen an den Tischen wandten sich neugierig um. Auch die Gruppe am Grill hatte sich zu uns umgedreht. Ich fing einen fragenden Blick von Markus auf.

»Wasser«, presste ich zwischen zwei Attacken an den Krümelmassen in meinem Mund vorbei.

»Sicher, meine Liebe, sofort.« Frau Schwalbenbach drehte sich eifrig zum Buffet, auf dem sich alles an kulinarischen Köstlichkeiten befand, was das Herz begehrte – nur kein Wasser.

»Nehmen Sie einen Schluck Bowle, die wird ihnen guttun.« Mit einer gläsernen Kelle füllte Frau Schwalbenbach einen sehr großzügigen Schluck aus einem großen bauchigen Kristallgefäß in ein kleines bauchiges Kristallgefäß, das sie mir in die Hand drückte.

Eigentlich hatte ich vorgehabt, keinen Alkohol zu trinken, da wir mit dem Auto da waren und Markus nicht Nein sagen würde, wenn Herr Schwalbenbach Whiskey anbot. Und wenn ich schon Alkohol trank, dann sicher keine Bowle, in der ganze Erdbeeren schwammen. Doch in diesem Moment der Atemnot und angesichts der drohenden Kuchenexplosion hätte ich vermutlich alles getrunken. Also schüttete ich den Inhalt des Bowleglases in mich hinein, ohne etwas zu schmecken, froh, dass ich nicht würde ersticken oder mich furchtbar blamieren müssen.

»Danke«, sagte ich zutiefst erleichtert, als ich endlich wieder atmen und sprechen konnte.

»Geht es Ihnen jetzt besser, meine Liebe?« Gundula Schwalbenbach strahlte mich an. »Die ist gut, nicht wahr?« Sie deutete auf die Bowle und flüsterte verschwörerisch: »Das ist meine Spezialbowle. Im Rezept steht, man soll hundert Milliliter Wodka je Flasche Sekt verwenden. Aber mal ehrlich, das schmeckt man ja dann gar nicht. Ich mische immer eins zu eins.«

»Ja, gut«, sagte ich und schaute zu Markus hinüber, der mich ansah. Selbst auf die Distanz meinte ich zu erkennen, dass er skeptisch eine Augenbraue hochzog. Dann wandte er sich wieder Salome Schwalbenbach zu, die ihm drei – für meinen Geschmack deutlich zu vertraute – Luftküsschen auf die Wangen gab, den anderen Männern zunickte und Richtung Haus davonstolzierte.

Wie bitte? War das etwa schon ihr kompletter Gastauftritt gewesen? Und ich hatte ihn verpasst, weil ich mich an Kuchen verschluckt hatte, den ich aus purer Höflichkeit ihrer Mutter gegenüber gegessen hatte? Ich hatte als souveräne Geschäftsfrau auftreten wollen, hatte wochenlang an dem Konzept gefeilt, hatte sogar zugelassen, dass meine Mutter auf meine Kinder aufpasste – und was hatte ich erreicht? Dass alle sich an meinen peinlichen Hustenanfall erinnern würden, höchstens. Nur die Chance, meinen ersten großen eigenen Auftrag an Land zu ziehen, hatte ich vertan. Na Prost, Charlotte!

»Könnte ich noch ein Glas von der Bowle haben?«, fragte ich Gundula Schwalbenbach.

Kapitel 3

Das penetrante Piepen des Weckers drang direkt in meine pochenden Schläfen ein, ohne einen Umweg über die Ohren zu nehmen, und verursachte mir dort stechende Schmerzen. Ich rollte mich herum, um das Folterinstrument zum Verstummen zu bringen, musste aber feststellen, dass Herumrollen keine so gute Idee war, denn der Schmerz explodierte förmlich.

Weil ich mich nicht traute, das Licht anzuknipsen, tastete ich im Dunkeln auf dem Nachttisch herum und verfluchte dabei stumm Gundula Schwalbenbach und ihre Erdbeerbowle, Salome Schwalbenbach und ihr aufgesetztes Lachen, meinen Mann und seine hochgezogene Augenbraue und in erster Linie mich selbst. Wie alt war ich denn, dass ich an einem Montagmorgen mit einem fetten Kater im Bett lag?

Ich fand die Schlummertaste, und das Piepen verstummte. Mit einem Seufzen ließ ich mich aufs Kissen zurücksinken. Trotz des unablässigen Hämmerns in meinem Kopf versuchte ich, die Bruchstücke des vergangenen Nachmittags und Abends zusammenzusetzen, und stellte erleichtert fest, dass ich es ohne Lücken konnte. Immerhin! Ich hatte in meinem Leben noch nie einen Filmriss gehabt. Gedächtnislücken waren indiskutabel, wenn man alles unter Kontrolle behalten wollte. Betrunken zu sein eigentlich auch. Deshalb achtete ich normalerweise immer sehr genau darauf, nicht zu viel zu trinken. Ich vertrug genau eine halbe Flasche Sekt, maximal drei Gläser Weißwein oder zwei Gläser Rotwein. Jeder Schluck mehr war ein Schluck zu viel. Cocktails trank ich nur selten, von Schnäpsen ließ ich grundsätzlich die Finger.

Gundula Schwalbenbachs Spezialbowle war also eine absolute Ausnahme gewesen, die ich nun heftig bereute. Dummerweise war mir die Wirkung erst bewusst geworden, als mich beim dritten Glas das erste eingeholt hatte. Da war es mir allerdings schon ziemlich gleichgültig erschienen. Und weil Salome Schwalbenbach ironischerweise wieder zu den Männern am Grill zurückgekehrt war und lauthals über die Anekdoten meines Mannes lachte, hatte ich mir noch einmal nachgeschenkt und das Glas mit großen Schlucken geleert. Dann war ich zu Markus gewankt, hatte mich bei ihm untergehakt und einige wahrscheinlich lahme Witze erzählt, über die ich selbst am lautesten lachte. Woraufhin Markus mich nach Hause fuhr.

Ich erinnerte mich, wie witzig ich es gefunden hatte, dass überall in unserem Wohnzimmer Kleidungsstücke, Kuscheltiere und Spielsteine verteilt gewesen waren, um die man Zickzack laufen musste, was ich zu diesem Zeitpunkt hervorragend konnte. Und dass Merle und meine Mutter, die vor dem Fernseher saßen, mich angeschaut und verblüfft festgestellt hatten: »Du bist ja betrunken.« Was ich ebenfalls sehr lustig fand.

Wieder fing der Wecker an zu piepsen, und ich tastete hektisch nach der Lärmquelle. Leider erwischte ich nicht den Wecker, sondern mein Wasserglas, das umkippte und seinen Inhalt über meine Hand und den Nachttisch ergoss. Jetzt war ich wach.

Ich knipste also das Licht an und schaltete den Wecker aus. Atmete dreimal tief durch, bis ich den Kopfschmerz ertragen konnte, schnappte mir ein Taschentuch und wischte das Wasser vom Nachttisch. Ließ die Beine von der Bettkante baumeln und hoffte inständig, dass der erste Kaffee etwas gegen das Hämmern ausrichten würde …

»Mama!« Finja riss die Schlafzimmertür auf und hüpfte herein, frisch und fröhlich, offensichtlich blendender Laune und voller Vorfreude auf das, was der neue Tag ihr bringen würde. Immerhin war sie heute *nach* meinem Wecker aufgestanden. Ach, ich liebte meine kleine Maus so sehr. Allerdings hätte ich sie an diesem Morgen in einer stummen Version noch ein bisschen mehr geliebt.

»Mamamamamamamamama, rat mal, was Yaya kann!«

»Wer?«

»Na, Yaya!« Finja verdrehte ungeduldig die Augen. »Das heißt Oma. Auf Spanisch.«

»Ach so.« Meine Mutter hieß jetzt also schon Yaya.

»Los, rate!«

»Was soll ich raten?« So schnell war ich nicht. Nicht an diesem Morgen.

»Mamaaaa. Du sollst raten, was Yaya kann.«

»Ach so.«

»Also?«

»Ähm, keine Ahnung.«

»Sie kann ...« Niemand beherrschte so eindrucksvolle Kunstpausen wie Finja. »Sie kann Tiere mit den Fingern machen. An der Wand. Ganz viele. Hund, Katze, Vogel, Elefant, Delfin ...«

»Schattenspiele meinst du.« Ich schmunzelte über Finjas Eifer.

»Nein, Lichtspiele«, empörte sich meine Tochter sofort. »Man braucht meine Nachtlampe dafür, sonst funktioniert es nicht. Deshalb kann man die Tiere auch bloß machen, wenn man ins Bett geht. Und die erzählen dann eine Geschichte.«

Ich wollte Finja am Bauch kitzeln, aber die Bewegung, die dafür nötig war, verstärkte das Hämmern in meinem Kopf.

»Komm, Finchen, wir machen Kaffee.« Schwerfällig erhob ich mich vom Bett.

»Bäh, ich mag keinen Kaffee.«

»Du kriegst Kakao.« Ich nahm ihre Hand und zog sie ebenso

sanft wie bestimmt hinter mir her. Finja trödelte morgens gern stundenlang herum, sodass ich oft meine liebe Mühe hatte, sie pünktlich in den Kindergarten zu bringen.

Auf dem Weg zur Treppe kamen wir an Merles Zimmer vorbei. Ich pochte mit der Faust gegen die Tür und öffnete, ohne auf eine Antwort zu warten. Merle hatte einen so tiefen Schlaf, dass sie vermutlich nicht einmal aufgewacht wäre, wenn das Haus explodiert wäre.

Ich schaltete das Deckenlicht an, schnappte mir Merles Handy und startete ihre Playlist. Augenblicklich dröhnte Musik aus der XXL-Lautsprecherbox. Das überdimensionierte Teil war ein Geschenk meiner Schwiegereltern zum Geburtstag gewesen, das ich regelmäßig verfluchte – außer am Morgen. Denn laute Musik war die sicherste Methode, um Merle zu wecken.

»Wo ist Papa?«, fragte Finja, als wir Hand in Hand die Treppe hinuntergingen. Richtig, wo war Markus eigentlich? Dann fiel es mir wieder ein.

»Papa hat heute einen Termin in einer anderen Stadt, er musste schon ganz früh aus dem Haus«, erklärte ich meiner Tochter.

»Und wo ist Yaya?«, fragte sie weiter.

»Gute Frage. Vielleicht schläft sie noch.« Ich lauschte Richtung Dachgeschoss, wo sich unser Gästezimmer befand, konnte aber nichts hören außer dem Wummern der Bässe aus Merles Zimmer. »Oder sie ist schon gefahren. Sie wollte auch früh los, das hat sie zumindest gesagt.«

»Nein«, erklärte Finja entschieden. »Sie hat gestern Abend versprochen, dass sie vorher noch Tschüss sagt.«

»Okay. Dann weiß ich es nicht.«

Auf dem Weg durchs Wohnzimmer registrierte ich dankbar, dass Markus am Vorabend noch das Chaos aufgeräumt hatte, sodass wir nicht mehr Zickzack laufen mussten. Fast war ich versucht, meinem Mann dafür seinen Flirt mit Salome Schwalbenbach zu verzeihen. Dann stellte ich fest, dass er unter

Aufräumen offenbar verstand, alle Sachen vom Boden auf das Ecksofa zu werfen. Ich verdrehte die Augen, was wehtat, und beschloss, mich direkt nach der Arbeit darum zu kümmern.

In der Küche legte ich eine Kapsel mit der extrastarken Bohne in die Kaffeemaschine, während ich mit der anderen Hand im Hängeschrank nach einer Tasse angelte.

»Hol schon mal den Kakao«, wies ich Finja an und füllte frisches Wasser in die Kaffeemaschine.

Mein Kopf hämmerte mit Merles Bässen um die Wette, und ich versuchte, mir in Erinnerung zu rufen, was man alles für ein Frühstück brauchte. Dazu benötigte ich meine volle Konzentration. Über den Verbleib meiner Mutter machte ich mir deshalb keine weiteren Gedanken.

Eine Dreiviertelstunde später hatten Finja und ich Kaffee beziehungsweise Kakao sowie eine Scheibe Toastbrot beziehungsweise zwei Kopfschmerztabletten gefrühstückt. Wir hatten uns darüber gestritten, dass Finja nicht ihr neues »Flamingo-Kleid« in den Kindergarten anziehen durfte. Und ich hatte es geschafft, in eine Chino und eine kurzärmlige Bluse zu schlüpfen und mir so viel Concealer unter die Augen zu schmieren, dass sie mich in der Kita nicht für einen Zombie halten würden.

Ich hatte zwanzig Mal nach Merle gerufen, die nach zweiundvierzig Minuten im Bad endlich in unserer Küche auftauchte und eilig einen Magermilchjoghurt in sich hineinlöffelte, den ich ihr aufgedrängt hatte, obwohl sie eigentlich zum Schulbus rennen musste. Ohne Frühstück wollte ich sie trotzdem nicht aus dem Haus lassen.

»Wo ist eigentlich Yaya?«, fragte Merle zwischen zwei Löffeln.

»Nicht mit vollem Mund reden«, wies ich sie automatisch zurecht, bevor mir auffiel, dass sie ebenfalls diesen spanischen Kosenamen für ihre Großmutter benutzte. »Ich schätze, sie schläft noch«, wiederholte ich die Erklärung, die ich vorher schon Finja gegeben hatte. »Oder sie ist früh aus dem Haus.«

»Nee, bestimmt nicht.« Merle stellte den leeren Joghurtbecher auf der Spüle ab. »Sie hat gesagt, sie würde noch mit uns frühstücken, bevor sie losmuss.« Sie schnappte sich ihren Schulrucksack und verschwand nach draußen, ehe ich sie daran erinnern konnte, dass leere Joghurtbecher in den Müll gehörten.

»Sollen wir Yaya wecken?«, fragte Finja.

Ich schüttelte den Kopf, was immer noch wehtat, auch wenn der Schmerz inzwischen eher dumpf als hämmernd war.

»Jetzt müssen wir in den Kindergarten, Finchen. Wir können Barbara nachher anrufen und fragen, ob sie Lust hat, heute Nachmittag noch mal zum Kuchenessen vorbeizukommen.« Der Vorschlag kostete mich eine gewisse Überwindung, aber mir war klar, dass ich Finja ansonsten niemals in den Kindergarten bekommen hätte. Es war ohnehin schon jeden Morgen schwierig genug, sie davon zu überzeugen, dass sie dort blieb.

»Maulwurfkuchen?«, hakte Finja nach.

»Ja, Maulwurfkuchen«, gab ich mich geschlagen. Es war eine ziemliche Matscherei, Finjas Lieblingskuchen aus Bananen, Quarkmasse und Schokokuchenkrümeln herzustellen.

»Mama«, wechselte meine Tochter daraufhin abrupt das Thema. »Warum sagst du eigentlich nicht Mama zu Yaya?«

Perplex sah ich sie an.

»Oh ... das machen Erwachsene so«, redete ich mich heraus.

Vom Kindergarten fuhr ich in die Agentur. Eine halbe Stunde lang versuchte ich, mich auf Gleitlagertechnik zu konzentrieren, was mir nicht gelang. Das Pochen in meinem Kopf wollte einfach nicht aufhören, auch nicht, nachdem ich noch eine Schmerztablette und zwei weitere Tassen Kaffee eingefüllt hatte. Also ging ich zu unserer Teamassistentin Mareike, um mich krankzumelden.

»Hast du etwa wild gefeiert?« Mareike grinste mich mit ihrem korallenrot geschminkten Mund an.

»Haha«, machte ich. Mareike hatte gut lachen. Sie war Single und kinderlos und konnte am Wochenende tun und lassen, was sie wollte. Wilde Partys zu feiern gehörte allerdings meines Wissens auch bei ihr nicht dazu. Wenn Mareike nicht gerade auf der Hochzeit einer ihrer vielen heiratswilligen Cousinen und Freundinnen eingeladen war, verbrachte sie die Samstagabende in der Regel auf dem Sofa, in Gesellschaft ihres Tablets, und suchte im Internet nach der großen Liebe.

Wobei »groß« bei Mareike wörtlich zu verstehen war, sie maß einen Meter fünfundachtzig. Ein potentieller Partner sollte ihrer Meinung nach mindestens zehn Zentimeter größer sein und aussehen wie ein Disneyprinz. Deshalb nutzte sie die Datingplattform *Große Liebe*, auf der sich nur Männer ab eins neunzig anmelden durften. Leider war äußere Größe noch lange kein Garant für Großartigkeit.

Die Suche wurde zusätzlich dadurch erschwert, dass Mareike ausschließlich einen Mann wollte, der fantastisch küssen konnte. »So dass es BÄM! macht und alle Lampen angehen, oder aus, je nachdem.« Um ihre Zeit nicht unnötig zu verschwenden, überprüfte sie die BÄM-Fähigkeiten eines Kandidaten stets beim ersten Date. So hatte sie schon eine Menge Frösche geküsst. Ein Prinz war bislang jedoch nicht dabei gewesen. Immerhin hatten mir ihre Schilderungen manchen Montagmorgenblues vertrieben. Heute stand mir allerdings nicht der Sinn nach einer neuen Anekdote aus der Datinghölle. Ich wollte einfach nur schnell nach Hause.

»Hast du etwa deinen Traumprinz getroffen?«, konterte ich deshalb halbherzig.

Mareike lachte bloß, verdrehte die Augen und winkte ab. Ich mochte ihre unerschütterlich gute Laune. An ihrem ersten Arbeitstag vor einem Jahr hatte ich ihr das Büro gezeigt und bei dem Versuch, nebenbei frischen Kaffee aufzusetzen, eine halbe Kanne kalte Kaffeebrühe über ihr elegantes helles Kleid gegossen. Mareike trug immer stylische Sachen, in denen sie aussah wie ein Curvy-Model, und die sie alle selbst schneiderte, weil sie mit der Zeltmode aus dem Kaufhaus – ihre Worte – nichts anfangen konnte. Angesichts des Kaffeedesasters hatte sie ebenfalls nur gelacht und erklärt, sie sei ein Fan von Batikmustern. Seither waren wir Freundinnen.

»Ab nach Hause«, sagte sie jetzt bestimmt. »Du wirkst, als könntest du ein ausgiebiges Bad und ein Stündchen Schlaf gebrauchen. Wir kommen auch mal ohne dich und den Chef klar.«

Ich nickte ihr dankbar zu und machte mich mit dem festen Vorsatz auf den Heimweg, ihren Rat zu befolgen. Erst baden, dann schlafen, nur eine halbe Stunde, so würde genügend Zeit bleiben, um aufzuräumen und die Zutaten für einen Maulwurfkuchen einzukaufen, bevor ich Finja aus der Kita abholen musste.

Ich hatte kaum die Haustür aufgeschlossen, als mir klar wurde, dass aus diesem Plan nichts werden würde. Denn aus dem Wohnzimmer hörte ich die Stimme meiner Mutter.

»Charlotte?«

Ich atmete tief durch und ging hinein.

Rückblickend ist es ja manchmal so, dass ein Ereignis einem sehr lang vorkommt, obwohl es sich nur um einen kurzen Augenblick gehandelt haben kann. Ich erinnere mich, dass mir in diesem Moment, als ich meine Mutter sah, die auf der Kante unseres Sofas saß, eine Menge Gedanken durch den Kopf schossen. Gedanken, die rückblickend alle völlig unpassend erscheinen.

Ich dachte zum Beispiel, dass das Gesicht meiner Mutter schmal wirkte. Und ich fragte mich, ob das daran lag, dass sie heute nicht den albernen gelben Turban trug, den sie sich am Vortag um den Kopf gewickelt hatte. Dann fiel mir auf, dass sie sich die Haare sehr kurz hatte schneiden lassen, und ich dachte, dass die Frisur schick aussah und sie jünger machte und dass ich sie nie zuvor mit einem Kurzhaarschnitt gesehen hatte. Selbst als Barbara schon vollständig ergraut gewesen war, hatte sie ihre Haare nie kürzer als bis zu den Schultern abschneiden lassen und sie mit Vorliebe offen getragen.

Ich weiß noch, wie mir als Nächstes auffiel, dass die Spielsachen und Kleidungsstücke immer noch in einem großen Haufen auf dem Sofa lagen, und dass das womöglich der Grund war, warum meine Mutter so auf der Kante hockte. Mich überkam gleichzeitig der Anflug eines schlechten Gewissens, weil ich am Morgen nicht mehr aufgeräumt hatte, und ein Anflug von Ungeduld mit meiner Mutter, die sich einfach neben das Chaos setzte, für das sie immerhin verantwortlich war, anstatt die Sachen wegzuräumen.

Schließlich dachte ich noch, dass ich sie nun nicht würde anrufen müssen, um sie zu Kaffee und Kuchen einzuladen. Und ich fragte mich, ob es eine gute Idee gewesen war, Finja Maulwurfkuchen zu versprechen, weil das auch mein Lieblingskuchen als Kind gewesen war und ich eigentlich nicht wollte, dass meine Mutter wusste, dass ich genau diesen Kuchen für meine Töchter buk.

Ich fühlte, wie meine Ungeduld wuchs, weil meine Mutter sich immer weiter in mein Leben drängte und immer noch hier in meinem Wohnzimmer saß, obwohl sie eigentlich versprochen hatte, längst wieder weg zu sein, und dass sie damit verhinderte, dass ich baden und ein halbes Stündchen schlafen konnte.

Erst dann fiel mir auf, dass etwas an dieser Situation nicht stimmte. Meine Mutter streckte eine Hand von sich, mit der Handfläche nach oben, und schaute mich mit schreckgeweiteten Augen an.

»Charlotte«, sagte sie noch einmal, und ich hatte den Eindruck, dass es ihr schwerfiel zu sprechen und sie schlecht Luft bekam. »Ich brauche Hilfe.«

Ich blickte auf ihre Hand, denn ich dachte, sie könnte sich verletzt haben. Tatsächlich entdeckte ich rote Spritzer darauf, die wie Blut aussahen. In diesem Moment hustete meine Mutter und presste die Hand vor den Mund. Und als sie sie wieder sinken ließ, war da mehr Rot. Mehr Blut.

»Ich huste Blut«, bemerkte sie überflüssigerweise und atmete schwer durch ihren geöffneten Mund.

»Das ist keine gute Idee«, sagte ich, was mindestens so unpassend war wie all die Gedanken, die mir zuvor durch den Kopf gegangen waren.

Ich vermute, wenn einem etwas so Unerwartetes und so Furchtbares passiert, dann braucht der Verstand eine Weile, bis er mit dem Begreifen hinterherkommt und in der Lage ist, angemessen zu reagieren.

Wie ferngesteuert ging ich in den Flur, wo ich meine Handtasche hatte fallen lassen, nahm mein Handy und wählte den Notruf.

Kapitel 4

»Oberarschdrecksmistkerl«, brüllte ich und hieb mit Karacho auf die Hupe, als ein Sportwagen in die viel zu enge Lücke zog, die sich zwischen mir und dem vorausfahrenden LKW aufgetan hatte. Wobei voraus*schleichend* es besser getroffen hätte, denn wie immer herrschte Stau auf der Stadtautobahn. Meine Nerven waren mindestens so angespannt wie die Verkehrslage.

Nächste Ausfahrt, tröstete ich mich selbst und schielte zum gefühlt hundertsten Mal zur Uhr. Nur noch knapp zwei Stunden, bis ich Finja aus der Kita abholen musste. Das wurde verdammt knapp! Ich wünschte mir ein Blaulicht aufs Dach, so wie bei dem Rettungswagen, der meine Mutter mitgenommen hatte. Er hatte die Uniklinik bestimmt längst erreicht.

»Sie können leider nicht mitfahren«, hatte der Notarzt mir freundlich erklärt, als die Rettungssanitäter die Trage in den Wagen schoben. »Kommen Sie ins Notfallzentrum an der Uniklinik. Dorthin bringen wir Ihre Mutter.« Er legte mir kurz beruhigend die Hand auf den Arm, dann verschwand der Rettungswagen mit geisterhaftem blauen Flackern, das Frau Sauer von gegenüber hinter der Gardine hervorlockte.

Ich hupte erneut, weil der Sportwagenfahrer sich nicht entscheiden konnte, welche Spur er benutzen wollte, und auf der Mittellinie fuhr. So kannte ich mich gar nicht! Normalerweise war ich eine sehr besonnene Autofahrerin, drängelte nicht und fluchte nie, zumindest nicht vor meinen Töchtern. Normalerweise befand ich mich allerdings auch nicht auf dem Weg ins Krankenhaus, ohne zu wissen, ob meine Mutter noch am Leben wäre, wenn ich es endlich durch diesen Stau geschafft hatte. Wobei ich mir nicht sicher war, ob ich sie ansonsten eigenhändig umbringen würde.

Das klingt vielleicht makaber, aber ich war so wütend auf sie, wie ich es mir sehr lange nicht mehr erlaubt hatte. Normalerweise hatte ich meine Gefühle viel besser unter Kontrolle. Doch das hier war einfach zu viel! Barbara hatte sich nicht nur ungebeten zurück in mein Leben gedrängt. Sie hatte es auch geschafft, dass sich nach kürzester Zeit wieder alles nur um sie drehte.

Wenn meine Mutter etwas wollte, tat sie es, ohne Rücksicht auf andere Menschen. Wenn sie einen spontanen Einfall hatte, setzte sie ihn sofort in die Tat um, ohne über die Konsequenzen nachzudenken. Wenn sie das Bedürfnis verspürte, auf die Kanaren auszuwandern, stieg sie in den nächsten Flieger. Und wenn man ihre Hilfe am dringendsten brauchte, konnte man sich am wenigsten auf sie verlassen.

Natürlich war mir klar, dass Barbara sich Angenehmeres hätte vorstellen können als Blut zu husten und mit dem Rettungswagen ins Krankenhaus gebracht zu werden. Obwohl ich mich selbst kindisch fand, hinderte mich das nicht daran, wütend zu sein. Das war wieder mal so typisch für meine Mutter!

Genervt trat ich aufs Gaspedal, als ich endlich die Ausfahrt erreicht hatte. Warum, fragte ich mich, fuhr ich dem Rettungswagen überhaupt hinterher? Warum blieb ich nicht einfach zu Hause, brachte Ordnung in das Chaos, holte Finja aus dem Kindergarten ab, buk Maulwurfkuchen und rief später in der Klinik an, um mich nach meiner Mutter zu erkundigen? Die Antwort war so einfach wie frustrierend: Ich konnte es nicht. Ganz gleich, was Barbara mir in all den Jahren angetan hatte, ich musste da sein, wenn sie Hilfe brauchte.

Es war dieses verfluchte Pflichtbewusstsein, das ich im

Übermaß besaß und das mich grundsätzlich dazu brachte, Ja zu sagen, wenn ich eigentlich hätte Nein sagen sollen. Bei der Elternpflegschaftswahl in Merles Klasse. Wenn im Kindergarten ein Kuchenbuffet organisiert werden musste. Wenn die Sauers von Gegenüber mich baten, mal wieder ihre Zimmerpflanzen zu gießen, weil sie zum x-ten Mal im Jahr in den Urlaub flogen …

Wieder checkte ich die Uhr. Noch anderthalb Stunden, bis Finja im Kindergarten auf mich warten würde. Wir hatten nur einen Halbtagsplatz, Abholzeit pünktlich um halb eins vor dem Mittagessen, da verstanden die Erzieherinnen keinen Spaß. Schnittig nahm ich die Kurven, die den Berg zur Uniklinik hinaufführten, und endlich kam das erste Parkhaus in Sicht. Die Leuchtanzeige verkündete, dass es belegt war.

Ich folgte der Beschilderung zum Notfallzentrum und hielt Ausschau nach einem freien Parkplatz. Fehlanzeige. Das gesamte Klinikgelände schien eine riesengroße Baustelle zu sein, auf der sich Bagger, Krankentransporte und Taxis gegenseitig die Vorfahrt nahmen. Drei Beinaheunfälle und zwanzig vergeudete Minuten später kehrte ich zum ersten Parkhaus zurück und reihte mich in die Warteschlange vor der Einfahrt ein.

»Wie war noch mal der Name?« Die Mitarbeiterin am Empfang des Notfallzentrums klickte auf ihrer Computermaus herum.

»Michaelis.« Ich betonte jede Silbe. »Barbara.«

»Und das Geburtsdatum?«

Ich musste kurz überlegen und schämte mich ein bisschen. Das Datum war nicht das Problem, sondern die Jahreszahl. Wie alt war meine Mutter eigentlich? Dann fiel es mir zum Glück wieder ein.

»Ah ja, die ist in der Bronchoskopie. Da können Sie jetzt leider nicht rein.« Sie wies auf eine Glastür, an der ein Schild verkündete: *Zutritt nur nach Aufforderung.* Jemand hatte mit einem roten Filzstift drei Ausrufezeichen dahintergesetzt.

»Und wann kann ich zu ihr?«, hakte ich nach.

»Wie gesagt, sie ist in der Bronchoskopie.«

Ich atmete ein.

Ich atmete aus.

Das hatte ich beim Schwangerenyoga gelernt. Katze, Kuh, Kobra und das ganze andere Getier hatte ich sofort wieder vergessen, als Finja das Licht der Welt erblickt hatte. Nur das bewusste Ein- und Ausatmen hatte mir eingeleuchtet, da ich ansonsten in stressigen Situationen das Atmen manchmal vollständig einstellte.

»Sie können da drüben warten.« Die Empfangsfrau wies auf mehrere Reihen festmontierter Schalensitze. Ein junger Mann saß dort und tippte auf seinem Smartphone herum. Mit dem Rücken zum Eingang starrte eine ältere Dame aus dem schmutzigen Fenster auf einen grauen Betonkomplex. Ich ließ mich mit einem stummen Seufzen ebenfalls auf einen der Sitze sinken und kramte mein Handy heraus. Noch eine Stunde bis zur Abholzeit. Ich brauchte einen Plan B für Finja.

»Hier dürfen Sie leider nicht telefonieren«, rief die Empfangsfrau und zeigte auf ein Schild mit dem entsprechenden Hinweis.

Ich atmete ein.

Ich atmete aus.

Und ging vor die Tür.

Als ich Markus anrief, wurde ich direkt auf die Mailbox umgeleitet, und mir fiel ein, dass mein Mann gar nicht in der Stadt war. Na klar, wenn man ihn einmal brauchte! Ich würde also Kerstin fragen müssen. Dabei bat ich ausgesprochen ungern andere Menschen um Hilfe. Selbst Kerstin nicht, obwohl sie meine beste Freundin war. Ich fand, sie hatte schon genug mit ihrem eigenen Leben zu tun.

Kerstin hatte fünf Männer: ihren Ehemann Thomas, ihre Söhne Lukas, Benedikt und Dominik sowie Fussel, einen Kater mit nur einem Auge und einer schwachen Blase. Da Thomas von

Beruf Musiker war und seit Jahren an seinem ersten großen Hit schrieb, hatte Kerstin auch noch einen Vollzeitjob als Filialleiterin bei der örtlichen Sparkasse. Sie und ihre fünf Männer wohnten nur drei Häuser von uns entfernt, und sie klingelte regelmäßig bei uns, wenn sie einen SOS-Moment hatte, was für Sekt oder Selbstmord stand. Dennoch war auf Kerstin immer Verlass.

»Kein Problem, ich hol Dominik einfach früher ab und nehme Finja mit«, versprach sie, als ich ihr die Notsituation geschildert hatte.

»Danke, du bist ein Schatz!« Ich wusste genau, dass es nicht so einfach für Kerstin war, einen Nachmittag frei zu nehmen. Sie würde ihre Kollegin bitten müssen, für sie einzuspringen, mit der sie sich ohnehin nur mäßig verstand. Und das alles meinetwegen! Umso unangenehmer war mir meine nächste Frage: »Könnte Lukas auch mit zum Abholen fahren?«

Leider gehörte Kerstin nämlich nach Ansicht von Finja nicht zum Kreis vertrauenswürdiger Personen. Meine Tochter war diesbezüglich wirklich sehr ängstlich. Kerstins vierzehnjährigen Sohn Lukas vergötterte sie jedoch, wie nur Fünfjährige das können.

Kerstin lachte gutmütig. »Er hat bis zwei Uhr Schule. Nachmittags hat er eigentlich Fußballtraining, das lässt er für Finja bestimmt sausen.«

»Danke, wirklich, vielen Dank. Ich mach's wieder gut.« Wenigstens eine Sorge weniger.

»Musst du nicht. Weißt du doch.« Sie legte auf, ohne sich zu verabschieden. So war Kerstin, kurz und klar, das mochte ich so an ihr.

»Kommen Sie bitte mal«, rief die Mitarbeiterin am Empfang, kaum hatte ich den Wartebereich wieder betreten. »Ich brauche noch die Krankenkassenkarte.«

Die Karte. Danach hatte der Notarzt auch gefragt, aber ich hatte sie in Barbaras Ungetüm von Häkelhandtasche nirgends finden können. Stattdessen war ich auf eine überdimensional große Plastikdose mit Pillen gestoßen. Keine Ahnung, was meine Mutter da nahm, vermutlich irgendwelche Vitamine.

»Tut mir leid, da muss ich meine Mutter fragen«, erwiderte ich. »Wann kann ich denn zu ihr?«

»Das kann ich Ihnen leider nicht sagen.« Sie deutete in Richtung Wartebereich. Bevor ich mich wieder auf einen der unbequemen Schalensitze plumpsen ließ, suchte ich mir alle Flyer und Broschüren zusammen, die dort auslagen. Dann fing ich an, sie mit beruflichem Interesse systematisch durchzulesen. Ich wartete nämlich ausgesprochen ungern, und so war die Zeit wenigstens nicht total vergeudet. Ich hatte die achtzig Seiten des Patientenleitfadens des Uniklinikums fast zum zweiten Mal durchgearbeitet, als die Mitarbeiterin am Empfang mich wieder zu sich rief.

»Sie können jetzt zu ihr. Intensivstation, zweite Etage«, erklärte sie und wies auf den Aufzug. Sie konnte wirklich sehr gut auf Dinge zeigen.

Ich glaube, erst als ich meine Mutter in dem Intensivbett sah, erkannte ich, wie schlecht es ihr ging. Ich wusste natürlich, dass man nicht einfach so Blut hustete. Und dass man nicht einfach so vom Notarzt mit Blaulicht ins Krankenhaus gebracht wurde.

Doch dann stand ich vor der Glasscheibe, die den Flur von dem Intensivzimmer trennte. Ich betrachtete meine Mutter, die zwischen all den Schläuchen und Beuteln und riesigen Spritzen, den piependen Geräten und den Monitoren mit ihren ständig wechselnden Kurven und Zahlen winzig klein aussah. Und plötzlich fühlte ich mich vollkommen hilflos.

Oh, wie ich dieses Gefühl hasste! Seit zwanzig Jahren hatte ich alles dafür getan, mich nie wieder so fühlen zu müssen, so hilflos und allein wie in der Zeit, nachdem meine Mutter mich verlassen hatte.

»Sie sind die Tochter?« Ich zuckte zusammen, als mich jemand von der Seite ansprach.

»Ja, Charlotte Stern.«

Die Ärztin wirkte sehr jung, lange konnte sie noch nicht mit dem Studium fertig sein. Und einen Namen schien sie auch nicht zu haben, zumindest stellte sie sich nicht vor.

»Wie geht es meiner Mutter?«, erkundigte ich mich.

»Den Umständen entsprechend gut. Sie wird nach der Bronchoskopie zunehmend wacher. Wir möchten sie vorsichtshalber eine Nacht auf Intensiv behalten. Ich denke, morgen können wir sie schon auf Normalstation verlegen.«

»Wie kann so etwas denn überhaupt passieren?« Ich konnte mir einfach nicht erklären, warum ein Mensch plötzlich Blut hustete. Eine Reizung? Eine allergische Reaktion? Eine innere Verletzung der Lunge?

»In diesem fortgeschrittenen Stadium besteht immer die Gefahr der Arrosion eines befallenen Gefäßes. Keine Sorge, wir konnten die Blutung stoppen.«

»Ich verstehe nicht.« Verwirrt schüttelte ich den Kopf. Befallenes Gefäß? Fortgeschrittenes Stadium? Und was bitte war eine Arrosion?

»Kleinzellige Bronchialkarzinome wachsen immer invasiv, der Tumor infiltriert das umliegende Gewebe, da ist es nur eine Frage der Zeit, bis auch Blutgefäße verletzt werden.«

Die Ärztin zog einen Kugelschreiber aus der Brusttasche ihres Kittels und klickerte ungeduldig darauf herum. Das Geräusch machte mich ganz nervös. Ich versuchte, mich auf ihre Worte zu konzentrieren, aber ich verstand nur ein einziges davon. Und das ergab für mich überhaupt keinen Sinn.

»Tumor?«, fragte ich ungläubig nach. »Meine Mutter hat Krebs?«

Der Gesichtsausdruck der Ärztin wechselte von genervt über erschrocken zu verschlossen. »Ich dachte, das wäre Ihnen bekannt. Der Zustand besteht ja laut Anamnese nicht erst seit gestern.« Sie klickerte ein letztes Mal und steckte den Kuli zurück in ihre Tasche. »Ich lasse Sie dann erst mal mit Ihrer Mutter allein, reden Sie miteinander«, ordnete sie an und eilte über den Flur davon.

Ich betrat das Krankenzimmer so vorsichtig, wie ich einen Löwenkäfig betreten hätte. Möglichst lautlos zog ich den Besucherstuhl neben das Bett, in dem meine Mutter lag und weißer wirkte als das Kissen. Als ich mich setzte, blinzelte sie, schlug dann mühsam die Augen auf und nuschelte etwas Unverständliches.

»Wie bitte?« Ich beugte mich über sie, um sie besser hören zu können.

»Guter Stoff«, sagte sie, zumindest war es das, was ich verstand. »Das Narkosezeug. Hab lange nicht mehr so angenehm geträumt.«

Ich atmete ein. Ich atmete aus. Der Desinfektionsgeruch brannte mir in der Nase und trieb mir die Tränen in die Augen. Ich blinzelte energisch, um sie loszuwerden. Meine Mutter hatte Krebs. Und sie hatte mir bisher kein Wort davon gesagt. Tief in meinem Inneren spürte ich die Wut zurückkommen. Es war kein schönes Gefühl, aber es fühlte sich wenigstens besser an als die Hilflosigkeit.

»Seit wann weißt du es?«, fragte ich. »Dass du Krebs hast, meine ich.« Es fiel mir schwer, es auszusprechen. Es war zu ungeheuerlich. Zu endgültig.

»Knapp ein Jahr.«

»Ein Jahr?«, echote ich. »Und warum erfahre ich das erst jetzt?«

»Weil du nicht mehr mit mir gesprochen hast.« Ihre Direktheit konnte einen sprachlos machen. »Ich habe darüber nachgedacht, es dir zu sagen«, fuhr sie leise fort. »Aber was hätte das geändert?«

»Keine Ahnung«, brauste ich auf. »Ich hätte es gewusst. Und diese unschöne Überraschung wäre mir vielleicht erspart geblieben.« Ich machte eine unbestimmte Geste durch den Raum, die alles einschloss, was seit gestern passiert war.

Barbaras Blick glitt an mir vorbei und wanderte unstet durch das Zimmer.

»Und was sollte das dann?«, fuhr ich genervt fort. »Warum tauchst du einfach bei uns auf und bringst alles durcheinander? Nur um dann von jetzt auf gleich wieder zu verschwinden, oder wie? War das der Plan?«

»Nein …« Die Stimme meiner Mutter war kaum mehr als ein Flüstern, ihr Blick irrte immer noch umher. Sie schien etwas erklären zu wollen, aber dann erwiderte sie bloß: »Es gab keinen Plan.«

»Nein, natürlich nicht«, sagte ich resigniert. »Du hast ja nie einen Plan. Du tust einfach, was dir in den Sinn kommt.«

Barbara reagierte nicht. Ihr Blick blieb an dem kleinen Rollcontainer hängen, der neben dem Bett geparkt war, und sie blinzelte erneut.

»Blumen«, sagte sie.

»Was?«

»Blumen würden dem Ambiente guttun, meinst du nicht?«

Ich atmete ein. Ich atmete aus. Wütend zu sein war okay. Schreien nicht. Nicht auf einer Intensivstation.

»Und jetzt?«, fragte ich bemüht ruhig. »Musst du eine Chemo machen?«

Meine Mutter versuchte sich an einem Lächeln, aber es wirkte verloren. »Ich habe zwei Chemos hinter mir. Der Krebs ist jedes Mal wieder zurückgekommen. Es ist ein aggressiver Lungenkrebs. Ausgerechnet.«

Ich wusste, was sie meinte. Barbara war leidenschaftliche Nichtraucherin, schon immer. Es war eine Laune des Schicksals, dass ausgerechnet sie an Lungenkrebs erkrankt war.

»Außerdem haben diese Chemotherapien heftige Nebenwirkungen. Das ist wirklich kein Spaß.« Sie strich mit der Hand, in der eine Kanüle steckte, vorsichtig über ihre kurzen und im Moment recht zerzausten Haare. »Darauf habe ich keine Lust mehr.«

»Du hast keine Lust darauf?«, fragte ich fassungslos. »Ich wusste nicht, dass das eine Frage von Lust haben ist.«

Mir war bewusst, dass ich mit meiner Mutter redete wie mit einem bockigen Kind. Barbara benahm sich ja auch so. Dabei war sie schon sechsundsechzig Jahre alt. Oder auch erst sechsundsechzig. Je nachdem, wie man es betrachtete. Auf jeden Fall zu jung zum Sterben. Das war eine Tatsache. Da ging es doch nicht ums Lustprinzip!

»Egal.« Ich stand lieber auf, bevor ich laut werden konnte. »Ich muss los. Finja ist bei meiner Freundin Kerstin. Ich will sie da nicht zu lange alleine lassen. Du bist ja hier gut versorgt. Ich bringe dir heute Abend ein paar Sachen vorbei, wenn Markus zu Hause ist, okay?«

»Moment ...« Plötzlich wirkte Barbara alarmiert. »Ich dachte, du nimmst mich jetzt mit.«

»Was? Nein, wie kommst du darauf?« Frau Dr. Kugelschreiber hatte gesagt, meine Mutter müsse eine Nacht auf der Intensivstation liegen. Und auch danach sollte sie noch im Krankenhaus bleiben. Hatten sie ihr das denn nicht erklärt? »Du musst hierbleiben, das hat die Ärztin angeordnet.«

»Die wollen mich hier festhalten?!« Barbara riss entsetzt die Augen auf und machte Anstalten, aus dem Bett zu klettern, allerdings schaffte sie es nicht einmal, sich hinzusetzen.

»Unsinn, das ist nur zu deinem Besten«, versuchte ich, sie zu beruhigen. »Du bist ja noch gar nicht wieder fit. Bleib wenigstens eine Nacht in der Klinik, morgen früh sehen wir dann weiter.«

»Ich will aber nicht!« Meine Mutter klang jetzt wirklich wie Finja, wenn sie einen heftigen Trotzanfall hatte. »Ich will auf keinen Fall hierbleiben.«

»Was ist denn bitte so schlimm daran, eine Nacht im Krankenhaus zu bleiben?«

»Ich kann das nicht bezahlen.« Plötzlich wirkte meine Mutter ziemlich kleinlaut.

»Wie meinst du das?«, erwiderte ich ungeduldig.

»Ich weiß nicht, ob die *Seguridad Social* die Kosten übernimmt, also, meine spanische Krankenversicherung. Und ich habe kein Geld, um es selbst zu bezahlen.«

»Das musst du doch vorher geklärt haben«, sagte ich ungläubig. »Ob deine Krankenversicherung auch im Ausland gilt.«

»Hab ich vergessen«, erwiderte Barbara bloß.

»Vergessen«, echote ich. Eigentlich überraschte es mich nicht wirklich. »Und was ist mit deinem Geld?«

»Als ich krank wurde, konnte ich nicht mehr auf Märkte gehen, um meinen Schmuck zu verkaufen«, erklärte meine Mutter. »Und ich hatte kaum etwas gespart. Hätte Josemi sich nicht um mich gekümmert, ich weiß nicht, wie ich es geschafft hätte.« Erschöpft schloss sie die Augen, dann sah sie mich mühsam wieder an. »Von meinem letzten Geld hab ich das Flugticket gekauft. Eine Nacht im Krankenhaus kann ich mir nicht leisten.«

Mein Kopf fing wieder schmerzhaft an zu pochen. Ich hatte nicht geglaubt, dass mich an diesem Tag noch irgendetwas würde schockieren können. Doch in diesem Moment fühlte es sich an, als säße ich in einer Achterbahn, gefangen in einem endlosen Looping.

Alles in meinem schmerzenden Kopf drehte sich, als mir klar wurde, was das bedeutete: Meine Mutter war nicht nur schwerkrank, sie war auch völlig mittellos. Wie viel kostete eine Nacht auf der Intensivstation? Wie viel eine Fahrt im Krankenwagen? Und wie viel eine Broncho-Dingsda? Nun schloss auch ich für einen Moment erschöpft die Augen, dann sah ich Barbara mit festem Blick an.

»Du bleibst hier.« Ich betonte jedes Wort. »Wenigstens heute Nacht.« Ich stand auf und flüchtete aus dem Zimmer, bevor sie widersprechen konnte.

kapitel 5

»Und wie geht es dir damit?« Kerstin stellte einen Kaffeebecher vor mich auf den Tisch. Mit extra viel Milchschaum, so wie ich ihn am liebsten mochte. Ich lächelte sie flüchtig an. Sekt hatte ich abgelehnt. Es war erst Nachmittag, und auch wenn sich die ganze Situation definitiv wie ein SOS-Moment anfühlte, wollte ich lieber einen klaren Kopf bewahren.

»Ich bin total gestresst, was denkst du?« Ich nippte an dem Becher. Unter dem Milchschaum schwappte kochend heißer Kaffee hoch, und ich verbrannte mir die Lippen. »Autsch.«

»Du bist einfach zu ungeduldig«, schalt mich meine Freundin. Sie hob Fussel hoch, der es sich auf einem Küchenstuhl bequem gemacht hatte, ignorierte sein empörtes Maunzen und platzierte ihn auf einem anderen Stuhl, auf dem bereits ein Berg ungewaschener Socken lag. Unter dem Kater kam ein verschwitztes Fußballtrikot zum Vorschein, das Kerstin über die Lehne hängte. Dann setzte sie sich.

»Gestresst, sag ich ja.« Ich pustete so heftig auf den Milchschaum, dass er beinah aus der Tasse schwappte. »Ist ja auch kein Wunder, bei dem Chaos, das meine Mutter angerichtet hat.« Ich hatte Kerstin alles berichtet, von Barbaras überraschender Ankunft am Vorabend bis hin zu unserer Auseinandersetzung im Krankenhaus. Auch von dem missglückten Fest bei Schwalbenbachs hatte ich erzählt und meinen Ausrutscher mit der Erdbeerbowle nicht verschwiegen.

»Klar bist du gestresst, das meinte ich nicht.« Kerstin legte ihre Hände nachdenklich um den Kaffeebecher. »Ich will wissen, wie du dich *fühlst*.«

»Wie soll ich mich fühlen?« Ich trank einen großen Schluck von meinem Kaffee und verbrannte mir prompt noch mal den Mund. Genervt schob ich den Becher weg, stand auf und fing an, die benutzten Müslischalen und geöffneten Verpackungen wegzuräumen, die Kerstins Männer am Morgen einfach stehengelassen hatten.

Als ich die Spülmaschine aufklappte, stellte ich fest, dass sie zwar gelaufen, aber noch voll war. Also räumte ich sie erst mal aus. Ich wusste, wohin alles gehörte, es war nicht das erste Mal, dass ich im Haushalt meiner Freundin klar Schiff machte.

»Lass das und setz dich«, mahnte Kerstin mit sanfter Ungeduld. »Ich habe dich was gefragt.«

Ich klapperte weiter mit dem Geschirr herum. Mir fehlte einfach die Ruhe, um mich hinzusetzen. »Ich bin …«, begann ich unsicher. Würde Kerstin mich für kaltherzig halten, wenn ich ihr erzählte, wie wütend ich auf meine Mutter war? Doch Kerstin war Kerstin. Ihr konnte ich alles erzählen. »Ich bin stinksauer.«

»Das kann ich mir vorstellen.« Sie stand auf und lehnte sich gegen die Arbeitsplatte, sodass sie mich mustern konnte, während ich das Geschirr in die Schränke räumte.

»Was?«, fragte ich. Ihr forschender Blick irritierte mich. Fast als würde sie etwas von mir erwarten, und ich wusste nicht, was es war.

Vor mein inneres Auge drängte sich das Bild hinter der Glasscheibe auf der Intensivstation. Meine viel zu schmale Mutter in dem viel zu großen Bett zwischen all den beängstigenden Geräten. Und für einen kurzen Moment fühlte ich wieder die pure Hilflosigkeit. Schnell griff ich an Kerstin vorbei in die vollgestellte Spüle und fing an, die dreckigen Schüsseln in die Spülmaschine zu räumen.

Ich durfte nicht zulassen, dass mich diese Sache derart aus der Bahn warf. Es hatte mich damals so viel Anstrengung gekostet, die Hilflosigkeit zu überwinden und mich nicht mehr allein und verlassen zu fühlen. Nie mehr! Das hatte ich mir geschworen. Deshalb musste ich die Situation im Griff behalten. Meine Gefühle wieder unter Kontrolle bringen.

Durchs Küchenfenster über der Arbeitsfläche beobachtete ich Finja, die ausgelassen mit Lukas und Dominik im Garten tobte. Kerstins ältester Sohn war wirklich ein Schatz. Da sein Vater oft ganze Tage und Nächte in seinem Tonstudio im Keller verbrachte und Kerstin durch ihre Vollzeitstelle häufig erst spät zu Hause war, hatte Lukas schon immer viel Verantwortung für seine beiden Brüder übernommen. Und Finja hatte er kurzerhand zu seiner Leihschwester erklärt. Er war ziemlich reif für einen Vierzehnjährigen.

Auch Merle war inzwischen eingetroffen. Ich hatte ihr eine Nachricht geschickt, dass wir bei Kerstin waren. Mit Kopfhörern in den Ohren saß sie auf dem windschiefen Trampolin, baumelte scheinbar gelangweilt mit den Beinen und tat mehr oder weniger erfolgreich so, als würde sie die anderen nicht beachten. Kerstins mittlerer Sohn Benedikt hatte sich in seinem Zimmer verschanzt und zockte vermutlich. Von den drei Jungs ähnelte er seinem Vater am meisten. Apropos.

»Wo steckt eigentlich Thomas?«, fragte ich Kerstin. Normalerweise waren immer Musikfetzen aus dem Keller zu hören, wenn er probte. Kerstin zuckte bloß mit den Schultern und ging nicht weiter auf die Frage ein.

»Und jetzt?«, fragte sie.

Ich schnappte mir einen Spüllappen, wischte gedankenverloren über die Arbeitsfläche und schaute wieder aus dem Fenster. Merle wippte so energisch im Rhythmus ihrer Musik, dass das Trampolin mitwackelte. Offensichtlich wollte sie Lukas' Aufmerksamkeit auf sich ziehen. Endlich stellte er sich zu ihr und wechselte ein paar Worte mit ihr, und auf Merles Gesicht ging die Sonne auf. Schwärmte womöglich nicht nur Finja für Kerstins Sohn? Merle war doch erst dreizehn!

Andererseits war ich auch erst dreizehn gewesen, als ich mich zum ersten Mal verliebt hatte. Das war, kurz nachdem meine Mutter gegangen war. Ich vergoss Ozeane von Tränen, als der Junge mich abservierte. Und niemand war dagewesen, um mich zu trösten.

»Jetzt hör schon auf, hier rumzuwischen.« Kerstin nahm mir energisch den Lappen aus der Hand und warf ihn zurück in die Spüle. »Also, was willst du jetzt machen?«

»Keine Ahnung.« Unwillig riss ich mich vom Anblick der Kinder los. »Ich hatte noch keine Zeit, darüber nachzudenken.« Ich hatte ja kaum Zeit zum Atmen gehabt. »Eigentlich ist das auch nicht mein Problem. Meine Mutter hat sich selbst in diese Situation gebracht. Dass sie komplett pleite ist, meine ich, nicht ihre Krankheit. Das ist so typisch für sie, so verantwortungslos.«

Wieder schaute meine Freundin mich mit diesem Blick an, der mich so irritierte.

»Was?«, fragte ich ungewollt heftig.

Kerstin strich sich eine widerspenstige Locke ihres praktischen Kurzhaarschnitts aus der Stirn und ließ sich nicht aus der Ruhe bringen. »Ich hab mich bloß gefragt, ob das nicht auch eine Chance sein könnte.«

»Und zwar wofür?«

Kerstin betrachtete mich und schien zu zögern. »Um sich wieder anzunähern?«

»Wie stellst du dir das vor?«, regte ich mich erneut auf. »Nach allem, was sie getan hat! Könntest du ihr das etwa verzeihen? Wenn du ich wärst, meine ich.«

»Ich … keine Ahnung«, räumte Kerstin ein. »Vergiss es, war nur so ein Gedanke.«

Sie wollte nach meiner Hand greifen, aber ich ertrug ihr Mitgefühl jetzt nicht. Stattdessen schnappte ich mir meinen Kaffeebecher, ging zur Spüle und schüttete den restlichen Kaffee hinein, um den Becher auszuwaschen.

»Hey, entschuldige.« Kerstin stellte sich neben mich und nahm mir die Tasse aus der Hand. »Ich wollte dich nicht drängen.«

»Schon gut.« Ich wischte mir die nassen Hände an der Hose ab, weil ich nirgends ein Geschirrtuch entdecken konnte. »Tut mir leid, dass ich so aufgebraust bin. Es ist wirklich gerade alles etwas viel.«

»Komm, setz dich wieder. Ich mach uns jetzt doch noch einen Sekt auf, und dann reden wir in Ruhe.« Kerstin wandte sich zum Kühlschrank. Ich legte ihr die Hand auf die Schulter, drehte sie zu mir um und nahm sie kurz in den Arm.

»Das ist lieb, aber lass mal. Ich muss dringend los. Finja hat gleich musikalische Früherziehung, das hätte ich fast vergessen. Außerdem hab ich ihr versprochen, dass ich Kuchen mache. Einkaufen muss ich auch noch. Und aufräumen. Bei uns sieht es aus, als wäre ein Wirbelsturm durchs Wohnzimmer gefegt, seit meine Mutter gestern auf die Mädchen aufgepasst hat. Das will ich unbedingt noch schaffen, bevor Markus nach Hause kommt. Und dann muss ich meiner Mutter ein paar Sachen in die Klinik bringen. Sie hat ja nicht mal ein Nachthemd dabei. Und ich muss dringend noch eine Schmerztablette nehmen, in meinem Kopf hämmert es schon wieder wie ein Specht auf Speed.«

»Charlie.« Kerstin legte mir eine Hand auf den Arm. »Atmen nicht vergessen.«

Richtig, da war ja was.

»Was ist denn mit dir los?«, fragte Markus, als er um zweiundzwanzig Uhr endlich nach Hause kam. Ich saß neben einem riesigen Berg Spielsachen auf dem Sofa und hielt einen Becher voll heißer Milch mit Honig in den Händen. Ich konnte mir selbst nicht erklären, wieso ich mir ausgerechnet dieses Getränk zubereitet hatte. Es war das Trostgetränk, das ich meinen Kindern machte, wenn sie über Halsweh klagten. Oder über Bauchweh. Oder über irgendein anderes Weh. Und eine vage Erinnerung sagte mir, dass ich als Kind auch immer heiße Milch mit Honig bekommen hatte.

Markus ließ sich neben mir aufs Sofa fallen. Unter ihm ertönte ein Quietschen, er zog ein gelbes Badeentchen hervor und warf es auf den Spielzeugberg. Dann gab er mir einen Kuss auf die Wange und schnupperte demonstrativ. »Was trinkst du denn da? Das riecht ja seltsam.«

Ich antwortete nicht. Ich war viel zu erledigt, um den Mund aufzumachen, dabei hatte ich nicht einmal die Hälfte von dem geschafft, was ich mir vorgenommen hatte. Ich war gerade noch rechtzeitig mit Finja bei der musikalischen Früherziehung angekommen, wo ich eine Stunde lang danebensitzen musste, weil meine Kleine sich weigerte, allein mit den anderen Kindern bei der fremden Frau zu bleiben. Auf dem Rückweg hatte ich eingekauft, mit einer quengelnden Finja an der Seite, und anschließend Merle bei Kerstin eingesammelt, die sich beschwerte, dass sie nicht länger bleiben durfte. Um kurz vor sieben waren wir nach Hause gekommen.

Da war es höchste Zeit, Abendessen zu machen und Finja ins Bett zu bringen. Dann hätte ich Merle auf ihr Zimmer schicken, aufräumen und ein paar Sachen für meine Mutter zusammenpacken wollen, damit ich sofort in die Klinik fahren konnte, wenn Markus nach Hause kam. Kaum war die Haustür hinter uns ins Schloss gefallen, musste ich meine Pläne jedoch wieder über den Haufen werfen.

»Ich will endlich Maulwurfkuchen«, jammerte Finja.

»Wir schreiben übrigens morgen Mathe, und ich hab nix kapiert«, sagte Merle.

»Es gibt Brot«, erklärte ich meiner jüngeren Tochter, und zu der älteren sagte ich: »Ich glaub, ich spinne. Das fällt dir jetzt erst ein?«

»Vorher warst du ja unterwegs«, konterte Merle bockig.

»Ich will Maulwurfkuchen«, heulte Finja und warf sich auf den Fußboden.

Also schmierte ich ihr einen Toast mit Schokocreme und legte Bananenscheiben obendrauf. Immerhin akzeptierte sie das ohne weiteren Heulanfall, als ich sie mit drei Folgen ihrer Lieblingsserie bestach.

Nachdem ich Finja vor dem Fernseher geparkt hatte, setzte ich mich mit Merle an den Esstisch, versuchte, mich an die Grundlagen der Potenzrechnung zu erinnern und diese meiner Tochter zu vermitteln. Leider ohne Erfolg. Merle bekam zwei Wutausbrüche und verschwand um halb zehn beleidigt in ihrem Zimmer. Bevor sie die Tür zuknallte, brüllte sie durchs Treppenhaus: »Wenn ich eine Fünf schreibe, ist das nur deine Schuld.«

Ich trug Finja nach oben, die vor dem Fernseher eingeschlafen war, und musste mir eingestehen, dass ich heute als Mutter ein Totalausfall gewesen war. Meine ältere Tochter würde meinetwegen zur Schulversagerin werden, die jüngere hätte bald den Mund voller Karies, weil ich sie nicht nur ungesund ernährte, sondern dann auch noch das Zähneputzen versäumte.

Außerdem hatte ich meine Kinder belogen. Als sie sich nach ihrer Großmutter erkundigten, hatte ich ihnen gesagt, Barbara sei spontan zu einer Freundin gefahren. Ich redete mir ein, dass es besser für die Mädchen war, wenn sie nichts von dem Krankenhausaufenthalt wussten. Und vor allem nichts von der Krankheit. Doch wenn ich ehrlich war, wusste ich einfach nicht, wie ich es ihnen erzählen sollte.

Innerhalb kürzester Zeit hatte meine Mutter es geschafft, mein wohlgeordnetes Leben komplett auf den Kopf zu stellen. Während ich in die heiße Milch mit Honig starrte, fiel mir wieder ein, dass ich versprochen hatte, ihr ein paar Sachen in die Klinik zu bringen. »Pff«, machte ich, und die Milchhaut kräuselte sich. Geschieht ihr recht, wenn sie in diesem peinlichen OP-Hemd schlafen muss!

»Ich hol mir ein Glas Wein.« Markus hievte sich vom Sofa hoch. »Willst du auch was Vernünftiges?«

Ohne eine Antwort abzuwarten, verschwand er in der Küche und kehrte kurz darauf mit einer Flasche Rotwein und zwei Gläsern zurück. Umständlich entkorkte er den Wein und dozierte dabei über die besondere Note der Verbindung aus Tempranillo und Shiraz, die er aktuell für sich entdeckt hatte. Wie bei vielen Sachen besaß mein Mann auch in puncto Wein detailreiche Kenntnisse, die er gern und ausführlich teilte. Ich hingegen konnte gerade mal weiß und rot auseinanderhalten und schüttelte den Kopf, als er mir einschenken wollte.

»Ist vielleicht auch besser so, du hast ja gestern ganz schön zugelangt.« Er setzte sich mir gegenüber auf den Sessel.

»So betrunken war ich gar nicht«, verteidigte ich mich reflexartig. Dass ich mit einem dicken Kopf aufgewacht war, verschwieg ich lieber.

Markus zog skeptisch eine Augenbraue in die Höhe. Früher hatte ich das mal sexy gefunden, jetzt gerade fand ich es nur nervig.

»Was?«, fragte ich angriffslustig. Das Letzte, was ich wollte, war, mich mit meinem Mann zu streiten. Andererseits konnte ich die Bemerkung ja schlecht auf mir sitzenlassen.

»Du hast geschwankt«, sagte er. »Und gelallt. Es war mehr als auffällig. Sogar Salome hat sich heute Morgen erkundigt, ob du die Bowle ihrer Mutter nicht vertragen hast.«

»Salome?«, fragte ich verwirrt. »Seit wann duzt ihr euch?«

»Seit gestern. Das ergab sich so, als ich mit ihr über unser Angebot gesprochen habe.« Markus winkte ab. »Das ist jetzt auch unwichtig. Der Punkt ist, dass sie dich heute Morgen nicht im Büro erreicht hat. Dabei hatte sie noch einige Nachfragen zu dem Konzept. Aber du warst nicht da. Das wirkt ziemlich unprofessionell, weißt du, wenn man für seine Kunden nicht erreichbar ist. Und ich war in Düsseldorf und konnte mich nicht selbst drum kümmern. Franko ist eingesprungen, der ist mit dem Thema natürlich längst nicht so vertraut wie du. Ich habe die gesamte Rückfahrt über mit Salome telefoniert, um die Sache wieder gradezubiegen. Ziemlich ärgerlich, das Ganze!« Er lehnte sich im Sessel zurück, nippte an seinem Wein und warf einen vielsagenden Blick auf den Spielzeugberg neben mir auf dem Sofa. »Was hast du denn eigentlich den ganzen Tag gemacht? Musstest du deinen Kater auskurieren?« Er zwinkerte mir zu, was der Bemerkung vermutlich die Spitze nehmen sollte, aber er erreichte damit das genaue Gegenteil.

Das war so was von unfair! Ich hatte Wochen in dieses Konzept gesteckt. Es war richtig gut, das wusste auch Markus. Und jetzt war ich einmal nicht da, wenn Salome Schwalbenbach anrief, und er tat, als hätte ich das Projekt vollständig in den Sand gesetzt.

»Du traust es mir also doch nicht zu?«, platzte ich wütend heraus, ohne auf seine Frage einzugehen.

»Blödsinn.« Markus hob beschwichtigend die Hände. »Selbstverständlich traue ich es dir zu. Ich hab mich nur gefragt, ob du Franko nicht besser einarbeiten solltest. Dann könntet ihr euch die Projektleitung teilen.«

»Dann gib das Projekt am besten direkt an Franko«, fuhr ich ihn an.

»Mensch, Charlotte! Nun reg dich nicht gleich auf. Du weißt genau, dass ich eine Verantwortung gegenüber unseren Kunden habe. Und gegenüber der Agentur. Und auch gegenüber dir und den Kindern. Ich kann es mir nicht leisten, gute Auftraggeber zu verprellen!«

»Pah«, machte ich und presste die Lippen aufeinander, um nichts Falsches zu sagen. Es war ein altes Streitthema zwischen Markus und mir. Ich wollte größere Projekte leiten, er war damit »natürlich einverstanden«, fand aber, dass ich dafür mehr Stunden in der Agentur arbeiten sollte. Das wollte ich auf keinen Fall.

Ich wollte nicht, dass Finja nachmittags in der Kita bleiben musste. Ich wollte nicht, dass niemand da war, wenn Merle aus der Schule kam. Und ganz bestimmt wollte ich nicht, dass wir eine Putzhilfe einstellten, wie Markus vorschlug, denn die würde nur die Ordnung in meinem Haus durcheinanderbringen.

Und manchmal fragte ich mich, ob das nur ein Vorwand war, weil Markus mir im Grunde keine größeren Projekte zutraute. Umso mehr wollte ich ihm beweisen, dass ich mit meiner nicht einmal halben Stelle mehr als doppelte Leistung bringen konnte. Das Projekt für Salome Schwalbenbach war deshalb eine Art Testlauf.

Es war nie mein Traum gewesen, in einer PR-Agentur zu arbeiten. Nach dem Abi hatte ich ein klares Ziel vor Augen gehabt. Ich wollte Journalistin werden und bei einem großen politischen Magazin in Hamburg oder Berlin arbeiten. Als ich Markus kennenlernte, hatte ich gerade den ersten Schritt auf meinem Weg dorthin gemacht: Für die Semesterferien hatte ich ein Praktikum bei unserer Lokalzeitung ergattert.

Markus war dort Redakteur, und an meinem dritten Tag schickte der Lokalchef mich zusammen mit ihm zu einem Termin im Rathaus. Markus war nicht gerade begeistert, die Praktikantin mitnehmen zu müssen. Die Ratssitzung zog sich ewig hin, und als wir in der Tagesordnung endlich bei Vermischtes ankamen, musste Markus los, weil er noch einen wichtigen Termin hatte. Er war gerade fünf Minuten weg, da brach im Ratssaal plötzlich ein Tumult los, als der Vorwurf laut wurde, dass sich die Kosten für ein städtisches Bauprojekt verdoppeln würden, ohne dass der Rat dem zugestimmt hatte. Ich hatte keine Ahnung, worum es genau ging, deshalb schrieb ich jedes Wort mit. Als ich Markus später meine Aufzeichnungen gab, sah er aus, als wollte er mich dafür am liebsten küssen.

Als Dankeschön lud er mich zum Abendessen ein. Er führte mich in ein wunderschönes italienisches Restaurant, und anschließend saßen wir bis zum Morgengrauen am Rheinufer, teilten uns eine Flasche billigen Wein von der Tankstelle und redeten über alles und nichts. Am Ende tanzte ich barfuß im Sand, und Markus sah mich an, als wäre ich ein Wunder, mit dem er nicht gerechnet hätte.

Am nächsten Tag war ich so müde, dass ich in der Redaktionskonferenz einschlief, und zum ersten Mal in meinem Leben richtig verliebt. Ich konnte es kaum glauben, als Markus – sieben Jahre älter, charmant, gutaussehend, witzig, weltgewandt – mir sagte, dass er für mich dasselbe empfand.

Markus hatte ebenfalls einen Traum: Er wollte als Reisejournalist arbeiten. Wir waren drei Monate zusammen, als er von der Reiseredaktion unserer Zeitung den Auftrag erhielt, eine Rundreise durch Italien zu machen, und mich fragte, ob ich ihn begleiten wolle. Ich dachte, ich würde das Land kennen. In meiner Kindheit und Jugend hatte ich die Ferien immer in Italien verbracht, weil mein Vater die antiken Stätten der Römer besuchen wollte.

Doch mit Markus erlebte ich ein Italien, von dem ich gar nicht gewusst hatte, dass es existierte. Wir tranken Wein und versackten in schummrigen Bars, wir dösten vor winzigen Cafés in engen Gassen in der Mittagssonne, und Markus schien zu jeder Sehenswürdigkeit eine verrückte Geschichte zu kennen, mit der er mich zum Lachen brachte. Vermutlich hatte er sie sich alle selbst ausgedacht.

Nach dieser Reise dachte ich, dass ich womöglich sogar meine Flugangst überwinden könnte, um zusammen mit Markus die Welt zu entdecken. Was ich nicht wusste, war, dass ich mir aus Italien ein besonderes Mitbringsel mitgebracht hatte. Vermutlich lag es an den Muscheln, die ich in Verona gegessen und nicht vertragen hatte.

Meine Frauenärztin erklärte mir, dass die Wirksamkeit der Pille nicht gewährleistet sei, wenn man sie nicht bei sich behalte. Da war Merle schon als Gummibärchen auf dem Bildschirm des Ultraschallgeräts zu erkennen. Und mir wurde klar, dass ich erst mal nicht sehr viel von der Welt zu sehen bekommen würde. Vermutlich nicht einmal Hamburg oder Berlin.

Markus entschied sich dann ohnehin dagegen, Reisejournalist zu werden, und gründete kurz nach Merles Geburt die *Agentur Stern für passgenaue Kommunikation*, die schnell erfolgreich wurde. Ich blieb drei Jahre lang bei meiner Tochter zu Hause, dann beendete ich erst einmal mein Studium. Mit siebenundzwanzig hatte ich einen Master in Germanistik, quasi keine Berufserfahrung und ein Kind, weshalb ich Teilzeit arbeiten musste und wollte. Natürlich fand ich keine Stelle. Es war nur logisch, dass ich bei Markus in der Agentur anfing.

Anfangs war der Plan, dass ich aufstocken würde, sobald Merle aufs Gymnasium ging. Markus schlug vor, mich zur zweiten Geschäftsführerin zu machen, und witzelte, dass er dann vermutlich bald nichts mehr zu sagen haben würde. Stattdessen wurde ich schwanger, blieb drei weitere Jahre zu Hause und stieg mit fünfzehn Stunden wieder in der Agentur Stern ein.

Meine beiden Mädchen waren das Beste in meinem Leben. Und ich war absolut der Überzeugung, dass es richtig war, für sie beruflich kürzerzutreten. Nur manchmal, sehr selten, träumte ich von der Karriere, die ich nicht hatte.

»Sie gibt uns den Auftrag«, unterbrach Markus meine Gedanken. »Salome, meine ich. Morgen kommt sie vorbei, um die Details zu klären. Es wäre gut, wenn du als Projektleiterin dann im Büro bist«, fügte er versöhnlich hinzu.

Also hatte ich das Projekt doch nicht in den Sand gesetzt. Und es war es auch immer noch *mein* Projekt. Ich hätte wohl jubilieren sollen. Doch der Erfolg fühlte sich schal an, weil ich ihn – zumindest zum Teil – meinem Mann verdankte.

»Ich bin total erledigt, ich geh ins Bett.« Markus erhob sich aus dem Sessel und stellte sein leeres Weinglas neben die Flasche auf den Couchtisch. Offenbar nahm er an, dass schmutziges Geschirr nachts kleine Füßchen bekommt und von selbst in die Küche läuft. »Gute Nacht.«

Ich überlegte, ob ich ihm sagen sollte, was ich heute tatsächlich gemacht hatte. Eigentlich hatte ich keine Energie mehr für dieses Gespräch. Dennoch musste Markus wissen, was mit meiner Mutter passiert war. Außerdem fand ich, er sollte ruhig ein schlechtes Gewissen bekommen, weil er mir vorgeworfen hatte, faul im Bett gelegen und meinen Kater auskuriert zu haben.

»Meine Mutter ist im Krankenhaus.«

»Was?« Markus drehte sich auf der Treppe um, die Verwirrung stand ihm ins Gesicht geschrieben.

»Sie hat Krebs.«

Er kam zurück und ließ sich schwer neben mir aufs Sofa fallen. Er beugte sich vor, zog umständlich die Flasche und sein Glas zu sich heran und schenkte sich nach. Dann trank er einen großen Schluck und schob den Wein im Mund hin und her, als wollte er ihn verkosten. Schließlich schluckte er geräuschvoll.

»Scheiße«, sagte er. »Das tut mir leid.« Er griff nach meiner Hand, und ich ließ sie ihm für einen Moment, bevor ich sie zurückzog. Nach unserer Auseinandersetzung war ich noch nicht wieder bereit, mich von ihm trösten zu lassen. Außerdem hatte ich mir fest vorgenommen, meine Gefühle unter Kontrolle zu behalten. Ich brauchte also gar keinen Trost.

»Du kannst ja nichts dafür«, erwiderte ich ironisch. Markus ging nicht darauf ein.

»Wieso musste sie denn plötzlich ins Krankenhaus?«, fragte er. »Gestern wirkte sie doch noch total fit ...«

Ich erzählte meinem Mann, was an diesem Tag passiert war, und er schüttelte bloß immer wieder den Kopf, als könne er es nicht glauben. »Und weißt du, was die Krönung ist?«, fragte ich schließlich.

»Das lässt sich noch toppen?«, sagte mein Mann skeptisch.

»Es ist gut möglich, dass ihre spanische Krankenkasse die Behandlungskosten hier in Deutschland nicht übernimmt. Und meine Mutter ist komplett pleite. Die Rechnung vom Krankenhaus kann sie nicht bezahlen.«

»Scheiße«, sagte Markus erneut. »Und jetzt?«

»Keine Ahnung.« Ich zuckte mit den Schultern. »Sie will auf keinen Fall in der Klinik bleiben. Ich fürchte, selbst wenn die Ärzte ihr etwas anderes raten, entlässt sie sich morgen auf eigenen Wunsch.«

»Und dann, was will sie dann machen?«

»Was weiß ich.« Noch einmal zuckte ich mit den Schultern. »Eigentlich kann es mir egal sein. Es ist ja ihr Problem, nicht meins.«

»Das meinst du nicht ernst, oder?«, protestierte Markus. »Wir können sie doch nicht einfach sich selbst überlassen, sie gehört immerhin zur Familie.«

Ich schnaubte bloß, denn im Grunde wusste ich natürlich, dass mein Mann recht hatte. Egal, was ich mir einredete, mein lästiges Pflichtbewusstsein würde mich so lange nerven, bis ich mich um das Problem kümmerte.

»Na gut, lass uns überlegen, wie es mit Barbara weitergehen soll«, stimmte ich deshalb zu und fing bereits an, in meinem Kopf eine Liste zu erstellen. »Sie braucht Geld. Vielleicht kann sie Sozialhilfe beantragen, keine Ahnung, das müsste ich rausfinden. Als Erstes braucht sie eine Bleibe, schätze ich. Wie wäre es mit einem Hotel? Nein, das ist zu teuer. Dann eine kleine Wohnung? Nur, wie sollen wir von jetzt auf gleich eine finden? Und auch die Miete muss irgendwie bezahlt werden. Vielleicht ein Hospiz? Aber dafür müsste sie krankenversichert sein, oder?«

»Ein Hospiz?« Markus schnaubte. »Da geht man nur zum Sterben hin.«

»Ich überlege ja nur«, verteidigte ich mich.

»Und hast du schon unser Gästezimmer in deine Überlegungen mit einbezogen?« Wieder zog mein Mann skeptisch eine Braue in die Höhe.

Ja, sicher hatte ich das. Es war ja naheliegend. Allerdings war es auch das Allerletzte, was ich wollte. »Du denkst wirklich, sie sollte hier wohnen?«, fragte ich. »Du weißt genau, dass das … nicht einfach würde.« Das war definitiv untertrieben. Es würde eine Katastrophe werden, so viel stand jetzt schon fest. Eine Katastrophe apokalyptischen Ausmaßes, in die wir sehenden Auges hineinsteuerten.

»So schlimm wird es schon nicht werden«, erwiderte Markus bloß.

»Und das Geld?«, brachte ich das letzte Argument vor, das mir einfiel. »Sollen wir etwa auch ihre Krankenhausrechnung bezahlen?«

»Lass das mal meine Sorge sein, ich regle das«, sagte Markus. Das war so typisch für meinen Mann. Bat man ihn, die Spülmaschine auszuräumen, den Müll rauszubringen oder nur ein einziges Mal seine schmutzigen Socken nicht auf dem Sofa liegen zu lassen, schien ihn das vor eine unlösbare Herausforderung zu stellen. Wenn es hingegen um Schwierigkeiten von der Größe eines Mittelgebirgszuges ging, tat er, als wäre er Bibi Blocksberg und könnte jedes Problem mit einem simplen »Hexhex« aus der Welt schaffen. Vermutlich lag das an den Genen. Markus stammte aus einer Anwaltsfamilie, und die Philosophie im Hause Stern lautete: Was man nicht mit Geld regeln kann, lässt sich durch einen Rechtsstreit lösen.

»Ich kann das nicht«, flüsterte ich in meinen Becher, so leise, dass ich glaubte, Markus hätte es nicht gehört. Doch ich hatte mich getäuscht.

»Natürlich kannst du das.« Mein Mann legte seine Hand unter mein Kinn und hob meinen Kopf an, sodass ich ihm direkt in die Augen sah. Mein Hals wurde eng, so liebevoll war sein Blick plötzlich.

Am liebsten hätte ich in diesem Moment meine Arme um ihn geschlungen und mich an ihn gelehnt, mich von ihm halten und trösten lassen. Doch ich hatte mir geschworen, mich nicht von meinen Gefühlen überrollen zu lassen. Und wenn ich meinem inneren Impuls gefolgt wäre, hätte ich die Tränen sicher nicht mehr aufhalten können. Also unterdrückte ich lieber meinen Wunsch, mich in Markus' Arm zu schmiegen – und dann war der Augenblick auch schon vorbei.

»Jetzt muss ich wirklich ins Bett«, sagte er und stand auf, um nach oben zu gehen. »Ich bin fix und fertig.« Auf der Treppe drehte er sich noch mal zu mir um. »Also fragst du deine Mutter, ob sie ein paar Tage bei uns bleiben will, ja? Zumindest, bis es ihr wieder besser geht.« Erwartungsvoll schaute er mich an.

»Ja.« Ich starrte in meine heiße Milch mit Honig, die inzwischen eine ziemlich kalte Milch mit Honig war. »Ich frage sie.« Immerhin bestand ja noch eine winzig kleine Chance, dass sie Nein sagen würde.

Kapitel 6

Natürlich sagte meine Mutter nicht Nein, als ich sie am nächsten Tag aus der Klinik abholte. Wie ich es vorausgesagt hatte, hatte sie sich auf eigenen Wunsch entlassen. Und zu meinem Angebot, erst einmal bei uns zu bleiben, bis es ihr etwas besser ging, sagte sie: »Ich will dir keine Umstände machen.« Na klar, dachte ich. Meine Mutter war die Königin der Umstände!

Doch wider Erwarten gestaltete sich das Zusammenleben zunächst katastrophenarm. Vermutlich lag das daran, dass Barbara noch sehr erschöpft war. Sie hielt jeden Tag einen ausgedehnten Mittagsschlaf – ihre *siesta*, wie sie es nannte – und ging abends früh zu Bett. Gelegentlich hörte ich sie in ihrem Zimmer auf Spanisch telefonieren, aber ich fragte nicht nach, mit wem sie sprach. Ich wollte nichts über ihr Leben auf Lanzarote wissen.

Vormittags war ich ohnehin in der Agentur. Ich hängte mich in das neue Projekt richtig rein, weshalb ich morgens schon eine halbe Stunde früher aus dem Haus ging und mittags trotzdem immer erst in letzter Sekunde loskam, um Finja aus der Kita abzuholen. So beschränkten sich unsere Zusammentreffen auf zwei bis drei Stunden an den Nachmittagen, in denen Barbara meist auf dem Sofa saß, Tee trank und Sudokus löste. Sie wirkte matt und hustete oft, doch hätte man nicht gewusst, wie schwer ihre Krankheit war, hätte man es auch für eine starke Erkältung halten können.

Wenn sie sich fit fühlte, las sie Finja vor und schaute sich – mit weit mehr Enthusiasmus, als ich für die Lieblingsserien meiner Tochter aufbringen konnte – »Paw Patrol« und »Lauras Stern« an. Oft setzte sich auch Merle dazu, um mit ihrer Großmutter über irgendwelche Youtube-Stars zu fachsimpeln, die sie ihr auf ihrem Smartphone vorführte.

Wir hatten den Mädchen erklärt, Barbara sei krank und wolle sich bei uns ein bisschen erholen. Sie hatten diese Erklärung zum Glück akzeptiert, ohne nachzufragen. Und mit derselben Selbstverständlichkeit hatten sie ihre Großmutter, die ihnen eigentlich hätte fremd sein müssen, in unseren Alltag integriert.

Nur ich tat mich schwer damit. Argwöhnisch beäugte ich die Idylle auf meinem Sofa, während ich kochte, putzte, bügelte und all das erledigte, was in einem Haus so anfiel, in dem neuerdings fünf Personen lebten, von denen vier keinen Finger krümmten.

Ich wollte keinen Streit riskieren, schon meinen Töchtern zuliebe. Deshalb ging ich bewusst jedem Konfliktthema aus dem Weg. Am Sonntag wurde diese wacklige Waffenruhe allerdings auf eine harte Probe gestellt. Denn wie immer am ersten Sonntag im Monat kam mein Vater mit seiner zweiten Frau Antje zum Kaffee. Am liebsten hätte ich den Termin dieses Mal abgesagt, aber das war unmöglich. Denn alles, was in dem Lehrerkalender meines Vaters stand, den er sich auch nach seiner Pensionierung immer noch jedes Jahr bestellte, war in Stein gemeißelt. Mein Vater war nicht besonders flexibel.

Wahrscheinlich hätte ich ihm einfach vorher sagen sollen, dass meine Mutter zurzeit bei uns wohnte. Doch ich fürchtete, dass er sehr enttäuscht von mir sein würde, wenn er es erfuhr. Es hatte ihm nie gefallen, dass ich nach meiner Hochzeit wieder regelmäßig Kontakt zu dieser Frau hatte, die ihn und mich damals so im Stich gelassen hatte. Er hatte mich gewarnt, dass auf meine Mutter kein Verlass war, und nach dem großen Streit vor fünf Jahren hatte er gesagt: »Ich hoffe, du hast etwas daraus gelernt.«

Ich würde ihm in einem ruhigen Moment schonend beibringen müssen, dass Barbara wieder da war. Ich wollte es ihm nicht als Erstes erzählen, denn dann wäre das Kaffeetrinken verdorben gewesen. Und ich wollte auch nicht vor Antje darüber sprechen – ihre Kommentare dazu ersparte ich mir lieber. Ich würde abwarten, bis mein Vater ein oder zwei Stücke Kuchen im Magen hatte, und ihn dann zur Seite nehmen.

Vor allem wollte ich verhindern, dass meine Mutter und mein Vater sich über den Weg liefen.

»Ruh dich aus«, hatte ich zu Barbara gesagt. »Ich bringe dir nachher ein Stück Himbeertorte hoch.« Ich hoffte bloß, dass sie den Wink mit dem Zaunpfahl verstanden hatte und im Gästezimmer blieb. Auch meine Töchter hatte ich geimpft, nichts von ihrer »Yaya« zu erzählen, weil ihr Großvater und ihre Großmutter sich vor langer Zeit zerstritten hätten und ihn das zu sehr aufregen würde. Das wird schon klappen, redete ich mir ein. Irgendwie.

»Mama, Finja füttert Nero schon wieder mit Torte.«

»Du sollst nicht petzen«, wies ich meine ältere Tochter automatisch zurecht und schalt meine Kleine im selben Atemzug: »Lass das, das verträgt der Hund nicht. Letztes Mal hat er davon auf den Teppich gebrochen.«

Finja schien meine Ermahnung gar nicht zu hören, sondern betrachtete nur verzückt die kleine Hundeschnauze, die unter der Tischplatte hervorschaute und ihre Hand ableckte. Antje, auf deren Schoß der Hund thronte, tat, als hätte sie nichts gehört. Ich hatte sie im dringenden Verdacht, dass sie die Bellwurst, wie ich das Tier insgeheim getauft hatte, selbst unter dem Tisch fütterte.

»Sehr lecker«, sagte mein Vater zum dritten Mal und stieß die Kuchengabel in das Stück Himbeersahnetorte auf seinem

Teller. Er besaß die besondere Gabe, sich einzig und allein auf eine Sache zu konzentrieren und dabei alles andere auszublenden. »Das hast du gut gebacken, Charlotte.«

»Danke, Papa. Ich weiß ja, dass du die Himbeertorte besonders magst.« Es gab immer Himbeersahnetorte am ersten Sonntag im Monat. »Und wie kommst du mit dem Mosaik voran?«, fragte ich, um ein Gespräch mit ihm in Gang zu bringen.

Mein Vater hatte Deutsch und Geschichte unterrichtet, und sein besonderes Interesse galt dem Römischen Reich. Anstelle von Gute-Nacht-Geschichten hatte er mir antike Heldensagen vorgelesen, und wir hatten so ziemlich alle Ausgrabungen und jedes berühmte Bauwerk von der Eifel bis nach Rom besichtigt. Er hatte es genossen, mir sein Wissen weiterzugeben, und ich hatte seine Aufmerksamkeit genossen.

Nach seiner Pensionierung hatte er sich einem Projekt von Laienarchäologen angeschlossen und widmete sich nun mit Hingabe seiner eigenen Forschung. Er hatte es sich zum Ziel gesetzt, ein Mosaik zu rekonstruieren, dessen Bruchstücke vor vielen Jahren auf einer Baustelle entdeckt worden waren. Es war wie ein Puzzle, bei dem fast alle Teile fehlten.

»Oh, ganz gut. Ich habe da einen Hinweis gefunden, dem ich als Nächstes nachgehen werde …«, setzte mein Vater an, als vom anderen Tischende ein ungeduldiges »Wuff« ertönte, und der Hund seine Schnauze auf den Tisch streckte, um ein Stückchen Torte von Antjes Teller zu erbeuten.

Markus räusperte sich vehement, die Mädchen kicherten, und Antje sagte: »Nicht, Nerolein.« Hätte der Hund lachen können, ich wette, er hätte es in diesem Moment getan. Mein Vater widmete sich wieder konzentriert seinem Kuchen. Da hörte ich plötzlich aus dem obersten Stockwerk deutlich Schritte. Bitte nicht!

»Wie wird denn dieses Jahr dein Zeugnis?«, erkundigte Antje sich bei Merle in die Gesprächspause hinein. Die zweite

Frau meines Vaters besaß die besondere Fähigkeit, im Plauderton die sensibelsten Themen anzusprechen.

»Hm«, machte Merle, zog ihr Smartphone hervor und begann, mit fliegenden Daumen darauf herumzutippen.

»Leg bitte das Handy weg«, sagte ich streng. Und an Antje gerichtet: »Die Sprachen sind stabil, in Mathe ist noch etwas Luft nach oben.« Die Übersetzung lautete: wacklige Dreien in Deutsch, Englisch und Französisch und eine drohende Fünf in Mathe. Antje war ebenfalls Lehrerin gewesen, sie hatte Mathematik und Latein unterrichtet.

»Warum hast du eigentlich am Montag nicht angerufen?«, erkundigte mein Vater sich wie beiläufig, trotzdem war der leichte Vorwurf in seiner Stimme unüberhörbar. Wir telefonierten immer montags. Und ich war immer diejenige, die anrief.

»Ich hatte furchtbar viel zu tun«, entschuldigte ich mich und machte eine vage Geste, die das gesamte Haus einschloss. Dass ich am Montag den halben Tag im Krankenhaus verbracht hatte, behielt ich erst mal für mich.

»Für einen kurzen Anruf wäre sicher Zeit gewesen«, beharrte mein Vater. »Ich habe mir Sorgen gemacht.«

Telefone funktionieren in beide Richtungen, sagte ich – nicht, sondern legte ihm ungefragt ein drittes Stück Torte auf den Teller. Besorgt lauschte ich in Richtung Dachgeschoss, aber es waren keine Schritte mehr zu hören.

»Ich will auch noch Kuchen«, meldete sich Finja. Sie hatte ebenfalls schon zwei Tortenstücke vertilgt, und ich fürchtete, wenn sie ein drittes aß, könnte sie dieses Mal diejenige sein, die sich auf den Teppich übergab.

»Meinst du nicht, du hattest genug?«, fragte ich meine Kleine deshalb.

»Nein!«

»Sag doch auch mal was«, bat ich Markus und schaute vielsagend erst zu Finja und dann zu Merle, die noch immer auf dem Handy tippte.

»Kann ich auch noch ein Stück haben?«, fragte mein Mann und hielt mir seinen Teller hin.

»Und wohin geht es diesmal in den Urlaub?«, erkundigte Antje sich und schob ein Tortenstückchen mit der Gabel auf ihrem Teller von links nach rechts, ohne es zu essen. Es war eine rein rhetorische Frage, die offensichtlich das Gespräch in Gang halten sollte. Seit Merles Geburt verbrachten wir jeden Sommer drei Wochen im Ferienhaus meiner Schwiegereltern auf Sylt.

Ich sparte mir deshalb eine Antwort und wandte mich stattdessen wieder an meinen Vater. »Hast du denn mal wieder ein gutes Buch gelesen?«, fragte ich.

Bücher waren immer unser gemeinsames Thema gewesen. Schon als Jugendliche hatte ich stundenlang in dem alten Ledersessel in seinem Arbeitszimmer gesessen und die Bücher gelesen, die er mir empfahl. Mein Vater hatte viele Stunden in seinem Arbeitszimmer verbracht, und so konnte ich in seiner Nähe sein, ohne ihn bei seinen Korrekturen und Unterrichtsvorbereitungen zu stören. Inzwischen schaffte ich es kaum jemals, eine Zeitschrift durchzublättern. Trotzdem fragte ich ihn stets nach Empfehlungen und bemühte mich, wenigstens ab und zu eines der Bücher zu lesen, um gemeinsamen Gesprächsstoff zu haben.

Doch mein Vater winkte ab. »Ich komme ja nur noch selten dazu, ein Buch in die Hand zu nehmen«, sagte er. »Die Forschung ist wirklich ungemein zeitintensiv.«

»Ich will jetzt endlich Kuchen«, meldete Finja lautstark ihre Wünsche an.

»Das heißt, ich möchte bitte«, korrigierte Antje sie übertrieben liebenswürdig. Ich presste die Lippen aufeinander. Ich mochte es gar nicht, wenn andere Menschen meine Kinder erzogen. Insbesondere dann nicht, wenn sie Antje hießen.

Antje und mein Vater waren Kollegen gewesen und eine Weile nachdem meine Mutter uns verlassen hatte, ein Paar geworden. Zum Glück waren sie erst zusammengezogen, als ich schon nicht mehr zu Hause wohnte. Ich mochte mir nicht vorstellen, wie Antje versucht hätte, mich zu erziehen. Sie hatte keine eigenen Kinder, dafür hatte sie jetzt die Bellwurst.

»Ich will aber«, beharrte Finja und legte sich halb auf den Tisch, um an die Torte heranzukommen.

»Markus«, sagte ich. Ich fand, mein Mann konnte sich jetzt wirklich mal um unsere Kleine kümmern. Doch er war damit beschäftigt, sich ein neues Videospiel auf Merles Handy anzuschauen.

»Leg das bitte weg«, wiederholte ich noch ein bisschen strenger in Merles Richtung. Hätte ich mit der gegenüberliegenden Wand gesprochen, hätte das denselben Effekt gehabt, nämlich gar keinen.

»Also, die Mediennutzung stellt ja heutzutage ein zunehmendes Problem unter Jugendlichen dar«, mischte Antje sich ein, noch immer im Plauderton. »Ich sage nur: Realitätsverlust, Schulversagen und erhöhtes Suizidrisiko.«

»Leg sofort das Ding weg«, befahl ich Merle und fuhr anschließend Finja an: »Finger weg von der Torte.« Zu spät! Sie hatte bereits ein Stück auf den Tortenheber geladen und manövrierte diesen unter heftigem Wackeln in Richtung ihres Tellers. Erschreckt von meinem Tonfall zuckte sie zusammen, und die Sahnetorte landete mit einem satten Flatsch mitten auf dem Tisch. Finja brach in Tränen aus.

»Scheiße, jetzt hab ich's verkackt«, motzte Merle und knallte das Handy neben ihren Teller, verschränkte die Arme und schmollte.

»Diese Wortwahl ...«, tadelte Antje, steckte ihren Zeigefinger in die Tortenreste auf ihrem Teller und ließ ihn von Nero abschlecken.

»Meine Güte, Lotti, musst du so rumbrüllen«, beschwerte Markus sich und lud Finja das zermatschte Stück Kuchen auf den Teller, woraufhin sie sich augenblicklich beruhigte.

Atmen, Charlotte, atmen!

Ich stand auf und ging in die Küche, um einen Lappen zu holen.

»Wie läuft es denn in der Agentur?«, hörte ich Antje am Esstisch wieder Smalltalk machen, als wäre nichts passiert.

»Am liebsten gut«, antwortete mein Mann bereitwillig. »Wir haben gerade wieder einen neuen Auftrag an Land gezogen. Charlotte hat ihn an Land gezogen, um genau zu sein«, fügte er hinzu, als ich mit dem Lappen in der Hand zurück ins Zimmer kam, und strahlte mich an, als erwartete er Beifall für die Bemerkung.

»Ich hatte mir ja immer eher eine akademische Karriere für dich vorgestellt«, sagte mein Vater mit gerunzelter Stirn zu mir.

Ich atmete ein. Ich atmete aus. Mein rechter Backenzahn fing schmerzhaft an zu pochen. Das tat er seit einigen Tagen immer wieder, bislang hatte ich jedoch noch keine Zeit gehabt, mich darum zu kümmern.

In diesem Moment ertönte aus dem Dachgeschoss laute Musik. Ich erkannte den ABBA-Hit *Mamma Mia* schon beim ersten Takt, und beinah hätte mein Herz ausgesetzt. Ausgerechnet dieses Lied! Seit zwanzig Jahren hatte ich alles getan, um es nicht mehr hören zu müssen, hatte den Radiosender gewechselt, sobald es lief, und mich standhaft geweigert, in irgendeinen ABBA-Film zu gehen. Weil ich genau das befürchtet hatte, was jetzt passierte: Erinnerungen poppten an die Oberfläche. Das war unser Lied gewesen. Meine Mutter hatte es immer und immer wieder laufen lassen, und wir hatten uns eine tolle Choreografie dazu ausgedacht.

»Mamma Mia!«, sangen ABBA. Und als hätte sie auf diesen Einsatz gewartet, kam meine Mutter die Treppe heruntergetanzt. Buchstäblich. Sie ging nicht, sie schwang ihre Hüften und Arme im Rhythmus der Musik Stufe um Stufe nach unten, und ihr wallendes Blumenkleid schwang mit. Um den Hals trug

sie zwei lange Ketten aus schwarzen und bunten Kugeln, die im Takt aneinanderschlugen, und um ihren Kopf hatte sie wieder einen Turban gewickelt, strahlendblau dieses Mal.

»Barbara«, sagte mein Vater. Er klang, als hätte er einen Geist gesehen, und seine gerunzelte Stirn verwandelte sich in eine Kraterlandschaft.

Antje verzog das Gesicht, als hätte sie in eine Zitrone gebissen. »Wuff« machte die Bellwurst und nutzte die Gelegenheit, um sich noch etwas Torte von Antjes Teller zu stibitzen.

»Hola!«, grüßte meine Mutter gutgelaunt in die Runde.

Ich machte drei Schritte in ihre Richtung, ohne genau zu wissen, was ich tun wollte. Sie eigenhändig die Treppe wieder nach oben tragen? Oder mich vor sie stellen, sodass die anderen sie nicht mehr sehen konnten, und hoffen, dass sie ihre Anwesenheit dann vergaßen? Wie ein kleines Kind, das die Hände vors Gesicht hält und Verstecken spielt?

»Ich hab dir doch gesagt, du sollst dich ausruhen«, sagte ich und versuchte vergeblich, es nicht wie einen Vorwurf klingen zu lassen.

»Das habe ich ja auch getan«, erklärte Barbara fröhlich. »Und jetzt fühle ich mich so frisch wie seit Tagen nicht mehr. Dann fiel mir ein, dass du von Himbeertorte gesprochen hast, und ich dachte, ich schaue mal, ob noch ein Stück für mich übrig ist.« Leise flüsterte sie mir zu: »Ich dachte, wir bringen diese Begegnung besser schnell hinter uns.«

Ich war da allerdings anderer Ansicht.

»Setz dich zu uns«, lud Markus meine Mutter ein und deutete auf den Stuhl, auf dem bis gerade eben noch Finja gesessen hatte, die inzwischen neben der Bellwurst kniete und den Hund mit den Resten ihres dritten Tortenstücks fütterte.

»Ich will nicht stören«, sagte meine Mutter und setzte sich. »Darf ich deinen Teller benutzen?«, fragte sie meine große Tochter. Merle reichte ihrer Großmutter den Teller und strahlte sie dabei so gutgelaunt an, als hätte sie nicht die vergangene

Viertelstunde geschmollt. Barbara bediente sich großzügig an der Torte.

Entsetzt stand ich abseits und betrachtete diese ungewollte Familienzusammenführung. Mir war klar, dass ich jetzt eine Erklärung liefern musste, was Barbara hier tat und warum ich es meinem Vater nicht längst erzählt hatte. Doch ich war unfähig, die richtigen Worte zu finden. Ich war ja nicht einmal in der Lage, meinen Vater anzuschauen, weil ich mir seinen vorwurfsvollen Blick nur zu gut vorstellen konnte.

Aus dem Gästezimmer war noch immer der fröhliche Disco-Hit zu hören, aber er konnte das unangenehme Schweigen nicht übertönen, das sich über den Tisch gesenkt hatte, seit meine Mutter aufgetaucht war. Das Pochen in meinem Backenzahn war inzwischen fast unerträglich, und ich legte mir unwillkürlich die Hand an die Wange, um den Schmerz zu besänftigen.

Schließlich räusperte sich mein Vater, und Antje, die die lange Gesprächspause nicht länger ertrug, fragte meine Mutter: »Und Sie besuchen Ihre Tochter?«

»Wie erstaunlich scharfsinnig«, gab meine Mutter spitz zurück. Antjes Gesichtsausdruck wurde noch ein bisschen zitroniger.

»Barbara wohnt eine Weile bei uns«, erklärte Markus, als ihm klar wurde, dass ich nicht vorhatte, den Mund aufzumachen. »Sie ist gesundheitlich etwas angeschlagen, wenn ich das so sagen darf, und soll sich ein wenig ausruhen.« Mein Mann ist sehr gut darin, positive Umschreibungen für alles zu finden. Deshalb ist er so brillant in seinem Job.

»So, so«, sagte mein Vater allerdings wenig überzeugt. In diesen zwei Silben schwang all das mit, was ich gefürchtet hatte, in seinem Blick zu sehen. »Deshalb hattest du also keine Zeit anzurufen.«

Nun sah ich mich langsam doch genötigt, die Situation selbst zu erklären.

»Du weißt, dass Barbara und ich länger keinen Kontakt hatten«, sagte ich und starrte dabei vor mir auf den Tisch. Ansehen mochte ich meinen Vater immer noch nicht. Ich fühlte mich wie ein Kind, das irgendeinen Unfug angestellt hatte und diesen nun beichten musste. »Letzten Sonntag stand sie plötzlich vor der Tür, und sie wollte eigentlich nur eine Nacht bleiben, aber dann gab es unvorhersehbare Komplikationen, und deshalb haben wir entschieden, also, wir haben ihr angeboten, ein paar Tage zu bleiben, bis sich eine bessere Lösung gefunden hat ...«

»Ich habe Krebs«, sagte meine Mutter und zog sich den Turban vom Kopf, unter dem ihre kurzen Haare zum Vorschein kamen. Im selben Moment verstummte die Musik, und die Sekunden der Stille, die sich über den Esstisch senkte, dehnten sich endlos.

»Krebs?«, rief Merle entsetzt. »Warum sagt mir das denn keiner?« Ihr Stuhl kippte um, als sie aufsprang und wütend nach oben rannte.

»Ich rede mit ihr«, bot Markus an, offensichtlich erleichtert, der unangenehmen Situation zu entkommen.

»Das tut mir ja so leid«, beteuerte Antje.

»Als ob«, sagte meine Mutter.

»Wir sollten dann jetzt mal gehen«, sagte mein Vater.

»Mama, ich glaube, Nero ist schlecht«, sagte Finja im selben Moment, als der Hund vom Schoß sprang und sich auf den Teppich unter dem Esstisch erbrach.

»Warum?«, fragte mein Vater, als ich ihn kurz darauf im Flur verabschiedete. Antje war mit der Bellwurst schon an die frische Luft gegangen.

»Tut mir leid. Ich hätte es dir sagen sollen.«

»Das meine ich nicht«, erwiderte er.

»Was denn?«

»Herrje, Charlotte, warum tust du dir das an?« Er umfasste meine Schultern und drückte sie, bis ich ihn schließlich wohl oder übel ansehen musste. Anders, als ich erwartet hatte, lag in seinem Blick kein Vorwurf und keine Enttäuschung, sondern nichts als väterliche Sorge. Plötzlich hatte ich einen Kloß im Hals. Wie sollte ich ihm das bloß erklären?

»Wer hat sich denn zu Hause um alles gekümmert, nachdem Barbara weg war?«, fragte ich schließlich.

Nachdem meine Mutter uns verlassen hatte, hatte mein Vater sich noch mehr als zuvor in seiner Arbeit vergraben. Ein Jahr lang hatten wir uns von Fertigpizza ernährt. Dann hatte ich beschlossen, dass es so nicht weitergehen konnte. Also hatte ich angefangen, mich um den Haushalt und um meinen Vater zu kümmern, der gelegentlich sogar vergaß zu essen, wenn er in ein interessantes Buch vertieft war. Es tat mir gut, unser Leben in Ordnung zu halten. Und es tat mir gut zu wissen, dass mein Vater mich brauchte. Ich hatte ja nur noch ihn.

»*Du* hast dich darum gekümmert«, räumte er ein.

»Siehst du, du hast mich früh dazu erzogen, Verantwortung zu übernehmen«, sagte ich. »Ich kann also gar nicht anders.«

Als ich zurück ins Wohnzimmer kam, kniete meine Mutter auf dem Boden und wischte zusammen mit Finja die Hinterlassenschaften der Bellwurst auf. Schnell nahm ich meiner Tochter den Lappen aus der Hand und half meiner Mutter, bevor die beiden den pinkfarbenen Matsch noch weiter in den hellen Teppich einarbeiten konnten.

»War das wirklich nötig?«, fragte ich Barbara, während ich vorsichtig eine besonders betroffene Stelle betupfte.

»Ich denke schon«, erwiderte sie und schrubbte energisch über die Ränder eines Flecks, bis er sich in eine rosa Wolke verwandelte. Ich nickte nachdenklich. Auch wenn ich es ungern zugab, hatte sie damit vermutlich sogar recht.

Ich ging nach oben, um nach Merle zu schauen, aber sie hatte ihre Tür abgeschlossen.

»Sie ist in Ordnung«, sagte Markus, der plötzlich hinter mir stand. »Ich habe ihr erklärt, dass wir auch nicht wissen, wie es weitergeht. Und ich habe ihr versprochen, dass wir eine Lösung finden werden.« Er legte mir den Arm um die Schultern und drückte mich an sich. »Sie ist schon groß, sie kommt damit klar.«

Seine Worte beruhigten mich etwas. Ich hoffte bloß, dass er nicht zu viel versprochen hatte.

kapitel 7

0:23 Uhr. In der Dunkelheit starrte ich auf die helle Digitalanzeige meines Weckers, bis meine Augen zu brennen anfingen. Ich schloss sie kurz, und als ich sie wieder öffnete, sprang die Anzeige auf 0:24 Uhr. Ich war viel zu durcheinander, um einschlafen zu können.

Neben mir schnorchelte Markus. Er schnarchte nie, er schnorchelte bloß. Es war ein Geräusch, das sehr alte Kaffeemaschinen machen, wenn sie den letzten Rest Wasser hochziehen und dann mit einem erschöpften Gurgeln in den Filter laufen lassen. Fehlte nur der Dampf, der aus den Nasenlöchern quoll. Ich hatte mich so an das Geräusch gewöhnt, dass ich schlechter schlief, wenn Markus auf einer Dienstreise war und nicht neben mir schnorchelte. Doch heute nervte es mich, und ich drückte mir das Kissen fest gegen die Ohren.

Eigentlich war dieser Sonntagnachmittag gar nicht so anders verlaufen als sonst. Mein Vater betonte, wie gut die Torte schmeckte, dabei hätte er vermutlich auch Styropor gegessen, weil er im Kopf sein Mosaik zusammenpuzzelte. Antje tat freundlich und schoss ihre Fragen dann wie tödliche Giftpfeile ab. Die Bellwurst fraß vom Tisch. Finja trotzte, bis sie ein drittes Stück Kuchen bekam. Merle schmollte, immer aus einem anderen Grund, und wenn sie keinen fand, schmollte sie einfach so. Und Markus tat, als gehörte er zur Einrichtung, und fühlte sich wie ein Held, wenn er es schaffte, Finja oder Merle zu beruhigen.

Und ich? Lächelte höflich.

Warum, fragte ich mich, tue ich das eigentlich? Die Antwort war so einfach wie frustrierend: Ich wollte unbedingt, dass alles perfekt war und dass es allen gut ging. Um wenigstens den Anschein von Harmonie zu wahren, hätte ich mich auf den Kopf gestellt und mit den Beinen Hurra geschrien, wenn es nötig gewesen wäre. Das ganze Gebilde war wackeliger als ein Yengaturm, und meine Mutter war wie eine Orkanböe hindurchgefegt. Doch was mich eigentlich so durcheinanderbrachte, war die Erkenntnis, dass sich das für einen kurzen Moment wie eine Erlösung angefühlt hatte.

0:32 Uhr. Markus gab ein Dreifachschnorcheln von sich, und mir wurde klar, dass es wenig Sinn hatte liegen zu bleiben. Ich musste etwas tun. Ich musste aufräumen, um Ordnung in meine Gedanken zu bringen. Und ich wusste auch schon, wo. Auf Zehenspitzen schlich ich aus dem Schlafzimmer und die Treppe hinunter in den Keller. Leise öffnete ich die Tür zum Chaosbunker. So nannten wir den Kellerraum, in den wir alles stellten, wofür wir keinen anderen Platz fanden. Den Raum aufzuräumen war eine Sisyphosaufgabe. Also genau das Richtige, um damit eine schlaflose Nacht zu verbringen.

Der Anfang war schnell gemacht. Direkt neben der Tür standen zwei Windelkartons mit aussortierten Spielen und Bilderbüchern. Die würde ich morgen mit in die Kita nehmen. Ich trug sie zur Treppe. Als Nächstes entdeckte ich ein altes Paar Laufschuhe von Markus. Wann war mein Mann das letzte Mal joggen gewesen? Ich konnte mich nicht erinnern, und die Schuhe vermutlich auch nicht.

Irgendwo im Chaoskeller lagerten auch ein Squashset, einige Golfschläger und sogar eine Tauchausrüstung. Nichts davon durfte ich weggeben. Mein Mann hatte eine Reihe von Hobbys und betonte, dass er sie alle wieder ausüben werde, sobald er etwas mehr Zeit habe. Ich hingegen hatte mich nach dem Misserfolg beim Schwangerenyoga nicht mehr um ein eigenes

Hobby bemüht. In der Schulzeit hatte ich richtig gut getanzt, Standard und Latein in der Tanzschulformation, dafür fehlte mir jetzt der Partner. Energisch stopfte ich die alten Laufschuhe in einen blauen Müllsack. Definitiv ein Fall für die Altkleidersammlung. Markus würde sie wahrscheinlich nie vermissen.

Stück für Stück arbeitete ich mich voran, und jedes weitere Teil, das ich aussortierte, verschaffte mir eine kleine Befriedigung. Dank der vielen Entscheidungen, die ich hier treffen musste, blieb im Kopf kein Platz für Grübeleien. Nach einer knappen Stunde hatte ich den Boden so weit freigeräumt, dass man sich bewegen konnte, ohne Angst haben zu müssen, in einen versteckten Nagel oder – noch gefährlicher – auf einen Legostein zu treten. Ich nahm mir das erste Regal vor.

Inlineskates in fünf verschiedenen Größen von Merle, die ich für Finja aufhob. Eine lange Riege bunter Martinslaternen, die ich einfach nicht wegwerfen konnte. Ebenso erging es mir mit Merles Schultüte. Wehmütig dachte ich daran, dass nächstes Jahr eine weitere hinzukommen würde.

Drei Aktenordner enthielten meine Aufzeichnungen aus dem Studium, in die ich nie wieder hineingeschaut hatte. Ich blätterte sie durch und dachte: Wow, das habe ich alles gewusst? Leider spielten Kenntnisse in Mediävistik, Morphologie und literaturwissenschaftlicher Methodologie nur eine untergeordnete Rolle, wenn man über topaktuelle Toilettentrends schrieb. Also gab ich mir einen Ruck und legte die Ordner endlich zum Altpapier.

Und dann, es ging bereits auf drei Uhr zu, stieß ich weit hinten im Regal auf eine Holzkiste. Natürlich wusste ich, was das für eine Kiste war. Bei jedem Aufräumen im Chaosbunker war sie ein Stück weiter nach hinten gerutscht. Mein Vater hatte sie mir in die Hand gedrückt, als ich zu Hause ausgezogen war.

»Da ist irgendein Zeug aus deiner Kindheit drin. Hat deine Mutter aufgehoben«, hatte er gesagt. Ich hatte überlegt, sie direkt zum Sperrmüll zu geben. Stattdessen war sie hier gelandet und über die Jahre unter einer dicken Staubschicht verschwunden. Genau wie die Erinnerungen an meine Kindheit, die ich, nachdem meine Mutter mich verlassen hatte, mehr und mehr verdrängt hatte. Heute war davon kaum noch etwas übrig, außer ein paar schwammigen Bildern in meinem Kopf. Und das war auch gut so! Zumindest war ich bis jetzt fest davon überzeugt gewesen.

Ich betrachtete das angegraute Kiefernholz und die dicken Bastbänder, die als Griffe dienten. Die Kiste sah aus wie eine normale Spielzeugkiste, und wahrscheinlich war sie das auch mal gewesen. Kurz war ich versucht, sie einfach wieder ins Regal zurückzuschieben, aber irgendetwas hinderte mich daran. Vielleicht, dachte ich, ist es jetzt an der Zeit, die Kiste zu öffnen. Also hob ich schnell den Deckel an, so wie man ein Pflaster von einer Wunde abreißt. Ratsch.

Falls ich erwartet hatte, dass ihr der Duft meiner Kindheit entsteigen würde, so wurde ich enttäuscht. Es roch einfach nur ein bisschen muffig. Obenauf lag ein wolliges, schmuddeliges Etwas, das vermutlich für den Geruch verantwortlich war. Mit spitzen Fingern hob ich es hoch. Erst auf den zweiten Blick erkannte ich es, und auf einen Schlag schoss eine Vielzahl von Bildern und Erinnerungen an die Oberfläche, wie die Kohlensäure in einer Sektflasche, die man zu lange geschüttelt hat.

»Hallo, Mäh«, sagte ich gerührt. »Hier hast du all die Jahre gesteckt.«

Mäh war der treue Begleiter meiner Kindheit gewesen, ein anatomisch unmögliches Schaf mit einem winzigen Kopf und einem flachen Bauch, der als Kuschelkissen diente. Ich hatte Mäh überall mit hingenommen, und einmal war er im Gedränge im Bus verloren gegangen. Ich war am Boden zerstört gewesen. Mit meiner Mutter hatte ich überall in der Stadt handgemalte Zettel mit einer Vermisstenmeldung aufgehängt, und tatsächlich hatte sich daraufhin eine ältere Dame gemeldet, die mein Schaf gefunden hatte.

Meine Mutter hatte ein rauschendes Willkommensfest mit allen Kuscheltieren für Mäh veranstaltet, bei dem wir Maulwurfkuchen gegessen und den Ententanz getanzt hatten, bis wir uns lachend am Boden wälzten. Kurz danach war ich zu alt für Mäh geworden und hatte ihn auf den Dachboden verbannt. Dass meine Mutter das Schaf aufgehoben hatte, verursachte mir ein seltsam warmes Gefühl im Bauch.

Ich drückte das muffige Stofftier kurz an mich und riskierte dann einen weiteren Blick in die Kiste. Ein scheußlicher Frotteestrampelanzug in Braun mit neongelben Streifen, ein Paar winzige gehäkelte Turnschuhe, ein Armband aus unförmigen Fimo-Perlen, eine kleine Kerze, die vermutlich mal auf einem Geburtstagskuchen gesteckt hatte, ein Plastikteller mit Punkten, ein Döschen mit einem einzelnen Zahn, eine alte Ausgabe von *Pu der Bär* …

Aber kein einziges Foto, stellte ich fast ein bisschen enttäuscht fest, denn ich besaß selbst kein Foto mehr, das vor meinem dreizehnten Geburtstag aufgenommen worden war. Es hatte Alben gegeben, doch die hatte mein Vater entsorgt, nachdem meine Mutter gegangen war. Und ich hatte dasselbe mit den Fotos getan, die in meinem Zimmer standen. Ich war so wütend gewesen, so verletzt, ich wollte durch nichts an meine Mutter erinnert werden. Und ich wollte meinem Vater beweisen, dass sie in meinem Leben keine Rolle mehr spielte. Nur insgeheim gestand ich mir gelegentlich ein, dass ich es bedauerte, keine Bilder aus dieser Zeit zu haben.

Dann widmete ich mich wieder dem Inhalt der Kiste. Ich nahm jedes Teil einzeln heraus, hielt es in der Hand und betrachtete es. Außer Mäh kam mir nichts bekannt vor. Vage Bilder entstanden in meinem Kopf, aber ich konnte sie nicht zuordnen. Dennoch bestand kein Zweifel, dass diese Sachen mir gehört hatten. Es fühlte sich an wie Souvenirs von einer Reise, die so lange zurücklag, dass ich mich an kein Detail mehr erinnern konnte.

Meine Mutter hätte mir sicher erzählen können, was es mit diesen Erinnerungsstücken auf sich hatte. Vermutlich kannte sie zu jedem Teil eine lustige Geschichte. Wir hatten oft zusammen gelacht, als ich noch ein Kind war, fiel mir ein. Und viele schöne Sachen zusammen unternommen. Dann war das Lachen immer weniger geworden, und meine Mutter war immer häufiger zu müde gewesen, um etwas mit mir zu unternehmen. Und dann war sie weggegangen.

Wie hatte sie das nur tun können? Es war für mich heute genauso unbegreiflich wie damals. Eigentlich war es sogar noch unbegreiflicher, seit ich selbst Kinder hatte. Ich dachte an Finja und Merle, an Schultüten, selbst gebastelte Martinslaternen und fünf verschiedene Größen von Inlineskates. Und bei der bloßen Vorstellung, ich müsste meine Mädchen verlassen, krampfte sich mein Herz so schmerzhaft zusammen, dass ich mir unwillkürlich an die Brust fasste.

Ja, vermutlich würde meine Mutter zu den Sachen in der Kiste Geschichten erzählen können. Doch ich wollte sie gar nicht hören! Ich hatte sämtliche Erinnerungen an meine glückliche Kindheit so gut es ging in einer inneren Schublade verstaut und diese sicher abgeschlossen. Es war eine dumme Idee gewesen, die alte Kiste aus dem Regal zu holen. Ich hatte mich getäuscht: Die Vergangenheit war vergangen, und das war das Beste, was man über sie sagen konnte.

Sorgfältig packte ich die Sachen zurück in die Kiste und legte den Deckel darauf. Da fiel mir auf, dass Mäh noch auf dem Boden lag. Ich wollte mich gerade nach dem Schaf bücken, als ich aus dem Augenwinkel sah, wie die Türklinke langsam heruntergedrückt wurde. Mein Herz fing an zu rasen. Wie in einem Horrorfilm schwang die Kellertür in Zeitlupe auf.

»Tee?«, fragte meine Mutter.

»Spinnst du?« Ich japste. »Was machst du denn hier?«

»Ich konnte auch nicht schlafen, und ich dachte, du könntest einen Tee gebrauchen«, erwiderte sie gut gelaunt und bot mir einen unserer geblümten Becher an. »Weil du schon seit zwei Stunden hier im Keller werkelst. Du musst durstig sein.«

»Du hast mich fast zu Tode erschreckt.«

Barbara hielt mir weiter auffordernd den Becher hin, sodass ich mich schließlich genötigt sah, ihn ihr abzunehmen.

»Danke«, schob ich ziemlich verspätet hinterher. Ich sank auf die Holzkiste, weil meine Beine sich noch immer puddingweich anfühlten. Außerdem hoffte ich, dass meiner Mutter nicht auffiel, worauf ich saß. Ich wollte wirklich keine Geschichten aus unserer gemeinsamen Vergangenheit hören.

»Also, wie kann ich dir helfen?« Ich stellte den Becher vor mich auf den Boden. Beim besten Willen konnte ich mir nicht vorstellen, dass Barbara bloß Lust auf ein gemütliches Teestündchen gehabt hatte. Da steckte garantiert mehr dahinter.

»Ich wollte dich etwas fragen«, bestätigte sie meine Vermutung. Sie zupfte ihren weiten Kaftan zurecht und nahm auf dem staubigen Kellerboden in einem geschmeidigen Yogasitz Platz. Ich seufzte stumm in mich hinein. Offensichtlich handelte es sich nicht um eine kurze Frage, auf die es eine schnelle Antwort geben würde. Meine Mutter stellte ihren Becher neben meinen und beugte sich vor, um etwas vom Boden aufzuheben.

»Ist das etwa Mäh?« Liebevoll betrachtete sie das verfilzte Tier.

Mist! Vor Schreck hatte ich völlig vergessen, dass der Verräter noch auf dem Boden herumlag.

»Meine Güte, Charlotte, erinnerst du dich, wie Mäh verschwunden war?«, fragte Barbara und lächelte bei der Erinnerung. »Das war so furchtbar! Als er wiederaufgetaucht ist, haben wir eine Riesenparty mit allen Kuscheltieren geschmissen, weißt du noch?«

Ich sparte mir eine Antwort, denn ich wollte ihr auf keinen Fall erzählen, dass ich gerade an genau diese Party gedacht hatte. Und vor allem wollte ich ihr nicht erzählen, dass mir bei der Erinnerung daran ganz warm im Bauch geworden war. »Also, was wolltest du mich nun fragen?«, lenkte ich vom Thema Mäh ab.

»Ach ja.« Sie ließ das Schaf in ihren Schoß sinken. Sie schien einen kurzen Moment zu überlegen, dann sagte sie: »Du hast nicht zufällig ein gutes Rezept für Gulaschsuppe?«

»Wie bitte?« Das meinte sie nicht ernst, oder? Sie kam nachts um drei in den Keller, um mich nach einem Rezept für Gulaschsuppe zu fragen? Sogar für meine Mutter erschien mir das unverhältnismäßig verrückt.

»Ich habe seit Jahren keine mehr gegessen«, erklärte sie jedoch ernsthaft. »Und ich hätte mal wieder richtig Lust darauf. Deshalb dachte ich, ich frage dich, ob du ein gutes Rezept hast.«

Ich beschloss, so zu tun, als wäre ihr Ansinnen völlig berechtigt. Vielleicht war das der einfachste Weg, um Barbara schnell wieder loszuwerden. »Ähm, ja, bestimmt habe ich irgendwo ein Rezept«, erwiderte ich deshalb. »Ich kann es dir gerne raussuchen. Brauchst du es sofort, oder reicht es morgen?«

Meine Mutter schaute mich bloß abwesend an, als hätte sie völlig vergessen, worüber wir gerade gesprochen hatten. Dann sagte sie: »Charlotte, willst du, dass ich gehe?« Mir war sofort klar, dass sie damit nicht meinte, ob sie wieder ins Bett gehen sollte. Das also hatte sie auf dem Herzen gehabt. Die Frage überraschte mich noch mehr als die nach dem Gulaschsuppenrezept.

»Du weißt, was man von Besuch sagt?«, fuhr Barbara fort. »Besuch ist wie Fisch. Nach drei Tagen fängt er an zu stinken. Und ich will kein Fisch sein.« Ihre Finger spielten unablässig mit Mähs verfilztem Fell. »Du hast gesagt, ich kann bleiben, bis es mir wieder besser geht. Und es geht mir besser. Also: Soll ich gehen?«

Ein Teil von mir wollte laut Ja rufen. Ich wollte mein altes Leben zurück. Das Leben, in dem meine Mutter weit weg war und alles wieder nach Plan lief. Nach meinem Plan. Doch dieses Leben gab es seit einer Woche nicht mehr. Also fragte der verantwortungsvolle Teil von mir: »Wohin willst du denn gehen?«

»Oh, keine Ahnung.« Barbara zuckte mit den Schultern, als wäre das keine große Sache. Doch sie klang nicht so selbstsicher, wie sie sich gab, als sie hinzufügte: »Es wird sich schon etwas finden.«

Na klar, dachte ich. »Bist du wirklich einfach nach Deutschland geflogen und hast bei uns geklingelt? Was hättest du denn gemacht, wenn du nicht hättest bleiben können? Gab es denn keinen Plan B?«, fragte ich, obwohl ich vermutete, dass ich mir diese Frage bei meiner Mutter sparen konnte.

»Es gab ja nicht mal einen richtigen Plan A«, bestätigte sie meine Vermutung und fuhr sich durch die kurzen Stoppelhaare, die wirr um ihren Kopf standen. Auf einmal ähnelte sie auf erschreckende Weise dem struppigen Mäh in ihrem Schoß. »Weißt du ... ich mache nicht mehr viele Pläne. Ich hatte hier nichts zu erledigen, wie ich behauptet habe. Nur eins: Ich wollte euch noch mal sehen. Dich und die Kinder. Bevor ...« Sie geriet ins Stocken.

Doch da stand das Wort schon im Raum. BEVOR. Direkt zwischen uns in riesengroßen Leuchtbuchstaben. Und zusammen mit dem »Bevor« die Frage, die ich mir seit einer Woche stellte und einfach nicht aussprechen konnte.

Ich hatte gegoogelt. Die Prognose bei Lungenkrebs war meist schlecht, die Heilungschancen gering. Zur Lebenserwartung hatte ich im Internet unterschiedliche Angaben gefunden, von ein paar Monaten bis zu mehr als fünf Jahren war da die Rede. Aber das waren nur Statistiken, und es hing von vielen Faktoren ab, die ich alle nicht kannte. Ich musste wissen, wie es wirklich um meine Mutter stand, auch wenn mir davor graute, es zu erfahren.

»Wie lange noch?« Ich räusperte mich, weil mein Hals sich plötzlich eng anfühlte. »Was sagen die Ärzte?« Ich versuchte, mich zu wappnen.

»Dass man das nicht so genau vorhersagen kann«, antwortete meine Mutter sachlich, aber sie konnte nicht verbergen, dass ihre Stimme zitterte. »Ohne weitere Behandlung, sagen sie, eher Wochen als Monate … «

»So wenig?« Ich fühlte mich grässlich, weil ich gerade noch, wenn auch nur kurz, mit der Vorstellung geliebäugelt hatte, meine Mutter vor die Tür zu setzen. »Ist das denn sicher?«, hakte ich nach. »Dein Arzt auf Lanzarote war wohl kaum eine Koryphäe auf dem Gebiet. Hast du eine zweite Meinung eingeholt?«

Meine Mutter schüttelte den Kopf. »Vielleicht ist es an der Zeit einzusehen, dass es nichts mehr gibt, was man tun kann«, sagte sie.

»Nein, nein, nein. Stopp!«, erwiderte ich energisch. Damit würde ich sie nicht davonkommen lassen. Sie konnte sich nicht erst in mein Leben drängen und dann erwarten, dass ich akzeptierte, dass sie ihres einfach aufgab. Barbara hatte ein paar wirklich unverzeihliche Dinge getan. Dennoch war sie meine Mutter. Und in diesem Moment wurde mir klar, dass ich gar keine andere Wahl hatte, als ihr zu helfen. Es war das einzig Richtige.

»Du kannst bleiben, solange du willst«, sagte ich. »Unter einer Bedingung …«

»War ja klar.« Sie seufzte theatralisch, während um ihre Lippen ein vorsichtiges Lächeln spielte.

»Ich will, dass du mit mir zu Onkel Uli gehst«, sagte ich. »Erinnerst du dich noch an Onkel Uli?«

Ulrich Leyendecker war ein Schulfreund meines Vaters, und als ich ein Kind war, war er oft bei uns zu Gast gewesen. Obwohl wir nicht verwandt waren, hatte ich ihn immer Onkel Uli genannt. Das letzte Mal hatten wir uns vor ein paar Jahren auf dem sechzigsten Geburtstag meines Vaters gesehen. Er war Chefarzt der Onkologie am Uniklinikum, und deshalb war er mir eingefallen, als ich überlegt hatte, wen man nach einer zweiten Meinung fragen konnte.

»Natürlich erinnere ich mich an Uli«, erwiderte meine Mutter. »Ich mochte ihn immer gern.«

»Gut«, fuhr ich fort. Es fühlte sich befreiend an, einen Plan zu haben – und damit auch endlich wieder die Kontrolle über die Situation. »Und wenn Onkel Uli eine weitere Therapie vorschlägt, dann will ich, dass du sie machst. Und wenn nicht, dann … finde ich was anderes. Und dann machst du das, okay?«

Markus hatte tatsächlich einen Weg gefunden, Barbaras Problem mit der Krankenversicherung zu lösen. Auf den Kosten für ihren Krankenhausaufenthalt würden wir zwar voraussichtlich sitzen bleiben, aber angesichts dessen, was ich gerade erfahren hatte, war mir das plötzlich gleichgültig. Ich würde dafür sorgen, dass meine Mutter ab sofort nur noch die bestmögliche medizinische Behandlung erhielt.

»Das sind genau genommen drei Bedingungen«, wandte Barbara ein. »Aber ich bin einverstanden.«

»Also haben wir einen Deal«, sagte ich erleichtert.

»Ja, wir haben einen Deal.« Barbara erhob sich und drückte mir Mäh in die Hand. »Dann gehe ich mal wieder ins Bett. Gute Nacht, Charlotte.«

»Gute Nacht.«

»Ach, und Charlotte.«

»Ja?«

»Das mit der Gulaschsuppe war nur ein Vorwand.«

»Ich weiß«, sagte ich. »Ich mache uns trotzdem bei Gelegenheit mal eine.«

»Danke«, sagte sie. »Extra scharf, wenn es dir nichts ausmacht.«

Kapitel 8

Der Kaffee im Büro musste kaputt sein. Ich hatte schon drei Tassen getrunken und trotzdem noch immer die Vitalfunktionen eines Zweifingerfaultiers. Nach dem Gespräch mit meiner Mutter war ich ins Bett gegangen und sofort eingeschlafen. Endlich eine klare Entscheidung getroffen zu haben wirkte auf mich wie Baldrian. Gefühlt hatte ich jedoch kaum die Augen zugemacht, als Finja ins Zimmer gehüpft kam und so lange »Wenn du fröhlich bist, dann klatsche in die Hand« sang, bis ich mich aus dem Bett quälte. Kein Schlaf war allerdings keine Ausrede, es gab eine Menge zu tun.

Schon auf der Fahrt ins Büro hatte ich über die Freisprechanlage mit Onkel Uli telefoniert. Er hatte sofort zugestimmt, sich den Fall meiner Mutter anzuschauen, und mir große Hoffnungen gemacht. Seine Klinik führe gerade eine Studie mit einer neuen Immuntherapie durch, in der er Barbara vielleicht unterbringen könne. »Je nach Tumorart erwarten wir durch diese Behandlung gute Ergebnisse, in Einzelfällen sogar eine Heilung des Patienten«, hatte er erklärt.

Das klang sehr verheißungsvoll, fand ich. Leider konnte Uli mir erst in zwei Wochen einen Termin anbieten, weil er vorher auf einer längeren Vortragsreise unterwegs war. Wir vereinbarten, dass ich ihm die Krankenakte meiner Mutter zuschicken würde, damit er alles in die Wege leiten konnte. Ich hoffte bloß, dass Barbara sie aus Lanzarote mitgebracht hatte.

Auch heute war ich eine der Ersten gewesen, die in der Agentur eintrudelten. Nur mein Mann war meistens vor mir im Büro. Da er die Ruhe am Morgen gern zum konzentrierten Arbeiten nutzte, stand Markus fast so früh auf wie Finja und ging noch vor Merle aus dem Haus. Webentwickler Mehmet war heute ebenfalls ein früher Vogel. Vielleicht hatte er auch die ganze Nacht im Büro verbracht. Auf jeden Fall saß er bereits an seinem Platz in unserem Großraumbüro, trug wie immer Kopfhörer auf den Ohren und wippte monoton mit dem Kopf, während seine Finger über die Tastatur flogen, als würden sie ein Eigenleben führen.

Am liebsten hätte ich mich eine Weile meiner Montagmorgenlethargie hingegeben. Beim Blick in mein E-Mail-Postfach war allerdings schnell klar, dass daraus nichts werden würde. Es quoll fast über von Salome Schwalbenbachs Mails.

Wir hatten vereinbart, als Erstes die bestehende Website zu relaunchen und um ein Blog zu erweitern, mit dem die junge Zielgruppe über die neuesten Trends zum Thema »Schöner baden« informiert werden sollte, anschließend wollten wir die von mir geplante Social-Media-Strategie umsetzen. Die technischen Aspekte hatte ich bereits mit Mehmet geklärt, die visuelle Umsetzung mit Sasha, unserer Art Directorin, besprochen, nun ging es um den Content.

Vor dem Wochenende hatte ich die ersten Texte an Salome Schwalbenbach geschickt und diese postwendend zurückbekommen – mit so vielen Änderungswünschen, dass ich quasi von vorn beginnen konnte. Auch mit der bisherigen Bildauswahl war sie unzufrieden und hatte mir stattdessen eine Flut von Fotos zur Inspiration geschickt. Außerdem hatte sie zahllose kreative Ideen, die ich alle noch einarbeiten sollte. Salome Schwalbenbach war wirklich eine anspruchsvolle Kundin. Aber ich war fest entschlossen, sie mehr als zufriedenzustellen.

Ich hatte mir gerade die vierte Tasse Kaffee geholt, als Markus' Stimme aus dem Büro nebenan ertönte. »Charlotte, kommst du bitte mal?« Sein Tonfall machte mich auf der Stelle wacher als der gesamte Kaffee, den ich bereits intus hatte. Ich betrat sein Büro und erkannte, dass er stinksauer war. Angespannt saß er hinter seinem Schreibtisch und trommelte mit allen zehn Fingern Stakkato auf die Tischplatte.

»Was ist denn los?«, erkundigte ich mich und setzte mich ihm gegenüber auf den Besucherstuhl. War er etwa wütend auf mich? Blitzschnell ging ich im Kopf alle Projekte der letzten Wochen durch. Mir fiel nicht ein, wo etwas schiefgegangen sein könnte.

»Ich hatte gerade ein ziemlich unschönes Telefonat mit dem Geschäftsführer der Bar Deluxe«, erklärte Markus.

»Inwiefern?«, fragte ich und fühlte mich mittlerweile genauso angespannt wie mein Mann aussah. Die Bar Deluxe war die angesagte Location, die ich für seine Geburtstagsparty gebucht hatte. Sie war extrem stylish und hatte eine tolle Lage mit traumhaftem Panoramablick über den Rhein.

»Wie es aussieht, haben sie noch eine zweite Buchung für denselben Termin angenommen. Und zwar eine Woche, bevor du reserviert hast, das behauptet dieser Herr Caspary zumindest. Und deshalb hat er unsere Buchung kurzerhand storniert.« Markus schlug mit der flachen Hand auf die Tischplatte, sodass sie erzitterte. Immerhin trommelte er keine Dellen mehr in den Schreibtisch.

»Was?! Das können sie nicht machen!«, rief ich. »Ich hab extra schon vor einem Jahr reserviert. Noch früher geht ja kaum!«

»Mensch, Charlotte, das ist doch nicht dein Fehler«, erwiderte Markus genervt. »Dieser Idiot Caspary ist schuld. Doppelte Buchung, der hat sie nicht mehr alle! Am liebsten würde ich ihn verklagen, aber das bringt ja nichts. Er bietet uns sogar eine finanzielle Entschädigung an. Leider können wir uns davon jetzt auch nichts mehr kaufen. So kurzfristig finden wir keine schicke neue Location.«

»So eine Sch…« Vor lauter Stress fing mein Backenzahn wieder schmerzhaft an zu pochen. Ich wusste genau, wie wichtig es Markus war, dass sein Vierzigster ein Erfolg wurde. Es war ja nicht nur eine private Feier, sondern auch ein großes Firmenevent. Da ich vor einem Jahr die Planung übernommen hatte, fühlte ich mich nun dafür verantwortlich, dass es kein riesiger Reinfall würde.

»Ich kümmere mich darum«, versprach ich und stand entschlossen auf. »Keine Sorge, ich finde eine Location, die die Bar Deluxe noch toppt. Und um alles andere kümmere ich mich auch.« Im Kopf fing ich schon damit an, eine Liste zu schreiben. Wir hatten in der Bar Deluxe ein Komplettpaket gebucht: Buffet, Getränke, DJ …

»Warte mal«, stoppte Markus mich jedoch, als ich bereits an der Tür stand. »Sollen wir nicht lieber Mareike bitten, sich darum zu kümmern?«

»Mareike, wieso?«, fragte ich abwesend, in Gedanken voll und ganz mit meiner To-do-Liste beschäftigt.

»Ich dachte bloß, dass du dir das nicht auch noch aufhalsen solltest. Du hast mit dem Schwalbenbach-Projekt schon genug zu tun und außerdem mit deiner Mutter so viel um die Ohren …«

»Ach was«, tat ich seinen Vorschlag ab. »Ich krieg das hin. Oder glaubst du etwa nicht, dass ich das schaffe?« Da waren sie wieder, die Zweifel: Traute mein Mann mir womöglich gar nicht zu, die Party zu retten? Dann würde ich ihm das Gegenteil beweisen – und mich besonders ins Zeug legen!

»Mensch, Lotti, natürlich glaube ich, dass du das hinkriegst«, erwiderte Markus. »Aber bitte übernimm dich nicht. Wenn du Hilfe brauchst, dann frag Mareike, okay?«

»Klar«, sagte ich. Wir wussten beide, dass ich das nicht tun würde.

Voller Tatendrang kehrte ich an meinen Schreibtisch zurück. Ich schloss mein E-Mail-Postfach – Salome Schwalbenbach würde sich ein bisschen gedulden müssen – und fing an, eine Liste mit allen Orten zu erstellen, die sich für ein Fest mit hundertfünfzig Gästen eigneten. Noch immer pochte der Zahn bis in meine Wange. Ich biss die Zähne zusammen und ignorierte den Schmerz.

Eine Stunde später war meine Liste fertig, und ich griff zum Telefon. Rücken durchdrücken!, fiel mir gerade noch rechtzeitig ein, denn ich hatte mal gelesen, dass man mit einer aufrechten Haltung sogar am Telefon selbstbewusster wirkte. Eine weitere Stunde und eine lange Reihe von Absagen später musste ich mir allerdings eingestehen, dass es allein mit Rückendurchdrücken nicht getan war. Wir befanden uns mitten in der Hauptsaison für Hochzeiten, Abibälle und Sommerfeste, und jede halbwegs attraktive Location war schon seit Monaten ausgebucht.

»Kaffee?« Mareike stellte einen großen Latte Macchiato vor mir auf den Schreibtisch. »Mit doppeltem Espresso. Du siehst aus, als hättest du eine Koffeininfusion bitter nötig.«

»Danke, du bist meine Rettung.«

»Immer gern zu Diensten.« Sie zog einen Bürostuhl heran, setzte sich und lachte, als ich nach dem Kaffee griff wie eine Verdurstende in der Wüste. Gierig trank ich einen Schluck, aber als die heiße Flüssigkeit meinen Backenzahn umspülte, flammte darin wieder der Schmerz auf. Ich verzog gequält das Gesicht.

»Mieser Tag?«, fragte Mareike mitfühlend.

»Zahnschmerzen«, nuschelte ich.

»Na, das ist ja mal ein glücklicher Zufall«, rief sie. »Da habe ich den perfekten Mann für dich. Maximilian. Küsst fantastisch, also fast schon BÄM-mäßig, und er ist wahnsinnig einfühlsam.«

»Hä?«, machte ich.

»Wir hatten am Wochenende ein tolles Date. Leider fand er, ich sei eine zu starke Persönlichkeit. Ansonsten ist er wirklich einfühlsam. Und Zahnarzt, ist das nicht sexy? Ich google dir seine Nummer, okay?«

»Quatsch, der Zahn ist bestimmt bald wieder okay«, wiegelte ich ab. Was an einem Zahnarzt sexy sein sollte, wollte mir nicht in den Kopf – ich mied Mitglieder dieser Berufsgruppe schon seit Jahren erfolgreich. »Google mir mal lieber die Nummer von einer angesagten Partylocation, die in zwei Wochen noch frei ist.«

»Wieso, was ist denn los?«, fragte Mareike erstaunt. Also erklärte ich ihr das Problem.

»So etwas Dreistes hab ich ja noch nie gehört«, regte meine Lieblingskollegin sich auf.

»Tja«, sagte ich. »Auf jeden Fall brauche ich jetzt dringend eine tolle Ersatzlocation.«

»Hmmmm.« Mareike spitzte ihre wie immer korallenrot geschminkten Lippen zu einem Kussmund und schien angestrengt nachzudenken. »Ich war ja auf ein paar Hochzeiten in letzter Zeit«, überlegte sie laut. »Genau genommen war ich ständig auf Hochzeiten, gefühlt haben alle Menschen geheiratet, die ich kenne.« Was vermutlich der Grund war, warum sie so verzweifelt nach dem Mann fürs Leben suchte.

»Auf jeden Fall waren da ein paar sehr schöne Locations dabei ... Wo hast du es denn schon probiert?« Ich zeigte ihr meine lange Liste mit den durchgestrichenen Namen.

»Oje. Dann fällt mir nur noch unser Innenhof ein.« Sie wies aus dem Fenster. »Wir könnten ihn ja besonders toll dekorieren.«

»Auf gar keinen Fall.« Der Innenhof hinter der Agentur war zwar mit seinen efeubewachsenen Backsteinmauern recht idyllisch, aber sicher nicht der passende Ort für das Party-Event des Jahres. Und so toll Mareikes Kleidungsstil war, so gewöhnungsbedürftig waren ihre Dekorationskünste.

Bei der letzten Weihnachtsfeier hatte sie fünf Tonnen Glitzer in der Agentur verteilt. Wir hatten bis Ostern gebraucht, um die glänzenden Fitzel wieder aus den Dielen zu kratzen. Überall hatten kitschige Porzellanengel gestanden, und Bewegungsmelder-Weihnachtsmänner hatten »Ho, ho, ho« gemacht, wenn man an ihnen vorbeiging. Außerdem hatte Mareike uns gezwungen, blinkende Geweihe zu tragen. Mehmet war der Einzige, der sein Geweih den ganzen Abend lang tapfer auf dem Kopf behalten hatte.

Unser Computernerd schwärmte heimlich für Mareike, oder besser gesagt: nicht heimlich. Alle in der Agentur wussten Bescheid, inklusive Mareike. Leider war er einen Kopf kleiner als sie, trug Logo-T-Shirts irgendwelcher Indie-Bands und einen Hipsterbart. Er verkörperte das genaue Gegenteil von Mareikes Beuteschema.

»Wo habt ihr eigentlich eure Hochzeit gefeiert?«, fragte sie.

»Ach, das war keine besondere Location«, winkte ich ab. Gleichzeitig beschlich mich bei der Erinnerung ein nostalgisches Gefühl. Ich hatte aus unserer Hochzeit keine große Sache machen wollen, immerhin war ich damals schon im siebten Monat schwanger gewesen. Deshalb hatte ich vorgeschlagen, nur zum Standesamt zu gehen und danach mit der Familie anzustoßen, aber darauf hatte Markus sich nicht eingelassen. »Das ist so ein Einmal-im-Leben-Ding«, hatte er gesagt.

»Wir haben in dem Restaurant gefeiert, in dem wir unser erstes Date hatten«, erzählte ich Mareike.

»Wie romantisch«, rief sie begeistert. »In welchem?«

»Im *Bacio*. Kennst du das? Wir waren seit Jahren nicht mehr da.« Seit Finja auf der Welt war, gingen Markus und ich außer zu geschäftlichen Terminen kaum noch aus. Doch als ich jetzt daran dachte, hatte ich plötzlich eine bunte Bildergalerie von Erinnerungen im Kopf. Die weinberankte Terrasse mit dem wunderschönen Rheinblick, ein Meer von Kerzen, Live-Musik und ein italienisches Buffet. Das war perfekt und hoffentlich nicht seit Monaten ausgebucht, weil es eben keine typische Hochzeitslocation war.

»Mensch, Mareike, das ist genial«, freute ich mich. »Wieso bin da nicht gleich draufgekommen?« Ich schnappte mir meine

Tasche. Das *Bacio* lag auf meinem Heimweg, statt anzurufen, würde ich einfach direkt vorbeifahren.

»Und die Nummer von Maximilian?«, rief Mareike mir hinterher. Ach ja, der einfühlsame Zahnarzt.

»Brauch ich nicht«, antwortete ich im Hinauslaufen. »Tut gar nicht mehr weh.«

Schon beim ersten Blick auf die *Trattoria Bacio* musste ich einsehen, dass aus meinem großartigen Plan nichts werden würde. Das Lokal war geschlossen, und wie es aussah, nicht erst seit gestern. Hinter den schlierigen Fenstern war es dunkel, und der seitliche Zugang zur Terrasse wurde durch einen windschiefen Bauzaun versperrt. Ich presste meine Nase an einer der schmutzigen Scheiben platt und entdeckte, dass die Inneneinrichtung noch vorhanden, allerdings von einer Staubschicht bedeckt war.

Das war es dann wohl mit der Party des Jahres. Willkommen im Innenhof der Agentur Stern. Eine Weile starrte ich frustriert auf die verschlossene Eingangstür, dann beschloss ich, nach Hause zu fahren. Mir würde etwas anderes einfallen. Ganz bestimmt. Nur nicht in diesem Moment.

Ich wollte gerade zurück zum Auto gehen, als mir der Spalt im Bauzaun ins Auge fiel. Und als ich ihn einmal entdeckt hatte, übte er eine magische Anziehungskraft auf mich aus. Nein, Charlotte, ermahnte ich mich. Das ist Hausfriedensbruch. Doch meine Füße bewegten sich wie ferngesteuert dorthin, und ehe ich michs versah, stand ich auf der rückwärtigen Terrasse des Restaurants.

Dort sah es noch genauso aus, wie ich es in Erinnerung hatte. Nein, natürlich nicht genauso. Die Holzklappstühle waren angegraut und gegen die Tische gelehnt, einige waren auch umgekippt, und manche Rückenlehne war zersplittert. Überall auf dem Boden lagen vertrocknete Blätter und Müll, und der Wein, der die Terrasse überrankte, hätte dringend zurückgeschnitten werden müssen. Der Ausblick auf den Rhein, der direkt unterhalb der Terrasse vorbeifloss, war hingegen noch genauso malerisch.

»Darf ich um diesen Tanz bitten, Frau Stern?«, hörte ich Markus' Stimme in meinem Ohr und musste bei der Erinnerung grinsen. Unser Hochzeitstanz mit meiner Siebenmonatskugel war eine Herausforderung gewesen, zumal Markus gar nicht tanzen konnte. Umso enthusiastischer hatte er mich über die Fläche geschoben, damit es nicht auffiel.

Ein entfernter Großonkel von Markus hatte sein Akkordeon angeschleppt und darauf bestanden, für uns zu spielen. Onkel Oswald war knapp neunzig, hatte nur neun Finger und trug ein Gebiss, was seiner musikalischen Darbietung aber keinen Abbruch tat. Nicht einmal der gute Elvis hatte *Can't Help Falling in Love* gefühlvoller gesungen. Es war ein fantastischer Abend gewesen.

Uns verband so viel mit diesem Ort. Unser erstes Date hatte hier stattgefunden. Hier hatte ich Markus den Schwangerschaftstest mit dem Pluszeichen gezeigt, voller Sorge, wie er darauf reagieren würde. Hier hatte er mir noch am selben Abend einen Heiratsantrag gemacht. Und hier hatten wir einige Male unseren Hochzeitstag gefeiert. Von der Schließung hatte ich nichts gewusst, und der Anblick der angegrauten Stühle machte mich richtig melancholisch.

»Eh, Signora!«, holte mich eine Stimme in die Gegenwart. Ich fuhr herum und entdeckte einen kleinen, stämmigen Mann im Nadelstreifenanzug mit gezwirbeltem Schnauzbart und gelben Gummistiefeln, der mit einer großen Schaufel in der Hand entschlossen auf mich zustapfte. Er sah aus wie das wandelnde Klischee eines Mafioso, nur die Gummistiefel störten das Bild.

»Hier is *privato*, Signora, hier können Se nit einfach reinmarschieren!« Er schwang die Schaufel, um seine Worte zu unterstreichen.

Mist, verfluchter! Wenn ich einmal etwas Verbotenes tat, wurde ich natürlich sofort erwischt. Mit wütender Miene baute sich der Mann vor mir auf. Er war einen halben Kopf kleiner als ich, also ziemlich klein, aber die Spitzen seines Schnauzbarts zuckten nervös, und er hielt die Schaufel wie eine Waffe in der Hand.

»Tut mir schrecklich leid«, sagte ich und suchte fieberhaft nach einer guten Ausrede, warum ich mich hier aufhielt. Mir fiel keine ein, nur die Wahrheit. »Wir haben hier geheiratet, wissen Sie. Mein Mann und ich. Na ja, wer sonst. Auf jeden Fall wollte ich jetzt seinen Geburtstag hier veranstalten. Als Erinnerung an die gute alte Zeit, verstehen Sie. Leider wird das ja nun nichts ...« Ich machte eine vage Geste, die das Restaurant und die Terrasse einschloss.

»*Amore! Amore!* Nä, wat schön!«, rief der Gummistiefel-Mafioso mit plötzlichem Schmelz. Trotz der italienischen Ausdrücke, mit denen er seine Sätze spickte, war der rheinische Singsang in seiner Stimme unverkennbar. Er ließ die Schaufel sinken, und ich stieß erleichtert die Luft aus. »Wann war dat denn? Die Hochzeit, mein isch.« Er musterte mich von oben bis unten, als müssten wir uns kennen.

»Vor dreizehn Jahren«, antwortete ich und ließ dabei die Schaufel sicherheitshalber nicht aus den Augen, womöglich schlug seine Stimmung genauso schnell wieder um.

»Dat is lang her.« Mit einer Hand stützte er sich auf der Schaufel ab, mit der anderen zwirbelte er seine Schnauzbartspitzen. »Isch hab den Laden hier grad erst von meinem Cousin Salvatore übernommen. Dat is en netter Kerl, hat aber keine Ahnung vom Geschäft. Isch bring dat jetzt hier wieder auf Vordermann und vermiete dat dann. Dat is mein Spezialgebiet. Isch löse Probleme, müssen Se wissen.«

»Aha«, machte ich, immer noch unsicher, was ich von diesem schrägen Typ halten sollte. »Ich geh dann wohl besser mal wieder.« Ich wollte mich zum Bauzaun zurückziehen, da hob der Mann erneut die Schaufel und stoppte mich.

»Wenn Se den Laden mieten wollen, mach isch Ihnen ne

jode Preis«, bot er geschäftstüchtig an. Ich lachte, weil ich dachte, das sei ein Scherz, aber er ließ sich davon nicht beirren. »Für einen Abend, versteht sich. Se müssen hier nur en bisschen sauber mache. Dann is et wie neu.«

Fast hätte ich wieder gelacht. Nur ein bisschen sauber machen, na klar. Den Laden halbwegs partytauglich herzurichten wäre eine Mammutaufgabe, ganz zu schweigen von allem anderen, was es noch zu organisieren gab. Andererseits gefiel mir die Idee, egal, wie verrückt sie sich anhörte. Unschlüssig wiegte ich den Kopf hin und her.

»Se müssen sich ja nit sofort entscheiden, Signora.« Mit großer Geste zog er eine Karte aus seiner Westentasche. »Isch bin der Luigi«, stellte er sich vor und drückte mir die Visitenkarte in die Hand. Darauf stand bloß *Luigi* und darunter eine Telefonnummer. Luigi, der Problemlöser! Das klang jetzt tatsächlich ein bisschen nach Mafia.

»Okay, danke, ich überlege es mir«, verabschiedete ich mich und ging grübelnd zurück zu meinem Auto. Sollte ich das *Bacio* mieten und dafür sorgen, dass es in altem Glanz erstrahlte? Es war ein ehrgeiziger Plan. Wahrscheinlich gefiel er mir gerade deshalb immer besser, je länger ich darüber nachdachte.

Kapitel 9

Als ich endlich im Auto saß, stellte ich erschrocken fest, dass ich zu spät dran war, um Finja pünktlich aus der Kita abzuholen. Schnell rief ich an, um Bescheid zu sagen, dass ich mich verspäten würde. Seelenruhig erklärte mir die Erzieherin, Merle habe ihre Schwester bereits abgeholt. Sofort schrillten meine inneren Alarmglocken. Merle holte Finja niemals freiwillig ab. Außerdem sollte sie noch in der Schule sein. Es musste etwas passiert sein!

Hektisch drückte ich die Kurzwahl für unser Telefon. Markus hatte das Gerät, das auf den Fliesen zerschellt war, inzwischen durch ein neues ersetzt, aber niemand hob ab, es sprang nur der Anrufbeantworter an. Und weder Merle noch meine Mutter gingen an ihr Handy. Mist, wieso hatte ich bloß so lange herumgetrödelt. Ich trat das Gaspedal durch.

Unser Haus stand nicht in Flammen, stellte ich erleichtert fest, als ich in unsere Straße einbog. Das war immerhin ein Anfang. Ich stürzte hinein und registrierte als Erstes, dass in der Küche Chaos herrschte. Dreckige Töpfe und leere Verpackungen stapelten sich auf der Arbeitsplatte, von einem Schneebesen tropfte eine breiige Masse auf den Fußboden. Ich hielt mich nicht mit einer Inspektion auf, sondern lief ins Wohnzimmer, von wo ich Stimmen gehört hatte.

»Huhu, Charlotte«, begrüßte mich meine Mutter fröhlich. »Setz dich zu uns, wir haben gerade erst angefangen.«

Barbara und meine Töchter saßen am gedeckten Esstisch, und wie es aussah, war keine von ihnen schwerverletzt. Jede hatte eine große Portion Fischstäbchen, Kartoffelpüree und Erbsen auf dem Teller. Das erklärte das Chaos in der Küche. Mir war allerdings nicht klar, was Merle schon zu Hause machte, warum sie Finja abgeholt hatte, und wieso meine Mutter auf einmal für meine Töchter kochte …

»Ich hatte früher frei, weil Sport ausgefallen ist«, erklärte Merle mit vollem Mund. »Deshalb hab ich Finni von der Kita abgeholt.«

»Das war lieb von dir«, lobte ich, denn normalerweise weigerte Merle sich, solche Aufgaben zu übernehmen.

»War nicht meine Idee«, relativierte sie und nickte in Richtung ihrer Großmutter.

»Wir wollten dich überraschen.« Barbara lächelte gewinnend. »Mit einem leckeren Mittagessen.«

»Ja, danke, toll«, sagte ich bemüht begeistert. Ich konnte Überraschungen nicht besonders gut leiden, vor allem nicht solche, die mir einen gehörigen Schreck einjagten und aus meiner Küche einen Fall für den Tatortreiniger machten. Doch Finja schaute mich mit so erwartungsvollen Augen an, dass ich meinen Unmut schnell herunterschluckte.

»Nein, wirklich, ich freu mich sehr«, versicherte ich und setzte mich an den Tisch. Dann nahm ich mir von allem eine sparsame Portion. Frittierte Fischstäbchen, Kartoffelpüree aus der Tüte und Tiefkühlerbsen! Meine Mutter war noch nie eine begnadete Köchin gewesen. Ich hingegen achtete immer darauf, dass meine Kinder eine ausgewogene Ernährung bekamen. Aber ich wollte ja keine Spielverderberin sein.

»Also, wie war euer Tag?«, erkundigte ich mich bei meinen Töchtern und schob mir eine Gabel Erbsen in den Mund. In diesem Moment prallte etwas gegen meine Stirn.

»Bring deine Geschütze in Stellung«, befahl meine Mutter mit Kommandantenstimme.

Erst jetzt fiel mir auf, dass der Kartoffelbrei auf den anderen Tellern zu kleinen Festungen geformt war, mit Türmen und Mauern und Falltoren aus Fischstäbchen und einem Berg Erbsen, die an Kanonenkugeln erinnerten.

»Hey, Moment mal«, rief ich, da setzte bereits der Beschuss ein.

Erbsen flogen, von Löffeln katapultiert, durch die Luft, manche landeten im Gesicht der Gegner, manche auf anderen Tellern oder dem Tisch, und die allermeisten landeten auf dem Boden.

»Stopp! Hört sofort auf.« Niemand schien mich zu hören. Die Mädchen schütteten sich aus vor Lachen, wenn eine ihrer Erbsen ihr Ziel fand, und am lautesten lachte meine Mutter.

»Stopp!«, rief ich noch einmal streng, gerade als meiner Mutter die Munition ausgegangen war und sie ihren Löffel mit einer Ladung Kartoffelpüree bestückte.

»Es reicht, verdammt noch mal.« Ich hieb mit der Faust auf den Tisch.

Da ich nur selten vor meinen Kindern fluchte, verfehlte das nicht seine Wirkung. Urplötzlich trat Ruhe ein. Gerade rechtzeitig, um das satte Platschen hören zu können, mit dem der Kartoffelbrei in meinem Glas landete.

Fassungslos schaute ich meine Mutter an. Finja kicherte hinter vorgehaltener Hand, und Merle versteckte sich hinter einer ausdruckslosen Miene.

»Wir haben doch nur Spaß gemacht«, sagte Barbara entschuldigend.

»Toller Spaß!«, erwiderte ich genervt. »Ich hoffe, ihr habt genauso viel Spaß beim Saubermachen.«

Na gut, dann war ich halt die Spielverderberin. Das hier ging eindeutig zu weit. Viel zu weit!

Ich trug meinen Teller in die Küche und stellte ihn in die Spülmaschine. Feindselig starrte ich das Chaos an, das meine Mutter angerichtet hatte, während ich darauf wartete, dass sie und die Mädchen hinterherkamen, damit ich ihnen Handfeger und Putzlappen in die Hand drücken konnte. Sie kamen nicht. Also ging ich zurück ins Wohnzimmer.

Finja saß mit meiner Mutter am Couchtisch und packte ihr Memory-Spiel aus. Merle war nach oben verschwunden. Das schmutzige Geschirr stand auf dem Tisch, mitten in dem Erbsenmassaker.

»Was ist denn hier los? Wolltet ihr nicht eigentlich die Sauerei beseitigen?«

»Yaya hat versprochen, dass wir nach dem Essen Memory spielen«, erklärte Finja mit Welpenblick. »Darauf hab ich mich so gefreut.«

»Komm schon, Charlotte, nur ein Spiel«, sprang meine Mutter ihr bei. »Danach machen wir sauber.«

Da reichte es mir.

»Würdest du bitte mit in die Küche kommen«, forderte ich Barbara durch zusammengebissene Zähne auf. Ich stapfte voraus, ohne darauf zu achten, ob sie mir folgte. Doch als ich mich umdrehte, stand sie hinter mir.

»Charlotte, ich räume hier später auf, versprochen ...«, versuchte sie mich zu beschwichtigen. Ich hob die Hand, um sie zum Schweigen zu bringen, ging zur Küchentür und schloss sie. Meine Töchter mussten nicht mitbekommen, was hier in der Küche los war. Dann wandte ich mich wieder meiner Mutter zu.

»Warum tust du das?«, fragte ich schroff.

»Was meinst du?«

»Du weißt, was ich meine.« Ich schnappte mir den tropfenden Schneebesen und warf ihn ins Spülbecken, wo er scheppernd in einem Topf landete. »Du kochst irgendeinen Mist.« Ich drehte das heiße Wasser auf und spritzte eine großzügige Menge Spülmittel in den Topf. »Du bringst alles durcheinander.« Ich nahm einen Spülschwamm und schrubbte energisch in dem verklebten Topf herum. »Du schickst Merle Finja abholen. Ohne mir Bescheid zu sagen.« Ich knallte den nassen Topf auf die Abtropffläche. »Und du stachelst die Mädchen an, sich mit Essen zu bewerfen. Und wiegelst sie gegen mich auf. Das ist nicht lustig. Das geht nicht!« Ich schleuderte den nassen Schwamm ins Spülbecken, dass es nur so spritzte. »Ich hab schon genug Stress auf der Arbeit. Da kann ich so ein Chaos hier wirklich nicht auch noch brauchen!«

»Ich wollte bloß helfen«, verteidigte meine Mutter sich und nahm ein Geschirrtuch, um den Topf abzutrocknen.

Ich riss es ihr aus den Fingern und trocknete ihn selbst ab. »Eine tolle Hilfe ist das!« Ich wedelte wild mit dem Geschirrtuch herum. »So endet das immer, wenn du ›bloß helfen‹ willst! Im größtmöglichen Chaos.«

»He, das ist nicht fair«, wandte meine Mutter ein, aber ich beachtete sie gar nicht, sondern fing an, die leeren Verpackungen einzusammeln, um sie in den Müll zu werfen.

»Charlotte.« Meine Mutter hielt mich am Ellbogen fest.

Ich machte mich los und stopfte die Verpackungen mit aller Kraft in den Mülleimer, der eigentlich bereits voll war.

»Denkst du nicht, dass du ein bisschen überreagierst?«, fragte sie.

Und da passierte etwas in meinem Kopf. Es war, als hätte es unser Gespräch in der vergangenen Nacht nie gegeben. Es war, als hätte es die ganze letzte Woche nicht gegeben. Es war, als wäre kein Tag vergangen, seit ich auf dem Sofa gesessen und mein Baby geschaukelt und meiner Großen immer und immer wieder über den Kopf gestreichelt und dabei hysterisch geweint hatte. Als hätte sich in mir ein Zeitschalter umgelegt, wurde ich um fünf Jahre zurückkatapultiert.

»Ich reagiere über? So wie damals? Charlotte spinnt mal wieder. Das denkst du, ja?«, stieß ich hervor.

»Das hab ich nicht gemeint.« Meine Mutter hob abwehrend die Hände.

»Nee, schon klar. Weißt du, was ich denke? Dass du total

verantwortungslos bist. Das warst du damals. Und bist es heute immer noch. Und es ist dir scheißegal, wie es mir damit geht.«

»Das stimmt doch gar nicht.«

»Und ob das stimmt.«

Ein paar Sekunden herrschte Schweigen.

»Ich habe mich nicht verantwortungslos verhalten«, sagte Barbara dann. Sie presste die Lippen zu einem schmalen Strich zusammen.

»Ach, und wie würdest du das nennen?«, fragte ich. »Du warst wie vom Erdboden verschwunden. Mit einem neugeborenen Baby!«

»Wir waren bei einer Bekannten und haben Eistee getrunken.«

»Einer Zufallsbekannten vom Spielplatz. Du kanntest die Frau gar nicht!«

»Bitte, Charlotte.« Meine Mutter biss sich auf die Lippen. »Ich habe es dir damals schon erklärt. Es waren über dreißig Grad. Kein Schatten auf dem Spielplatz. Und diese nette Frau hat uns zu sich eingeladen, weil Merle und ihre Tochter so schön miteinander gespielt haben. Ich habe mir nichts dabei gedacht.«

»Du hast dir nichts dabei gedacht, das ist ja das Problem! Du hast nicht eine Sekunde daran gedacht, dass ich fast umkomme vor Angst.« Ich sah mich in der Küche um, leider gab es nichts mehr, was ich lautstark in die Spüle werfen konnte. Also verschränkte ich die Arme vor der Brust und schaute meine Mutter herausfordernd an.

»Nein, das habe ich nicht«, räumte sie ein. Mit hängenden Schultern stand sie vor mir und schien um Fassung zu ringen. »Ich wollte dir ein bisschen Ruhe gönnen. Du warst so erschöpft, und ich dachte, es tut dir gut, wenn wir etwas länger wegbleiben. Ich bin einfach nicht auf die Idee gekommen, dass du dir Sorgen machen könntest. Das war ein Fehler. Und es tut mir sehr leid.« Wieder biss sie sich auf die Lippen, und ich hatte fast den Eindruck, dass sie mit den Tränen kämpfte. »Es ist mir nämlich absolut nicht scheißegal, wie es dir geht«, fügte sie leise, aber entschieden hinzu.

Ich hatte bereits tief Luft geholt, um zu einer Erwiderung anzusetzen. Doch jetzt strömte sie einfach wieder aus mir heraus – wie bei einem Luftballon mit einem kleinen Loch. Pfft …

Meine Mutter hatte damals nicht zugegeben, dass sie einen Fehler gemacht hatte. Und sie hatte sich auch nicht bei mir entschuldigt. Sie und Markus waren sich einig gewesen: Ich hatte überreagiert. An meiner Panik waren nur die Hormone schuld.

Diese Entschuldigung jetzt aus ihrem Mund zu hören war wie eine längst überfällige Bestätigung, dass ich damals nicht verrückt gewesen war, dass meine Gefühle berechtigt waren. Es war, als würde mir eine Last von den Schultern genommen, von der ich gar nicht gewusst hatte, dass sie da war.

»Es ist in Ordnung«, sagte ich. »Lassen wir diese Sache endlich hinter uns.«

Auf dem Gesicht meiner Mutter breitete sich ihr schönstes Lächeln aus. »Also, darf ich dir helfen?«, fragte sie. »Du hast gesagt, du hättest Stress auf der Arbeit. Lass mich dich wenigstens ein bisschen unterstützen. Ich könnte ab und zu kochen. Und dir die Mädchen abnehmen. Bitte, Charlotte, ich möchte nicht einfach untätig herumsitzen und dir zur Last fallen«, fügte sie hinzu, als ich zögerte. Sie sah mich mit großen Augen an, fast wie Finja, wenn sie ihren Welpenblick aufsetzte. Und auch dieser Blick verfehlte seine Wirkung nicht.

»Na gut«, stimmte ich zu. »Vielleicht passt das sogar ganz gut. Ich hab ja dieses neue Projekt, und jetzt muss ich auch noch Markus' Geburtstagsparty neu organisieren.«

»Prima.« Meine Mutter rieb sich tatkräftig die Hände. »Dann spiele ich jetzt mit Finja Memory, und danach räume ich den Tisch ab.«

Ich unterdrückte den heftigen Impuls, das eben schnell selbst zu erledigen, stattdessen kramte ich die Visitenkarte hervor, die Luigi mir gegeben hatte, und wählte seine Nummer.

»Pronto«, meldete er sich nach dem ersten Klingeln.

»Ich habe mich entschieden«, sagte ich. »Ich miete das *Bacio.*«

»Fantastico!«, freute sich Luigi. »Dat werden Se nit bereuen, Signora.«

Kapitel 10

Mein Leben fühlte sich zunehmend an, als wäre ich versehentlich in ein Hamsterrad geklettert, das sich nun immer schneller und schneller drehte.

Die Vormittage im Büro waren so vollgepackt, dass ich es nicht einmal mehr schaffte, zwischendurch aufzustehen, um mir einen frischen Kaffee zu holen. Ich tippte mir die Finger wund, um den neuen Content für Schwalbenbachs Webauftritt zu erstellen, saß täglich mit Sasha und Mehmet zusammen, um die neuesten Änderungswünsche unserer Kundin durchzusprechen, und versuchte, schnellstmöglich auf jede ihrer Mails zu reagieren, weil sie ansonsten direkt bei Markus anrief und ihm erklärte, sie habe mich nicht erreichen können. Salome Schwalbenbach war nicht nur anspruchsvoll – sie war schlicht und ergreifend nie zufrieden.

Auch meine anderen Projekte lösten sich nicht einfach in Luft auf. Die Deadline für den monatlichen Newsletter des örtlichen Energieversorgers leuchtete mir rot aus meinem Kalender entgegen, und die Geschäftsführerin des Fruchthändlerverbands wurde langsam ungeduldig, weil sie noch immer auf ihren neuen Frische-freche-Früchtchen-Flyer wartete.

Nebenbei organisierte ich eine Reinigungsfirma namens »Die Sauberfrauen«, deren Chefin versprach, dass wir vom Boden essen könnten, wenn sie mit dem *Bacio* fertig seien. Dafür brauchten wir allerdings erst mal ein Catering. Außerdem einen Getränkelieferanten, eine mobile Cocktailbar und einen Geschirrdienst. Um die Dekoration musste ich mich auch kümmern. Und einen DJ hatte ich trotz zahlreicher Telefonate immer noch nicht gefunden.

Markus bot noch einmal an, mir für das Schwalbenbach-Projekt Franko an die Seite zu stellen. Aber ich lehnte erneut ab. Er sollte bloß nicht glauben, dass ich das nicht im Griff hatte. Auch Mareikes Angebote, bei der Partyorganisation zu helfen, nahm ich nicht in Anspruch. Es klappte ja alles, wenn ich mich nur genug reinhängte.

Mittags hetzte ich in letzter Sekunde los, um Finja von der Kita abzuholen. Barbara kochte wie versprochen für uns: Nudeln mit Tomatensoße, Pizza und Schnitzelchen aus der Tiefkühltruhe mit Ketchup als Gemüsebeilage. Ich beseitigte anschließend das Chaos in der Küche. Wenn ich nicht als Mama-Taxi unterwegs war, um Merle zum Hiphop-Training oder Finja zum Seepferdchen-Schwimmkurs zu fahren, kümmerte ich mich nachmittags um den Haushalt, während meine Mutter mir »die Mädchen abnahm«, wie sie sich ausdrückte.

Konkret sah das so aus: Ich faltete die Wäsche, während Barbara mit Finja zwischen Sofa und Couchtisch eine Höhle aus den Laken baute, die ich gerade gefaltet hatte. Ich putzte die Bäder. Kaum war ich mit dem oberen Bad fertig, kamen meine Mutter und Finja auf die Idee, dort mit Finjas Barbies Schwimmbad zu spielen. Hinterher wischte ich das Bad erneut. Ich erledigte den Wocheneinkauf. Als ich nach zwei Stunden, bepackt mit schweren Taschen, zurückkam, war der Inhalt all unserer Kleiderschränke im Wohnzimmer verteilt. Barbara, Finja und Merle waren in wilde Kleidungskreationen gehüllt und schossen Modelfotos mit Merles Handy.

»Du kommst gerade rechtzeitig zur Modenschau«, begrüßte meine Mutter mich. Sie trug mein Lieblingskleid, in das ich mich nicht einmal mehr nach drei Tagen Saftfasten quetschen konnte. Ihr schlackerte es um den Körper.

Abends im Bett, wenn Finja, Merle und meine Mutter schliefen und Markus neben mir in einem der Reiseführer über exotische Orte blätterte, die er zur Entspannung gerne las, erledigte ich mit dem Laptop auf den angewinkelten Knien Arbeit, die ich aus dem Büro mitgenommen hatte. Sofern mir nicht die Augen zufielen, suchte ich danach noch im Internet nach Artikeln über diese Immuntherapie, von der Onkel Uli gesprochen hatte. Und wenn ich endlich das Licht ausknipste, schlief ich schlecht, weil mich Albträume quälten, in denen irgendeine der vielen Sachen, mit denen ich zurzeit jonglierte, schiefging.

Am Freitag um punkt achtzehn Uhr – ich war gerade dabei, einen großen Obstsalat zu schnippeln, damit meine Töchter zur Abwechslung mal ein paar Vitamine aßen –, klingelte es an unserer Haustür.

»Mädelsabend!«, jubelte meine Freundin Kerstin, als ich öffnete. »Bin ich froh rauszukommen. Die Jungs schlagen sich schon den ganzen Tag die Köpfe ein, meine Schwiegereltern sind zu Besuch, und Fussel hat gerade zweimal ins Wohnzimmer gepinkelt.« Sie stockte und schaute mich unsicher an. »Alles okay, Charlie?«

Oh nein! Das hatte ich total vergessen. Normalerweise freute ich mich schon tagelang im Voraus auf unseren Freundinnenabend. Doch es war so viel los zurzeit, dass mir der Termin dieses Mal durchgegangen war. Ich wollte Kerstin gerade erklären, dass ich es leider ausnahmsweise nicht schaffte, mit ihr loszuziehen, da rief mein Mann aus der Küche: »Lotti, gibt es heute nur Obstsalat zum Abendessen?«

»Weißt du was«, sagte ich zu Kerstin. »Gib mir fünf Minuten.«

»Also, wo willst du hin?«, fragte ich, nachdem ich die Haustür hinter mir zugezogen hatte. »Gehen wir was essen? Meine Mutter hat heute Ravioli aus der Dose für uns gekocht.« Ich rätselte immer noch, wo in unserem Vorratskeller sie die Dose gefunden haben mochte.

»Nee«, erwiderte Kerstin. »Heute machen wir einen drauf. Hab ich ewig nicht mehr gemacht. Und du siehst aus, als könntest du das auch mal wieder vertragen.« Sie musterte mich. »Ehrlich gesagt siehst du sogar ziemlich scheiße aus.«

»Na, danke.« Ich überlegte, ob ich beleidigt sein sollte, aber bei dem vielen Stress zurzeit konnte wohl selbst der beste Concealer nichts ausrichten.

»Hältst du das wirklich für eine gute Idee?«, wandte ich ein. »Bisschen früh, um einen draufzumachen, oder?«

»Das ist der Trick beim Älterwerden, man muss einfach früher anfangen zu feiern«, entgegnete Kerstin altklug. Sie war gerade mal fünf Jahre älter als ich.

»Wenn du es sagst ...« Ich folgte meiner Freundin, die den Weg zur Stadtbahn eingeschlagen hatte. Besser gesagt: Ich versuchte es. Kerstin hatte einen sehr sportlichen Schritt.

»Also, wie geht's dir?«, erkundigte sie sich, während wir zur Haltestelle rannten, als wären wir auf der Flucht. Wir hatten zweimal kurz telefoniert, seit meine Mutter aus dem Krankenhaus entlassen worden war, und ein paar Textnachrichten geschrieben. Für mehr hatte mir einfach die Zeit gefehlt.

»Außer, dass ich keine Luft mehr kriege?«, japste ich.

»Oh, Entschuldigung.« Kerstin reduzierte ihr Tempo minimal.

Erst in der Bahn kam ich wieder zu Atem und konnte die aktuelle Lage für sie zusammenfassen.

»Kein Wunder, dass du so scheiße aussiehst«, sagte sie mitfühlend, als ich geendet hatte. »Wie schaffst du das bloß alles?«

»Keine Ahnung.« Ich zuckte mit den Schultern. »Muss ja gehen.«

»Du sagst Bescheid, wenn ich dir helfen kann, ja?« Kerstin legte mir den Arm um die Schultern und drückte mich. »Versprich es mir. Und nicht die Finger kreuzen.«

»Falls ich Hilfe benötigen sollte, bist du meine erste Wahl«, versprach ich.

»Ich weiß, was du jetzt brauchst«, verkündete Kerstin, als wir am Hauptbahnhof aus der Bahn stiegen. »Happy Hour!« Im Stechschritt führte sie mich in eine beliebte Cocktailbar, wo ich vor Jahren das letzte Mal gewesen war. Obwohl es noch so früh am Abend war, war der Laden schon rappelvoll.

Da alle Tische besetzt waren, hockten wir uns direkt an die Bar, und Kerstin bestellte zwei *Sex on the Beach*, bevor ich sie bremsen konnte. Der Barkeeper, der augenscheinlich eine Premiummitgliedschaft im Fitnessstudio besaß, wirbelte zwei Cocktailshaker auf einmal durch die Luft, was seine ausgeprägten Oberarmmuskeln zur Geltung brachte.

»Bitte sehr, die Damen.« Mr Universum stellte die Cocktails vor uns ab. »Kann ich sonst noch was für euch tun, Ladys?«

»Danke, wir kommen später auf das Angebot zurück«, erwiderte Kerstin mit einem Unterton, der irgendwie zweideutig klang. Und hatte sie dabei wirklich mit den Wimpern geklimpert?

Erstaunt schaute ich sie an. »Flirtest du etwa mit dem Typen?«, fragte ich, als er sich wieder seinen Shakern zuwandte.

»Ein bisschen vielleicht.« Kerstin zuckte mit den Schultern und sog genüsslich ihren Cocktail durch den Strohhalm. »Ist ja nicht so, als ob ich häufig die Gelegenheit dazu hätte.«

»Der ist kaum älter als Lukas«, stellte ich kopfschüttelnd fest.

»Dann dürfte er hier gar nicht arbeiten«, widersprach sie und stupste mich in die Seite. »Los, Charlie, trink was. Und dann entspannst du dich mal ein bisschen.«

Obwohl ich nicht glaubte, dass ich mich mithilfe von irgendetwas würde entspannen können, sog ich folgsam an dem Strohhalm. Beim Kontakt mit der kalten Flüssigkeit fing mein Zahn wieder an zu pochen. Gleichzeitig kam die Kombination aus Alkohol und Zucker in meinem Kopf an. Ich beschloss, den

Zahn für heute Abend zu ignorieren, und trank noch einen großen Schluck.

»Wie geht es denn deiner Mutter überhaupt?«, erkundigte Kerstin sich, nachdem sie noch ein paar Minuten lang den Barkeeper beobachtet hatte. »Wenn sie es schafft, das gesamte Haus ins Chaos zu stürzen, scheint sie ja erstaunlich fit zu sein.«

»Ja, das ist wirklich erstaunlich.« Ich nickte nachdenklich. Natürlich waren da die kurzen Haare und der blasse Teint. Meine Mutter hustete noch immer häufig, war oft kurzatmig und am frühen Abend so erschöpft, dass sie meist zur selben Uhrzeit wie meine kleine Tochter ins Bett ging. Doch wenn sie sich mit Finja und Merle beschäftigte, wirkte Barbara überhaupt nicht schwerkrank. Dann erschien mir die Erinnerung an die zerbrechliche Person, die in dem Intensivbett gelegen hatte, fast wie ein Trugbild.

»Ihre spanischen Ärzte geben ihr nur noch wenig Zeit, eher Wochen als Monate. Das ist so unvorstellbar. Wenn du mich vor zwei Wochen gefragt hättest, hätte ich dir wahrscheinlich gesagt, dass mir das egal ist. Aber so einfach ist das nicht ...« Gedankenverloren spielte ich mit dem Spieß in meinem Glas, auf dem zwei bunte Marshmallows steckten. »Sie ist immerhin meine Mutter. Und irgendwie fühle ich mich verantwortlich. Ich hoffe bloß, dass sie diese Immuntherapie macht. Und dass ihr das hilft.«

»Ach, Charlie. Das ist wirklich schlimm.« Kerstin legte ihre Hand auf meine, sie fühlte sich warm und weich an.

Eingehend betrachtete ich die Marshmallows in meinem Cocktail. Leere Kalorien!, ermahnte ich mich. Nicht essen! Plötzlich spürte ich das dringende Bedürfnis, meiner Freundin etwas zu erzählen, das mir schwer im Magen lag.

»Weißt du, was das Schlimmste ist?« Ich trank den Rest meines Cocktails in einem langen Zug, um mir selbst Mut zu machen. Denn den brauchte ich, um Kerstin zu gestehen, was ich mir selbst kaum eingestehen konnte. »Ich komme überhaupt nicht damit klar, dass sie sich so gut mit den Mädchen versteht.«

Ich starrte noch immer auf die Marshmallows und traute mich nicht, Kerstin anzusehen, die nichts sagte, so als würde sie darauf warten, dass ich weiterredete. Was sie jetzt wohl über mich dachte? Wie konnte ich meinen Töchtern den Spaß missgönnen, den sie mit ihrer Großmutter hatten? Und wie konnte ich meiner Mutter missgönnen, Zeit mit ihren Enkelinnen zu verbringen? Doch es versetzte mir jedes Mal einen Stich, wenn ich sie zusammen herumalbern sah. Kurzerhand zog ich die Marshmallows von dem Spieß, steckte sie mir beide auf einmal in den Mund und kaute intensiv auf der tröstlich weichen Schaummasse herum.

»Ich fühle mich so ... ausgeschlossen«, versuchte ich schließlich, als ich geschluckt hatte, meine Gefühle zu erklären. »Findest du das sehr schrecklich von mir?«

»Quatsch«, beruhigte Kerstin mich sofort. »Es ist vielleicht nicht ganz vergleichbar, aber mir geht es immer so, wenn Thomas mal aus dem Keller auftaucht und mit den Jungs eine Runde Fußball spielt. Dann toben sie rum, machen einen Riesenlärm und hinterlassen einen Riesendreck im Haus, und meine Söhne scheinen zu glauben, dass ihrem Vater dafür das Bundesverdienstkreuz verliehen werden sollte. Da möchte ich am liebsten Amok laufen!«

»Ja, genau«, rief ich erleichtert.

»Weißt du, was du machen solltest? Du solltest mal wieder was mit den Mädchen unternehmen«, riet Kerstin. »Nur du, Merle und Finja. Nehmt euch eine Auszeit, das wird dir auch guttun. Da kommst du auf andere Gedanken.«

»Ich weiß nicht«, erwiderte ich zögerlich. Ich hatte momentan eigentlich überhaupt keine Zeit, mir eine Auszeit zu gönnen. »Was schwebt dir denn vor?«

»Das muss gar nichts Besonderes sein«, erwiderte Kerstin. »Ich gehe mit meinen Jungs einfach einmal im Monat ins

Schwimmbad. Es geht ja nicht darum, was man macht, sondern dass man es zusammen macht. Geh mit ihnen shoppen oder so.«

»Das könnte ich tatsächlich tun, direkt morgen«, überlegte ich. Immerhin ging es um die Beziehung zu meinen Töchtern, die Zeit würde ich mir also nehmen. Und außerdem konnte ich dabei das Angenehme mit dem Nützlichen verbinden. »Ich brauche eh noch ein Outfit für Markus' Geburtstag«, sagte ich. »Mein Lieblingskleid ist nämlich geschrumpft.«

»Na siehst du.« Kerstin lachte und winkte den Barkeeper heran. »Noch zweimal *Sex On The Beach*«, bestellte sie.

»Auf gar keinen Fall!«, protestierte ich. »Nur wenn ich vorher etwas Vernünftiges in den Magen kriege.«

»Könnten wir dazu vielleicht eine Schüssel von diesen Marshmallows haben?«, fügte Kerstin hinzu und klapperte schon wieder mit den Wimpern. So kannte ich meine Freundin überhaupt nicht.

»Na klar, was Süßes für zwei süße Ladys.« Mr Universum schenkte Kerstin ein Lächeln, von dem man einen Zuckerschock hätte bekommen können.

»Du flirtest ja wirklich mit ihm«, schalt ich sie.

»Das macht Spaß, solltest du auch mal probieren«, gab meine Freundin zurück und lachte viel zu laut, sodass sich die beiden Frauen am Nachbartisch irritiert zu uns umwandten.

»Ach, hallo, Frau Stern«, sagte die eine.

Oh nein, bitte nicht!, dachte ich.

»Hallo, Frau Schwalbenbach. Das ist ja mal eine Überraschung.« Eigentlich hätte ich »Freude« sagen sollen, aber der Anblick von Salome Schwalbenbach erfüllte mich eher mit dem Gegenteil. Reichte es nicht, dass ich mich bei der Arbeit ständig mit den überzogenen Ansprüchen dieser Frau herumschlagen musste? Musste sie mich unbedingt auch noch bis in meinen Feierabend verfolgen?

Salome Schwalbenbach sah wie immer perfekt aus, perfekt

geschminkt, perfekt frisiert, perfekt gestylt und anscheinend auch perfekter Laune. Also das genaue Gegenteil von mir in meinen praktischen Chinos und mit dem vermutlich verschmierten Make-up, das ich seit dem Morgen nicht mehr aufgefrischt hatte. Sollte sie an einem Freitagabend nicht eigentlich zu Hause sitzen und sich wegen ihres sehr erfolgreichen Jungunternehmers in den Schlaf weinen? Doch wie ich sie mittlerweile kannte, war sie wohl eher auf der Jagd nach einem würdigen Nachfolger.

»Gönnen Sie sich mal einen Abend ohne Mann und Kinder?«, erkundigte Salome Schwalbenbach sich. Ich hatte den Eindruck, dass sie meine Marshmallows abfällig musterte. »Ich habe übrigens vorhin erst mit dem Markus telefoniert«, fuhr sie fort, ohne auf meine Antwort zu warten. »Ich habe nämlich eine Spitzenidee, wie wir das Problem mit den Blog-Tags eleganter lösen können. Das wird er Ihnen dann sicher noch erklären.«

Mir war bislang gar nicht bewusst gewesen, dass es ein Problem mit den Blog-Tags gab. Am liebsten hätte ich Salome Schwalbenbach ein Marshmallow an den perfekt frisierten Kopf geworfen. Wieso rief sie ständig bei meinem Mann an, anstatt ihre Spitzenideen zu meinen Bürozeiten mit mir zu besprechen?!

»Dann noch viel Spaß heute Abend«, sagte sie süßlich. »Und grüßen Sie mal den Markus ganz lieb von mir.« Damit drehte sie sich wieder zu ihrer Freundin um, wobei sie ihre blonde Mähne schwungvoll über die andere Schulter warf.

»Was war das denn?«, flüsterte Kerstin mir zu.

»Salome Schwalbenbach«, antwortete ich genauso leise, aber unüberhörbar gereizt. »Meine neue Lieblingskundin.«

»Und was will sie von Markus?«, erkundigte Kerstin sich, noch immer im Flüsterton. Meiner Freundin war also auch aufgefallen, dass Salome Schwalbenbachs Stimme bei der Erwähnung meines Mannes jedes Mal eine Oktave nach oben gewandert war. Sofort musste ich wieder daran denken, wie sie ihm auf der grässlichen Gartenparty so vertraulich den Arm getätschelt hatte. Schlagartig fühlte ich mich völlig nüchtern.

»Gute Frage«, sagte ich. »Lass uns gehen, okay?«

»Und die Cocktails?«, fragte Kerstin empört und zeigte auf unsere vollen Gläser.

»Vielleicht kann Mr Universum uns den Rest ja einpacken«, schlug ich vor.

»Nenn ihn nicht so«, schalt Kerstin mich. »Du solltest einen Menschen nicht nach seinem Aussehen beurteilen. Es kommt auf die inneren Werte an.«

»Und die sind bei ihm offensichtlich vorhanden«, räumte ich ein, als er uns den *Sex On The Beach* in Plastikbecher umfüllte und mir für die Marshmallows sogar ein Papiertütchen anbot.

Nachdem wir die Bar verlassen hatten, steuerte ich als Erstes eine Pommesbude an. Ich brauchte dringend eine stabilere Grundlage im Magen als ein paar Marshmallows. Morgen würde ich nur Rohkost essen!

Anschließend schlenderten Kerstin und ich mit unseren Cocktailbechern durch die Stadt, vorbei an der Uni, dem Hofgarten und dem Alten Zoll, bis wir schließlich zum Rhein gelangten und uns auf eine Bank an der Promenade setzten. Wir betrachteten das Panorama, das ich an dieser Stelle mit der Kennedybrücke und den vielen Lichtern auf der anderen Rheinseite besonders mochte, und tranken unsere Cocktails.

»Ich glaube, Thomas geht fremd«, sagte Kerstin plötzlich.

»Was?« Fast hätte ich mich verschluckt. »Wie kommst du denn darauf?«

Ich hatte Thomas bisher für einen Pantoffelhelden gehalten, und das buchstäblich, denn da er meistens wie ein Einsiedler in seinem Kellerstudio hauste, schien er nie etwas anderes als Hausschuhe zu tragen. Außerdem hatte er einen Rettungsring am Bauch, der ihm beim Untergang der Titanic gute Dienste geleistet hätte. Er war gutmütig und gemütlich, jedoch nicht der Typ Mann, der Frauen um den Schlaf brachte.

»Er geht in letzter Zeit oft abends weg«, berichtete Kerstin. »Angeblich hat er mehr Schüler angenommen, die er zu Hause unterrichtet. Zuerst hab ich mich gefreut, dass er mal was zum Haushaltsgeld beiträgt. Aber ...« Sie stockte. »... auf unserem Konto ist bisher nichts davon angekommen.«

»Wahrscheinlich kriegt er es bar«, vermutete ich. Der Geigenlehrer, der sich ein Jahr lang vergeblich mit Merle abgemüht hatte, hatte das Schmerzensgeld dafür auch immer direkt auf die Hand bekommen.

»Das behauptet er auch«, bestätigte Kerstin. »Und angeblich spart er für ein neues Aufnahmegerät. Aber irgendwie glaube ich ihm nicht. Außerdem stylt er sich immer die Haare, wenn er rausgeht. Ich glaube, er hat eine andere.« Kerstin seufzte resigniert.

»Und das erzählst du mir alles erst jetzt?«, fragte ich.

»Na ja, vorher haben wir ja über deine Probleme gesprochen«, erwiderte meine Freundin. Sie klang nicht, als würde sie es mir übelnehmen, trotzdem bekam ich ein schlechtes Gewissen, weil es den ganzen Abend nur um mich gegangen war. Immerhin begriff ich nun, warum Kerstin dauernd mit Mr Universum geflirtet hatte.

»Und was willst du jetzt machen?«, fragte ich.

»Keine Ahnung.« Sie zuckte mit den Schultern und schaute einer erleuchteten Straßenbahn hinterher, die über die Brücke fuhr. »Ich könnte einen Privatdetektiv engagieren ...«

»Das wäre eine Möglichkeit«, stimmte ich zu, wohl wissend, dass sie das nicht ernst meinte. »Oder du redest noch mal mit ihm. Vielleicht gibt es ja eine andere logische Erklärung.«

»Vielleicht.« Kerstin zuckte wieder mit den Schultern. »Und wenn nicht?«

»Dann bin ich auf jeden Fall für dich da«, versprach ich.

Kapitel 11

»Also, was wollt ihr hören?«, fragte ich über die Schulter. Ich saß mit Finja und Merle im Auto und fuhr Richtung Innenstadt. Anfangs hatten sie auf meine Ankündigung, dass wir einen Mädels-Shoppingtag machen würden, leider wenig begeistert reagiert.

»Och, nö, Einkaufen ist laaangweilig«, hatte Finja gemault. Und Merle hatte bloß die Augen verdreht und sich demonstrativ wieder ihre Kopfhörer in die Ohren gesteckt. Doch ich hatte ihnen fest versprochen, dass wir nicht wie sonst, wenn wir in die Stadt fuhren, neue Sommer- oder Winterkleidung kaufen mussten. Nein, sie durften sich aussuchen, was sie wollten.

»Echt, alles, was wir wollen?«, hatte Merle gefragt. Offensichtlich verstand sie trotz Kopfhörern weit mehr, als sie immer vorgab. Das musste ich mir merken!

»Solange es nicht mehr als fünfzig Euro pro Kopf kostet«, hatte ich eingeschränkt.

»Hundert«, sagte Merle.

»Okay«, gab ich mich geschlagen. Damit hatte ich sie. Jetzt musste ich nur noch dafür sorgen, dass wir einen großartigen Tag miteinander verbrachten. Und was eignete sich besser, um die Stimmung zu heben, als Musik? Leider gingen die Geschmäcker meiner Töchter weit auseinander.

»Benjamin Blümchen«, rief Finja.

»Mike Singer«, rief Merle zeitgleich.

Na, toll. Immerhin kannte ich einen von beiden.

»Vielleicht lieber Radio?«, schlug ich vor.

»Maus Radio«, rief Finja.

»Eins Live«, rief Merle.

Ich seufzte. Das fing ja gut an.

»Wir lassen den Zufall entscheiden«, versuchte ich, einem Streit vorzubeugen. »Wenn die nächste Ampel rot ist, hören wir Maus Radio, bei grün hören wir Eins Live.«

Wie zu erwarten, schaltete die nächste Ampel auf Rot, als wir darauf zufuhren.

»War ja klar, du bist extra langsam gefahren«, maulte Merle, steckte sich ihre Kopfhörer in die Ohren und zog einen Schmollmund.

Immerhin war meine kleine Finja bester Laune, zumindest, bis wir die Parkgarage ansteuerten. Null freie Plätze, verkündete die Digitalanzeige über der Einfahrt. Es war zehn Uhr an einem normalen Samstagvormittag. Was war denn hier los? Gab es heute in der Stadt etwas umsonst? Im Stop-and-go ging es die Rampe hinunter.

»Mir ist schlecht«, jammerte Finja.

»Noch fünf Minuten, Finchen«, tröstete ich sie und spürte förmlich, wie sich mein Puls beschleunigte. »Dann gehen wir erst mal einen Kakao trinken.«

»Kakao ist was für Babys«, beschwerte Merle sich, ohne die Kopfhörer aus den Ohren zu nehmen.

»Du kannst auch einen Kaffee haben«, bot ich ihr großzügig an. Merle liebte Cappuccino, aber ich erlaubte ihn ihr nur sehr selten, weil zu viel Koffein ja bekanntlich schlecht für die Entwicklung ist.

»Kaffee ist voll ungesund«, belehrte meine große Tochter mich und verdrehte die Augen, als hätte sie schon immer gewusst, dass ich eine Rabenmutter war. Ich hatte es im Rückspiegel genau gesehen.

»Mir ist schlimm schlecht«, jammerte Finja.

Als wir endlich in der Filiale einer großen Kaffeehauskette ankamen – Zugeständnis an Merle –, hatte Finjas Magen sich schnell wieder erholt.

»Ich will einen Schokomuffin«, verkündete sie. »Und so einen mit roten Beeren. Und so einen mit Streuseln ...« Sie drückte ihren kleinen Zeigefinger immer wieder fest auf die Glasscheibe der Vitrine, was der Mitarbeiter dahinter mit einem Stirnrunzeln quittierte.

»*Einen* Muffin, Finchen«, versuchte ich, ihren Appetit sanft, aber entschieden zu zügeln.

»Nein! So einen und so einen und so einen.« Wieder landete der Finger auf der Scheibe. Patsch, patsch, patsch. Der Mann hinter der Theke erdolchte meine Tochter mit seinem Blick.

»Können Sie sich bitte mal entscheiden, ich habe nicht den ganzen Tag Zeit«, beschwerte sich ein Anzugmann, der hinter uns in der Schlange wartete. Ich überlegte, ob es als Notwehr durchgehen würde, wenn ich ihn mit seiner Laptoptasche erschlug.

»Wir nehmen einen Schokomuffin«, gab ich stattdessen meine Bestellung auf. »Und einen mit Streuseln«, fügte ich schnell mit Blick auf Finja hinzu, die verdächtig nach einem Trotzanfall aussah. »Außerdem hätte ich gerne einen kleinen Kakao und einen Cappuccino und ...« Ich schaute Merle fragend an.

»Einen Chocolate Chip Caramel Cream Frappuccino«, bestellte sie so fließend, als würde sie das täglich tun.

Ich verkniff mir die Frage, ob das nicht einfach ein Kakao mit einem Angebernamen war, und manövrierte die Mädchen eilig zu einem Tisch, der gerade frei wurde.

Während Finja sich auf ihre Muffins stürzte, als hätte sie seit drei Tagen nichts zu essen bekommen, stocherte Merle bloß mit dem Strohhalm in der Sahne und der Karamellsoße in ihrem Becher herum und schien etwas auszubrüten.

»Was ist denn nun mit Yaya?«, platzte sie schließlich heraus.

»Was meinst du?«, fragte ich, um Zeit zu gewinnen, und nippte an meinem Kaffee. Autsch, der war noch zu heiß.

Insgeheim hatte ich gehofft, dass wir das Thema Barbara heute würden ausklammern können. Ich wollte mir einfach nur einen schönen Tag mit meinen Mädels machen. Doch selbstverständlich wollte Merle wissen, wie es mit ihrer Großmutter weitergehen würde. Leider hatte ich selbst noch keine befriedigende Antwort darauf. Meine ältere Tochter schaute mich erwartungsvoll an. Immerhin war Finja so mit ihren Muffins beschäftigt, dass sie das Gespräch nicht sonderlich zu interessieren schien.

»Ich habe einen Termin für sie in der Klinik vereinbart«, erzählte ich Merle. »Es gibt da eine spezielle Behandlung, die kann ihr vielleicht helfen.« Ich nippte wieder an meinem Kaffee. Immer noch zu heiß.

»Und kann die Behandlung sie gesund machen?«, fragte Merle.

»Ich weiß es nicht«, musste ich zugeben. »Es könnte sein. Auf jeden Fall bleibt sie damit noch viel länger fit. Ich meine, es geht ihr ja im Moment recht gut …«

Mir war klar, dass ich ihrer Frage auswich, und Merle merkte es natürlich auch. Unzufrieden stocherte sie weiter in ihrem Becher herum.

»Was wollt ihr denn eigentlich heute kaufen?«, wechselte ich schnell wieder in den Gute-Laune-Modus. Damit hatte ich auch Finjas Interesse geweckt.

»Ein Barbiepferd«, legte sie mit vollem Mund los, »und ganz viele Glubschis und Einhörner von Schleich und CDs von Benjamin Blümchen und von Bibi und Tina und ein Prinzessinnenkostüm und einen Hund, der Kacka machen kann, so einen wie die Aurelia hat …«

Aurelia war in Finjas Kindergartengruppe und brachte jede Woche am Spielzeugtag ein neues, pädagogisch fragwürdiges Spielzeug mit.

»Und du?«, fragte ich schnell meine andere Tochter.

»Klamotten«, erwiderte Merle wortkarg.

»Gute Idee. Vielleicht finden wir etwas Schickes, das du auf Papas Geburtstagsparty tragen kannst«, stimmte ich mit etwas mehr Begeisterung zu, als nötig gewesen wäre. »Hast du schon eine Vorstellung, was du haben möchtest?«

Merle zuckte bloß mit den Schultern und widmete sich wieder ihrem Schoko-Shake. Ich betrachtete sie, während sie die süße Sahnehaube in den Shake matschte, und fragte mich, wann wir zum letzten Mal ein gutes Mutter-Tochter-Gespräch geführt hatten.

Ich war erst zwanzig gewesen, als Merle zur Welt kam. Für die meisten jungen Frauen in meinem Alter wäre vermutlich die Welt untergangen, wenn sie ungewollt schwanger geworden wären. Für mich fühlte es sich nach dem ersten Schock überhaupt nicht so an. Ich war es ja gewohnt, Verantwortung zu übernehmen. Je runder mein Bauch wurde, desto mehr freute ich mich darauf, meine eigene kleine Familie zu haben. Und als ich das winzige Baby dann zum ersten Mal im Arm hielt, schwor ich mir, eine perfekte Mutter zu sein, komme, was wolle. Leider schien meine große Tochter schon länger der Meinung zu sein, dass ich meine Sache nicht besonders gut machte.

Um mich auf andere Gedanken zu bringen, legte ich mir im Kopf einen Plan zurecht, welche Geschäfte wir in welcher Reihenfolge ansteuern würden. Als wir schließlich aus dem Café kamen, schien die Stadt sich mit noch mehr Menschen gefüllt zu haben als vor einer halben Stunde. Ich nahm Finja fest an die Hand, damit sie mir im Gedränge nicht verloren ging.

Am liebsten hätte ich auch Merle an die Hand genommen, aber sie eilte uns bereits mit langen Schritten voraus, und ich musste meine gesamte Konzentration darauf verwenden, sie nicht aus den Augen zu verlieren. Auch im Spielzeuggeschäft herrschte großes Gedränge, und innerhalb von Sekunden konnte ich Merle nirgends mehr entdecken. Ich atmete tief ein und aus, um nicht in Panik zu verfallen. In Spielzeuggeschäften lauern nur in den seltensten Fällen Kindesentführer, versuchte ich mich zu beruhigen.

»Aua, Mami, du quetschst meine Hand kaputt«, beschwerte Finja sich. Noch einmal holte ich tief Luft und riss mich zusammen. Bestimmt würde Merle gleich wiederauftauchen.

»Wollen wir zu den Barbies?«, fragte ich Finja und umklammerte ihre Hand noch etwas fester, als wir uns auf den Weg in den ersten Stock machten.

Während wir ein batteriebetriebenes Barbiepferd, einen türkisfarbenen Tiger mit riesigen Glubschaugen, zwei neue CDs für Finjas umfangreiche Sammlung und ein glitzerndes Prinzessinnenkleid in den Einkaufskorb legten – der Kackhund war glücklicherweise ausverkauft –, hielt ich überall Ausschau nach Merle. Sie schien vom Erdboden verschluckt zu sein, und meine Unruhe steigerte sich von Minute zu Minute. Ich rief sie mehrmals auf dem Handy an. Sie ging nicht dran. Ständig spielte sie auf dem blöden Teil rum, aber wenn man sie einmal erreichen wollte, hörte sie es nicht! Als wir schließlich an der Kasse ankamen, war ich einem Nervenzusammenbruch nah.

»Könnten Sie bitte meine Tochter ausrufen lassen?«, bat ich die Kassiererin. »Ich habe sie im Gedränge aus den Augen verloren.«

»Ja, samstags ist es immer verrückt«, zeigte sie sich verständnisvoll. »Da bleibt man am besten zu Hause.«

Ich ging nicht näher auf ihre geschäftsschädigende Empfehlung ein, der ich nur zustimmen konnte. Wie war ich bloß auf die Idee verfallen, ausgerechnet heute mit Finja und Merle in die Stadt zu fahren? Während ich ängstlich darauf wartete, dass Merle die Durchsage hörte und wieder auftauchte, verfluchte ich innerlich Kerstin und ihre Idee von einem Mädels-Shoppingtag.

»Boah, Mama, spinnst du?« Plötzlich stand meine große Tochter vor mir. »Das ist ja so was von peinlich!«

»Wo hast du denn gesteckt?«, fragte ich sie unwirscher als beabsichtigt, dabei hätte ich sie am liebsten fest in den Arm genommen.

»Ich hab bloß eine Freundin getroffen und mich ein bisschen unterhalten«, gab sie schroff zurück. »Kein Grund, so einen Aufstand zu machen.«

Ich schluckte eine Bemerkung dazu hinunter, dass sie diejenige war, die gerade einen Aufstand machte, bloß weil ich sie hatte ausrufen lassen. »Wollen wir dann etwas Schönes für dich aussuchen gehen?«, fragte ich stattdessen versöhnlich.

Merle zog zwar einen Schmollmund, aber immerhin nickte sie. Wieder eilte sie uns mit langen Schritten durch die Fußgängerzone voraus und steuerte zielsicher das Geschäft einer amerikanischen Modekette an, in dem wir noch nie zuvor gewesen waren. Ich war davon ausgegangen, dass wir wie immer in die Kinderabteilung des größten Kaufhauses gehen würden, wo wir bisher alle neuen Anziehsachen für Merle und Finja gekauft hatten.

»Hier?«, fragte ich deshalb überrascht.

»Boah, Mama«, beschwerte Merle sich wieder. »Du hast es versprochen.«

»Ist ja gut«, wehrte ich ab und folgte ihr hinein. Das Licht im Laden war so weit gedimmt, dass ich Angst hatte, die Treppe hinunterzufallen. Außerdem roch es genauso blumig wie bei meiner Schwiegermutter auf dem Gäste-WC. Das war es also, was junge Mädchen heute gut fanden? Ich fühlte mich plötzlich wie ein Fossil. Merle war schon wieder aus meinem Sichtfeld verschwunden. Dieses Mal konnte ich mir wenigstens sicher sein, dass sie mich aus eigenem Antrieb wiederfinden würde, denn ich war diejenige mit dem Geld.

Ich parkte Finja in der Nähe der Umkleidekabinen, wo sie sich auf den Boden hockte und zufrieden den türkisfarbenen Glubschaugentiger auf dem Barbiepferd reiten ließ. Wenigstens eine meiner Töchter hatte ich glücklich gemacht. Direkt daneben stand ein Ständer mit geblümten Sommerkleidern, die ich mir anschaute, während ich auf Merle wartete.

Gar nicht so hässlich, stellte ich überrascht fest. Und noch überraschender fand ich, dass es das Kleid sogar in meiner Größe gab. Ich suchte es direkt auch noch in der kleinsten Größe für Merle heraus und dachte, dass es Spaß machen könnte, mit meiner Tochter im Partnerlook auf dem Sommerfest zu erscheinen. Womöglich fanden wir auch noch etwas Ähnliches für Finja.

Weil Merle immer noch auf sich warten ließ, verschwand ich schnell in der Kabine, um das Kleid anzuprobieren. Den Vorhang ließ ich einen Spalt breit geöffnet, damit ich Finja sehen konnte. Das Kleid war schulterfrei und angenehm luftig, und der Reißverschluss ließ sich zu meiner großen Freude problemlos schließen. Beim Rock schien der Designer ein wenig am Stoff gespart zu haben, aber vielleicht sah das im Gesamtbild gar nicht schlecht aus. Leider gab es in der Umkleide keinen Spiegel. Also trat ich aus der Kabine. Doch noch bevor ich mich nach einem Spiegel umschauen konnte, erklang Gelächter.

»Mama, du siehst ultrapeinlich aus.« Merle war wie aus dem Nichts – oder besser gesagt, aus der Nachbarkabine – aufgetaucht, musterte mich immer wieder von oben bis unten und kicherte dabei albern.

Na, danke, dachte ich beleidigt und hätte das zweifelhafte Kompliment am liebsten zurückgegeben. Meine dreizehnjährige Tochter trug eine Jeans, die aus mehr Löchern als Stoff bestand, und dazu ein Top, das aus quasi gar keinem Stoff bestand.

»Damit gehst du nicht auf Papas Geburtstagsparty«, stellte ich entschieden klar. »Ach was, damit gehst du überhaupt nirgendwohin. Weil ich dir das nämlich nicht kaufen werde.«

»Sagt die Frau, der der Hintern aus dem Kleid hängt«, ätzte Merle.

»Nicht solche Ausdrücke«, wies ich sie zurecht, woraufhin

sie ihr schönstes Schmollgesicht aufsetzte und die Arme vor dem nackten Bauch verschränkte.

»Du hast gesagt, ich darf mir aussuchen, was ich will«, maulte sie. »Das ist so typisch für dich. Immer willst du bestimmen.« Auf dem Absatz ihrer Sneakers machte sie kehrt und stürmte zurück in die Kabine. Enttäuscht sah ich ihr hinterher. Na toll, das war nun wirklich gründlich schiefgegangen.

»Mama«, sagte Finja und blickte von ihrem neuen Lieblingsspielzeug auf. »Ich kann deine Unterhose sehen.«

Endlich warf ich einen Blick in den Spiegel und stellte fest, dass meine Töchter absolut recht hatten: Ich sah ultrapeinlich aus. Und mein Hintern hing tatsächlich aus dem Kleid, das diesen Namen eigentlich gar nicht verdient hatte, so kurz war es. Verglichen mit diesem Stofffetzen war Merles Wahl fast schon spießig.

»Na gut«, rief ich meiner Tochter durch den geschlossenen Vorhang zu. »Ich kaufe dir das Outfit, wenn du mir hoch und heilig versprichst, es nicht auf Papas Party anzuziehen.«

»Danke, Mama, du bist die Beste.« Merle kam aus der Kabine geflogen und drückte mir einen Kuss auf die Wange. Ich konnte mich nicht erinnern, wann sie das zuletzt getan hatte. Ich beschloss, es damit gut sein zu lassen und nicht noch nach einem Kleid für mich selbst zu suchen. Es war zu voll in der Stadt, und ich wollte die gute Stimmung nicht dadurch aufs Spiel setzen, dass ich meine Mädchen vor irgendwelchen Umkleidekabinen auf mich warten ließ. In Gedanken schickte ich einen Dank an Kerstin. Der Shoppingtag war eine super Idee gewesen. Zumindest war ich davon überzeugt, bis wir nach Hause kamen.

»Was macht ihr denn schon wieder hier?«, begrüßte Markus uns erstaunt, als wir das Wohnzimmer betraten.

»Huhu!« Barbara winkte uns fröhlich aus der Sofaecke zu.

Mein Mann und meine Mutter saßen einvernehmlich vor dem Fernseher und schauten sich ein Fußballspiel an. Auf dem

Couchtisch standen zwei Teller mit eingetrockneten Eigelb-Resten, daneben eine halbvolle Schüssel Chips und zwei leere und zwei halbvolle Flaschen Bier, immerhin alkoholfrei. Offensichtlich hatte Markus das einzige Gericht zubereitet, das er beherrschte: Strammer Max. Ich konnte mir mühelos vorstellen, wie es in der Küche aussah.

Ich weiß gar nicht genau, warum ich mich so darüber ärgerte. Vielleicht hatte ich wider besseres Wissen gehofft, dass mein Mann ein bisschen aufräumen würde, während ich mit den Mädchen in der Stadt war. Oder die Anziehsachen falten, die sich nach der gestrigen Modenschau noch immer in den Körben neben dem Sofa stapelten. Oder dass er zumindest ins Büro gefahren wäre, um liegengebliebene Arbeit zu erledigen, wie er das sonst oft am Wochenende tat. Stattdessen saß er hier faul mit meiner Mutter auf dem Sofa, und die beiden ließen es sich gut gehen. Immerhin schaltete er den Fernseher stumm.

»Hallo, Papi!« Finja stürmte zu ihrem Vater und drückte ihm einen dicken Schmatzer auf die Wange, dann kletterte sie sofort neben ihre Großmutter aufs Sofa und kuschelte sich an sie.

»Hallo, mein Schatz«, begrüßte Barbara sie gut gelaunt. »Wie war es in der Stadt?«

»Gut«, antwortete Finja knapp. Ich spürte die Tüte mit all ihren neuen Spielzeugen in meiner Hand schwer werden. Ich hatte erwartet, dass sie das Barbiepferd und den Glubschitiger den Daheimgebliebenen begeistert vorführen würde. Doch die neuen Lieblingsspielsachen schienen bereits vergessen zu sein.

»Yaya, können wir jetzt noch mal eine Modeschau machen?«, bettelte Finja stattdessen. »Bitte, bitte, bitte.«

Barbara lachte, und wieder spürte ich den Stich, der mir inzwischen so unangenehm vertraut war. »Ich glaube, das fände deine Mutter nicht so toll«, bremste sie meine Tochter jedoch, vermutlich hatte sie meinen unglücklichen Gesichtsausdruck bemerkt. »Soll ich dir stattdessen eine Geschichte erzählen?«

»Au ja«, stimmte Finja begeistert zu. Sie nahm ihre Großmutter an der Hand und zerrte sie förmlich vom Sofa zur Treppe, um mit ihr nach oben zu verschwinden.

»Ich geh auch hoch«, verkündete Merle, die Tüte mit der löchrigen Hose und dem Nichts von einem Oberteil fest umklammert. Immerhin eine meiner Töchter scheint sich länger als fünf Minuten über die Sachen zu freuen, die ich ihr gekauft habe, dachte ich.

Doch dann hörte ich meine Mutter und Merle auf der Treppe miteinander reden.

»Und, hast du was Schönes für dein Date gefunden?«, fragte Barbara.

»Pst«, machte Merle und antwortete dann sehr leise: »Ja, hab ich.«

Meine Augen fingen an zu brennen, und ich konnte plötzlich nur noch schlecht schlucken. Ein Date, dachte ich. Meine große Tochter hat ihr erstes Date. Und sie hat meiner Mutter davon erzählt. Nicht mir.

»War es denn schön in der Stadt?«, fragte Markus, den Finger auf der Fernbedienung, um den Ton wieder einzuschalten.

Ich nickte, nahm die verklebten Teller vom Couchtisch und trug sie in die Küche. Ich stellte sie in die Spüle, drehte das heiße Wasser auf und fing an, das Eigelb abzuschrubben. Es fiel fast nicht auf, dass dabei ein paar Tränen ins schaumige Wasser tropften.

»Hey, was ist denn los mit dir?« Plötzlich stand Markus neben mir.

»Was soll los sein?« Eilig wischte ich mir mit dem Handballen über die Wangen, um die verräterischen Tränenspuren zu beseitigen.

»Ich dachte nur, es wär' irgendwas, weil du so aus dem Wohnzimmer gerauscht bist ...«

»Ach, du hast bemerkt, dass ich rausgegangen bin?«, gab ich

bissig zurück. »Ich hätte gedacht, dass du viel zu sehr mit dem Fußballspiel beschäftigt warst.«

»Sag mal, Lotti, was hast du denn?« Markus lehnte sich gegen die Arbeitsplatte und verschränkte abwartend die Arme. »Wieso bist du so mies drauf? Ich dachte, du und die Mädchen, ihr habt euch einen schönen Tag in der Stadt gemacht.«

»Ja, war super.« Ich zog die Teller aus dem Seifenwasser. Wenn ich noch länger darauf herumschrubbte, würde das Porzellan zerbrechen.

Als ich mich zu Markus umdrehte, brach er in unpassendes Prusten aus.

»Was ist?«, giftete ich.

»Du hast einen Bart«, amüsierte mein Mann sich und streckte die Hand aus, aber ich kam ihm zuvor. Schnell wischte ich den Schaum weg, den ich mir selbst auf die Wange geschmiert hatte.

Markus prustete noch lauter. »Jetzt hängt er in den Haaren.«

»Verdammt noch mal, hör auf, über mich zu lachen«, schimpfte ich und strich mir hektisch durch die Haare.

Markus beendete seinen Heiterkeitsausbruch und schaute mich mit skeptisch hochgezogener Augenbraue an.

»Was?«, fragte ich angriffslustig.

»Ich weiß nicht, was mit dir los ist, Charlotte. Ich habe dir nichts getan«, erwiderte er nun ebenfalls gereizt.

»Nein, natürlich nicht«, gab ich spitz zurück. »Du tust hier ja nie was!«

»Und wie soll ich das verstehen?« Wieder verschränkte Markus die Arme, dieses Mal wirkte es ablehnend.

»Wann bitte hast du hier das letzte Mal abgespült?«, fragte ich und deutete anklagend auf die schmutzige Pfanne, die auf dem Herd stand. »Wann hast du das letzte Mal Wäsche gefaltet? Oder aufgeräumt? Wann hast du dich das letzte Mal darum gekümmert, dass eingekauft wird? Und gekocht? Wann ...?«

»Hey, Moment mal«, unterbrach Markus mich und hob die Hände, als wollte er mich damit zum Schweigen bringen, aber ich kam gerade erst so richtig in Fahrt. Der aufgestaute Frust brauchte ein Ventil – und Markus hatte sich freiwillig zur Verfügung gestellt.

»Sag mir, wann du das letzte Mal etwas im Haushalt getan hast«, fuhr ich ihn an. »Denn ich kann mich nicht daran erinnern. Stattdessen sitzt du auf dem Sofa und schaust fern und überlässt es mir, mich um die Küche und die Wäsche und den ganzen anderen Kram zu kümmern. Du sagst, wir sollen meine Mutter bei uns aufnehmen, und dann lässt du mich damit komplett im Stich.«

»Sag mal, spinnst du?« Jetzt war auch Markus sauer. »Ich hab mich gerade heute erst um deine Mutter gekümmert. Damit du mit Finja und Merle shoppen gehen kannst.« Er betonte das Wort »shoppen«, als wäre es die niveauloseste Beschäftigung, die ihm einfiel. »Meinst du, ich hätte nichts Besseres zu tun, als den kompletten Tag mit Barbara zu verbringen? Ich hab sogar für uns gekocht.«

Ich schnaubte bloß. Erwartete Markus jetzt wirklich, dass man ihm für seinen Strammen Max einen Orden verlieh?

»War ja klar, dass dir das wieder nicht gut genug ist«, brauste er auf. »Dir kann man es ja nie recht machen. Hast du dich mal gefragt, warum ich die Wäsche nicht falte? Weil du sie danach wieder auseinandernimmst und neu faltest. Weil es dir nicht passt, wie ich es mache.«

Ich schnaubte noch einmal. Es war Ewigkeiten her, dass Markus Wäsche gefaltet hatte, und ich hatte danach alle T-Shirts erneut zusammenlegen müssen, weil er lauter Knicke hineingefaltet hatte.

»Hier muss immer alles genauso laufen, wie du es dir vorstellst«, fuhr Markus fort. »Selbst wenn ich den Tisch abwische, wischst du noch mal hinterher. Immer musst du über alles die Kontrolle behalten. Weißt du eigentlich, wie anstrengend das ist? Man fühlt sich ja kaum noch wohl im eigenen Haus.«

Markus schwieg wütend, und auch ich war sprachlos. So

sah er das also? Es war meine Schuld, dass er nicht im Haushalt half? Und dass er sich nicht wohlfühlte? Das war ja wohl nicht sein Ernst?! Ich tat doch alles dafür, dass wir ein schönes Zuhause hatten!

»Ich will nicht mit dir streiten, Charlotte«, lenkte er schließlich ein. »Ich hab nur manchmal den Eindruck, dass du überhaupt keinen Spaß mehr im Leben hast. Und dass du uns auch keinen gönnst.«

»Das Leben ist kein Glückskeks«, erwiderte ich bissig.

»Kann sein«, räumte Markus ein und grinste dann versöhnlich. »Aber Konfuzius sagt: Egal, wie schwer dein Problem ist, sich am Ellbogen zu lecken ist schwerer.«

Das sollte wohl witzig sein und unserem Streit die Schärfe nehmen. Früher hatte Markus es meistens geschafft, mich nach einem Streit mit einer lustigen Bemerkung zum Lachen zu bringen, und so waren unsere Auseinandersetzungen immer schnell beendet gewesen. Doch jetzt war mir überhaupt nicht nach Lachen zumute. Lieber hätte ich meinem Mann den Spülschwamm an den Kopf geworfen. Oder noch besser: die frischgespülten Teller.

Kapitel 12

Am Sonntag bekam ich Zahnschmerzen. Echte Zahnschmerzen. Alles, was ich zuvor dafür gehalten hatte, erschien mir jetzt wie eine leichte Vorübung. Ich betäubte mich mit der Maximaldosis an Tabletten, aber selbst damit waren die Schmerzen so allgegenwärtig, dass ich an kaum etwas anderes denken konnte. Immerhin kreisten meine Gedanken auf diese Weise nicht mehr permanent um die Enttäuschung und den Streit vom Vortag.

Zu meiner Erleichterung fuhr Markus mit Finja und Merle zu seinen Eltern, und meine Mutter machte es sich mit ihren Sudokus im Garten gemütlich. Erst versuchte ich, mich auf die Arbeit zu konzentrieren, die ich mir mit nach Hause genommen hatte, aber ich schaffte es einfach nicht, einen einzigen klaren Satz zu formulieren, der aus Subjekt, Prädikat und Objekt bestand. Stattdessen wusch ich fünf Maschinen Wäsche, faltete und bügelte und lenkte mich von der Tortur in meinem Mund ab, indem ich nebenbei im Internet surfte und Dekorationsmaterial für die Party bestellte. So war der Tag wenigstens nicht gänzlich vergeudet.

Als ich am Montag ins Büro kam, musste ich meine Finger gegen meine Wange pressen, so unerträglich wütete der Schmerz.

Mareike durchschaute die Lage mit einem Blick. »Jetzt reicht's«, erklärte sie entschieden. »Ich mach dir einen Termin bei Maximilian. Keine Widerrede!«

»Geht nicht«, nuschelte ich. »Ich muss mich um Salome Schwalbenbachs neue Sonderwünsche kümmern und um den Frische-freche-Früchtchen-Flyer, und ich muss immer noch einen DJ für die Party organisieren …«

»Du. Gehst. Zum. Zahnarzt.« Mareike ließ keine Diskussion zu. »Salome Schwalbenbach und das Obst müssen warten. Und um den DJ kümmere ich mich. Ich hab da eine geniale Idee!«

Kaum hatte ich mich an meinen Schreibtisch gesetzt, stand meine Lieblingskollegin mit einem Post-it-Zettel neben mir.

»Sie schieben dich rein. Hier, die Adresse.« Sie wollte mir den kleinen gelben Klebezettel in die Hand drücken. Als ich noch immer zögerte, pappte sie ihn mir einfach auf die Stirn. »Mensch, Charlotte, du stellst dich an, als hätte ich dich zum Dschungelcamp angemeldet. Es ist nur ein Zahnarztbesuch.«

Sie lachte, und gegen meinen Willen musste ich auch grinsen, ließ es aber schnell wieder bleiben. Es tat einfach zu weh.

Wie hätte ich Mareike erklären sollen, dass ich lieber mit einer Horde D-Promis im Dschungel gefangen gewesen wäre und Kakerlaken gegessen hätte, als mich auf einen Zahnarztstuhl zu legen und nichts tun zu können, als den Mund weit aufzusperren und die Kontrolle an irgendeinen dahergelaufenen Gebissklempner abzugeben? Also machte ich mich auf den Weg.

Die Adresse lag nicht weit von der Agentur entfernt. Es war ein Ärztehaus, und es dauerte einen Moment, bis ich in dem Schilderwald am Eingang die einzige zahnärztliche Praxis entdeckt hatte. Dr. Maximilian Müller stand da. Ich stutzte, als ich den Namen las, und ein Gesicht erschien vor meinem inneren Auge.

Rotblonde Locken, Sommersprossen, Riesenzahnspange. Max Müller. Mein erster Kuss, sehr feucht und ohne Zunge, weil die Spange im Weg war. Drei Wochen waren wir zusammen gewesen, dann hatte er mich gegen Valerie aus der Parallelklasse ausgetauscht und mir damit das Herz gebrochen. Ich heulte mir die Augen aus dem Kopf, allein in meinem Zimmer. Meine Mutter hatte uns gerade verlassen, und meinen Vater wollte ich mit meinem Liebeskummer nicht behelligen. Vielleicht war es auch gar nicht der Liebeskummer gewesen, der mich damals so hatte verzweifeln lassen, sondern der Kummer wegen meiner Mutter. Max ging jedenfalls nach den Sommerferien auf eine andere Schule, und ich hatte kaum noch an ihn gedacht – bis zu diesem Moment.

Wie wahrscheinlich war es, dass der Zahnarzt Maximilian Müller mein Max Müller war? Bei dem Allerweltsnamen wohl eher unwahrscheinlich. Und hatte Mareike nicht geschwärmt, er sei ein begnadeter Küsser? Das konnte man von Zahnspangen-Max definitiv nicht behaupten.

»Frau Stern? Sie können in Zimmer eins Platz nehmen. Der Doktor kommt sofort.« Die steril-weiße Arzthelferin führte mich in einen steril-weißen Behandlungsraum.

»Setzen Sie sich«, lud sie mich ein und schien nicht zu bemerken, dass ich angesichts des überdimensionalen Behandlungsstuhls zurückgezuckt war. Mein Überlebensinstinkt brüllte: Flucht! Doch ich mobilisierte meine gesamte Willenskraft und ließ mich auf dem Stuhl nieder.

»Entspannen Sie sich«, sagte die Arzthelferin sanft. Haha! Ich lehnte mich zurück und schloss die Augen, um wenigstens den Anschein zu erwecken, dass ich ihrem Rat folgte. Einige sehr lange Minuten vergingen, bis eine erstaunte Stimme mich aus meiner Starre riss.

»Charlotte, bist du das?«

Ich klappte die Augen wieder auf.

Rotblonde Locken, Sommersprossen. Keine Zahnspange. Aber eindeutig Max Müller, wenn auch um zwanzig Jahre gealtert. Oder besser gesagt: gereift. Ich musste Mareike zustimmen. Der Mann sah blendend aus, vor allem seine blendend weißen Zähne, die er mir mit einem breiten Grinsen in ihrer ganzen Perfektion vorführte. So viel zum Thema unwahrscheinliche Zufälle!

»Max«, nuschelte ich, angesichts der schmerzhaften Umstände etwas weniger begeistert über unser unverhofftes Wiedersehen als er.

»Wahnsinn, du bist es tatsächlich! Und du hast dich kein bisschen verändert.« Er musterte mich und schüttelte ungläubig den Kopf. Ich fand das Kompliment zwar zweifelhaft, da ich hoffte, nicht mehr wie ein pickliger Teenager auszusehen, trotzdem ließ ich es als gutgemeint durchgehen. »Wirklich, du siehst fantastisch aus.« Jetzt fühlte ich mich sogar ein bisschen geschmeichelt.

»Und geht's dir auch gut?«, fragte Max noch immer strahlend.

»Na ja.« Ich deutete auf meine Wange. Dass dem nicht so war, sollte ja eigentlich offensichtlich sein, sonst wäre ich kaum hier gewesen.

»Schlimme Zahnschmerzen?« Max nickte mitfühlend, wahrscheinlich war es dieses Nicken, das Mareike so einfühlsam fand. »Dann wollen wir mal schauen.« Er fuhr mich auf dem Stuhl in eine liegende Position.

Atmen, Charlotte! Obwohl ich am liebsten fest die Zähne zusammengebissen hätte, sperrte ich brav den Mund auf – und bereute es sofort, als Max mir etwas Eiskaltes an den schmerzenden Zahn drückte.

»Aaarhrrhgh.« Fast wäre ich vom Stuhl gesprungen.

»Da haben wir ja den Bösewicht«, freute Max sich und steckte mir irgendwelche Stäbchen und Spiegelchen in den Mund. »Röntgen«, wies er die Arzthelferin an. Das auch noch!

»Bei Frau Reiser bist du in den besten Händen.« Max legte mir beruhigend eine Hand auf die Schulter und ließ sie dort einen Moment länger liegen als nötig. Ich glaubte ihm nicht, fügte mich aber in mein Schicksal. Dann ging alles Schlag auf Schlag.

»Eine Wurzelentzündung«, diagnostizierte Max und nickte wieder mitfühlend. »Das ist fies, ich weiß, aber das kriegen wir schnell in den Griff«, versprach er und verpasste mir eine Spritze, bevor ich mich wehren konnte. Wieder legte er mir die Hand auf die Schulter und sah mir tief in die Augen. Seine waren blau mit kleinen grünen Pünktchen, das hatte ich völlig vergessen.

»Mensch, Charlotte, das ist ja ewig her mit uns«, sagte er, während wir darauf warteten, dass die Spritze ihre Wirkung entfaltete. »Ich habe oft an dich gedacht. *First cut is the deepest*, so heißt es doch.«

Die Romantik seiner Worte wurde durch den Mundschutz, den er inzwischen trug, ein wenig gedämpft. Trotzdem passierte etwas mit mir. Als die schrillen Schmerzen in meinem Zahn zu einem dumpfen Drücken wurden, entspannte ich mich tatsächlich. Vielleicht, weil Max die für einen Zahnarzt sicher sehr praktische Fähigkeit beherrschte, seine Patienten ins Wachkoma zu reden. So erstickte er jede Panikattacke schon im Keim.

Ahh, der Bohrer!, dachte ich. Doch schon erzählte Max von seinem Studienjahr in Madrid und der überaus offenen und freundlichen Mentalität der Spanier und vor allem der Spanierinnen.

Hilfe, was will er mit dem spitzen Ding?, dachte ich. Da folgten bereits ausführliche Berichte über seine letzten Urlaube auf Bali und in Costa Rica samt einiger amüsanter Anekdoten über seine Urlaubsflirts.

Dann, während er mit seltsamen Zahnstochern grässliche Dinge in meinem Mund anstellte, berichtete Max von einem großartigen Projekt in Namibia, bei dem er sich für Zahnärzte ohne Grenzen engagierte und bei dem er eine großartige Kollegin kennengelernt hatte, die leider in Kanada lebte.

Als Nächstes kam eine riesige Spritze mit einer Lösung, die nach Schwimmbad roch, und während Max diese in meinen

Mund entleerte, bekannte er, dass er zurzeit wieder Single und bislang erfolglos auf der Suche nach der Richtigen sei.

Und dann, während er mir eine Art Knetmasse in den Zahn drückte, sagte er halb scherzhaft, halb ernst: »Weißt du, Charlotte, ich glaube, ich habe jede Frau insgeheim mit dir verglichen, und keine konnte dir das Wasser reichen.«

Ich hätte gelacht, hätte mich der Sauger im Mund nicht daran gehindert. Wieso, dachte ich, hast du mich dann damals nach nur drei Wochen durch eine andere ersetzt? Stattdessen gab ich einen zweifelnden gutturalen Laut von mir, den Max wohl als Aufforderung deutete weiterzureden.

»Du bist genau zu der tollen Frau geworden, die ich schon damals in dir gesehen habe«, fuhr er fort. »So, fertig.« Die Instrumente verschwanden aus meinem Mund, und der Schmerz – war weg. Ich war so erleichtert, dass ich Max am liebsten um den Hals gefallen wäre.

Wieder legte er mir die Hand auf die Schulter und sah mir tief in die Augen. »Nichts essen, nichts Heißes trinken, bis die Betäubung abgeklungen ist«, sagte er fürsorglich. »Wir sehen uns in zehn Tagen für die Füllung. Und wenn du Schmerzen hast, ruf an.« Er nahm ein Visitenkärtchen und kritzelte etwas darauf. »Meine private Handynummer, für den Notfall.«

»Und, wirst du ihn anrufen?«, fragte Kerstin gespannt.

Wir saßen an ihrem Küchentisch, den sie notdürftig freigeräumt hatte, und bepinselten kleine Glasvasen mit Goldfarbe.

»Du musst mich unbedingt aufhalten!«, hatte sie am Telefon gesagt. »Thomas ist gerade im Bad verschwunden und stylt sich für seine ›Gitarrenschüler‹. Schon zum dritten Mal diese Woche! Wenn du nicht sofort rüberkommst und mich daran hinderst, spioniere ich ihm nach, das schwöre ich dir. Bitte komm und hilf mir, meine Würde zu bewahren!«

Eigentlich passte es mir gar nicht. Es war Donnerstagabend, noch zwei Tage bis zur Party. Und die hundert kleinen

Vasen, die ich bestellt hatte, waren endlich angekommen. Damit sie zum geplanten Shabby-Chic-Stil der Dekoration passten, musste ich sie noch mit mattgoldenen Mustern verzieren. Andererseits hatte ich Kerstin versprochen, für sie da zu sein, wenn sie mich brauchte.

»Ich rette deine Würde, dafür musst du ein paar Vasen bemalen«, schlug ich also vor und nahm den Karton mit zu meiner Freundin. Ich zeigte Kerstin, welche Muster mir vorschwebten, und wir begannen zu malen. Und weil Thomas unter der Dusche lautstark *Heartbreak Hotel* von Elvis Presley sang, hatte ich meiner Freundin von meinem Besuch bei Zahnspangen-Max erzählt, um sie abzulenken.

»Warum sollte ich ihn anrufen?«, fragte ich verwundert und zog eine breite Goldmanschette um das zylinderförmige Glasgefäß. »Ich hab ja keine Schmerzen mehr.«

»Meine Güte, Charlie, manchmal bist du echt schwer von Begriff.« Kerstin seufzte ungeduldig. »Glaubst du wirklich, er hat dir seine Nummer für den Notfall gegeben?« Bei »Notfall« malte sie mit ihrem Pinsel zwei Anführungszeichen in die Luft. »Also, mein Zahnarzt hat das noch nie gemacht. Was nicht schlimm ist. Den möchte ich auf keinen Fall daten.«

»Du glaubst, er will ein Date mit mir?«, fragte ich ungläubig. »Nein. Das glaub ich nicht. Warum ausgerechnet mit mir?«

»Weil du fantastisch aussiehst und eine tolle Frau bist und er oft an dich gedacht hat und dir keine andere das Wasser reichen kann«, zählte Kerstin alles auf, was Zahnspangen-Max gesagt hatte. Erschrocken stellte ich fest, dass ich den ganzen Blödsinn wortwörtlich abgespeichert und meiner Freundin weitererzählt hatte. Offensichtlich hatten die Komplimente mehr Eindruck auf mich gemacht, als ich mir selbst eingestehen wollte.

»Ist ja kein Wunder, dass dir das schmeichelt.« Kerstin schien meine Gedanken gelesen zu haben. »Wann hat Markus dir das letzte Mal ein Kompliment gemacht? Und ›Schmeckt gut‹ gilt nicht.«

»Ist eine Weile her«, musste ich nach kurzem Nachdenken einräumen.

»Siehst du.« Kerstin nickte zufrieden. »Also, wenn ich du wäre, würde ich den Zahnarzt anrufen. Ich hab gehört, er küsst wie ein junger Gott.« Sie lachte. Herrje, hatte ich ihr etwa auch erzählt, was Mareike gesagt hatte?

»Hey, nicht so dick auftragen«, bremste ich meine Freundin, die gerade die vierte Schicht Goldfarbe auf ein und dieselbe Vase pinselte. »Das soll bloß eine feine Linie werden.«

»Okay, schon klar.« Kerstin stellte das Väschen zur Seite und griff nach dem nächsten.

Die Dusche wurde abgestellt, und aus dem Badezimmer war das Dröhnen des Föns zu hören, das Thomas' gutgelaunten Gesang übertönte.

»Mal ehrlich«, nahm Kerstin das Gespräch wieder auf. »Fragst du dich nie, wie es mit einem anderen Mann wäre? Mit einem anderen Leben?«

»Hm«, machte ich. Darüber hatte ich eigentlich nie nachgedacht, außer dass ich manchmal von einer anderen beruflichen Karriere träumte. Doch zurzeit war alles so schwierig. Der Streit mit Markus nagte an mir, wir hatten uns bisher nicht ausgesprochen. Auch den enttäuschenden Ausgang des Shoppingausflugs mit Merle und Finja hatte ich noch nicht verdaut. Und dann die Probleme mit meiner Mutter. Doch davon wollte ich nicht schon wieder anfangen, heute Abend ging es um Kerstins Sorgen. »Fragst du dich das denn?«, wich ich deshalb ihrer Frage aus und dachte dabei wirklich nur ganz kurz an einen gutaussehenden Zahnarzt.

»Weißt du, Charlie, ich bin jetzt knapp vierzig«, antwortete Kerstin nachdenklich.

»Knapp neununddreißig«, korrigierte ich.

»Ja, egal, jedenfalls denke ich manchmal, dass es das eigentlich noch nicht gewesen sein kann. Ich mag meinen Job, ich liebe meine Jungs, und irgendwie lief es immer recht gut bei uns. Unser Familienmodell ist vielleicht nicht gerade typisch, aber für uns hat es funktioniert …«

»Aber?«, hakte ich nach und konzentrierte mich darauf, eine möglichst gleichmäßige Goldmanschette um meine Vase zu ziehen.

»Aber …« Kerstin ließ den Pinsel sinken. »Dass Thomas mich offenbar die ganze Zeit belügt, gibt mir echt zu denken. Ich hab ihn immer unterstützt mit seiner Musik. Ich hab mich hier um alles gekümmert. Und was macht er?! Fängt was mit einer anderen an!«

Kerstin widmete sich wieder der Vase und tupfte wütend goldene Flecken darauf.

»Lass das«, bremste ich sie. »Die Vase kann nichts dafür. Und außerdem weißt du überhaupt nicht, ob Thomas dich betrügt.«

Es klingelte.

»Wer ist das denn?«, wunderte Kerstin sich und ging zur Haustür, um zu öffnen.

»Hallöchen, ich wollte den Thomas abholen«, hörte ich eine Frauenstimme durch die offene Küchentür. Oje!, dachte ich und folgte meiner Freundin schnell in den Flur. Oje!, dachte ich dort gleich noch mal. Vor dem Haus stand eine junge Frau, die aussah, als wäre sie einem Fünfzigerjahre-Kalender mit Pin-up-Girls entsprungen, nur cooler, denn sie hatte am ganzen Körper Tattoos.

»Und was wollen Sie von *meinem* Mann?«, fragte Kerstin scharf, mit Betonung auf den letzten beiden Wörtern.

»Na, ihn abholen, sag ich doch«, erwiderte das Pin-up-Girl.

Selbst von hinten konnte ich erkennen, dass Kerstin kurz davor war, ihr an die Gurgel zu gehen.

»Lassen Sie gefälligst die Finger von meinem Mann«, fauchte Kerstin die Frau an, die sie überrascht anstarrte. Offensichtlich war sie sich der Lebensgefahr nicht bewusst, in der sie schwebte.

»Was machst du denn hier?«, ertönte in diesem Moment Thomas' Stimme hinter uns.

»Ich wollte dich abholen«, erklärte die junge Frau erneut.

»Das wüsste ich allerdings auch gern«, fauchte Kerstin im selben Moment ihren Mann an, der hilflos zwischen ihr und der fremden Frau hin und her sah.

»Du solltest an der Ecke warten«, sagte er zu Letzterer.

»Du Wichser!«, brüllte Kerstin da. »Ich reiß mir jahrelang den Hintern für dich auf, und diese Schlampe ist dein Dank dafür?!«

»Hä?«, machte Thomas, dann hob er beschwichtigend die Hände. »Ach, du meinst, sie und ich … nein, warte, es ist nicht so, wie du denkst.«

»Klar«, erwiderte Kerstin. Wäre Ironie ein scharfes Schwert, Thomas wäre tödlich getroffen zu Boden gesunken. »Als hätte dieser Satz jemals gestimmt.«

Noch während Kerstin das sagte, stiegen drei Männer aus einem Oldtimer vor dem Haus und kamen zur Tür. Sie trugen Lederjacken und Elvis-Haartollen, und erst jetzt fiel mir auf, dass auch Thomas die Haare zu so einer Locke gestylt hatte.

»Darf ich vorstellen?«, sagte Kerstins Mann. »Das sind Hajo, Sam, Ronny und Caro. Wir spielen zusammen. Also, in einer Band. Wir machen Musik. Rock 'n' Roll, um genau zu sein. Sagt Hallo zu meiner Frau, Jungs.«

Die drei Typen nickten mit den Elvis-Tollen, um Kerstin zu begrüßen.

»Ach, so ist das«, sagte die plötzlich kleinlaut, und ihre Ohren liefen rot an. »Wieso hast du mir denn nichts davon gesagt?«

»Was denkst du denn?« Thomas hob die Hände in einer resignierten Geste. »Dann hättest du mir nur gesagt, dass ich es lassen soll, weil es kein Geld bringt. Oder etwa nicht?«

»Ja, vielleicht …« Kerstin machte auf dem Absatz kehrt und flüchtete an mir vorbei zurück in die Küche. Alle anderen inklusive mir selbst blieben betreten zurück.

»Tja, dann, ähm, viel Spaß«, sagte ich in die Runde und folgte Kerstin.

Meine Freundin saß am Küchentisch, den Kopf in die Hände gestützt und starrte auf die Tischplatte.

»Oh, Mann«, stöhnte sie, als ich die Küchentür hinter mir zugezogen hatte, und fuhr sich durch die kurzen Haare, bis sie in alle Richtungen abstanden. »Wie peinlich.«

»Ach, komm, so schlimm war es nun auch wieder nicht«, versuchte ich, sie zu trösten.

»Ich hab sie Schlampe genannt, und ihn Wichser!«

»Okay, es war peinlich«, stimmte ich zu. »Aber ich kann dich verstehen. Wenn ich denken würde, dass Markus fremdgeht, würde ich auch ausrasten.«

»Du?« Kerstin lachte trocken. »Im Leben nicht. Du bist immer so kontrolliert. Außerdem würde Markus niemals fremdgehen, dafür ist er viel zu nett. Und falls doch, hast du immer noch Zahnspangen-Max.«

»Stimmt natürlich. Zur Not habe ich noch Zahnspangen-Max.« Erleichtert stellte ich fest, dass Kerstin schon wieder zu Scherzen aufgelegt war. »Jetzt aber zurück zum Ernst des Lebens.« Ich reichte meiner Freundin eine neue Vase. »Wir müssen noch über neunzig Stück bemalen.«

Kerstin seufzte theatralisch und machte sich wieder an die Arbeit. Als ich ebenfalls zum Pinsel griff, hatte ich plötzlich einen Einfall.

»Vielleicht können wir der Sache doch etwas Positives abgewinnen.«

»Ehrlich?«, fragte Kerstin. »Jetzt bin ich gespannt.«

»Ich könnte deinem Mann und seiner Band zu ihrem ersten Gig verhelfen. Auf Markus' Geburtstagsparty.«

kapitel 13

»Das ist ja so was von ekelhaft perfekt, Charlie«, sagte Kerstin und schaute sich anerkennend auf der Terrasse des *Bacio* um.

Ich lächelte. Oder besser gesagt: Ich zog die Mundwinkel noch ein Stück weiter nach oben. Denn mit dem Lächeln hatte ich seit mehr als drei Stunden gar nicht mehr aufgehört. Mittlerweile waren meine Gesichtszüge in dieser Position erstarrt und die Party in vollem Gange. Und objektiv betrachtet musste man Kerstin recht geben: Alles, wirklich alles war absolut perfekt.

Die Terrasse glich einer romantischen Filmkulisse. Der Bauzaun, die kaputten Stühle, der Müll und die welken Blätter waren natürlich verschwunden. Unzählige Lampionketten und Kerzen in bauchigen Gläsern sorgten für stimmungsvolle Beleuchtung. Die Aussicht auf den Rhein und den sich verdunkelnden Himmel, an dem erste Sterne blitzten, war grandios. Die Tische waren mit Leinentüchern gedeckt, und in den handbemalten Vasen steckten Wildblumensträuße, die ich am Nachmittag noch arrangiert hatte.

Es gab eine mobile Cocktailbar und eine Barkeeperin, die so schnell frische Drinks mixte, dass man sie für die achtarmige Göttin Kali hätte halten können. Aufmerksame Servicekräfte, die ich über eine Studentenagentur gefunden hatte, liefen zwischen den gutgelaunten Gästen herum und sorgten dafür, dass die Gläser nie leer wurden. Und das Buffet sah nicht nur köstlich aus, es schmeckte auch so. Zumindest hatte ich mir das mindestens hundert Mal versichern lassen. Ich selbst bekam keinen Bissen hinunter.

Eigentlich hätte ich mich zufrieden zurücklehnen und den Abend genießen können. Ich hatte wirklich hart genug dafür gearbeitet. Doch statt nun meinen Erfolg zu feiern, machte ich mir pausenlos Gedanken, was womöglich schiefgehen könnte. Ich konnte mich keine fünf Minuten auf ein Gespräch konzentrieren, weil mir ständig etwas einfiel, das ich kontrollieren oder erledigen musste. Das Eis an der Bar nachfüllen, neue Servietten aus dem Lagerraum holen, den Musikern Getränke bringen, ein paar übersehene Gläser abräumen ... Und die ganze Zeit versuchte ich, im Auge zu behalten, ob alle Gäste gut versorgt waren, und machte sinnlosen Smalltalk.

»Charlie?« Kerstin stupste mich gegen die Schulter. »Alles okay?«

»Ja, alles bestens, sorry.« Ich fokussierte mich wieder auf meine Freundin. »Ist bei den Kindern alles in Ordnung?«

Kerstin hatte Finja und Merle gerade zusammen mit ihren drei Jungs nach Hause gebracht. Vorher hatte Finja permanent an meinem Bein gehangen, was die Erfüllung meiner Gastgeberpflichten deutlich erschwert hatte. Nun schliefen sie alle bei Kerstin, und ich hatte unsere Ex-Babysitterin Annalena für sie engagiert, die inzwischen erfreulicherweise von ihrer Sommergrippe namens Tillmann kuriert war. Kerstin fand, die Kinder brauchten keinen Babysitter, aber ich hatte darauf bestanden.

»Klar ist bei denen alles in Ordnung.« Kerstin winkte ab und wechselte das Thema. »Das hätte ich meinem Mann echt nicht zugetraut.« Sie zeigte auf die Live-Band. *Caro and the Kings* sorgten mit Gute-Laune-Rock für eine volle Tanzfläche. »Es war wirklich eine geniale Idee von dir, die Band zu engagieren. Thomas hat mir meinen Ausraster daraufhin sofort verziehen.«

»Und du ihm seine Lüge?«, fragte ich.

»Hm«, machte Kerstin. »Ich denke schon. Allerdings musste

er schwören, mir künftig immer die Wahrheit zu sagen, auch wenn sie mir mal nicht gefällt. Und diese schreckliche Schmalzlocke muss er abschneiden, da kenne ich kein Pardon.« Sie schnappte sich zwei Gläser Prosecco vom Tablett einer Kellnerin und hielt mir eins hin. »Und jetzt lass uns anstoßen, das hast du dir echt verdient.«

»Lieb von dir, aber ich trinke heute nichts«, lehnte ich entschuldigend ab. »Also, keinen Alkohol. Ich muss einen klaren Kopf haben, um das hier im Griff zu behalten.«

»Schon klar, du Perfektionistin.« Kerstin knuffte mir gegen den Oberarm. »Umso besser. Dann bleibt mehr für mich.« Sie leerte das erste Glas in einem langen Zug und stellte es auf einem Stehtisch ab.

»Sag mal, hast du Mareike irgendwo gesehen?«, fragte ich. Als wir über die Band sprachen, war mir eingefallen, dass die Musiker nur bis elf gebucht waren. Danach sollte der DJ auflegen, den meine Lieblingskollegin ausfindig gemacht hatte. Doch bisher war er nicht aufgetaucht, und Mareike konnte ich auch nirgends entdecken. Verflixt, diese eine Sache hatte ich aus der Hand gegeben, und wie zu erwarten, ging sie nun schief. Bevor Kerstin die Frage beantworten konnte, tauchte plötzlich Markus neben mir auf.

»Charlotte, ich brauch dich mal«, sagte er, fasste mich am Ellbogen und zog mich Richtung Tanzfläche. Als wir dort ankamen, verstummte die Musik, Markus schnappte sich das Mikrofon und räusperte sich hinein, sodass sich alle Köpfe zu uns umdrehten.

Reflexartig machte ich einen Schritt zurück. Ich fand es unangenehm, plötzlich ins Rampenlicht geschoben zu werden, aber ich lächelte krampfhaft weiter. Wenigstens hatte der viele Stress dazu geführt, dass ich mehr Kalorien als sonst verbrannt hatte und wieder in mein dunkelblaues Lieblingskleid passte. Außerdem hatte ich eine geschlagene Stunde im Bad verbracht und hoffte, dass ich halbwegs passabel aussah.

»Liebe Gäste, ich möchte euch alle noch einmal herzlich willkommen heißen«, sagte Markus und strahlte. »Ihr wisst, dass ich kein Freund großer Worte bin ...« Er ließ die einkalkulierten Lacher verklingen. »... aber ich fürchte, heute komme ich um eine kleine Rede nicht herum.« Sein Publikum applaudierte bestätigend.

»Vierzig Jahre schon«, fuhr Markus fort. »Früher habe ich immer geglaubt, mit über dreißig wäre man alt und vernünftig. Heute weiß ich, dass zumindest eins von beidem nicht zutrifft.« Wieder hatte mein Mann die Lacher auf seiner Seite. Er war ganz offensichtlich in seinem Element. Doch mir fiel auf, dass seine Stimme ein bisschen schleppend klang. Hatte er etwa jetzt schon zu viel getrunken? Niemand außer mir schien es zu bemerken, dafür wirkte er wie immer zu souverän.

»Wie heißt es so schön: Ich kann nicht verhindern, dass ich alt werde, aber ich kann verhindern, dass ich mich dabei langweile«, setzte er seine Rede mit noch einer launigen Bemerkung fort, und meine Aufmerksamkeit begann abzudriften. Ich ließ meinen Blick über die versammelten Gäste gleiten und studierte ihre Mienen. Es war eine bunte Mischung aus Freunden und Familie, Bekannten und Nachbarn, Mitarbeiterinnen und Mitarbeitern, unseren Kunden und Dienstleistern. Zu meiner Erleichterung machte niemand ein gelangweiltes Gesicht, im Gegenteil, alle Augen waren auf Markus gerichtet, und alle schienen seine Worte unterhaltsam zu finden.

Nur eine einzige Person schaute nicht meinen Mann an, wie ich feststellte, als mein Blick weiterwanderte, sondern mich. Meine Mutter stand am Rand der Tanzfläche, kaum zu übersehen in ihrem geblümten Hippiekleid, mit dem orangefarbenen Turban und dem auffälligen Schmuck aus schwarzen und bunten Perlen. Doch zwischen all den Gästen wirkte sie kleiner als sonst.

Ihre Wangen waren gerötet, in der einen Hand hielt sie ein Sektglas und mit der anderen schien sie sich möglichst unauffällig an einem Stehtisch abzustützen. Besorgt fragte ich mich, ob sich ihre Medikamente überhaupt mit Alkohol vertrugen. Da trafen sich unsere Blicke, und Barbara hob ihr Glas, um mir zuzuprosten. In diesem Moment fasste Markus mich wieder am Ellbogen und dirigierte mich sanft neben sich.

»Ganz besonders möchte ich mich bei Charlotte bedanken.« Aha, wir waren also endlich bei den Danksagungen angelangt. Ich straffte die Schultern und rückte meinen Gesichtsausdruck zurecht.

»Ohne meine großartige Frau würde ich heute nicht da stehen, wo ich stehe«, fuhr Markus fort. »Und das ist wörtlich zu verstehen, denn Charlotte hat diese Party für mich und für uns alle organisiert. Und hat sie das nicht fantastisch gemacht?« Begeisterter Applaus. Ich würde vermutlich eine Botoxspritze brauchen, um meine Mundwinkel je wieder entspannen zu können.

»Danke, Charlotte«, sagte mein Mann ins Mikrofon. »Danke für dieses besondere Fest an diesem besonderen Ort, wo vor dreizehn Jahren, manch einer wird sich daran erinnern, unsere gemeinsame Zukunft begann. Danke für diese gemeinsamen Jahre, danke für unsere wunderbaren Töchter, danke, dass du immer zu mir stehst und mich in allem immer unterstützt hast.«

Ich lauschte seinen Worten, und ich dachte, dass sie mich mehr berühren sollten. Vielleicht lag es daran, dass er ins Mikro sprach und dabei unsere Gäste ansah und nicht mich. Vielleicht war ich wegen unseres Streits noch immer nicht gut auf ihn zu sprechen. Jedenfalls perlten sein Lob und sein Dank an mir ab, und als er sich zu mir wandte, um mir einen Kuss zu geben, drehte ich in letzter Sekunde meinen Kopf leicht zur Seite, sodass er meine Wange erwischte. Sein Atem roch nach Alkohol.

»Lass uns tanzen«, flüsterte Markus in mein Ohr und zog mich eng an sich, als die Musik in diesem Moment wieder loslegte. *Can't Help Falling in Love* – ach, du grüne Neune, unser Hochzeitstanz! Wie ein Tanzbär wiegte Markus sich im Rhythmus und mich gleich mit. Er war noch nie ein begnadeter Tänzer gewesen, heute schien er allerdings noch stärker zu schwanken als normalerweise.

»Wie viel hast du eigentlich schon getrunken?«, fragte ich ihn leise und nickte über seine Schulter hinweg Frau Schwalbenbach zu, die mit ihrem Mann über die Fläche schwofte und mir heftig winkte.

»Ach, komm schon, Lotti, sei nicht so streng«, erwiderte er, ohne meine Frage zu beantworten. »Ein bisschen Spaß wirst du mir an meinem vierzigsten Geburtstag wohl erlauben.«

Ich verdrehte bloß die Augen, was Markus nicht sehen konnte, und wankte noch eine Runde mit ihm über die Fläche, wobei ich ununterbrochen die Umstehenden anlächelte. Da entdeckte ich Mareike. Endlich!

»Tut mir leid, Schatz, ich muss mich mal eben um etwas Wichtiges kümmern«, entschuldigte ich mich, löste mich aus seinem Arm und steuerte auf meine Kollegin zu, die erstaunlicherweise mit Mehmet zusammenstand, ihrem verschmähten Verehrer.

»Wo hast du denn gesteckt?«, erkundigte ich mich ohne großes Vorgeplänkel, als ich die beiden erreichte.

»Wieso? Ich war den ganzen Abend hier«, erwiderte Mareike abwehrend. Ich hatte den Eindruck, dass sich ihre Wangen leicht rosa färbten. Seltsam.

»Na gut, ist ja jetzt auch egal«, lenkte ich ein. »Viel wichtiger ist, wann kommt endlich der DJ?«

»Er steht direkt vor dir.« Mareike lachte und deutete auf Mehmet.

Irritiert schaute ich unseren Computernerd an, den ich bislang für einen eher introvertierten Typ gehalten hatte. »Mehmet?«, fragte ich. »Echt jetzt?«

»Na, danke«, sagte Mehmet.

»Er legt in seiner Freizeit auf Hochzeiten und Firmenfeiern auf«, erzählte Mareike begeistert. »Als er letzte Woche mitbekommen hat, dass wir immer noch keinen DJ hatten, hat er angeboten auszuhelfen.«

»Und kann er das?«, erkundigte ich mich bei Mareike.

»Absolut«, versicherte sie mir. »Ich hab ihn getestet, also, musikalisch.« Schon wieder färbten sich ihre Wangen. »Er ist echt gut.«

»Hallo!«, sagte Mehmet und wedelte mit der Hand. »Ich bin übrigens hier!«

»Ja, wieso eigentlich?«, fragte ich ihn. »Solltest du nicht längst deine Technik aufbauen?«

Er seufzte und trollte sich.

»Das hätten wir nicht von ihm gedacht, oder?« Mareike lachte erneut.

»Tja, heute Abend scheinen einige Männer für eine Überraschung gut zu sein«, erwiderte ich und schaute mich nach meinem eigenen um, den ich so unhöflich hatte stehen lassen.

Erstaunt stellte ich fest, dass er die Tanzfläche nach meinem Abgang nicht verlassen hatte. Stattdessen legte er gerade eine Art Ausdruckstanz aufs Parkett und schleuderte seine neue Tanzpartnerin so enthusiastisch herum, dass ich fürchtete, die 112 rufen zu müssen, wenn er so weitermachte.

Wer war die Dame mit den langen Beinen und dem kurzen roten Kleid, die ihn zu solchen tänzerischen Höchstleistungen anstachelte? Als sie ihre blonde Mähne herumwarf, erkannte ich sie: Salome Schwalbenbach. Auf der Stelle kam ich mir in meinem knielangen Lieblingskleid total bieder vor. Na toll! Wenn ich nicht mit meinem Mann tanzen wollte, hieß das noch lange nicht, dass sie das durfte.

»Frauen wie Salome Schwalbenbach sollten verboten werden«, sagte Mareike inbrünstig.

Ich nickte vehement und wollte gerade etwas Bissiges erwidern, als ich Frau Schwalbenbach senior zielstrebig auf mich zusteuern sah. Bisher hatte ich es erfolgreich geschafft, ihr aus dem Weg zu gehen. Und ich verspürte nicht die geringste Lust, mich ausgerechnet jetzt mit ihr über ihre wohlgeratene Tochter zu unterhalten. Ich hatte mir noch nie im Leben so sehr ein Glas Sekt gewünscht. Ach, was sag ich, eine Magnumflasche!

»Ich muss mich mal kurz in Luft auflösen«, entschuldigte ich mich bei Mareike und schob mich durch die Menge Richtung Toiletten. Ich würde jetzt meinen Lippenstift auffrischen, meine Mundwinkel wieder an den Wangenknochen festtackern, und danach würde es jede Menge für mich zu tun geben. Eis nachfüllen, Servietten holen und sinnlosen Smalltalk machen.

Auf der Toilette war es wohltuend ruhig, und ich atmete erst einmal tief durch. Es roch nach Desinfektionsmittel, aber das störte mich nicht. Im Gegenteil, ich fand es beruhigend, dass der Waschraum so steril wirkte.

Die Sauberfrauen hatten nicht nur die Armaturen auf Hochglanz poliert, sondern auch einen Korb mit Kosmetikpröbchen bei den Waschbecken deponiert. Da mein Deo schon vor mindestens einer Stunde versagt hatte und meine Haare wie Sauerkraut am Kopf lagen, bediente ich mich dankbar.

Ich ließ mir Zeit, meinen Lippenstift nachzuziehen, und versuchte mehr oder weniger erfolgreich, mit einem Papiertuch die Mascaraspuren unter meinen Augen wegzuwischen. Warum, fragte ich mich, ist das Licht ausgerechnet in Umkleiden und öffentlichen Toiletten immer so brutal zu kleinen Krähenfüßen und versteckten Speckröllchen? Schnell verdrängte ich den Gedanken wieder und setzte mein fröhlichstes Gesicht auf. Partytime!

»Ach, hier steckst du.« Gerade als ich mich zur Tür wenden wollte, kam meine Mutter herein. »Ich fürchte, es gibt ein Problem mit der Technik, um das du dich kümmern solltest. Der DJ hat irgendwas von einem fehlenden Verlängerungskabel gesagt. Ich würde es holen, aber ich weiß nicht, wo ich so etwas finden könnte.«

»Schon gut.« Mit einem schnellen Blick in den Spiegel kontrollierte ich, ob mein Lächeln richtig saß, und folgte meiner Mutter.

»Es ist eine fantastische *fiesta*, eine tolle Fete«, sagte Barbara, während wir zurückgingen. »Du kannst sehr stolz auf dich sein.«

Insgeheim schmunzelte ich über den altmodischen Ausdruck. Und ich stellte erstaunt fest, dass ich mich über ihr Lob weit mehr freute als über das meines Mannes. Barbara bemühte sich wirklich, mich zu unterstützen. Sie hatte sich um die Mädchen gekümmert, während ich mit der Partyplanung beschäftigt gewesen war. Im Vergleich zu den ersten Tagen hatte sich das Chaos in der zweiten Woche in fast erträglichem Maß gehalten. Und jetzt war sie so umsichtig, mir wegen des fehlenden Kabels Bescheid zu sagen. Ja, meine Mutter bemühte sich. Vielleicht war dieser Abend eine gute Gelegenheit, über meinen Schatten zu springen und ein Glas mit ihr zu trinken.

»Warte mal kurz«, sagte ich deshalb. »Ich hole nur schnell das Verlängerungskabel aus dem Abstellraum, danach stoßen wir mit alkoholfreiem Sekt an.«

Der Abstellraum befand sich im hinteren Teil des Restaurants und war eigentlich ein kleines Büro. Seit das *Bacio* geschlossen hatte, diente er als Rumpelkammer. Luigi hatte mir den Raum bei der Schlüsselübergabe gezeigt und großspurig erklärt: »Hier finden Se alles, wat Se nit brauchen, Signora.«

Ich war mir ziemlich sicher, dass ich irgendwo zwischen Eimern, Besen, Putzzeug, mehreren Leitern, Werkzeugen, Gartengeräten und dem anderen Kram auch einige Verlängerungskabel hatte herumliegen sehen.

Leider hatte Luigi es verpasst, für eine funktionierende Lichtquelle in dem Raum zu sorgen. Ich betätigte mehrmals erfolgslos den Schalter, bis ich einsah, dass es zwecklos war, und meine Augen ohnehin anfingen, sich an die Dunkelheit zu gewöhnen. Da bemerkte ich, dass ich nicht allein war.

In der Mitte des Raumes machte ich zwei Umrisse aus. Ein

Pärchen, das sich gegen den Schreibtisch lehnte und in eine wilde Knutscherei vertieft war. Meine Güte, wie auf einer Schulparty, dachte ich amüsiert. Da sollte mal einer sagen, auf einem vierzigsten Geburtstag würde es nicht mehr zur Sache gehen!

Wer mochte das sein? In Gedanken ging ich ein paar mögliche Kandidaten durch, konnte mir aber beim besten Willen keinen unserer Gäste bei einer solchen Teenie-Nummer vorstellen.

Die zwei schienen mich nicht bemerkt zu haben und machten fröhlich damit weiter, sich gegenseitig die Zungen in den Hals zu stecken. Ich hingegen stand etwas dumm in der Tür herum und fragte mich, was weniger peinlich war: Sollte ich ins Zimmer schleichen, um das Verlängerungskabel zu suchen, und hoffen, dass ich unentdeckt blieb? Oder sollte ich lieber mit einem lauten Räuspern auf mich aufmerksam machen? Beide Varianten erschienen mir wenig verlockend, aber ich konnte auch nicht einfach gehen, denn ich brauchte unbedingt das Kabel.

Während ich noch zögerte, fuhr draußen langsam ein Auto auf den Parkplatz, vermutlich einer der Wagen vom Shuttle-Service, den ich für unsere Gäste gebucht hatte. Im Licht der Scheinwerfer, das durchs Fenster hereinfiel, erhaschte ich einen genaueren Blick auf das Paar.

Die langen blonden Haare fielen mir als Erstes auf und dann das rote Minikleid. Salome Schwalbenbach war sich offensichtlich für kein Klischee zu schade.

Plötzlich spürte ich ein sehr unangenehmes Flattern in meinem Magen. Und noch bevor ich die böse Vorahnung in einen klaren Gedanken fassen konnte, erkannte ich den Mann, mit dem Salome Schwalbenbach so hemmungslos herumknutschte.

Es war Markus.

Kapitel 14

In den ersten Sekunden nach dem Aufwachen war die Welt noch in Ordnung. Was schlicht und ergreifend daran lag, dass ich mich an nichts erinnerte. Ich blinzelte mühsam ins viel zu grelle Sonnenlicht, das durch die Vorhänge ins Zimmer fiel, und wunderte mich, dass die Rollläden nicht geschlossen waren. Dann fiel mir auf, dass wir normalerweise gar keine Vorhänge vor den Fenstern im Schlafzimmer hatten, und ich fragte mich, wo die auf einmal herkamen.

Der Versuch, darauf eine Antwort zu finden, verursachte mir so grauenhafte Kopfschmerzen, dass ich die Augen schnell wieder fest zukniff. In diesem Moment kam die Erinnerung zurück. Und mit ihr eine Welle so heftiger Übelkeit, dass ich die Augen erneut aufriss, mich ruckartig aufsetzte, mir den Mülleimer schnappte, der dankenswerterweise direkt neben dem Bett stand, und würgend meinen Magen entleerte.

Oh, Shit! Oh, Shitishitishitishit!!!

Shit!

Shit!

SHIT!!!

»Guten Morgen«, sagte meine Mutter von der anderen Bettseite her. »Wie fühlst du dich?«

Als Antwort gab ich ein Würgen von mir. Außer ein bisschen Galle war allerdings nichts mehr in mir drin, das ich in den Mülleimer hätte spucken können.

Eine Hand legte sich auf meinen Rücken und strich sanft darüber. Ich war zu matt, um sie abzuschütteln, außerdem fühlte sie sich tröstlich an, wenigstens ein bisschen. Genau wie der vertraute Duft nach Sommerblumen, der meiner Mutter schon immer angehaftet hatte. Erschöpft ließ ich mich zurück in die Kissen sinken.

»Ich lasse dir erst mal ein Bad ein, danach geht es dir bestimmt besser«, sagte Barbara aufmunternd. Ich hörte, wie sie aufstand und eine Tür öffnete, Wasser wurde aufgedreht und rauschte ohrenbetäubend laut in die Wanne. Dann war da wieder eine Hand auf meiner Schulter.

»Hier, nimm die.« Barbara hob meinen Kopf an wie bei einem kleinen Kind und schob mir zwei Tabletten in den Mund. »Das sind meine, die wirken ziemlich gut.« Ich schluckte brav, als sie mir ein Glas Wasser an die Lippen setzte.

Ich hatte das Gefühl, meinen Körper verlassen zu haben. Ich schwebte ein kleines Stück über mir selbst und schaute auf die leblose, verkaterte Hülle, die im Bett direkt unter mir lag und erbarmungswürdig aussah. Die Charlotte im Bett litt stumm unter den grauenhaften, wenn auch gerechten Folgen einer fast komplett geleerten Magnumflasche Sekt. Ich hier oben hatte dummerweise nicht mit körperlichen Qualen zu kämpfen, die mich von den weit schlimmeren Qualen der wild umhertanzenden Erinnerungen hätten ablenken können.

Warum hatte ich nicht wenigstens so viel zu viel getrunken, dass ich jetzt einen gnadenvollen Filmriss gehabt hätte? Aber nein. Ich erinnerte mich an ALLES!

An Markus. Und Salome Schwalbenbach. Und ihre hemmungslose Knutscherei. Was hatte ich zu Kerstin gesagt? Dass ich vermutlich ausrasten würde, wenn ich meinen Mann mit einer anderen erwischte. Pah! Von wegen. Keinen Ton hatte ich herausbekommen. Hatte mich einfach nur still und leise umgedreht und war davongerannt. Raus aus der Rumpelkammer, weg von der Party. Ich sah mich nicht um, ignorierte die fragenden Blicke der Gäste, schnappte mir im Hinauslaufen noch schnell die größte Flasche Premiumsekt vom Gabentisch und flüchtete mich in einen der wartenden Wagen vom Shuttle-Service. Erst als meine Mutter sich auf den Sitz neben mir fallen ließ, wurde mir klar, dass sie alles mitangesehen haben musste und mir gefolgt war.

»Wohin?«, fragte sie mich.

»Keine Ahnung«, erwiderte ich tonlos.

Barbara beugte sich nach vorn und redete leise mit dem Fahrer, woraufhin er Gas gab.

Ich entkorkte die Sektflasche, setzte sie an und trank in großen Schlucken. Es prickelte so sehr, dass sich meine Speiseröhre schmerzhaft verkrampfte, aber das war mir nur recht. Wenigstens das konnte ich spüren. Ansonsten fühlte ich mich, als wäre ich einer der Eiswürfel, die ich den ganzen Abend lang nachgefüllt hatte. Als wir kurz vor Köln die Autobahn wechselten, wurde mir klar, dass meine Mutter dem Fahrer nicht unsere Adresse genannt hatte.

»Wohin fahren wir?«, fragte ich alarmiert.

»Paris«, antwortete sie.

Was?!

»Drehen Sie um. Sofort!«, rief ich unserem Fahrer zu. Der tat, als hätte er mich nicht gehört, und stellte die Musik lauter. Hilfe, ich wurde entführt!

»Spinnst du?«, schnauzte ich meine Mutter an. »Ich muss nach Hause. Ich muss zu meinen Mädchen.«

»Merle und Finja sind bei deiner Freundin Kerstin bestens versorgt«, erklärte Barbara mit nervtötender Ruhe. »Und morgen kann sich ihr Vater um sie kümmern. Das wird ihn schnell wieder nüchtern machen. Du nimmst dir mal eine Auszeit. Das wird dir guttun, Charlotte, vertrau mir.«

»Warum sollte ich? Wieso sollte ich jemandem vertrauen, der auf eine so bescheuerte Idee kommt, mal eben nach Paris abzuhauen?«

Darauf erwiderte sie nichts, wies den Fahrer aber auch nicht an umzudrehen. Und auf meine wiederholten Versuche, ihn dazu zu bewegen, reagierte er nicht. Keine Ahnung, wie Barbara ihn bestochen hatte. Ich überlegte auszusteigen. Bei hundertfünfzig Stundenkilometern die Tür zu öffnen, erschien mir jedoch keine gute Option. Auch den Gedanken, die Polizei anzurufen, verwarf ich wieder. Was hätte ich den Beamten erzählen sollen, was nicht vollkommen irre geklungen hätte?

Stattdessen wählte ich Kerstins Nummer. Zwar erwischte ich nur die Mailbox. Doch nachdem ich knapp geschildert hatte, dass und warum ich morgen nicht da sein würde, um Merle und Finja abzuholen, und sie gebeten hatte, gut auf meine Mädchen aufzupassen, fühlte ich mich etwas beruhigter. Möglicherweise lag das auch an dem halben Liter Sekt, der mittlerweile in meiner Blutbahn angekommen war.

Vielleicht, dachte ich, ist es ja doch eine gute Idee, einfach mal abzuhauen. Mir eine Auszeit zu nehmen ... Okay, das war jetzt definitiv der Sekt.

Ich genehmigte mir einen weiteren großzügigen Schluck. Was ergab es noch für einen Sinn, krampfhaft die Kontrolle behalten zu wollen, wenn ich schon längst keine Kontrolle mehr über das hatte, was in meinem Leben passierte? Wenn mein Mann mit Salome Schwalbenbach herummachte. Ausgerechnet auf seiner Geburtstagsparty, die ich für ihn organisiert hatte. An einem Ort, der eigentlich unser Ort war. Es war so demütigend!

Verzweifelt versuchte ich, das Bild aus dem Kopf zu bekommen, das sich leider in meine Netzhaut eingebrannt zu haben schien. Markus und Salome Schwalbenbach eng umschlungen, wild knutschend ... und wer weiß was noch? Mein Kopfkino verselbstständigte sich.

Ich trank mehr Sekt. Irgendwann nahm meine Mutter mir die Flasche aus der Hand. Da war ich schon viel zu betrunken, um zu protestieren. Ich hatte meinen Kopf gegen die kühle Seitenscheibe gelehnt und die Augen geschlossen. Daran, wie ich in dieses Zimmer und in dieses Bett gelangt war, konnte ich mich nicht mehr erinnern. Also doch ein Filmriss, leider ein ziemlich später.

»Das Badewasser ist fertig.« Meine Mutter kam aus dem Badezimmer und störte meine selbstquälerischen Gedanken. Mein Schwebe-Ich beschloss, dass es an der Zeit war, in mein Häufchen-Elend-Ich auf dem Bett zurückzukehren. Dort angekommen, stellte ich erstaunt fest, dass die Tabletten, die meine Mutter mir verabreicht hatte, ein wahres Wundermittel zu sein schienen. Meine Kopfschmerzen waren auf ein erträgliches Maß geschrumpft und die Übelkeit so weit abgeklungen, dass ich aufstehen konnte, ohne mich sofort wieder übergeben zu müssen. Vielleicht lag sie sogar richtig, was die belebende Wirkung eines Wannenbads betraf. Ich war jedenfalls gewillt, es auszuprobieren. Eine Sache musste ich vorher allerdings noch klären.

»Sind wir wirklich in Paris?«, fragte ich.

Anstelle einer Antwort ging Barbara zum Fenster und zog die Gardinen mit einem Ruck zur Seite. Ich blinzelte, dann entdeckte ich ihn. Klein und versteckt hinter einer Reihe von Hausdächern, dennoch unverkennbar: der Eiffelturm – oder zumindest seine Spitze.

»Ist das nicht herrlich?«, fragte meine Mutter begeistert.

Ich ging nicht so weit, ihr zuzustimmen. Doch ich bewegte mich ohne zu meckern ins Bad.

Als ich eine halbe Stunde später aus der Wanne stieg, fühlte ich mich fast wieder wie ich selbst. Oder besser gesagt, wie eine Version von mir, die von außen betrachtet genauso aussah und die sich genauso bewegte wie ich, die jedoch innen hohl war.

Wie konnte es dazu kommen?, fragte ich mich, während meine Außenhülle sich mechanisch den Rücken abtrocknete. Mir war natürlich klar, dass es zwischen Markus und mir in letzter Zeit nicht besonders gut gelaufen war. Und im Bett lief schon seit einer Weile so gut wie gar nichts mehr. Aber das war noch lange kein Grund fremdzugehen!

Seit der Gartenparty hatte ich dieses mulmige Gefühl gehabt, was Salome Schwalbenbach betraf. Dennoch hatte ich geglaubt, dass Markus einer von den Guten war. Einer, der sich nicht auf so eine billige Barbiepuppe einließ. Der viel zu nett war, wie Kerstin es ausgedrückt hatte. Wie hatte ich bloß so naiv sein können?!

Wütend starrte ich mein Spiegelbild an, das in dem beschlagenen Glas nur verschwommen zu erkennen war. Vielleicht besser so. Meine äußere Hülle war nicht unbedingt etwas, worauf ich stolz war. Was, wenn Markus auch nicht mehr gefiel, was er sah, wenn er mich ansah? Als wir uns kennenlernten, war ich süße neunzehn gewesen. Keine Barbie, aber definitiv schlanker und straffer als nach zwei Schwangerschaften. Was, wenn er mich einfach nicht mehr attraktiv genug fand und mich lieber gegen lange Beine und blonde Locken austauschen wollte?

Verdammt, Schluss jetzt! Ich musste aufhören, mir das Hirn zu zermartern über Dinge, die passiert waren. Ich würde eine Lösung finden. Irgendeine. Nur nicht jetzt. Jetzt gab es wichtigere Fragen, um die ich mich dringend kümmern musste. Wie es meinen Mädchen ging, zum Beispiel. Und wie wir schnellstmöglich wieder nach Hause zurückkamen. Und vor allem, was ich anziehen sollte!

Mein blaues Kleid, das ich achtlos neben der Wanne auf den Boden geworfen hatte, roch ekelhaft und wies bei näherer Betrachtung auch ekelhaft aussehende Flecke auf. Außerdem war mein ehemaliges Lieblingskleid nach dem gestrigen Abend ohnehin für alle Zeit kontaminiert. Zu meiner Erleichterung entdeckte ich einen Bademantel an einem Haken an der Tür, der flauschig weich aussah und sich wie eine tröstliche Frotteeumarmung anfühlte.

Als ich ins Zimmer zurückkam, war meine Mutter nicht da, vermutlich war sie frühstücken gegangen. Ich sah mich nach meiner Handtasche um, entdeckte sie auf dem Nachttisch und nahm mein Handy heraus. Es war ausgeschaltet. Ich war mir nicht mehr sicher, ob ich das selbst gemacht hatte, oder ob das meine Mutter gewesen war. Kaum hatte ich die PIN eingegeben, meldete es mir zehn neue Anrufe und drei Nachrichten auf der Mailbox.

Mir wurde wieder flau. Hoffentlich war mit den Mädchen alles in Ordnung. Noch bevor ich die Nachrichten checken konnte, begann es zu klingeln, und Markus' Name erschien auf dem Display. Für ein paar Sekunden schwebte mein Finger über dem blinkenden Anrufsymbol, dann nahm ich mich zusammen. Ich würde mit ihm reden müssen, wenn ich wissen wollte, wie es Finja und Merle ging. Und das war das Einzige, worüber ich mit ihm sprechen würde, beschloss ich, bevor ich den Anruf annahm.

»Hallo«, sagte ich und versuchte, alle Emotionen aus meiner Stimme herauszuhalten.

»Scheiße, Charlotte, bin ich froh, dass du ans Telefon gehst.« Markus klang ehrlich erleichtert. »Verdammt, wo steckst du? Kerstin hat irgendwas von Paris gesagt, aber das hab ich nicht so richtig kapiert. Ich fürchte, ich war ziemlich betrunken. Auf jeden Fall war Kerstin stinksauer auf mich, weil du ihr erzählt hast, dass ich mit Salome rumgemacht hätte. Scheiße, Charlotte, lass mich das erklären. Ich war echt besoffen, und Salome hat sich an mich rangeschmissen, und du …«

»Wie geht es Finja und Merle?«, unterbrach ich ihn kühl, ziemlich stolz auf mich selbst, weil ich ihn nicht anschrie, dass er sich seine blöden Ausreden sonst wohin stecken sollte.

»Denen geht's gut. Sitzen vor der Glotze. Kerstin hat sie schon um sieben rübergeschickt. Scheiße, da war ich echt noch hinüber …«

Gut gemacht, Kerstin. Im Stillen gratulierte ich meiner Freundin und stimmte auch meiner Mutter zu: Es geschah Markus ganz recht, dass er sich in seinem verkaterten Zustand heute um die Mädchen kümmern musste. Die Fülle an Kraftausdrücken sprach deutlich dafür, dass er sich noch nicht annähernd vom gestrigen Abend erholt hatte. Ich gönnte ihm sein Leiden von Herzen.

»Hör zu, Charlotte, ich kann verstehen, dass du sauer bist«, fuhr Markus etwas gemäßigter fort. »Aber so eine Sache hat immer zwei Seiten …«

Hallo? Wollte er etwa tatsächlich mir die Schuld dafür geben, dass er mit Salome Schwalbenbach rumgemacht hatte? Ging's noch?! Obwohl – oder gerade weil – ich genau diesen Gedanken auch schon gehabt hatte, spürte ich nun die Wut in mir hochkochen. Doch ich hatte mir geschworen, mich nicht am Telefon mit Markus zu streiten, deshalb hielt ich den Mund.

»Komm nach Hause, Charlotte, bitte«, bat er. »Lass uns über alles reden.«

In diesem Moment wurde mir klar, dass es nichts zu reden gab. Und dass die rund fünfhundert Kilometer, die uns aktuell trennten, genau der Abstand waren, den ich im Augenblick zu meinem Mann brauchte. Auch wenn ich es ungern zugab: Meine Mutter hatte recht gehabt. Ich brauchte eine Auszeit.

»Gib den Mädchen einen Kuss von mir«, sagte ich. »Und sag ihnen, dass ich sie lieb habe.« Ich hätte es ihnen gerne selbst gesagt, aber Finjas und Merles Stimmen zu hören hätte meinen soeben gefassten Entschluss ins Wanken gebracht. Und das Risiko wollte ich nicht eingehen. Zwar hatte ich ein schlechtes Gewissen, weil ich nicht bei meinen Töchtern war, aber so sehr ich Markus gerade hasste, wusste ich doch, dass er ein guter Vater war, und dass es Finja und Merle gut gehen würde.

»Hey, warte mal, Charlotte, wann kommst du denn nach Hause?« Plötzlich klang Markus fast panisch.

Ich hingegen fühlte mich mit einem Mal völlig ruhig. »Weiß ich noch nicht«, antwortete ich und legte auf.

»Gut gemacht.« Ich fuhr herum, als ich hinter mir die Stimme meiner Mutter hörte. Ich hatte gar nicht bemerkt, dass sie ins Zimmer zurückgekommen war. In der Hand hielt sie eine Papiertüte und ein Papptablett mit zwei Kaffeebechern. Ohne ein weiteres Wort deponierte sie beides auf dem Bett und zupfte drei Kosmetiktücher aus der Packung, die auf dem Nachttisch stand. Erst als sie mir die Tücher reichte, merkte ich, dass mir Tränen über die Wangen liefen.

»So ein Mist«, stieß ich mit erstickter Stimme hervor und wischte schnell die Tränen weg.

»Lass uns frühstücken«, erwiderte Barbara bloß. »Ich habe Croissants geholt. Und Kaffee.« Sie deutete auf ihren Einkauf. »Und danach gehen wir ein bisschen an die frische Luft. Fahren auf den Eiffelturm, oder so. Das wird dir guttun.«

Auf den Eiffelturm? Das konnte sie vergessen. Ich würde nirgendwo hingehen. Schon allein deshalb, weil ich außer diesem Bademantel nichts anzuziehen hatte. Nein, ich würde mich einfach wieder im Bett verkriechen, mir die Decke über den Kopf ziehen und mich in Selbstmitleid suhlen.

»Und sag nicht, du hättest nichts anzuziehen«, kam meine Mutter meinem Einwand jedoch zuvor und zog etwas aus ihrer riesigen Häkelhandtasche. Es war sehr bunt, und als sie es auseinanderfaltete, erkannte ich, dass es sich um ein fließendes Seidenkleid handelte, ähnlich den Hippiekleidern, die sie selbst gerne trug, nur aus einem viel edleren Material. »Das hab ich auf dem Weg zur *Patisserie* in einer zauberhaften kleinen *Boutique* entdeckt. Wie gut, dass in *Pari'* viele Geschäfte auch sonntags geöffnet sind.« Sie genoss es sichtlich, die Wörter französisch auszusprechen.

»Hm«, machte ich bloß. »Keine Lust.«

»Ich weiß.« Barbara ließ sich aufs Bett fallen, öffnete die Papiertüte und hielt mir auffordernd ein Croissant entgegen. »Glaub mir, Charlotte, ich weiß, wie du dich fühlst. Aber du darfst dich jetzt nicht hängen lassen.«

»Ach, und woher willst du wissen, wie ich mich fühle?« Ich setzte mich neben meine Mutter aufs Bett und ignorierte das angebotene Frühstück. Ich hatte nicht die geringste Lust, mich nicht hängen zu lassen. Daran konnte auch ein zugegebenermaßen köstlich duftendes Croissant nichts ändern. »Du hast überhaupt keine Ahnung, wie ich mich fühle«, sagte ich bitter.

Barbara ließ das Gebäck zurück in die Tüte fallen und seufzte. »Wenn du wüsstest«, erwiderte sie und drückte mir einen der zwei Kaffeebecher in die Hand.

»Was soll das heißen?«, fragte ich und nippte an dem Kaffee, der sehr schwarz und sehr süß war.

»Ach, vergiss es.« Meine Mutter wedelte mit der Hand, als wollte sie das Gesagte wegwischen.

Jetzt wollte ich es erst recht wissen. »Warum glaubst du, du wüsstest, wie ich mich fühle?«, hakte ich nach.

Barbara schien zu zögern, dann sagte sie: »Dein Vater hat mich damals betrogen.«

»Was?« Beinah hätte ich den Kaffee über die blütenweiße Hotelbettwäsche geschüttet. »Papa soll fremdgegangen sein?«

Meine Mutter nickte bloß.

»Das ist doch Blödsinn«, stieß ich hervor. »Dafür ist er gar nicht der Typ.«

Nein, wirklich, mein Vater war das genaue Gegenteil eines Casanovas. Viel zu gewissenhaft und – mir fiel keine nettere Beschreibung ein – so steif, als hätte er einen Stock verschluckt. Der Gedanke, er könnte eine Affäre gehabt haben, überforderte meine Vorstellungskraft gewaltig. Das hatte meine Mutter sich bloß ausgedacht! Andererseits, warum sollte sie? »Wenn das stimmt ... also, *falls* das wirklich stimmt, warum hast du es mir dann nie erzählt?«

»Es gab keinen Anlass.« Barbara zuckte mit den Schultern. »Und ich glaube nicht, dass du es hättest hören wollen, oder?« Damit hatte sie vermutlich sogar recht.

»Und mit wem soll Papa fremdgegangen sein?« Ich konnte es noch immer nicht fassen.

»Oh, du kennst sie«, erwiderte meine Mutter.

Und da hatte ich plötzlich ein Bild vor Augen. Es war eine Szene, an die ich seit Ewigkeiten nicht mehr gedacht hatte und die mir augenblicklich dasselbe Unwohlsein bereitete wie damals, als es passiert war. Ich war zehn gewesen, vielleicht auch schon elf, und nach dem Unterricht zum Lehrerzimmer gerannt, um meinen Vater abzuholen. Noch bevor ich klopfen konnte, sah ich ihn am Ende des Flurs. Neben ihm lief eine andere Lehrerin, Frau Winter, die in unserer Parallelklasse Mathematik unterrichtete. Sie redeten miteinander und hatten mich noch nicht bemerkt, und ich weiß noch, dass ich das Gefühl hatte, dass etwas nicht stimmte.

Erst als mein Vater mich entdeckte und plötzlich eine Armlänge Abstand zwischen sich und seine Kollegin brachte, wurde mir klar, dass sie viel zu nah nebeneinanderher gelaufen waren. Und dass es ausgesehen hatte, als würden sie sich an den Händen halten. Ich traute mich nicht, ihn danach zu fragen, und sagte mir immer wieder, dass ich mir das garantiert nur eingebildet hatte. Und irgendwann vergaß ich es. Jetzt war das Bild wieder da. Glasklar.

»Antje?«, fragte ich, dabei kannte ich die Antwort bereits. »Er hatte schon was mit Antje am Laufen, als ihr noch verheiratet ward?«

Meine Mutter nickte noch einmal.

Ich knallte meinen Kaffeebecher auf den Nachttisch und sprang vom Bett auf.

Das konnte nicht stimmen. Nicht mein Vater! Der für mich da gewesen war, als meine Mutter gegangen war. Auf den ich mich verlassen hatte. Dem ich immer vertraut hatte.

»Wie lange?«, fragte ich. »Wie lange ging das schon mit Antje und ihm?«

»Eine Zeitlang. Ich weiß es nicht genau.«

»Und wie hast du es herausgefunden?«

»Er hat es mir gesagt. Er hat gesagt, dass er eine andere liebt.« Meine Mutter hob wieder die Schultern, eine beinah entschuldigende Geste, als wüsste sie, wie unbegreiflich ihre Worte für mich sein mussten.

Rastlos fing ich an, in dem kleinen Hotelzimmer auf und ab zu laufen, während meine Gedanken hin und her sprangen wie außer Kontrolle geratene Pingpongbälle.

Oh, mein scheinheiliger Vater! Hatte meine Mutter betrogen. Hatte mich belogen. Jahrelang …

Und Markus! Der war genauso scheinheilig. Erzählte allen, wie viel ihm die dreizehn Jahre unserer Ehe bedeuteten. Und machte dann hinter meinem Rücken mit Salome Schwalbenbach rum!

Ich lief so energisch auf und ab, dass der Bettvorleger Falten warf, während ich mir immer wieder durch die Haare fuhr, um meine Gedanken beisammenzuhalten. Das war zu viel, eindeutig zu viel!

Markus und mein Vater. Die zwei Menschen in meinem Leben, von denen ich geglaubt hatte, dass ich mich immer auf sie verlassen konnte … Waren Lügner. Und Betrüger.

»Charlotte«, unterbrach meine Mutter mein wildes Gedankenkarussell. »Wenn du so weitermachst, läufst du ein Loch in den Teppich.«

Ich blieb stehen. »Ich weiß nicht mehr, was ich denken soll«, sagte ich. »Ich muss hier raus.«

»Sag ich doch!«, erwiderte meine Mutter. »Lass uns auf den Eiffelturm fahren.«

Kapitel 15

»Nein, ich komme da nicht mit hoch!« Ich legte den Kopf in den Nacken und schaute durch die Eisenstreben bis zur winzig wirkenden Spitze dieses überdimensionalen Zahnstochers hinauf. Die oberste Besucherplattform des Eiffelturms befand sich auf zweihundertsechsundsiebzig Metern, so stand es auf der Infotafel. Das waren für meinen Geschmack genau zweihundertsechsundsiebzig Meter zu viel. Höhe war einfach nichts für mich, egal, ob man sie mit dem Aufzug oder mit dem Flugzeug erreichte.

Wie hatte ich diesem wahnsinnigen Plan bloß zustimmen können? Hatte ich wirklich geglaubt, es könnte mir helfen, meine Gedanken zu ordnen, wenn ich auf einen zweihundertsechsundsiebzig Meter hohen Turm fuhr? Ich musste wirklich außer mir gewesen sein! Doch auf dem Weg hierher hatte ich mich wieder ein bisschen gefangen. Und nun schlug mein Überlebensinstinkt Alarm. Ich hätte am liebsten kehrtgemacht und mich wieder im Hotelzimmer verkrochen.

Meine Mutter war hingegen wild entschlossen, bis ganz nach oben zu fahren. »Los, komm schon, Charlotte, du hast es versprochen«, drängte sie. »Lass uns wenigstens fragen, ob es noch Tickets gibt.«

»Na gut«, stimmte ich zu und seufzte. Wahrscheinlich gab es an einem sonnigen Sonntagmittag ohnehin keine Tickets mehr. Und dann würde meine Mutter hoffentlich Ruhe geben.

Doch wie es aussah, hatten wir »riesiges Glück«, das meinte jedenfalls die Ticketverkäuferin. Vielleicht hatte sie auch »Unglück« gesagt, ich war mir nicht so sicher, denn mein Schulfranzösisch war ziemlich eingerostet. Auf jeden Fall gab es noch genau zwei Karten für den limitierten Zugang zur Spitze des Turms. Meine Mutter bezahlte schnell, bevor ich sie daran hindern konnte.

»Ich will da wirklich nicht hoch«, wiederholte ich und setzte mich demonstrativ auf eine Bank in der Nähe der Kassenhäuschen.

»Warst du schon mal auf dem Eiffelturm?« Meine Mutter setzte sich neben mich.

»Sicher nicht.« Damals beim Schüleraustausch in der zehnten Klasse hatte ich mich erfolgreich geweigert, lieber war ich mit einem Buch unten geblieben und hatte die Sticheleien meiner Mitschüler ertragen.

»Ich auch nicht«, erklärte Barbara. »Deshalb will ich es jetzt tun, verstehst du? Wenn wir schon mal in Paris sind …«

»Hast du etwa deshalb den Taxifahrer hierhergelotst? Weil du unbedingt auf diesen blöden Turm wolltest?«

»Könnte sein«, gab sie zu.

»Dann fahr ohne mich hoch«, schlug ich vor. »Wenn dir das so wichtig ist. Ich warte hier auf dich.«

Energisch schüttelte meine Mutter den Kopf. »Ich möchte das viel lieber mit dir zusammen machen.« Sie stand von der Bank auf. »Komm schon, Charlotte. Man muss sich seinen Ängsten stellen. Ein Leben in Angst ist nur halb gelebt. Bitte! Es ist einer meiner letzten Wünsche.«

Na toll, jetzt spielt sie die Krebs-Karte aus, dachte ich und erschrak augenblicklich über mich selbst.

»Und sag nicht, ich soll nicht die Krebs-Karte ausspielen«, sagte meine Mutter. »Denn das tue ich. Wenn man diese Arschkarte schon bekommen hat, sollte man sie auch einsetzen, oder etwa nicht?«

Meine Güte, konnte sie etwa Gedanken lesen? Doch wo sie recht hatte, hatte sie recht. Ich konnte mich ja kaum weigern, mit ihr auf den Eiffelturm zu fahren, wenn es einer ihrer letzten Wünsche war. So herzlos konnte einfach niemand sein, nicht einmal jemand mit extremer Höhenangst.

»Okay, bringen wir es hinter uns.« Schicksalsergeben stapfte ich auf den ersten Aufzug zu. Zur Not würde ich einfach die Augen fest zukneifen.

»Juhu«, freute sich meine Mutter wie ein kleines Kind.

Die erste Etappe war noch verhältnismäßig leicht. Das war kein Kunststück, denn wir standen erst einmal in der Warteschlange vor dem Eingang zum Aufzug. Barbara hielt ihr Gesicht in die warme Sonne, und ich versuchte, mich damit abzulenken, dass ich die anderen Wartenden beobachtete.

Vor uns schwatzte eine Gruppe Asiaten hinter ihren Mundschutzmasken. Hinter uns packte eine spanische Familie Aluschalen mit kalten Tapas aus. Und ein Stück weiter vorn lehnte sich ein britisches Pärchen im Partnerlook beim Selfie-Schießen so weit über die Abtrennstange, dass sie fast eine unfreiwillige Rückwärtsrolle machten.

Es war kaum zu glauben, das Leben um mich herum ging ganz normal weiter. Ich sah die Menschen reden und lachen, während ich selbst mich fühlte, als würde ich gar nicht mehr dazugehören.

Dann kam der erste Aufzug. Zusammen mit dem britischen Pärchen, den schwatzenden Asiaten, der spanischen Großfamilie und noch einer Reihe anderer Leute wurden wir in eine viereckige Kabine mit Glasfenstern geschoben. Und als die Türen sich schlossen, begann mein Herz zu pochen, als wollte es mir aus der Brust springen.

»Ist das nicht aufregend?«, sagte Barbara begeistert, während die Eisenstreben an den viel zu großen Fenstern der Kabine vorbeizogen.

Ich spürte, wie meine Hände feucht wurden. Atmen, Charlotte, atmen. Ich kniff die Augen zusammen und atmete ein und aus, bis ein Ruck mich in die Realität zurückbeförderte. Oh, nein! Waren wir stecken geblieben? Nein, wir hatten bloß die erste Zwischenebene erreicht, wo wir den Aufzug wechseln mussten.

Wieder mussten wir uns in eine Warteschlange einreihen. Der Unterschied war allerdings, dass wir nun keinen festen Boden mehr unter den Füßen hatten, sondern einhundertsechzehn Meter Luft. Ich hatte mir alle Angaben von der Infotafel genau gemerkt.

»Guck mal, die *Seine!*«, rief meine Mutter.

Ich wandte den Kopf ab und atmete. Die Schlange schob sich jetzt durch schmale Serpentinen zwischen hüfthohen Abtrennungen. Stück für Stück ging es voran. Immer wenn die spanische Großfamilie, die inzwischen vor uns stand, ein paar Schritte vorrückte, bewegten sich meine Füße ebenfalls. Ich nahm alles nur noch wie durch eine schmale Röhre wahr. Die Stimme meiner Mutter, die mich auf immer neue Sehenswürdigkeiten hinwies, war ein Rauschen in meinen Ohren.

Vermutlich hätte ich an dieser Stelle noch problemlos umdrehen können. Doch ich kam gar nicht auf den Gedanken. Mein Hirn hatte sich komplett abgeschaltet. Panikmodus. Das Einzige, was ich mir immer wieder vorbetete wie ein Überlebensmantra, war: Atmen, Charlotte, atmen! Und dann erreichten wir die vier Aufzüge, die kleine Gruppen von Wahnsinnigen auf die nächste Plattform beförderten.

»Na, komm schon.« Barbara ergriff meine schweißnasse Hand und zog mich mit sich. Als die Kabine sich in Bewegung setzte, kniff ich wieder fest die Augen zusammen und klammerte mich krampfhaft an die Hand meiner Mutter. Es fühlte sich an, als wären wir losgelöst von Zeit und Raum. Ich spürte nur noch diese andere Hand, die meine festhielt.

Dann war die Fahrt auch schon vorbei, und der Fahrstuhlführer entließ uns mit einem freundlichen »Viel Spaß« in die luftige Hölle. »Viel Glück« hätte ich wesentlich treffender gefunden.

»Du solltest die Augen aufmachen«, empfahl meine Mutter, als ich an ihrer Hand aus dem Aufzug stolperte und beinah hingefallen wäre. Es war genau das, was ich brauchte, um zur Besinnung zu kommen.

Ich riss die Augen auf und schaute mich erstaunt um. Wir standen in einer Raumkapsel mit Metallwänden und kleinen Aussichtsfenstern. Es war nicht annähernd so schlimm, wie ich befürchtet hatte. Es wirkte beinahe sicher. Das hier war erstaunlich höhenangstkompatibel. Sanft, aber bestimmt löste ich meine Hand aus der meiner Mutter.

Kaum hatte ich sie losgelassen, steuerte Barbara auf eine Treppe zu. Moment! Ging es da etwa noch weiter hoch? War diese beruhigende Raumkapsel gar nicht die richtige Aussichtsplattform?

»Hey«, rief ich. »Wo willst du denn hin?«

»Hoch hinaus!« Barbara blieb stehen, weil ich mich nicht von der Stelle rührte, aber statt zurückzukommen, rief sie: »Zeig deiner Angst den Stinkefinger!« – und verschwand nach oben.

Verflucht! Und jetzt? Der Anblick der Treppe brachte mein Herz erneut zum Rasen und trieb mir den Schweiß auf die Stirn. Es waren nur ein paar Stufen, aber für mich war es der Mount Everest. Ein kleines Mädchen im pinken Tüllrock sprang an der Hand seiner Mutter die Stufen hinauf, immer zwei auf einmal, so einfach, als wäre es wirklich nur eine normale Treppe. Da packte mich plötzlich eine wilde Entschlossenheit.

Hier stand ich, knapp zweihundertsechsundsiebzig Meter über dem Boden, und ich lebte noch. Ich war so weit gekommen! Es fehlte nur noch eine einzige Treppe, um mir und der Welt zu beweisen, dass nicht meine Angst die Kontrolle über mich hatte, sondern ich die Kontrolle über sie. Und das erschien mir in der aktuellen Situation, in der mein Leben völlig aus den

Fugen geraten war, auf einmal überlebenswichtig. Ich wollte nichts dringender, als diese letzten Stufen bewältigen.

Ich nahm die Treppe in Angriff. Meine Knie zitterten, meine Hände schwitzten, und ich musste mich zum Atmen zwingen: Erste Stufe – ein – zweite Stufe – aus – dritte Stufe – ein – vierte Stufe – aus ...

Und dann hatte ich es geschafft. Ich trat hinaus an die frische Luft, der Wind bauschte meine Haare, und der Himmel war strahlend blau. Nur das Gitter, das die oberste Plattform umschloss wie bei einem riesigen Käfig, trennte mich von der Stadt, die sich weit unter mir bis zum Horizont erstreckte. Der Anblick war überwältigend schön, und ich konnte spüren, wie die Luft, die hier oben deutlich kühler zu sein schien, mein hämmerndes Herz beruhigte. Ich hatte es geschafft. Ich stand auf dem Eiffelturm! Ich konnte mich nicht erinnern, wann ich das letzte Mal ein solches Hochgefühl empfunden hatte.

»Champagner?«, fragte meine Mutter, die plötzlich neben mir stand.

»Wie bitte?« Ich brauchte einen Moment, um mich von der Aussicht loszureißen.

»Ich habe gefragt, ob du auch ein Glas Champagner möchtest«, wiederholte Barbara. »Da vorne ist eine Bar, ist das nicht stilvoll?« Sie deutete auf einen kleinen Kiosk, über dem in großen roten Buchstaben *Bar à Champagne* zu lesen war. Der Preis pro Glas, der dort auf einer Tafel stand, entsprach der luftigen Höhe, in der wir uns befanden.

»Danke, lass mal«, lehnte ich ab. »Ich glaube, ich hatte gestern schon genug.«

»Was dagegen, wenn ich mir ein Gläschen genehmige?«

»Nein, nein, nur zu.«

Meine Mutter verschwand zwischen den vielen anderen Besuchern, die ich bisher kaum wahrgenommen hatte, und tauchte kurz darauf mit einem Sektkelch in der Hand wieder auf.

»Sag mal, womit bezahlst du das hier eigentlich alles?« Die

Frage war mir gerade erst in den Sinn gekommen. Meine Mutter war pleite. Sicher hatte sie nicht das Geld für ein Hotel in Paris, ein Seidenkleid, das zwar überhaupt nicht mein Stil, aber zugegebenermaßen sehr schick war, Karten für den Eiffelturm und dann auch noch Champagner.

Barbara zog eine Kreditkarte aus der Tasche, die ich bei genauerer Betrachtung als meine identifizierte.

»Die Geheimzahl hast du mir netterweise letzte Nacht verraten, auch wenn du dich vermutlich nicht mehr daran erinnerst.« Sie grinste verwegen.

Ach, so war das! Meine Mutter hatte mich nicht nur entführt, sie ließ mich auch noch für die Entführung bezahlen. Unter normalen Umständen hätte mich das vielleicht wütend gemacht. Stattdessen musste ich lachen. Erst nur leise und ein bisschen ungläubig. Dann brach ein lautes Lachen aus meinem Inneren hervor, von dem ich niemals geglaubt hätte, dass es sich ausgerechnet jetzt dort versteckt hatte. Diese ganze Situation war so surreal. Ich nahm meiner Mutter das Champagnerglas aus der Hand und trank einen Schluck, der mir erstaunlich gut schmeckte. Erneut packte mich das Lachen. Ich konnte selbst hören, dass es ein bisschen hysterisch klang.

»Alles in Ordnung, Charlotte?«, fragte meine Mutter.

»Ja.« Das Lachen brach genauso plötzlich ab, wie es gekommen war. »Nein«, korrigierte ich mich. »Eigentlich nicht. Eigentlich ist gar nichts in Ordnung.«

Mein Gedankenkarussell fing wieder an, sich zu drehen. Alles, was ich im Panikmodus verdrängt hatte, war wieder da. Was Markus getan hatte. Was mein Vater getan hatte. Und mein Hochgefühl sauste zweihundertsechsundsiebzig Meter in die Tiefe, wo es hart auf dem Boden der Tatsachen aufschlug.

»Warum bin ich nie gut genug?«, fragte ich mehr mich selbst als meine Mutter, die an ihrem Champagner nippte.

»Wie bitte?« Erstaunt sah sie mich über den Rand des Glases hinweg an.

»Ich hab mich so angestrengt, alles richtig zu machen. Die perfekte Tochter zu sein, die perfekte Mutter und die perfekte Ehefrau. Und trotzdem werde ich verlassen, belogen und betrogen.« Ich ließ meinen Blick in die Ferne schweifen, wo sich auf einem Hügel die weiße Kuppel von Sacré-Coeur erhob. »Das ist doch nicht gerecht!«

»Aber wieso denkst du, dass es an dir liegt?«, hakte Barbara nach. »Wie kommst du darauf, dass *du* nicht gut genug bist?«

»Na ja.« Ich zuckte mit den Schultern. Wie sollte ich ihr das erklären? »Weil ich dieses Gefühl immer habe. Seit damals …«

»Wann, damals?«, fragte sie alarmiert.

»Als du mich verlassen hast.«

Von jetzt auf gleich wurde meine Mutter so blass, dass sie fast durchsichtig wirkte, und die Hand mit dem Sektkelch zitterte.

»Das hast du geglaubt?« Sie klang fassungslos. »All die Jahre? Dass ich weggegangen bin, weil du nicht die perfekte Tochter warst?«

»Na ja«, wiederholte ich. »Sonst wärst du ja zu mir zurückgekommen, oder?«

»Oh, nein. Nein.« Meine Mutter schüttelte den Kopf, als könne sie es nicht fassen. »So war es nicht. Natürlich nicht. Das war doch nicht deine Schuld.« Sie trank einen großen Schluck aus ihrem Glas.

In diesem Moment gruppierte sich eine Großfamilie genau neben uns am Geländer, um Fotos mit Aussicht zu knipsen. Dabei diskutierten sie so laut in irgendeiner Sprache, die ich nicht verstand, dass kein weiteres Gespräch möglich war. Als die Gruppe lärmend weitergezogen war, schien meine Mutter sich zu sammeln.

»Es ging mir damals schon länger nicht gut«, sagte sie. »Die Ehe mit deinem Vater war … schwierig. Wir waren einfach zu verschieden. Ich war immer schon sehr freiheitsliebend und kreativ und, ja, auch chaotisch …« Sie lächelte entschuldigend.

»Und er … na ja, du kennst ihn. Ich hatte mehr und mehr das Gefühl, nicht so sein zu können, wie ich nun mal war.«

Ich nickte nachdenklich. Mein Vater und meine Mutter hätten vom Charakter nicht unterschiedlicher sein können. Eigentlich war es erstaunlich, dass sie sich überhaupt mal ineinander verliebt und geheiratet hatten.

»Ich war kurz davor, mich zu trennen«, fuhr meine Mutter fort. »Da wurde ich schwanger.«

»Excuse me.« Ein junges Pärchen stellte sich neben uns, und der Mann hielt mir sein Handy hin. *»Would you take a picture?«*

Wie immer konnte ich nicht Nein sagen, nahm das Handy und drückte auf den Auslöser, ohne genau hinzusehen. »Und was war dann?«, fragte ich meine Mutter, nachdem ich das Handy zurückgegeben hatte.

»Wir hatten uns lange ein Kind gewünscht«, antwortete sie. »Also blieb ich und hoffte, dass es zwischen deinem Vater und mir besser würde. Es wurde aber nicht besser. Ich habe jahrelang verdrängt, was das mit mir machte. Ich hatte ja dich. Du hast mir so viel bedeutet. Trotzdem war da diese dunkle Wolke in mir, die mit der Zeit immer größer wurde.«

Barbara schwankte leicht und stützte sich mit einer Hand am Geländer ab.

»Möchtest du dich setzen?«, fragte ich, sah mich um und stellte fest, dass es auf der Plattform gar keine Sitzgelegenheiten gab.

»Es geht schon.« Barbara schüttelte den Kopf. »Ich möchte dir erzählen, wie es war damals. Du sollst nicht glauben, dass du an irgendetwas die Schuld hattest.«

»Gut«, sagte ich. All die Jahre hatte ich mich geweigert, mit ihr über die Vergangenheit zu reden. Nun wollte ich es unbedingt.

»Ich bekam eine Depression«, fuhr sie fort. »Und musste Tabletten nehmen. Trotzdem ging es mir damit kaum besser. An vielen Tagen habe ich mich erst aus dem Bett gequält, wenn du aus der Schule kamst. Ich wollte es vor dir verheimlichen, aber ich fürchte, du hast es trotzdem gemerkt.«

In meinem Kopf wurden Erinnerungen lebendig an die Zeit, kurz bevor meine Mutter uns verlassen hatte. »Ja«, sagte ich. »Ich habe es gemerkt. Aber ich habe es nicht verstanden.« Damals hatte es sich so angefühlt, als würde meine Mutter sich von mir zurückziehen. Später dann, als hätte sie sich darauf vorbereitet, mich zu verlassen.

»Dann hat mir dein Vater gesagt, dass er eine andere Frau liebt.« Sie hatte sich mit der Schulter gegen das Geländer gelehnt und sah sehr blass aus. Touristen liefen an uns vorbei, und der eine oder andere musterte sie verwundert. Barbara redete weiter, als würde sie die anderen Menschen um uns herum gar nicht mehr bemerken. »Mir wurde klar, dass ich rausmusste. Dass ich eine Auszeit brauchte, um herauszufinden, was ich in meinem Leben wirklich wollte. Weil ich sonst womöglich für immer in meinem Bett liegen geblieben wäre. Eine Freundin empfahl mir einen Kunsttherapieurlaub in einer Finca auf Lanzarote, der ihr in einer Lebenskrise sehr geholfen hatte. Ich beschloss, es zu versuchen.«

Sie schloss kurz die Augen, als müsste sie sich sammeln, und ich versuchte zu verarbeiten, was ich gerade erfahren hatte. Meine Mutter war nicht einfach so weggegangen. Sie hatte einen Grund gehabt. Eine Depression. Eine Ehekrise. Die seltsamen Parallelen zwischen dem, was damals geschehen war, und meiner eigenen Situation im Moment wurden mir bewusst. Und ich begann, das Handeln meiner Mutter mit anderen Augen zu betrachten. Doch eine Sache konnte ich nach wie vor einfach nicht begreifen.

»Aber warum bist du nicht zurückgekommen?«, fragte ich, heftiger als beabsichtigt. Zurück zu mir!

»Das hatte ich vor.« Sie schlug die Augen wieder auf und sah mich mit festem Blick an. »Ich hatte nie geplant, auf der Insel zu bleiben. Dann hab ich gemerkt, wie gut sie mir tut. Auf Lanzarote ist man den Elementen so nah, dem Wasser, dem Wind, dem Feuer der Vulkane. Und das viele Sonnenlicht, das macht etwas mit einem. Endlich hatte ich wieder das Gefühl, ich selbst zu sein. Und als ich Josemi kennengelernt habe, war es, als hätte ich meinen Seelenverwandten getroffen ...« Sie machte eine Pause und schien ihren Erinnerungen nachzuhängen. »Also habe ich deinem Vater gesagt, dass ich dich zu mir holen will. Da hat er mir deutlich gemacht, dass daraus nichts wird. Was hast du ihr denn zu bieten?, hat er gesagt. Und dass jeder Richter ihm das Sorgerecht zusprechen würde, wegen meiner instabilen Situation, psychisch und finanziell.«

Ungläubig schüttelte ich den Kopf. Das sollte mein Vater gesagt haben? Ich konnte es kaum glauben. Ich wollte es nicht glauben! Andererseits hatte ich heute schon so viel erfahren, was das Bild, das ich von meinem Vater hatte, auf den Kopf stellte.

»Und dann wolltest du nichts mehr mit mir zu tun haben«, sagte Barbara leise. »Ich hab das sogar verstanden.« Sie holte Luft, um weiterzusprechen, stattdessen packte sie ein Hustenanfall. Trocken hustete sie immer wieder in ihre Hand, bis ihr die Tränen in die Augen traten.

»Trink einen Schluck«, sagte ich, und tatsächlich beruhigte sich der Husten, als Barbara ihr Champagnerglas leerte.

So leise, dass ich nah an sie herangehen musste, um ihre Worte in dem Getümmel auf der Aussichtsterrasse zu verstehen, fuhr sie fort. »Du bist mehr als gut genug, Charlotte. Ich war diejenige, die nicht gut genug war. Ich habe dich verlassen und nicht um dich gekämpft ... weil ich nicht stark genug war. Das war der größte Fehler meines Lebens.«

Ich schluckte krampfhaft, weil mein Hals sich plötzlich eng anfühlte und meine Augen brannten. Das war alles so schrecklich verwirrend. Ich wandte mich ab und spielte mit dem Gedanken, mir doch ein Glas Champagner von der Bar zu gönnen. Allerdings würde der meine Probleme genauso wenig lösen wie eine Magnumflasche Sekt, auch wenn er fast genauso viel kostete. Also drehte ich mich wieder zu Barbara um – und erschrak.

Sie sah aus wie ein Gespenst. Weiß im Gesicht und mit schwarzen Schatten unter den Augen lehnte sie am Geländer und schien immer weiter in sich zusammenzusinken. Auf ihrer Stirn standen feine Schweißperlen, und sie atmete schwer.

Schlagartig wurde mir klar, dass das alles hier viel zu viel für sie war, der Ausflug auf den Eiffelturm und vermutlich der komplette Paristrip und nicht zuletzt diese aufwühlende Reise in die Vergangenheit. Die ganze Zeit hatte meine Mutter es geschafft, so zu tun, als wäre sie topfit. Vielleicht, weil sie diesen Ausflug unbedingt machen wollte. Vielleicht aber auch nur, weil sie mir damit helfen wollte. Jetzt bröckelte diese Fassade, und es war mehr als deutlich, dass sich dahinter eine schwerkranke Frau verbarg.

»Komm, wir fahren ins Hotel zurück.«

Die Tatsache, dass meine Mutter keine Einwände erhob, sagte mir alles, was ich wissen musste. Sicherheitshalber hakte ich sie unter und spürte, wie sie sich schwer auf mich stützte. Ich drückte einem verdatterten Touristen ihr Champagnerglas in die Hand und führte sie zur Treppe. Bevor wir uns an den Abstieg machten, warf ich noch einen letzten Blick über die Stadt.

»Ich fürchte, wir müssen uns beeilen«, stellte ich fest. »Über Sacré-Coeur ziehen dicke graue Wolken auf.«

»Wie schön«, erwiderte Barbara matt. »Ich liebe Regen. Auf Lanzarote regnet es nur selten, und dann wird die schwarze Insel wie durch ein Wunder grün.«

Das Gewitter brach los, kaum dass wir im Hotelzimmer angekommen waren. Aber meine Mutter bekam davon nichts mehr mit. Sie hatte sich aufs Bett gelegt und war von einer Sekunde auf die andere eingeschlafen. Ich zog ihr die Schuhe aus und deckte sie mit dem dünnen Laken zu. Dann öffnete ich das

Fenster, rückte mir einen Stuhl davor und starrte in den Regen, der in dichten Fäden vom Himmel fiel und den Blick auf die Spitze des Eiffelturms hinter den Hausdächern verbarg.

Was für ein Tag! Immer wieder ging mir durch den Kopf, was meine Mutter mir erzählt hatte. Jede Geschichte hat zwei Seiten, das war keine neue Erkenntnis. Ich hatte nur nie darüber nachgedacht, dass das auch auf die Geschichte meiner Mutter zutraf – und auf meine eigene. Endlich verstand ich, warum sie damals gegangen war. Das fühlte sich an, als hätte jemand ein Pflaster auf diese alte Wunde geklebt. Und vielleicht konnte sie darunter endlich heilen.

Gleichzeitig brannten die neuen Wunden. Dass mein Vater mich derart belogen hatte, konnte ich noch immer kaum begreifen. Warum hatte er das bloß getan? Er war doch kein schlechter Mensch! Schwierig, ja, aber nicht böse. Wie hatte er mich all die Jahre in dem Glauben lassen können, meine Mutter hätte mich im Stich gelassen? Er musste gemerkt haben, wie sehr ich darunter litt. Oder hatte ich das so gut verborgen?

Und dann natürlich Markus! Ich konnte mein Kopfkino gerade noch stoppen, bevor es wieder die Knutschbilder aus der Rumpelkammer abspielte. Diese Grübelei würde mich noch in den Wahnsinn treiben!

Kurze Zeit später hatte sich das Sommergewitter so schnell wieder verzogen, wie es gekommen war. Da ich mich noch immer rastlos fühlte und keine Löcher in den Teppich laufen wollte, beschloss ich, nach draußen zu gehen und einen Kaffee zu trinken. Außerdem musste ich etwas essen, auch wenn ich keinen Appetit hatte. Ich vergewisserte mich, dass Barbara noch immer fest schlief, dann schlich ich auf Zehenspitzen aus dem Zimmer.

Eine Weile lief ich ziellos durch enge Straßen zwischen hohen Häusern hindurch, überquerte breite Boulevards und erreichte schließlich einen kleinen Platz mit einem Rondell aus Bäumen, der von Cafés gesäumt war. Es schien ein beliebter

Treffpunkt zu sein, die Tische waren fast alle belegt, daneben standen Leute in kleinen Grüppchen zusammen, Weingläser in den Händen, und redeten in einem Tempo durcheinander, dass mir die Ohren schwirrten.

Ich ergatterte einen Stuhl an einem wackligen Bistrotisch und gab meine Bestellung bei einem jungen Kellner mit wildem Lockenkopf auf. Kurz darauf kehrte er mit einem *Café au lait* und einem *Croque Monsieur* zurück und platzierte beides schwungvoll vor mir auf dem Tischchen, das bedenklich kippelte. Ich aß den knusprigen Toast, trank meinen Milchkaffee, beobachtete die Menschen um mich herum und lauschte der Geräuschkulisse aus Gesprächen und den französischen Chansons, die aus dem Bistro erklangen.

Wieder überkam mich das Gefühl, in einer völlig surrealen Situation zu stecken. Hier saß ich, Charlotte Stern, an einem frühen Sonntagabend irgendwo in Paris. Ich gehörte nicht dazu und war trotzdem ein Teil dieser großen, lebendigen Stadt. Und ich fühlte mich fast ein bisschen verwegen dabei. Das Karussell in meinem Kopf drehte sich immer langsamer, bis es schließlich anhielt, und meine Gedanken sich sortierten.

Was hatte ich auf dem Eiffelturm zu meiner Mutter gesagt? Dass ich immer versuchte, es allen recht zu machen. Die perfekte Tochter, Mutter, Ehefrau zu sein. Dabei dachte ich oft gar nicht darüber nach, was ich eigentlich selbst wollte. Und was hatte mir das eingebracht? Ein glückliches Leben? Friede, Freude, Eierkuchen? Von wegen!

Doch das würde sich ändern! Wäre der Bistrotisch nicht so wackelig gewesen, hätte ich energisch auf die Tischplatte gehauen. Ich würde mein Leben wieder in den Griff kriegen, schwor ich mir. Noch hatte ich keine Ahnung, wie. Aber ich hatte den Eiffelturm bezwungen. Dann sollte ich das ja wohl auch schaffen.

Kapitel 16

Am nächsten Morgen nahmen wir den ersten Thalys von Paris nach Köln. Während wir im Bahnhof *Gare du Nord* auf die Abfahrt des Zuges warteten, rief ich Markus an.

»Wir sind am späten Vormittag zurück«, sagte ich. »Und ich möchte, dass du bis dahin deine Koffer gepackt hast.«

»Du willst, dass ich ausziehe?«, fragte er ungläubig.

»Erst mal. Ja.« Ich war froh, dass meine Stimme fest klang, viel entschiedener, als ich mich fühlte. Ich hatte alle Möglichkeiten mehrfach durchgespielt. Eigentlich wollte ich nicht, dass Markus auszog. Ich wollte, dass mein Mann und meine Töchter mich, wenn ich nach Hause kam, freudig erwarteten. Ich wollte Familienidylle in der Vorstadtdoppelhaushälfte. Doch das war Wunschdenken, die Realität sah völlig anders aus. In der Realität hatte mein Mann mich betrogen, und das hatte meiner Vorstellung von Vorstadtdoppelhaushälftenfamilienidylle einen gehörigen Knacks verpasst.

»Ich muss mir über ein paar Sachen klar werden. Und ich will mich vor allem um meine Mutter kümmern«, versuchte ich zu erklären. »Das hat jetzt erstmal Vorrang.«

»Aber das hier ist genauso mein Zuhause«, wandte Markus ein.

»Du kannst gerne darin wohnen bleiben«, bot ich an. »Dann müsstest du dich um Finja, Merle und meine Mutter kümmern, und ich ziehe aus.« Mir war klar, dass das für uns beide keine ernstzunehmende Option darstellte, dennoch hielt ich kurz die Luft an, als er zögerte.

»Igitt, der Kakao hat Haut«, hörte ich Finjas Stimmchen aus dem Hintergrund, und mein Herz zog sich zusammen, weil ich sie so sehr vermisste.

»Schon gut, ich zieh zu meinen Eltern«, grummelte Markus, und ich stieß den angehaltenen Atem aus.

»Und noch was«, schob ich schnell hinterher, auch darüber hatte ich mir einige Gedanken gemacht. »Ich nehme Urlaub. Ich möchte im Moment auf keinen Fall in die Agentur kommen.«

»Und dein Projekt?«, wandte Markus ein.

»Das ist mir gerade so was von egal!« Glaubte er ernsthaft, dass ich je wieder für Salome Schwalbenbach arbeiten würde? »Gib es meinetwegen Franko.«

»Wie du meinst«, stimmte er mürrisch zu. »Aber, Charlotte. Wir müssen miteinander reden. Ich möchte eine Chance, dir zu erklären, was passiert ist. Es ist nicht fair, wenn du mich als totalen Mistkerl abstempelst, ohne mir wenigstens vorher mal zuzuhören.«

»Wenn dir die Rolle als Mistkerl nicht gefällt, hättest du vielleicht nicht mit Salome Schwalbenbach knutschen sollen«, erwiderte ich und beendete schnell den Anruf, weil mir schon wieder Tränen in die Augen schossen.

»Alles in Ordnung?«, fragte meine Mutter, als ich mich auf den bordeauxroten Sitz neben ihr fallen ließ. Sie hatte dreizehn Stunden am Stück geschlafen und wirkte wieder etwas frischer als am Vortag. Dennoch war ihr immer noch anzusehen, wie viel Kraft sie dieser Trip nach Paris gekostet hatte. Es wurde Zeit, dass ich sie nach Hause brachte.

»So weit in Ordnung, wie es eben in Ordnung sein kann«, antwortete ich und hielt ihr eine der beiden deutschen Zeitschriften hin, die ich an einem Kiosk entdeckt und für die Zugfahrt gekauft hatte. Doch Barbara lehnte ab.

»Ich mach noch ein bisschen die Augen zu«, erklärte sie,

machte es sich in ihrem Sitz bequem und war weggedöst, bevor der Zug den Bahnhof verlassen hatte.

Ich bekam einen Anflug von schlechtem Gewissen, obwohl ich überhaupt nichts dafürkonnte, dass wir nach Paris gefahren waren. Das war allein ihre Idee gewesen. Sie hatte sich übernommen, und ich war nicht eingeschritten, weil mir gar nicht klar gewesen war, wie sehr ihr das schadete.

Damit war jetzt Schluss. Ich würde dafür sorgen, dass meine Mutter die Ruhe bekam, die sie benötigte, und die Therapie, die ihr helfen würde. Am nächsten Morgen stand endlich der Termin bei Onkel Uli an. Vielleicht, dachte ich hoffungsvoll, nimmt das alles doch noch eine gute Wendung. Vielleicht schlägt die neue Immuntherapie bei meiner Mutter an und schenkt ihr noch viel Zeit.

Während der Zug Richtung Heimat raste und die Bäume, Strommasten und Häuser vor den Fenstern vorbeiflogen, blätterte ich in den Zeitschriften, konnte mich aber nicht auf die Artikel konzentrieren, weil schon wieder viel zu viele Gedanken in meinem Kopf ein heilloses Durcheinander veranstalteten.

Ich wollte mein Leben in den Griff bekommen, das hatte ich mir fest vorgenommen. Die Frage war bloß: Wie? Schließlich beschloss ich, das zu tun, was ich immer tat, wenn ich nicht weiterwusste. Ich würde eine To-do-Liste schreiben, die ich nach und nach abarbeiten konnte.

Ich kramte in meiner Handtasche, bis ich einen Kugelschreiber und einen alten Einkaufszettel fand, der nur auf einer Seite beschrieben war. Oben auf die Rückseite des Zettels notierte ich: *To-do-Liste für mein Leben.* Ich unterstrich es dreimal. Dann starrte ich lange auf das knittrige Papier.

Von außen betrachtet, hatte ich bisher ein perfektes Leben geführt. Ein erfolgreicher Mann, zwei hübsche Töchter, die ich über alles liebte, eine Doppelhaushälfte und jedes Jahr drei Wochen Urlaub auf Sylt. Einen Job hatte ich auch, wenn auch nicht meinen Traumjob. Aber mal ehrlich: Abgesehen von der Tatsache, dass mein Mann mich betrogen hatte, jammerte ich auf hohem Niveau.

Ich wollte den Zettel schon zusammenknüllen und wieder in die Tasche stecken. Dann dachte ich: Nein! Belüg dich nicht selbst, Charlotte! Mein Leben war alles andere als perfekt. Schon bevor Markus fremdgegangen war, hatte einiges daran nicht gestimmt. Ich hatte mir nur nie eingestehen wollen, dass ich nicht glücklich war. Und ich war die Einzige, die daran etwas ändern konnte.

Also, Punkt eins: Meine Ehe. Ich setzte einen Spiegelstrich davor.

Ich war zwanzig gewesen, als Markus und ich geheiratet hatten. Sicher hätten wir uns ohne die Schwangerschaft nicht so schnell das Jawort gegeben. Trotzdem hatte ich damals nicht den geringsten Zweifel gehabt. Markus war alles, was ich mir von einem Mann wünschte. Klug und witzig, verlässlich und fürsorglich, gutaussehend und toll im Bett.

Zuvor hatte ich in diesem Bereich nur ernüchternde Erfahrungen gesammelt. Nach Zahnspangen-Max hatte ich einen weiteren Freund gehabt, Sebastian, mit dem ich das Goldstarabzeichen erworben hatte, der aber auf der Tanzfläche weit mehr Talent besaß als im Bett. Mit Markus war es dann völlig anders gewesen. Schon unser erster Kuss damals am Rheinufer hatte in meinem Kopf ein einziges riesengroßes BÄM verursacht. Und beim Sex, der nicht lange auf sich warten ließ, war es genauso gewesen.

Dass wir mittlerweile nur noch selten Sex hatten, hatte ich für normal gehalten. Genauso normal wie, sich ab und zu auf die Nerven zu gehen. Bisher hatte ich gedacht, dass wir eine ganz normale Ehe führten. Aber war das überhaupt gut genug? Reichte mir das? Markus schien es jedenfalls nicht zu genügen, sonst wäre er wohl kaum mit Salome Schwalbenbach in der Abstellkammer gelandet.

Was sollte bloß aus meiner Ehe werden? Konnte ich sie

überhaupt wieder in den Griff bekommen? Oder war sie womöglich am Ende? Und was hatte es dann für einen Sinn, diesen Punkt auf meine Liste zu schreiben? Mutlosigkeit drohte mich zu überfallen, aber so kam ich hier nicht weiter. Ich würde nicht für jeden Punkt auf meiner Liste sofort eine Lösung finden. Es ging nur darum, die Baustellen zu benennen, aufzuschreiben, was mir wichtig war und was ich mir wünschte. Ich wünsche mir eine glückliche Ehe, schrieb ich. Wie – und ob – das mit Markus möglich war, darüber würde ich zu einem anderen Zeitpunkt nachdenken müssen …

Der Zug fuhr in den Bahnhof *Bruxelles-Midi* ein. Vor dem Fenster drängten sich die ein- und aussteigenden Fahrgäste, und ich beobachtete das Gewimmel. Noch drei Stunden bis wir zu Hause waren. Als der Zug wieder anrollte, wandte ich mich erneut meiner Liste zu.

Punkt zwei fiel mir leichter. Mein Job. Ich wünsche mir einen Job, der mich ausfüllt, notierte ich hinter den zweiten Spiegelstrich.

Dass die Arbeit in der Agentur mich nicht glücklich machte, war mir längst klar. Es war eine naheliegende Notlösung gewesen. Und wie das so ist mit Provisorien, sie halten meist am längsten. Aber was war die Alternative? Sollte ich kurzerhand nach Berlin ziehen und Starreporterin werden, wie ich es mir früher ausgemalt hatte? Wohl kaum. Bloß, welche anderen Qualifikationen besaß ich? Wo lagen meine Stärken, wenn man mal von meinen Kenntnissen über topaktuelle Toilettentrends, Gleitlagertechnik und freche Früchte absah?

Ich konnte kochen, putzen und Ordnung schaffen. Ich war gut im Planen und Organisieren. Vielleicht konnte ich Karriere als deutsche Marie Kondo machen, die japanische Aufräumkönigin, die anderer Leute Häuser und Leben in Ordnung brachte. Ich schnaubte. Erst einmal musste ich wohl mein eigenes Leben in Ordnung bringen.

»Café, Koffie, Coffee, Kaffee?« Der monotone Singsang riss

mich aus meinen Überlegungen. Ein junger Mann mit dunkelroter Krawatte schob sein Wägelchen durch den Mittelgang. Ich bestellte mir einen Zugkaffee, gab reichlich Zucker und etwas Dosenmilch hinein und probierte einen Schluck. Lauwarm. Immerhin konnte ich mir daran nicht den Mund verbrennen, und es war besser als gar kein Koffein.

Ich widmete mich wieder meiner Liste. Kurz zögerte ich, dann schrieb ich den nächsten Punkt darauf: Ich wünsche mir ein besseres Verhältnis zu meinen Töchtern. Ich hatte es lange nicht wahrhaben wollen, aber die letzten Wochen hatten mir recht schmerzhaft gezeigt, dass in dieser Hinsicht einiges falsch lief. Ich musste einen Weg finden, wieder einen Zugang zu meiner großen Tochter zu bekommen. Und vielleicht war es auch allmählich angebracht, mir Gedanken über Finjas Ängstlichkeit und ihre Trotzanfälle zu machen.

Herrje! Mir schwirrte der Kopf. Ich hatte mir von dieser Liste mehr Klarheit erhofft, stattdessen führte sie mir bloß vor Augen, was in meinem Leben alles schieflief, ohne dass mir einfiel, wie ich es ändern konnte. Schnell schrieb ich noch ein paar Punkte dazu, die mir lösbarer erschienen: zehn Kilo abnehmen, besser fünfzehn. Sauerkrautdiät? Igitt, sicher nicht! ... noch mehr auf meine Ernährung achten, endlich mal regelmäßig Sport treiben ... Joggen? Ach, nö. Vielleicht schwimmen? Das sollte ja gleich mehrere Körperpartien auf einmal in Form bringen. Leider hasste ich Chlorwasser und Schwimmbäder im Allgemeinen. Nicht vergessen: einen Termin beim Zahnarzt vereinbaren für die endgültige Füllung. Fenster putzen, dringend nötig!

»Spaß!«, hörte ich da die Stimme meiner Mutter.

»Was?« Ich fuhr herum und stieß beinahe meinen Kaffeebecher von dem kleinen Tischchen am Vordersitz. In letzter Sekunde bekam ich ihn zu fassen, sodass nur ein paar braune Spritzer auf meinem Zettel landeten.

»Du hast vergessen, Spaß draufzuschreiben«, erklärte Barbara, als ich sie fragend anschaute.

»Das ist eine To-do-Liste«, erwiderte ich kopfschüttelnd. »Da kann man nicht Spaß draufschreiben. Und wie kommt es überhaupt, dass du einfach liest, was ich schreibe?« Schützend legte ich einen Arm über den Zettel, wie ein Teenager, der nicht will, dass die Tischnachbarin bei der Mathearbeit abschreibt. Meine Gedanken dazu, wie ich mein Leben ändern wollte, waren viel zu persönlich.

»Du hast eine schöne und große Schrift. Es war nicht besonders schwierig, es zu entziffern«, antwortete Barbara jedoch ungerührt und brachte ihre Rückenlehne in eine aufrechte Position. »Und um auf das eigentliche Thema zurückzukommen«, fuhr sie fort. »Spaß gehört unbedingt auf eine To-do-Liste. Zumindest auf eine, die dein Leben verändern soll.«

»So, so«, machte ich zweifelnd. »Das Leben ist kein Glückskeks.« Mir fiel auf, dass ich zu Markus im Streit dasselbe gesagt hatte. Mein Mann hatte mir vorgeworfen, keinen Spaß mehr zu haben und auch anderen keinen zu gönnen. Das war ziemlich fies gewesen. Spaß war ja schön und gut, aber nicht planbar. Spaß war das Sahnehäubchen, wenn alles andere glatt lief.

»Nein. Schade eigentlich. Ich mag die Sprüche in den Keksen. *Das Leben macht doppelt so viel Spaß, wenn einem nur halb so viel peinlich ist.* Der ist gut, oder?!« Barbara lachte laut, doch das Lachen ging sofort in ein heiseres Husten über. Eilig bot ich ihr meinen inzwischen kalten Kaffee an, aber der Husten ließ nicht nach.

»Spray«, keuchte sie. »Handtasche.«

Ich riss ihre Häkelhandtasche an mich und wühlte hektisch darin, bis ich auf ein kleines Spraydöschen stieß, das ich ihr reichte. Barbara inhalierte tief, und bald ging es ihr wieder besser. Trotzdem machte ich mir Sorgen. Ihre Anfälle schienen schlimmer zu werden.

»Ruh dich noch etwas aus«, schlug ich vor. »Wir sind in gut einer Stunde da.« Barbara winkte ab.

»Quatsch, noch mehr schlafen kann ich, wenn ich tot bin.«

Ich zuckte zusammen, aber meine Mutter schien gar nicht gemerkt zu haben, was sie gerade gesagt hatte. »Wir sprachen über Spaß«, fuhr sie ungerührt fort. »Und, ja, ich übertreibe es manchmal mit dem Spaß. Ich habe längst eingesehen, dass du kein Freund von Erbsenschlachten bist. Was du auf deine Liste schreiben solltest, ist etwas, das dir Freude macht. Etwas Schönes, worauf du dich im Alltag freuen kannst. So wie …« Sie schien kurz zu überlegen. »Tanzen.«

»Tanzen?«, wiederholte ich.

»Du hast immer gerne getanzt. Schon als du noch in Windeln gesteckt hast, hast du mit dem Popo gewackelt, sobald irgendwo Musik lief. Und unsere bühnenreifen Auftritte zu ABBA, weißt du noch?«

Ich nickte, unfähig zu antworten, weil mir bei der Erinnerung erneut der Hals eng wurde. Gleichzeitig spürte ich ein seltsames Kribbeln im gesamten Körper. Tanzen! Ich hatte es wirklich geliebt. Und dann, als Sebastian kurz nach dem Goldstarabzeichen mit mir Schluss machte, hatte ich es einfach aufgegeben. Warum eigentlich?

»Du solltest tanzen«, sagte Barbara entschieden.

»Ja«, stimmte ich nachdenklich zu. »Vielleicht sollte ich das.« Ich schrieb das Wort in besonders großen Buchstaben auf meine Liste. »Ich werde mich mal nach einem Tanzkurs umsehen, wenn wir wieder zu Hause sind.«

»Nein«, sagte meine Mutter. »Also, ja. Mach das«, fügte sie hinzu. »Aber was ich meinte, war: Du solltest jetzt tanzen.«

»Jetzt?«, fragte ich und schnaubte entgeistert. »Hier? Das meinst du nicht ernst.«

»Wieso nicht?«

»Weil wir uns in einem Zug befinden. Ich tanze nicht in einem Großraumwagen.«

»Schade.« Barbara zuckte mit den Schultern und schaute aus dem Fenster. »Lässt du mich mal kurz raus?«, fragte sie nach einer Weile.

»Klar.« Ich stand auf und nahm meinen Kaffeebecher vom Tischchen, um es hochzuklappen, sodass meine Mutter ebenfalls aufstehen konnte, um zur Toilette zu gehen. »Soll ich dich begleiten?«

Ich fürchtete, sie könnte in dem schaukelnden Waggon den Halt verlieren, aber sie lehnte ab. Sicherheitshalber schaute ich mich zu ihr um, sobald ich mich wieder hingesetzt hatte. Und stellte fest, dass sie offenbar gar nicht zur Toilette wollte. Sie war drei Reihen hinter mir neben einem jungen Mann mit Dreadlocks stehen geblieben, der seine Kopfhörer abgenommen hatte, weil meine Mutter auf ihn einredete und dabei ihr schönstes Überzeugungslächeln zeigte.

Ich wollte gerade zu ihnen gehen, um zu fragen, ob meine Mutter – oder der junge Mann – Hilfe brauchte, da zog der Typ eine Lautsprecherbox aus seinem Rucksack, tippte etwas in sein Handy, grinste meine Mutter an, und dann erscholl in einer Lautstärke, die sämtliche Fahrgäste im Abteil hochfahren ließ, *Mamma Mia* von ABBA. Der Song, zu dem meine Mutter und ich früher gemeinsam getanzt hatten. Den ich jahrelang nicht hatte hören wollen. Doch als nun die ersten Takte erklangen, stellte ich fest, dass meine Abneigung gegen das Lied verschwunden war.

Und dann fing meine Mutter an zu tanzen. Erst war es nur ein Wippen in den Hüften, ein paar fast vorsichtige Schritte vor und zurück, die Hände an den Rückenlehnen der Sitze. Beim Refrain warf sie plötzlich die Arme in die Luft, legte den Kopf in den Nacken und lachte über das ganze Gesicht. Meine kleine, stoppelhaarige, schwerkranke Mutter war reine Lebensfreude. Und ich konnte kaum fassen, dass sie das wirklich machte.

Besorgt schaute ich mich im Abteil um. Hoffentlich fühlten die Leute sich nicht gestört, hoffentlich gab das keinen Ärger. Doch im Gegenteil. Auf fast allen Gesichtern hatte sich ein Lächeln ausgebreitet. Hier und da ein ungläubiges Kopfschütteln, das jedoch nicht genervt wirkte, sondern erfreut über diese unerwartete Abwechslung. Einige wippten sogar auf ihren Sitzen zur Musik.

»Mamma Mia, here I go again«, sangen ABBA, und plötzlich rutschte am anderen Ende des Abteils eine junge Frau in einem bunten Kleid mit Ethnomustern aus der Sitzreihe. Als sie die Hand ausstreckte, folgte ihr ein kleiner Junge, vielleicht vier oder fünf Jahre alt. Die Mutter nahm seine Hände, und die beiden fingen ebenfalls an, sich im Takt der Musik zu bewegen, vor und zurück im schmalen Gang.

Und dann, zwei Reihen weiter, erhob sich mühsam eine ältere Dame mit schlohweißem Haar und Tweedkostüm von ihrem Sitz und zog ihren etwas widerstrebenden Mann hoch, der eine dicke Hornbrille trug. Die beiden mussten mindestens neunzig sein. Kaum standen sie nebeneinander, nahmen sie Tanzhaltung ein und legten einen astreinen Discofox aufs Parkett beziehungsweise in den Mittelgang.

Ich schaute wieder zu meiner Mutter, die ihren Daumen hochgereckt hatte, um zu zeigen, wie gut ihr die beiden ungleichen Tanzpaare gefielen. Da sah ich, dass hinter ihr drei Jungs aufgestanden waren, die nicht viel älter als Merle sein konnten. Sie versuchten sich an einer roboterhaften Tanzchoreografie und amüsierten sich köstlich über sich selbst. Und auch den Dreadlock-Typ hatte meine Mutter inzwischen aus dem Sitz geholt, jetzt stand er mit monoton nickendem Kopf hinter ihr, vermutlich war es das, was er unter Tanzen verstand.

Die Szene hätte direkt aus einem Musical stammen können. Wenn ich mir gelegentlich Musikfilme mit meinen Mädchen anschaute, fand ich bei solchen Szenen immer, dass sie total unrealistisch wirkten. Warum sollten plötzlich alle Leute anfangen zu tanzen? Trotzdem waren das die Stellen, die mir die beste Laune machten. Und genauso war es jetzt.

Pure Freude durchströmte mich, während ich die tanzenden und wippenden Menschen um mich herum beobachtete. Nur dass das hier verrückterweise die Realität und kein Film war.

Ohne dass es mir bewusst gewesen wäre, hatte auch mein Körper längst angefangen, sich im Rhythmus der Musik zu bewegen, meine Füße tänzelten, meine Finger schnipsten, und meine Schultern wippten hin und her.

Als meine Mutter meinen Blick einfing, wedelte sie mit beiden Händen in der Luft, um mir zu bedeuten, dass ich mitmachen sollte. Mein Körper reagierte, ohne dass ich den Entschluss dazu gefasst hätte. Ich stand auf und fing mit geschlossenen Augen an zu tanzen. Und etwas passierte mit mir.

Zwar schwebten meine Probleme nicht von jetzt auf gleich im Discobeat eines ABBA-Songs davon. Doch während meine Füße sich wie von selbst bewegten, und mein Körper sich im Takt der Musik wiegte, wurde mein Kopf immer leerer und leichter. Es war ein großartiges Gefühl, einfach zu tanzen. Und was sich noch viel großartiger anfühlte, war, dass ich etwas tat, von dem ich ein paar Minuten zuvor nicht geglaubt hatte, dass ich es jemals tun würde. Tanzen im Thalys. Das war schräg, das war spontan, das war verrückt – und ich tat es einfach.

Applaus holte mich aus meiner Trance. Als ich die Augen öffnete, stellte ich fest, dass die Musik verstummt war und alle anderen Tänzer bereits wieder auf ihren Plätzen saßen, als hätte es diese musikfilmreife Szene nie gegeben. Vor mir stand meine Mutter und sah sehr zufrieden aus. In dem Moment bremste der Zug abrupt, und Barbara verlor den Halt. Sie schwankte und stolperte mir entgegen. Instinktiv packte ich zu und erwischte sie am Ellbogen, bevor sie fallen konnte. Mein Hochgefühl wurde von einer neuen Welle der Sorge weggespült.

»Setz dich.« Möglichst sanft schob ich sie zurück zu ihrem Sitz, auf den sie sich schwer atmend fallen ließ.

»Das war toll, gib's zu«, sagte sie mit zittriger Stimme.

»Ja, das war es. Vernünftig war es allerdings nicht. Ich meine, schau dich an, das ist alles viel zu viel für dich.« Ich betrachtete sie besorgt. »Warum machst du das bloß?«

»Was bleibt mir denn anderes übrig?« Sie ließ sich gegen die

Rückenlehne sinken und schaute mich herausfordernd an. »Als ich die Diagnose bekam, hat mich das völlig umgehauen. Die Depression kam zurück, ich war wie gelähmt.« Sie wirkte, als würde sie nach den richtigen Worten suchen, schließlich fuhr sie leise, aber entschieden fort: »Nach der zweiten Chemo wurde mir klar, dass es so nicht weitergeht. Ich habe mir Hilfe gesucht und erkannt, dass es keinen Sinn hat, auf ein großes Wunder zu warten, weil ich ansonsten die vielen kleinen verpasse. Und dass ich nicht sterben will, ohne vorher noch mal richtig gelebt zu haben. Deshalb habe ich mir geschworen, jeden Moment voll auszukosten, der mir noch bleibt.« Sie stockte. »Das klingt jetzt auch ziemlich nach Glückskeks, oder?«

Ich musste die Lippen aufeinanderpressen, weil meine Gefühle mich überrollten und mir plötzlich nach Weinen zumute war. Barbara so offen über ihren Tod sprechen zu hören war kaum zu ertragen.

»Nein, das klingt ziemlich tapfer«, antwortete ich und meinte es genau so. Zum ersten Mal wurde mir klar, wie bewundernswert meine Mutter mit ihrer Krankheit umging. Verantwortungslos, ja, aber bewundernswert.

»Morgen gehen wir zu Onkel Uli«, sagte ich und legte meine Hand auf ihren Arm. »Du wirst sehen, du hast noch ganz viele Momente. *Wir* haben noch ganz viele Momente.«

Meine Mutter legte ihre Hand auf meine und lächelte matt. »Das wäre wirklich schön«, sagte sie.

In diesem Moment fiel mir auf, was ich auf meiner Liste vergessen hatte. An die erste Stelle schrieb ich deshalb: Ich wünsche mir noch viel Zeit mit meiner Mutter.

Kapitel 17

Die Rückkehr nach Hause war leider ziemlich ernüchternd. Im Haus sah es aus, als wären eine Spielzeugbombe, eine Geschirrmine und eine Wäschegranate explodiert. Finja stürzte sich zwar mit einem herzerwärmenden »Mama!«-Schrei in meine Arme, als ich sie von der Kita abholte. Doch dann bekam sie in kurzer Folge drei Trotzanfälle.

Den ersten direkt auf dem Kitaparkplatz, wo ich ihr zur Feier unseres Wiedersehens ein Trinkpäckchen überreichte. Finja liebte die zuckersüßen Säfte, die ich ihr nur sehr selten erlaubte. Dummerweise hatte ich bereits den Strohhalm in das Päckchen gestochen, was Anlass zu zehnminütigem Schreien gab. Den zweiten Trotzanfall bekam sie, weil ich mich weigerte, Schlangenlinien zu fahren, so wie Markus es manchmal aus Spaß machte. Und den dritten, als wir an Kerstins Haus vorbeifuhren.

»Papa hat versprochen, dass ich heute mit Domi und Lukas spielen darf«, greinte sie, als ich vor unserer eigenen Haustür parkte.

Alle Engelszungen konnten meine kleine Tochter nicht davon überzeugen, dass es viel netter wäre, etwas Schönes mit Mama zu machen. Ich hatte den unangenehmen Verdacht, dass sie sauer auf mich war, weil ich einfach für einen Tag abgehauen war. Mich plagte das schlechte Gewissen, deshalb rief ich noch aus dem Auto bei Kerstin an, erklärte ihr die Situation und lieferte Finja anschließend bei ihr ab.

Ich biss die Zähne zusammen – immerhin ging das wieder ohne Schmerzen – und fing an, das Haus aufzuräumen, während meine Mutter sich noch etwas ausruhte. Da kam Merle nach Hause.

»Wo ist Papa?«, fragte sie anstelle einer Begrüßung.

»Auf der Arbeit.« Ich wollte meiner Großen nicht als Erstes von dem neuen Wohnarrangement ihrer Eltern erzählen. Leider konnte meine dreizehnjährige Tochter besser eins und eins zusammenzählen, als man angesichts ihrer Mathenoten vermutet hätte.

»Kommt er heute Abend nach Hause?«, hakte sie nach. Ich schüttelte entschuldigend den Kopf.

»Papa und ich haben uns ziemlich gestritten«, versuchte ich zu erklären. »Wir denken, dass es besser ist, wenn er erst mal eine Weile nicht hier wohnt, sondern bei Oma und Opa, damit wir Zeit haben, die Sache in Ruhe zu klären.«

»Na, toll«, motzte Merle. »Jetzt hast du es also endlich geschafft, ihn zu vergraulen.« Mit Wucht schmiss sie ihren Schulrucksack in die Ecke und stürmte die Treppe hinauf.

»Es ist nur vorübergehend«, rief ich ihr hinterher, da dröhnten aus ihrem Zimmer bereits laute Bässe.

Großartig, dachte ich. Das hätte ja alles in allem kaum schlechter laufen können. Frustriert widmete ich mich wieder dem Hausputz.

Während ich räumte und schrubbte und wischte, versuchte ich, nicht mehr über das misslungene Wiedersehen mit meinen beiden Mädchen zu grübeln. Sie waren durcheinander, weil ich einfach verschwunden war. Das war ja noch nie passiert. Und dass Markus nun erst mal ausgezogen war, würde für die beiden sicher auch nicht leicht zu verkraften sein. Ich würde Finja ebenfalls erklären müssen, warum ihr Papa zurzeit nicht bei uns wohnte. Und wir mussten eine Regelung finden, wie sie ihn sehen konnten. Beim bloßen Gedanken daran fühlte ich mich überfordert. Ich war selbst ein traumatisiertes Scheidungskind – auf keinen Fall wollte ich das meinen Mädchen zumuten!

Dass ich mich selbst miserabel fühlte, jedes Mal wenn ich an Markus dachte, machte die Sache nicht leichter. So gut wie möglich versuchte ich, die Gedanken an ihn zu verdrängen. Eins nach dem anderen, redete ich mir gut zu. Ich hatte extra eine To-do-Liste geschrieben, um mein Leben wieder in den Griff zu kriegen, und jetzt musste ich mich erst mal um den wichtigsten Punkt kümmern: die Gesundheit meiner Mutter.

»Der Herr Professor hat jetzt Zeit für Sie.« Der resolute junge Assistent, der Onkel Ulis Vorzimmer bewachte, streckte den Kopf zur Tür heraus und winkte uns zu sich. Erleichtert schnappte ich mir meine Handtasche und stand auf. Es fiel mir immer schwer, irgendwo warten zu müssen, und die knapp dreißig Minuten auf einem harten Schalensitz in einem sterilen Krankenhausflur waren mir besonders lang geworden.

Meine Mutter hatte für ihre Verhältnisse erstaunlich still neben mir gesessen. Ich hatte sie mehrmals gefragt, ob sie sich nicht wohlfühle, aber sie hatte abgewinkt: »In Krankenhäusern fühle ich mich nie wohl.« Vermutlich war sie angesichts des anstehenden Gesprächs mindestens genauso nervös wie ich. Würde Onkel Uli ihr helfen können? Ich setzte wirklich große Hoffnungen in diese Immuntherapie.

»Kommt herein, kommt herein.« Onkel Uli erhob sich und kam hinter seinem überladenen Schreibtisch hervor. Er war so alt wie mein Vater, und sein Beruf war schon immer seine Berufung gewesen, weshalb er vermutlich noch nicht einmal mit dem Gedanken an eine Pensionierung spielte. Onkel Uli strahlte ebenso viel Freundlichkeit wie Fachkompetenz aus. In einer Krankenhausserie wäre er die Idealbesetzung für den Arzt gewesen, dem die Patienten vertrauten.

Als Kind hatte ich meinen Nennonkel vergöttert, denn jedes Mal wenn er zu Besuch kam, führte er mir einen neuen Zaubertrick vor. Onkel Uli konnte Spielkarten verschwinden und scheinbar unlösbare Knoten platzen lassen, und er zog Münzen aus meinen Ohren, was ich besonders toll fand, weil ich sie danach behalten durfte. Später hatten wir uns gelegentlich auf Geburtstagsfeiern meines Vaters gesehen und nun schon seit einigen Jahren gar nicht mehr. Mein Vater feierte seine Geburtstage nur noch mit der Familie.

»Wie geht's dir, Barbara?« Onkel Uli begrüßte erst meine Mutter und anschließend mich mit einem festen, warmen Händedruck. »Und dir, Charlotte? Und deinem Vater? Ich hab ihn schon länger nicht mehr gesehen.«

»Gut, danke«, antwortete ich, ohne näher auf die Frage nach meinem Vater einzugehen. Auf den war ich im Moment wirklich nicht gut zu sprechen. Eigentlich war gestern Telefon-Montag gewesen, aber ich hatte nicht angerufen. Mir stand absolut nicht der Sinn danach, mit ihm zu sprechen. Was ich erfahren hatte, war so ungeheuerlich, dass ich noch nicht wusste, wie ich damit umgehen sollte. Außerdem hatte ich zurzeit genug andere Probleme, um die ich mich kümmern musste.

Meine Mutter nickte Onkel Uli bloß zu und setzte sich auf den Besucherstuhl, den er für sie zurechtrückte. Ich nahm auf dem anderen Stuhl vor seinem Schreibtisch Platz, und er ließ sich wieder dahinter nieder.

»Bitte entschuldigt, dass es erst jetzt mit einem Termin geklappt hat. Ich war auf einem Kongress in der Schweiz und hatte anschließend noch eine Reihe von Vortragsverpflichtungen zu erfüllen …«

»Danke, dass du dir die Zeit nimmst«, wiegelte ich ab, als meine Mutter nicht reagierte.

»Also, Barbara«, wandte er sich an sie. »Hast du dich gut von der Lungenblutung erholt?« Er schaute kurz auf seinen Computerbildschirm, vermutlich hatte er dort die Akte geöffnet, die bei ihrer Notfalleinweisung in einer anderen Abteilung der Uniklinik angelegt worden war.

»Ja, ganz gut«, antwortete Barbara einsilbig.

Besorgt schaute ich zu ihr. Sie hatte die Hände in den Schoß gelegt und angefangen, sie unablässig zu kneten. Ihr Gesichtsausdruck wirkte wie versteinert. Augenscheinlich war sie noch viel nervöser, als ich angenommen hatte. Und das war ja auch verständlich.

Wie gerne hätte ich ihr etwas Beruhigendes gesagt, aber ich wusste nicht, was. Stattdessen streckte ich meine Hand aus und berührte sie kurz an der Schulter. Als sie mich anschaute, versuchte ich mich an einem zuversichtlichen Lächeln: Wir stehen das hier gemeinsam durch! Ich würde genau zuhören und die richtigen Fragen zur richtigen Zeit stellen, denn es schien nicht so, als wäre meine Mutter dazu in der Lage.

Ich zog den Notizblock aus meiner Tasche, auf dem ich bereits alles notiert hatte, was ich im Internet recherchiert hatte. Es waren mehrere eng beschriebene Seiten, dabei hatte ich längst nicht alle medizinischen Details begriffen. Vieles schien widersprüchlich. Doch einige Artikel hatten mir große Hoffnung gemacht: »Immuntherapie lässt Tumore wegschmelzen« war einer von ihnen überschrieben. Das klang für mich fast wie ein Zaubertrick – und darauf verstand Onkel Uli sich schließlich.

»Nun gut.« Er schob ein paar Papiere auf seinem Schreibtisch hin und her. »Ich hatte ja bereits am Telefon die Studie mit dem neuen humanisierten monoklonalen Antikörper erwähnt …«

»Die Immuntherapie?«, unterbrach ich, um sicherzugehen, dass ich wirklich alles richtig verstand.

»Ja, genau.« Er nickte. »Bei dieser Therapie nutzen wir spezielle Antikörper, die ähnlich dem eigenen Immunsystem die Tumorzellen erkennen und bekämpfen. Manche Tumore sprechen viel besser auf diese Therapieform an als auf eine klassische Chemotherapie.«

»Das klingt ja gut.« Eilig machte ich mir ein paar Notizen, und meine Hoffnung wuchs. Diese Immuntherapien schienen tatsächlich genau die Wunderwaffe zu sein, die meine Mutter brauchte.

»Ja.« Onkel Uli nickte mir wieder zu und schaute dann Barbara an. »Ich hatte wirklich gehofft, dich in unserer Studie unterbringen zu können.« Er lehnte sich auf seinem Schreibtischstuhl zurück und verschränkte die Arme. Auf seinem Gesicht machte sich ein Ausdruck breit, den ich im ersten Moment nicht deuten konnte. War das Bedauern? Ich sah es, trotzdem verstand ich noch nicht, was vor sich ging.

»Es tut mir leid«, fuhr Onkel Uli fort. »Nach Durchsicht der Vorbefunde der spanischen Kollegen, die du mir ja geschickt hattest, und nach Rücksprache mit dem Studienleiter kommt das leider nicht in Betracht.«

»Was?«, fragte ich. Mit dieser abrupten Wende im Gespräch hatte ich nicht gerechnet. »Was bedeutet das? Soll das heißen, meine Mutter kann diese Immuntherapie gar nicht bekommen?«

»Es tut mir wirklich sehr leid.« Man merkte ihm an, dass es ihn auch persönlich betroffen machte.

»Aber warum?«, fragte ich. So schnell wollte ich die Hoffnung noch nicht aufgeben. »Ich verstehe das nicht. Wenn diese Immuntherapie so gut gegen Tumore hilft, warum kann man sie dann bei meiner Mutter nicht anwenden?«

»Es kommt auf die Art des Tumors an«, erklärte Onkel Uli ruhig. »Diese Form der Therapie wirkt nur bei bestimmten Untergruppen des Lungenkrebses. In deinem Fall, Barbara, ist leider keine ausreichende Wirkung zu erwarten. Wahrscheinlich hättest du nur mit den Nebenwirkungen zu kämpfen, ohne Aussicht auf einen Therapieerfolg.«

»Aber ...«, wollte ich einwenden, doch meine Mutter legte ihre Hand auf meinen Arm, und als ich sie anschaute, schüttelte sie den Kopf.

»Lass es gut sein«, sagte sie leise.

»Aber ...«, wiederholte ich.

Noch einmal schüttelte meine Mutter den Kopf.

Meine Hoffnung zerplatzte wie eine zu groß geratene Seifenblase. »Und jetzt?«, fragte ich Onkel Uli. »Was kann man stattdessen tun?«

»Nun ...« Er stützte sich mit den Ellbogen auf seinem Schreibtisch ab und beugte sich vor. »Wir können in jedem Fall eine erneute Behandlung mit der konventionellen Chemotherapie in Betracht ziehen, um das Wachstum des Tumors auszubremsen. Zusätzlich würde ich eine Schädelbestrahlung empfehlen, um das Risiko für Hirnmetastasen zu senken.«

Erwartungsvoll sah er meine Mutter an. Die schwieg.

»Nein«, sagte sie dann.

»Aber ...«, setzte ich noch einmal zum Widerspruch an, kam jedoch nicht zu Wort.

»Nein«, wiederholte meine Mutter. »Ich will keine weitere Chemo mehr, auf gar keinen Fall.«

»Bist du sicher?«, fragte Onkel Uli. »Selbst wenn wir den Tumor damit nicht heilen können, könnten wir dir mehr Zeit verschaffen ...«

»Wie viel Zeit?«, fiel ich ihm ins Wort, es war vielleicht nur ein Strohhalm, aber ich war entschlossen, mich daran zu klammern.

»Das kann man natürlich nie voraussagen«, schränkte Uli ein. »Ein paar Monate, vielleicht sogar noch ein halbes Jahr.«

Barbara schüttelte bloß wieder den Kopf. Dann stand sie unvermittelt auf und reichte Onkel Uli über den Schreibtisch hinweg ihre schmale Hand. Er erhob sich ebenfalls, umfasste ihre Rechte mit beiden Händen und hielt sie einige Sekunden lang fest.

»Ich danke dir, Uli«, sagte meine Mutter, drehte sich um und verließ das Büro. Wie vor den Kopf geschlagen schaute ich ihr hinterher.

»Es ist ihre Entscheidung«, sagte Onkel Uli. »Weißt du, jeder Patient und jede Patientin entscheidet sich da anders. Viele wollen alle Möglichkeiten ausschöpfen, die zur Verfügung stehen. Kämpfen bis zuletzt. Doch für manche ist das nicht der richtige Weg. Wenn Barbara sagt, dass sie keine Behandlung mehr möchte, dann ist das ihre Entscheidung. Die müssen wir akzeptieren, auch wenn es schwerfällt.« Er sah mich voller Mitgefühl an, und für einen kurzen Moment hatte ich den kindischen Wunsch, sein weißer Kittel wäre ein Zauberumhang und er hätte noch ein Ass im Ärmel, das er – Simsalabim – herausziehen würde.

»Gibt es denn wirklich keine Alternativen?«, fragte ich.

»Ihr könnt selbstverständlich noch eine weitere Meinung einholen.« Wieder die bedauernde Miene. »Aber ich sehe wirklich keine andere Option mehr als die Chemotherapie.«

»Gut.« Ich schluckte. »Wenn sie es sich noch anders überlegt, was müssen wir tun, damit sie die Chemo bekommt?«

»Meldet euch einfach bei mir, ich leite dann alles kurzfristig in die Wege«, bot Onkel Uli an. Er kritzelte eine Telefonnummer auf eine Visitenkarte und reichte sie mir. »Meine Privatnummer, ruf mich gern jederzeit an.«

»Danke.« Unter anderen Umständen hätte ich mir vielleicht etwas darauf eingebildet, dass mir neuerdings ständig nette Ärzte ihre private Telefonnummer gaben.

Onkel Uli reichte mir die Hand und hielt sie ein paar Sekunden lang fest. »Alles Gute, Charlotte.«

Meine Mutter lehnte am Auto, als ich kurz darauf ins Parkhaus kam. Ich schloss den Wagen auf, und wir setzten uns hinein, ohne ein Wort zu wechseln. Barbara sank im Sitz zusammen, als hätte sie alle Kraft bei dem Gespräch mit Onkel Uli verbraucht. Sie tat mir leid, aber gleichzeitig verstand ich sie einfach nicht. Warum wehrte sie sich so gegen eine weitere Chemotherapie? Und das, obwohl uns diese Behandlung Zeit schenken würde. Mehrere Monate hatte Onkel Uli gesagt. Ein halbes Jahr. Das war doch nicht nichts.

»Onkel Uli sagt, er kann die Behandlung kurzfristig für dich arrangieren«, erklärte ich, als wir aus der Parkgarage gefahren waren und ich mich in den Verkehr eingeordnet hatte. »Wir sollen uns einfach bei ihm melden, wenn du dich entschieden hast.«

Barbara schwieg und sah stur aus dem Seitenfenster auf den Wald neben der Straße, als gäbe es keinen spannenderen Anblick als Bäume. Als wir schließlich über die Stadtautobahn fuhren – ausnahmsweise mal ohne Stau –, startete ich einen neuen Versuch.

»Warum willst du denn auf gar keinen Fall eine Chemo machen?«, fragte ich und warf meiner Mutter einen kurzen Blick zu. Sie schaute noch immer aus dem Fenster.

»Ich kann das nicht noch mal durchstehen, es tut mir leid«, antwortete sie leise. »Die beiden ersten Chemotherapien waren der reinste Horror. Ich hatte jede einzelne Nebenwirkung, die man bekommen kann, ich konnte nichts bei mir behalten und wurde immer weniger. Zusätzlich die Depression. Irgendwann bin ich kaum noch aus dem Bett gekommen.«

»Dieses Mal wäre es vielleicht anders«, wandte ich ein. »Und ich bin da, ich kann dich unterstützen.«

»Das ist lieb von dir, Charlotte. Aber ich kann das nicht, wirklich. Und vor allem will ich es dir nicht antun.«

Ich wollte widersprechen, doch ich beherrschte mich und hielt den Mund. Vorerst. Mir war klar, dass ich Barbara in diesem Moment nicht umstimmen konnte. Aufgeben würde ich trotzdem nicht so schnell.

Wir waren spät dran, und ich fuhr direkt zur Kita, um Finja abzuholen. Kaum saß meine Tochter in ihrem Kindersitz im Auto, rief sie: »Guckt mal.« Wir drehten uns zu ihr um, und sie wackelte mit aller Kraft, die ihr kleiner Zeigefinger aufbringen konnte, an ihrem unteren Schneidezahn. Tatsächlich bewegte sich der winzige Milchzahn dabei ein klitzekleines Stück vor und zurück.

»Mein erster Wabbelzahn!«, sagte Finja voller Stolz.

Ich musste schmunzeln, und ein Schwall Mutterliebe durchflutete mich. Liebevoll erklärte ich ihr: »Das heißt Wackelzahn, Schätzchen.« Sie war zwar erst vor etwas mehr als einem Monat fünf geworden, aber nach den Sommerferien kam sie schon in die Vorschulgruppe und sollte sich besser keine falschen Wörter einprägen, fand ich.

Barbara lachte hingegen so laut, dass Finja meine Erklärung vermutlich gar nicht hören konnte. »Das hast du als Kind auch gesagt«, erklärte sie. »Wabbelzahn, so süß. Als Finja es gerade gesagt hat, fiel es mir wieder ein. Und wenn der Wabbelzahn dann rausgefallen war, kam die Wabbelzahnfee.«

»Echt?«, fragten Finja und ich wie aus einem Mund. Das hatte ich auch gesagt? Ich konnte mich nicht mehr erinnern. Natürlich nicht. Wer erinnert sich schon daran, was er gesagt hat, als er fünf war. Dafür braucht es Eltern, die einem diese Geschichten immer wieder erzählen. Doch statt mich darüber zu ärgern, dass das bei mir niemand getan hatte, spürte ich Freude über diese kleine Wiederentdeckung.

»Was hat Mama noch gesagt, Yaya?« Auch Finja gefiel die Anekdote offensichtlich.

»Oh, da muss ich überlegen.« Barbara dachte kurz nach. »Sausauger zum Beispiel, statt Staubsauger.« Finja kicherte. »Und Keksboot statt Skateboard.« Finja prustete. »Und Pommes mit Sexshop statt Pommes mit Ketchup …«

Das kapierte Finja nicht, aber ich musste grinsen. »Das glaub ich nicht.«

»Doch, wirklich«, beteuerte Barbara. »Ich hab mich damals auch gefragt, woher du das hattest.«

»Und was noch, und was noch?«, rief Finja eifrig.

»Einmal kam deine Mama mit einem neuen Lied aus dem Kindergarten«, fuhr Barbara bereitwillig fort. »›Und die Sabine, die ich meine, die heißt Maja …‹, hat sie gesungen.«

»Das heißt doch *diese Biene!*«, jauchzte Finja.

»Ja, das hab ich auch versucht, deiner Mama zu erklären. Aber sie bestand darauf, dass die Sabine Maja heißt.« Wir lachten noch, als ich das Auto vor unserem Haus parkte.

»Erzähl noch was«, forderte Finja, als wir ausstiegen. »Noch was von Mama, als sie klein war.«

»Oh, ich fürchte, mir fällt jetzt nichts mehr ein«, sagte meine Mutter entschuldigend. Sie sah erschöpft aus. »Ich muss jetzt erst eine kleine *siesta* halten, okay? Danach überlege ich noch mal.«

Da hatte ich einen Einfall.

Während meine Mutter sich auf dem Sofa im Wohnzimmer ausruhte und Finja in ihrem Zimmer ein Hörspiel hörte, brachte ich den Müll raus, holte die Post rein und legte sie auf dem Schuhschrank ab, weil das Nudelwasser kochte, ich bereitete Spaghetti mit Gemüsebolognese für später zu und räumte dann schnell noch die Küche auf. Schließlich stieg ich die Treppe in den Keller hinunter.

Es war Zeit, sich zu erinnern.

Als Merle aus der Schule nach Hause kam, saßen meine Mutter, Finja und ich auf dem Sofa und fingen gerade an, die Erinnerungskiste auszupacken.

»Was ist das denn?«, fragte meine große Tochter mit angeekelter Miene, als ich als Erstes Mäh hervorholte.

»Darf ich vorstellen? Das ist Mäh«, antwortete ich, freudig überrascht, dass Merle wieder mit mir zu sprechen schien. »Mein allerliebstes Lieblingskuscheltier.« Ich fragte mich, ob meine Große eigentlich noch das letzte, völlig zerliebte Häschen besaß, von denen ich schon vor ihrer Geburt drei identische Exemplare gekauft hatte.

Finja nahm mir das muffige Schaf aus den Fingern und betrachtete es genauer. »Du bist aber hässlich«, stellte sie begeistert fest und drückte Mäh an sich.

»Nein, *das* hier ist echt hässlich«, erwiderte Merle, die sich vorsichtig genähert hatte und nun mit spitzen Fingern den braunen Strampelanzug mit den neongelben Streifen herauszog. »Was ist das denn für eine grässliche Geschmacksverirrung? Da kriegt man ja Augenkrebs von.« Sie zuckte zusammen und schaute zerknirscht zu ihrer Großmutter. Manchmal redete meine Tochter einfach schneller, als sie denken konnte – das hatte sie wohl von mir.

Barbara zwinkerte ihr zu. »Das Muster ist schlimm, oder? War aber damals total angesagt«, erklärte sie. »Ich hab den Strampler am selben Tag gekauft, als ich erfahren habe, dass eure Mama unterwegs war. Ich konnte es einfach nicht erwarten ...«

Genau, dachte ich. Das war mir auch so gegangen, als ich mit Finja schwanger war. Noch auf dem Rückweg vom Arzt hatte ich an einem Babyladen gestoppt und einen süßen Strampler für sie ausgesucht. Es fühlte sich seltsam an, dass meine Mutter genauso empfunden hatte. Und es verursachte mir auch ein warmes Gefühl im Bauch.

»Und das hier?« Finja holte das Döschen mit dem Milchzahn heraus. »Ui, ein Wabbelzahn! Hat den nicht die Wabbelzahnfee abgeholt?«

»Doch, *claro*«, erklärte Barbara schnell. »Aber sie hat ihn mir netterweise zurückgebracht, damit ich ihn für deine Mama aufheben kann.«

»Oh, toll«, freute Finja sich. »Hoffentlich bringt sie meinen Wabbelzahn auch zurück.« Im Geiste machte ich mir eine Notiz: Wabbelzahndose kaufen!

»Und die Kerze?« Finja fischte die Geburtstagskerze aus der Kiste.

»Die hat am ersten Geburtstag deiner Mama auf dem Kuchen gesteckt.«

»Was für Kuchen, was für Kuchen?«, fragte meine Tochter gespannt, bei dem Thema war sie in ihrem Element.

»Maulwurfkuchen«, antwortete Barbara, ohne zu überlegen. »Weißt du, was das ist?«

»Mein Lieblingskuchen«, erklärte Finja begeistert.

Meine Mutter schaute mich mit einem überraschten Ausdruck an, und mir wurde klar: Ich musste die guten Erinnerungen an meine Kindheit nicht länger verdrängen. Ich durfte mich daran erinnern und darüber freuen.

»Ich back ihn auch für meine Kinder«, sagte ich, und Barbara sah aus, als hätte ich ihr ein Geschenk gemacht.

»Und was soll das hier sein?« Merle hatte die Kiste schon weiter ausgeräumt und einige Sachen zur Seite gelegt, jetzt hielt sie das Armband mit den seltsam geformten Perlen aus Fimo in die Höhe. Eine berechtigte Frage, fand ich und wartete genauso gespannt wie meine Töchter auf die Auflösung.

»Das ist ein Zoo«, antwortete Barbara. »Eigentlich wollte ich mit eurer Mutter ein einfaches Perlenarmband basteln, nichts Kompliziertes, nur ein paar bunte, gerollte Perlen. Allerdings waren wir ein paar Tage vorher im Zoo gewesen, und sie bestand darauf, Zootiere für das Armband zu kneten.«

»Das hat ja so mäßig geklappt.« Merle betrachtete skeptisch die Aneinanderreihung unförmiger Figuren.

»Jetzt sei mal nicht so streng mit deiner Mutter«, tadelte Barbara sie im Spaß. »Das da ist eindeutig ein Elefant!« Sie nahm Merle das Armband aus der Hand und zeigte auf einen grauen Klumpen, an dem ein langes, dünnes Teil klebte. Das sollte vermutlich der Rüssel sein. »Und das da ein Tiger.« Sie deutete auf ein gelbschwarzes Etwas, das ich am ehesten für eine Hummel gehalten hätte.

»Das sieht aus wie eine Hummel«, bemerkte Finja.

»Und das da ist ein Papagei.« Barbara zeigte auf eine längliche, sehr bunte Figur. »Aber am schönsten ist der hier.« Sie hielt uns eine der Perlen zwischen ihren Fingern zur Begutachtung hin. Es war ein graubraunes Wesen mit einem größeren und zwei kleinen schwarzen Punkten. An den Seiten befanden sich Knetstücke, die wohl riesige Ohren darstellen sollten.

»Eine Ratte?«, riet Merle.

Da hatte ich auf einmal ein klares Bild im Kopf: Das putzige Tierchen, das im Baum hockte und so niedlich aussah, dass ich es am liebsten mit nach Hause genommen hätte.

»Na, hör mal«, sagte ich. »Das ist ja wohl ganz klar ein Koala.«

»Besonders begabt warst du beim Basteln nicht«, stellte Merle fest und grinste frech.

»Nein, aber sehr kreativ«, betonte Barbara. »Vor allem mit Wörtern. Zu jedem Tier hat sie mir eine lange Geschichte erzählt, das hier war zum Beispiel kein Koala, sondern ein Cola-Bär ...«

Richtig! Jetzt fiel es mir wieder ein. Der Koala, der ständig Cola trank, weil sein Lieblingsgetränk ihn munter machte und er lieber Abenteuer erleben wollte, als den ganzen Tag zu verschlafen wie seine Koalakumpels.

»Ein Teller?«, stellte Finja verwundert fest, als sie das letzte Teil aus der Kiste zog. »Der ist ja total zerkratzigt.«

»Weißt du noch?«, fragte Barbara mich und ließ sich in die Sofakissen sinken. Sie sah schon wieder müde aus. Doch ich wusste es noch. Oder besser gesagt: wieder.

»Das war mein Picknickteller«, erzählte ich meinen Töchtern. »Wir haben jede Woche ein Picknick gemacht, eure Großmutter und ich.«

»Immer montags«, ergänzte Barbara aus ihrer Sofaecke. »Weil montags der Alltag wieder losging.«

»Und gegen Alltag hilft nur Picknick«, ergänzte ich.

»Denn Picknick geht immer und überall«, fügte Barbara hinzu. »Bei schlechtem Wetter haben wir einfach in der Wohnung gepicknickt. Auf dem Bett, in der Küche, in der Badewanne ...«

»Haben wir nicht auch mal im Kleiderschrank gepicknickt, damit die Gespenster uns nicht finden?«, fragte ich. Ich spürte eine vage Erinnerung an die intensive Mischung aus Grusel und Geborgenheit.

»Na klar«, erwiderte meine Mutter.

»Cool«, sagte Merle.

»Können wir auch im Schrank picknicken?«, drängte Finja. »Bittebittebittebittebitte.«

Ich überlegte, wie Markus reagieren würde, wenn er auf seinen weißen Hemden überall rote Spritzer von der Soße finden würde.

»Nicht im Schrank, wenn es Gemüsebolo gibt«, sagte ich, und sogleich zogen meine beiden Töchter ein enttäuschtes Gesicht. »Wir könnten hier ein Picknick machen.« Ich deutete auf den Wohnzimmerboden. »Dann kann eure Großmutter auf dem Sofa sitzen bleiben und trotzdem dabei sein.«

»Echt?« Finja sah mich beinah ungläubig an. »Mit Picknickdecke und allem?«

Ich nahm eine kuschelige Wolldecke vom Sofa und breitete sie auf dem Boden neben dem Couchtisch aus. »Okay so?«

»Cool«, wiederholte Merle bloß.

Also aßen wir Spaghetti Bolognese auf dem Fußboden im Wohnzimmer. Sogar meine Mutter ließ sich ein bisschen steif auf der Decke nieder, auch wenn sie nur eine klitzekleine Portion Spaghetti nahm. Finja und Merle hingegen futterten mit riesigem Appetit, und am Ende ließ ich sie die Nudeln mit gespitzten Mündern einsaugen, bis ihre Gesichter voller roter Punkte waren. Wir saßen ja nicht am Tisch, da musste man auch nicht unbedingt auf gute Tischmanieren achten.

Ich hatte noch immer gute Laune, als ich später die Decke in die Waschmaschine steckte und die Spritzer der roten Soße vom Fernseher und vom Couchtisch wischte. Obwohl der Tag mit einer so schlechten Nachricht begonnen hatte, hatte er sich zu einem der besten entwickelt, den ich seit Langem erlebt hatte.

Bevor ich mich bettfertig machte, ging ich in den Flur, um die Haustür abzuschließen. Da entdeckte ich den Stapel Post auf dem Schuhschrank. Schnell sah ich die Briefe durch. Rechnungen, Rechnungen, Rechnungen, na klar. Als Letztes zog ich einen Umschlag ohne Adresse hervor. Nur mein Name stand darauf. *Charlotte.* In Markus' geschwungener Handschrift. Meine gute Laune verflüchtigte sich.

Ich betrachtete den Brief, drehte ihn hin und her – und hätte ihn am liebsten ungeöffnet in den Müll geworfen. Was immer Markus mir zu sagen hatte, ich wollte es nicht wissen! Zumindest nicht im Moment. Ich fühlte mich einfach noch nicht in der Lage, mich mit seinen Erklärungen oder Entschuldigungen – oder was auch immer dieser Umschlag enthielt – auseinanderzusetzen. Die Verletzung war einfach noch zu frisch. Deshalb öffnete ich ihn nicht. Ich warf ihn aber auch nicht weg, das schaffte ich dann doch nicht. Stattdessen legte ich ihn, bevor ich ins Bett ging, ganz unten in meine Nachttischschublade.

Kapitel 18

»Der Doktor kommt gleich.«

Ich setzte mich auf den Behandlungsstuhl, legte die Beine hoch und starrte an die steril-weiße Zimmerdecke. Da wären wir also wieder. Ich hatte mich brav zum zweiten Termin in die Praxis von Zahnspangen-Max begeben und stellte nun erstaunt fest, dass ich weit weniger Angst vor der Behandlung hatte als beim ersten Mal. Vermutlich lag das daran, dass ich mittlerweile den Eiffelturm bezwungen hatte. Was konnte mir da ein Zahnarzt noch anhaben? Womöglich hatte ich auch einfach erkannt, dass es in meinem Leben weit größere Baustellen gab. Angesichts einer massiven Ehekrise und einer schwerkranken Mutter büßte eine neue Zahnfüllung einiges an ihrem Panikpotential ein.

Wobei die letzten Tage zu Hause relativ harmonisch verlaufen waren. Seit unserem Picknick hatten Finja und Merle mich netterweise mit weiteren Trotz- und Schmollattacken verschont. Sogar Markus' Abwesenheit hatten sie erstaunlich gut akzeptiert. Vielleicht lag das daran, dass sie ihn, wenn in der Agentur viel zu tun war, unter der Woche ohnehin kaum zu Gesicht bekamen. Natürlich hatte ich ihnen versprochen – für Finja musste ich es sogar mit erhobenen Fingern schwören –, dass ihr Vater und ich uns bald wieder vertragen würden. Ich wusste zwar immer noch nicht, wie ich dieses Versprechen halten sollte, aber was hätte ich denn anderes sagen sollen?!

Meine Mutter hatte sich ausgeruht, mit ihrem Sudoku-Heft auf dem Sofa oder auf einer Liege im Garten gelegen, und auch wenn sie immer weniger aß, so hatte sie immerhin die Smoothies getrunken, die ich ihr aus viel gesundem Obst und Gemüse zubereitet hatte. Wenn ich allerdings versuchte, die Chemotherapie anzusprechen, fiel ihr jedes Mal eine wichtigere Frage ein, die unweigerlich vom Thema ablenkte, zum Beispiel: Wie heißt diese hübsche lila Blume, die da im Garten blüht? Oder: Könntest du mir etwas Avocado in den Smoothie mixen? Doch ich würde es immer wieder versuchen, das hatte ich mir geschworen.

»Charlotte, welch eine Freude, dich wiederzusehen.« Max kam mit federnden Schritten herein, zog sich einen Hocker mit Rollen heran und setzte sich dicht neben mich. »Wie geht es dir denn? Gut siehst du aus! Die provisorische Füllung scheint jedenfalls ordentlich gehalten zu haben. Sonst hättest du dich ja mal gemeldet ...«

Max zog sich den Mundschutz über, und ich fragte mich, ob der letzte Satz irgendwie vorwurfsvoll geklungen hatte. Vielleicht hatte Kerstin doch recht gehabt, und Max wollte wirklich ein Date mit mir. Wieder fühlte ich mich ein wenig geschmeichelt.

Bevor ich antworten konnte, redete er weiter. »Dann wollen wir mal schauen. Wenn du bitte den Mund aufmachen würdest. Noch etwas weiter. Ja, so ist es gut. Ah, sehr schön.« Und schon hatte er mir eine Nadel ins Zahnfleisch gestochen. »Eine kleine Betäubung. Die wirkt jetzt ganz schnell, und dann können wir uns um die Füllung kümmern. Wunderbar!« Mein Zahn schien Max wirklich gute Laune zu machen.

»Also, was hast du in der Zwischenzeit so getrieben?«, erkundigte er sich, um die Wartezeit zu überbrücken.

»War in Paris«, nuschelte ich. Die Betäubung fing bereits an zu wirken.

»Paris, ah«, machte Max. »Die Stadt der Liebe! Da warst du

bestimmt nicht alleine?« Er zwinkerte mir komplizenhaft zu. Trotzdem hatte ich wieder den Eindruck, dass ein kleiner Vorwurf in seiner Stimme mitschwang. Oder bildete ich mir das nur ein? Womöglich war langsam der Zeitpunkt gekommen, ihm zu erklären, dass ich verheiratet war und zwei Töchter hatte. Doch als ich den Mund aufmachte, um die Sache klarzustellen, steckte Max mir direkt einen Sauger hinein.

Ich muss gestehen, dass ich nicht allzu unglücklich darüber war, vorerst um die Klarstellung herumzukommen. Mir war zwar absolut bewusst, dass Zahnspangen-Max ein Wichtigtuer war. Und dass er vermutlich ohne ernsthafte Absichten mit mir flirtete. Oder wenn mit Absichten, dann zumindest nicht mit ernsthaften. Trotzdem genoss ein Teil von mir diese Aufmerksamkeit. Ich war eine betrogene Ehefrau, da war es ja wohl in Ordnung, wenn ich mir anderswo etwas Bestätigung holte. Wenn ich an Markus dachte, dann dachte ich automatisch an Salome Schwalbenbach. Die Bilder von der Party bekam ich einfach nicht aus dem Kopf, sosehr ich mich auch anstrengte. Je mehr ich mich bemühte, sie zu verdrängen, desto aufdringlicher wurden sie.

Deshalb wehrte ich mich nicht, als meine Fantasie mit mir durchging, kaum dass ich die Augen geschlossen und Max angefangen hatte, in meinem Mund herumzuhantieren. Denn ausnahmsweise zeigte mir mein Kopfkino keine Fummelszenen mit meinem Mann und Barbie-Girl in den Hauptrollen. Stattdessen spulte sich vor meinem inneren Auge ein Film mit dem Titel »Was wäre, wenn« ab. Was wäre, wenn ich keinen Mann und keine zwei Kinder hätte? Oder wenn mir das egal wäre, und ich einfach mit einem gutaussehenden, einfühlsamen, großartig küssenden Zahnarzt durchbrennen würde?

Wenn wir Hand in Hand an der Seine entlangschlendern und in einem kleinen Pariser Bistro einen kleinen schwarzen Kaffee trinken würden. Wenn wir dicht nebeneinander am weißen Traumstrand von Bali lägen, uns Arm in Arm in den Fluten des Meeres treiben ließen. Wenn wir die Regenwälder von Costa Rica durchstreiften und in Wasserfällen badeten. Wenn ich ihn zu seinen ehrenamtlichen Einsätzen in Afrika begleitete und wir in einer Safari-Lodge lebten, wo Elefanten und Giraffen in wenigen Metern Entfernung an uns vorbeizögen.

Ich gebe zu, dass meine Fantasien kitschiger waren als das Herzkino im Zweiten. Und praktischerweise hatte ich darin auch keine Flugangst. Mir gefiel es so gut in meiner romantischen Parallelwelt, dass ich kaum etwas von der Behandlung mitbekam, und auch nicht davon, dass Max ununterbrochen redete. Erst als er alle Instrumente wieder aus meinem Mund genommen hatte und mehrmals meinen Namen sagte, tauchte ich langsam aus den Untiefen meiner Tagträume auf. Ich schlug die Lider auf und schaute direkt in Max' blaue Augen mit den grünen Pünktchen.

Er trug keinen Mundschutz mehr und betrachtete mich so intensiv, dass ich plötzlich mit absoluter Gewissheit wusste, was als Nächstes passieren würde: Max würde mich küssen. Also schloss ich die Augen wieder, um mich seinem Kuss hinzugeben – ich war eindeutig noch im Herzkinomodus. Und außerdem war es nur fair, wenn ich fremdknutschte. Wenn Markus das machte, durfte ich das schon lange. Jawohl. Quidproquo. Ich hatte mich lange genug mit den alten Römern beschäftigen müssen, um das zu wissen.

Doch da ging der Alarm los. Er war so laut, dass ich im ersten Moment dachte, es wäre ein Feuermelder. Dann begriff ich, dass das ohrenbetäubende Klingeln nur in meinem Kopf existierte. *Lass den Quatsch*, schrillte es. *Das willst du überhaupt nicht! Nicht mit so einem Aufschneider. Hallo, das ist Zahnspangen-Max, der dich vor zwanzig Jahren einfach abserviert hat. Und außerdem schmeckt billige Rache schon nach Sekunden schal. Dafür bist du viel zu schade!*

Ruckartig setzte ich mich auf und öffnete die Augen. Rumms! Meine Stirn stieß schmerzhaft gegen die von Max.

»Autsch«, sagte er und rückte von mir ab.

»Tut mir leid«, entschuldigte ich mich.

»Na, immerhin bist du jetzt wieder bei uns«, stellte er fest. »Ich hatte schon Sorge, du könntest bewusstlos geworden sein, und wollte gerade deine Atmung kontrollieren.«

Ach, deshalb hatte er sich so dicht über mich gebeugt. Wie peinlich. Zum Glück wusste Zahnspangen-Max nichts von meinen Fantasien. Trotzdem stand ich eilig auf und raffte meine Sachen zusammen.

»Nichts essen und nichts Heißes trinken, bis die Betäubung abgeklungen ist«, rief er mir hinterher, als ich fluchtartig die Praxis verließ.

Auf dem Heimweg sammelte ich Finja ein, und wir besorgten im Supermarkt zwei Familienpackungen Eiscreme. Es war der letzte Schul- und Kitatag vor den Ferien, das musste gefeiert werden. Außerdem würde der Zucker meine Nerven beruhigen, wenn Merle mit ihrem Zeugnis nach Hause kam.

Doch die Noten waren gar nicht so schlimm wie befürchtet. Zwar stand sie in den Hauptfächern durchweg drei und in Mathe bei einer vier mit dickem Minus – was man auf dem Zeugnis glücklicherweise nicht sah –, aber in den Nebenfächern lieferte sie mehrere Zweien und in Kunst sogar eine Eins ab.

Deshalb sagte ich nicht: »An Mathe müssen wir noch arbeiten.« Ich sagte: »Gut gemacht.« Und Merle strahlte. Und Finja strahlte, als ich das Eis auf den Tisch stellte. Und meine Mutter aß eine so große Portion, dass sogar meine Töchter staunten.

Abends um kurz vor sechs kam meine große Tochter die Treppe heruntergepoltert. »Ich bin dann mal weg«, rief sie und eilte an der geöffneten Küchentür vorbei.

»Moment mal!« Ich folgte ihr in den Flur. »Wohin gehst du? Es gibt gleich Abendessen.«

Merle verdrehte die Augen. »Ich geh ins Kino, schon vergessen? Du hast's erlaubt!«

»Was? Wann?« Ich konnte mich beim besten Willen nicht erinnern.

»Vor drei Wochen. Als wir die Tickets bestellt haben. Für diesen coolen neuen Superhelden-Film, der gestern angelaufen ist …«

War mir das in dem ganzen Durcheinander womöglich entfallen?

»Und mit wem gehst du hin? Und wann bist du wieder hier?« Ich wollte meine Tochter nicht kontrollieren, wirklich nicht! Ich machte mir nur Sorgen, wenn sie abends allein unterwegs war.

»Mit Mia. Um neun spätestens.« Wieder rollte Merle theatralisch mit den Augen. »Und wenn ich jetzt nicht renne, verpasse ich die Bahn.«

»Okay, okay.« Mia war Merles beste Freundin. Und neun war eine Uhrzeit, mit der ich leben konnte. »Aber zieh dir was über, du kannst doch nicht so halbnackt rumlaufen, da wirst du ja krank!« Sie trug die Löcherhose und das quasi stofflose Oberteil, die wir zusammen gekauft hatten. Merle verdrehte bloß noch einmal die Augen und rannte hinaus.

Erst als sie um Viertel nach neun immer noch nicht zu Hause war, regte sich in mir der Verdacht, dass etwas nicht stimmte. Und dann fiel es mir wie Schuppen von den Augen. Das Outfit! Das hatte Merle sich für ihr erstes Date gekauft! Sie war gar nicht mit Mia im Kino. Mein Herz fing an, schneller zu klopfen.

»Wer ist der Junge?«, fragte ich meine Mutter. Wir saßen nebeneinander auf dem Sofa und schauten einen Fernsehkrimi, bei dem man seit der ersten Minute wusste, wer der Täter war.

Barbara zuckte mit den Schultern. »Ich weiß es nicht. Merle hat es mir nicht verraten.«

»Immerhin hat sie dir erzählt, dass sie ein Date hat«, erwiderte ich frustriert. »Mich hat sie angelogen!«

»Das ist normal in der Pubertät, dass Töchter und Mütter ihre Probleme miteinander haben«, versuchte Barbara mich zu beschwichtigen. Das brachte mich erst recht in Rage.

»Als ob du viel Erfahrung mit pubertierenden Töchtern hättest«, gab ich bissig zurück, was mir sofort leidtat. Es war nicht fair, meine Mutter anzugreifen, obwohl ich eigentlich auf mich selbst wütend war. Ich hätte besser auf Merle aufpassen müssen! Mein Herz raste inzwischen bei der Vorstellung, was ihr alles passiert sein könnte. Hoffentlich traf sie sich bloß mit einem Jungen aus ihrer Klasse und nicht mit irgendeinem Perversen, den sie in einem Internetforum kennengelernt hatte.

Ich versuchte, sie auf dem Handy zu erreichen, aber ich wurde sofort auf die Mailbox umgeleitet. Ich bemühte mich, gleichmäßig zu atmen und mich auf den Krimi zu konzentrieren. Das half auch nicht, eher im Gegenteil. Ich bekam kaum Luft. Um halb zehn hielt ich es nicht mehr aus.

»Ich fahr sie suchen«, erklärte ich und sprang vom Sofa auf. Zwar hatte Merle nicht gesagt, in welches Kino sie wollten, deshalb checkte ich das Wochenprogramm und stellte erleichtert fest, dass der Film nur in einem Kino in der Innenstadt gezeigt wurde. Ich konnte bloß hoffen, dass sie in diesen Film beziehungsweise überhaupt ins Kino gegangen war und nicht auch in dem Punkt gelogen hatte.

Das Kino lag an einem vielbefahrenen Platz, und direkt davor gab es keine Parkmöglichkeit. Also hielt ich verbotenerweise in den Taxibuchten ein Stück entfernt, kümmerte mich nicht um das Gezeter aus den beiden Taxis vor mir und rannte zum Kino.

Ich wusste nicht, was ich tun würde, wenn ich Merle nicht dort fand. Die Polizei rufen vermutlich. So weit wollte ich jetzt noch nicht denken. Gerade als ich durch die doppelte Glastür in den Eingangsbereich stürmte, kamen die ersten Zuschauer die breite Treppe herunter. Nach kürzester Zeit war der Raum voller Leute, und ich musste mich auf die Zehenspitzen stellen, um Ausschau nach Merle zu halten.

Unendliche Erleichterung durchflutete mich, als ich sie endlich auf der Treppe entdeckte. Meine Tochter sah mich nicht.

Sie war viel zu vertieft ins Gespräch mit der Person neben ihr: Lukas. Natürlich! Wieso war ich nicht längst darauf gekommen, dass meine Tochter ein Date mit Kerstins Sohn hatte?

Einerseits war ich erleichtert, dass sie nicht von einem irren Internetperversen entführt worden war. Andererseits war ich trotzdem sauer, dass sie mich angelogen hatte. Schwamm drüber! Wenn ich schon mal hier war, mussten die beiden nicht die Bahn nach Hause nehmen. Also hob ich die Hand, um sie auf mich aufmerksam zu machen. Noch immer bemerkten sie mich nicht.

Sie waren inzwischen am Fuß der Treppe angelangt und blieben stehen, weil das Gedränge zu groß war. Ein Zweimetermann schob sich an mir vorbei, und ich verlor sie kurz aus dem Blick. Als die Sicht wieder frei war, stellte ich fest, dass Merle offensichtlich beschlossen hatte, die Gelegenheit zu nutzen.

Sie hatte sich zu Lukas gedreht und drückte ihm gerade einen Kuss auf den Mund. Dass sie diejenige war, die küsste, war selbst aus dieser Entfernung gut zu erkennen. Und auch, dass der Kuss nicht erwidert wurde. Lukas bog seinen Oberkörper zurück und legte seine Hände auf Merles Schultern, um sie auf Abstand zu halten. Dann schüttelte er entschieden den Kopf und sagte etwas zu ihr, das ich auf die Distanz nicht hören konnte. Auf dem Gesicht meiner Tochter erschien ein Ausdruck, der mir fast das Herz zerriss.

Merle ließ Lukas stehen und kämpfte sich durchs Gedränge auf den Ausgang zu. Auch ich setzte mich in Bewegung und quetschte mich an den Umstehenden vorbei, um ihr den Weg abzuschneiden.

»Merle!«, rief ich laut, jedoch erfolglos. Kurz bevor sie die Türen erreichte, erwischte ich sie endlich und hielt sie am Ärmel fest. Ich wollte sie in den Arm nehmen, sie festhalten und trösten, meine arme kleine Große.

Doch der Blick, mit dem sie mich bedachte, war voller Wut. »Was willst du denn hier? Spionierst du mir etwa nach?«

»Ich hab mir Sorgen gemacht«, rechtfertigte ich mich. »Wir hatten vereinbart, dass du um neun zu Hause bist.«

»Du bist so ein Kontrollfreak.« Merle spie mir jedes Wort förmlich vor die Füße. »Hau ab. Ich kann gut auf mich allein aufpassen.«

»Das sehe ich anders«, erwiderte ich, nun ebenfalls aufgebracht. »Du bist dreizehn. Und ich bin deine Mutter. Es ist meine Pflicht, auf dich aufzupassen.« Mit jedem Satz war ich lauter geworden, sodass sich nun einige der Umstehenden neugierig zu uns umdrehten. Mit ruhigerer Stimme versuchte ich es noch einmal: »Ich kann gut verstehen, dass du aufgewühlt und traurig bist, nach dem, was gerade mit Lukas passiert ist …« Weiter kam ich nicht.

»Das geht dich gar nichts an«, schrie Merle, während ihr plötzlich Tränen über die Wangen liefen. »Du verstehst überhaupt nichts. Du weißt nicht, wie ich mich fühle. Das tust du nie! Weil es dir nämlich total egal ist. Ich hasse dich!« Sie riss sich los, schob sich durch das Gedränge am Ausgang und rannte hinaus.

Einen Moment lang, der sich wie eine halbe Ewigkeit anfühlte, schaute ich ihr einfach nur hinterher. Am liebsten hätte ich auch geheult oder geschrien, am besten beides gleichzeitig. Noch vor ein paar Stunden hatte ich geglaubt, Merle und ich befänden uns auf einem guten Weg. Und jetzt das! Merles Worte fühlten sich an wie ein Schlag in den Magen, und der Schmerz breitete sich in meinem gesamten Körper aus. Doch dann riss ich mich zusammen. Egal, ob meine Tochter mich hasste oder nicht, ich musste dafür sorgen, dass sie sicher nach Hause kam.

Also drängte ich mich ebenfalls nach draußen, und als ich endlich auf dem Bürgersteig stand, entdeckte ich Merle, die an der Ampel wartete, um zur Bahnstation zu gelangen. Erleichtert lief zu ihr.

»Komm, wir fahren nach Hause«, sagte ich und umfasste ihr

Handgelenk, fest entschlossen, sie nicht mehr loszulassen, bis ich sie ins Auto bugsiert hatte.

Zu meiner Überraschung ging Merle ohne Widerstand mit, schwieg aber während der ganzen Rückfahrt und starrte aus dem Fenster. Zu Hause stürmte sie in ihr Zimmer, knallte die Tür zu und drehte die Musik auf. Ich konnte bloß hoffen, dass Finja und meine Mutter davon nicht aufwachten. Doch was sollte ich tun? Wenn ich jetzt hochging, würde ich nur wieder vor verschlossener Tür stehen …

Deprimiert ließ ich mich aufs Sofa fallen. Ich fing gerade an, in Trübsal zu versinken, da fiel mir ein, dass ich Lukas vergessen hatte. Ich hatte ihn einfach im Kino stehen lassen. Auch wenn ich dem Sohn meiner Freundin am liebsten den Kopf abgerissen hätte für das, was er Merle angetan hatte, ließ mir mein Verantwortungsgefühl keine Ruhe. Schließlich rief ich bei Kerstin an.

»Ich wollte nur hören, ob Lukas gut nach Hause gekommen ist«, erklärte ich, als meine Freundin sich meldete. »Sorry, ich hab ihn einfach stehen lassen.«

»Mach dir keinen Kopf«, beruhigte Kerstin mich. »Er ist mit der Bahn gekommen.« Dann legte sie die Hand über den Hörer und sprach leise mit jemandem. »Lukas fragt, ob Merle okay ist?«, fuhr sie kurz darauf fort. »Er macht sich furchtbare Vorwürfe.«

»Ach ja, tut er das?« Es fiel mir schwer, Mitleid mit Kerstins Sohn zu empfinden, obwohl ich ihn eigentlich sehr gern mochte. Aber dass er Merle das Herz gebrochen hatte, was zu dem schrecklichen Streit zwischen ihr und mir geführt hatte, konnte ich ihm nicht so leicht verzeihen.

»Na, hör mal«, sagte Kerstin empört. »Merle ist ihm nicht egal. Also, als Freundin. Er hat nur nicht damit gerechnet, dass sie sich falsche Hoffnungen macht.«

»Tja, dann«, erwiderte ich knapp. Ich war selbst fix und fertig und nicht in der Stimmung, mir auch noch Lukas' Befindlichkeiten anzuhören.

»Was soll das heißen?«, fragte Kerstin gereizt. »Er sitzt mir seit einer Viertelstunde am Küchentisch gegenüber und kriegt kaum ein Wort raus, weil er immer wieder in Tränen ausbricht.«

Ich hörte Kerstins Worte, und als ich antwortete, war mir bereits klar, dass ich völlig falsch reagierte. Doch plötzlich ertrug ich die Ungerechtigkeit dieser ganzen Situation nicht mehr. Ich, die immer alles für meine Kinder getan hatte, hockte hier unten – und oben, hinter einer verschlossenen Tür, weinte Merle. Und Kerstin, die arbeiten gegangen war, kaum waren ihre Söhne abgenabelt, saß mit ihrem Sohn am Küchentisch, und er schüttete ihr sein Herz aus. Das war so was von unfair!

Mein ganzer Frust über den Verlauf des Abends entlud sich, als ich sagte: »Freut mich für dich, dass Lukas sich dir anvertraut, obwohl du deine Söhne ständig vernachlässigst. Dann wusstest du bestimmt schon vorher, dass er mit Merle ins Kino geht, oder? Und hast mir kein Wort davon gesagt. Besten Dank! Was für eine Freundin bist du eigentlich?«

Kerstin zögerte eine Sekunde, dann sagte sie mit frostiger Stimme: »Eine, deren Kinder ihr vertrauen. Weil ich nämlich nicht wie ein Helikopter permanent über ihnen kreise und ihnen vorschreibe, was sie zu tun und zu lassen haben. Und weil ich den Mund halte, wenn mein Sohn mich bittet, etwas nicht weiterzuerzählen.«

»Ach so, na, dann ist ja alles bestens.« Ich drückte den Anruf weg, bevor Kerstin noch etwas sagen konnte, starrte auf den Hörer in meiner Hand und fühlte mich noch viel schlechter als zuvor.

Das dachte meine Freundin also von mir: Ich war eine Helikopter-Mutter … pah! Ich kümmerte mich halt gut um meine Töchter. Ich tat alles für sie. Ich passte gut auf sie auf. Immer. Weil ich mich um sie sorgte. Deshalb suchte ich Merle, wenn sie nicht zur vereinbarten Zeit zu Hause war. Weil ich Angst hatte, ihr könnte etwas zugestoßen sein. Jawohl! Große Angst sogar. Schreckliche Angst. Und deshalb war ich eine gute Mutter!

Aber war ich womöglich auch ... ein Kontrollfreak?

Ich nahm ein Sofakissen und drückte mein Gesicht fest hinein, als ich mich an Merles Worte erinnerte – und mir plötzlich klar wurde, dass sie recht hatte. Zumindest mit dem Kontrollfreak. Damit, dass mir egal wäre, wie sie sich fühlte, natürlich nicht! Oh, Shit! Ich hatte so große Angst um meine Töchter, dass ich sie einfach nicht loslassen konnte. Ich glaubte immer zu wissen, was das Beste für sie war, ohne sie auch nur ein einziges Mal zu fragen, ob sie das auch so sahen. Ich hatte es verbockt!

Ich drückte mein Gesicht so lange in das Kissen, bis meine Nase platt war und ich kaum noch Luft bekam. Vor meinen Augen fing es an zu flimmern, und plötzlich erschien ein klares Bild: Zahnspangen-Max! Nicht der smarte Zahnarzt, der er inzwischen war. Sondern der picklige Junge mit dem Gitter im Mund, wegen dem ich mich nächtelang in den Schlaf geweint hatte. Was ich damals am meisten gebraucht hätte, hatte ich nicht bekommen: den Trost meiner Mutter.

Doch ich war hier. Ich konnte bei meiner Tochter sein. Ich konnte sie trösten und ihr beistehen, wenn es ihr schlecht ging. Ich konnte ihr geben, was sie brauchte. Ich durfte mich nicht von bösen Worten und einer verschlossenen Tür abschrecken lassen. Ich musste für sie da sein!

Ich klopfte. Keine Reaktion.

Ich klopfte dreimal hintereinander. Nichts.

»Merle? Bitte. Lass uns reden.«

Die Musik wurde noch etwas lauter gestellt. Und jetzt?

Ich lehnte mich gegen die Tür und überlegte. Wie konnte ich zu meiner Tochter durchdringen? Vermutlich nur mit Geduld. Na toll, nicht gerade meine Stärke. Da fiel mir etwas ein. Ich lief ins Wohnzimmer, holte mein Notizbuch und einen Stift und setzte mich damit direkt vor Merles Tür. »Ich bin hier, meine

Große«, flüsterte ich und lehnte meinen Kopf gegen das Holz. Vielleicht spürte sie ja, dass ich bei ihr war. Dann schrieb ich auf eine freie Seite meines Notizbuchs:

Ich liebe dich. Genau so, wie du bist!

Ich riss den Zettel heraus und schob ihn ein Stück weit durch den Spalt unter Merles Zimmertür. Ich wartete einige Minuten lang. Nichts passierte. Ich seufzte stumm. Doch dann nahm ich mir die nächste Seite vor und schrieb:

Ich bin ein Kontrollfreak, du hattest recht. Aber ich will versuchen, es besser zu machen.

Wieder riss ich das Blatt aus dem Buch und schob es neben das erste unter die Tür. Wieder passierte nichts. Nicht aufgeben, ermahnte ich mich. Also noch ein Blatt.

Ich will dir zuhören. Ich will wissen, was dir wichtig ist. Können wir bitte reden?

Auch diesen Zettel schob ich unter die Tür. Jetzt war kaum noch Platz für einen weiteren. Wieder lehnte ich meinen Kopf dagegen, schloss die Augen und schickte ganz viel Liebe durch das Holz zu meiner Tochter. Da meinte ich, ein Geräusch zu hören, und als ich die Augen öffnete, waren die Zettel verschwunden. Ich wartete. Nichts passierte, also schrieb ich den nächsten Zettel.

Bestimmt bist du furchtbar traurig wegen Lukas. Wenn du willst, backe ich ihm ein Törtchen mit Abführmittel.

Ich schob den Zettel unter die Tür, und er verschwand sofort auf der anderen Seite. Wenn ich mich nicht täuschte, hörte ich trotz der lauten Musik sogar ein ersticktes Kichern. Das ermutigte mich enorm.

Aber viel lieber würde ich dich in den Arm nehmen und trösten.

Der Zettel wurde weggezogen, kaum hatte ich ihn in den Spalt geschoben, aber noch immer passierte nichts. Also schrieb ich: *Ich bin für dich da, meine Merlemaus.* So hatte ich sie schon lange nicht mehr genannt. Ich drückte einen Kuss auf das Blatt und ließ es seinen Vorgängern folgen. Es verschwand ebenso schnell auf der anderen Seite, und dann – ich traute meinen Ohren kaum – wurde die Musik abgestellt und ein Schlüssel im Schloss gedreht.

Verwundert sah Merle auf mich hinunter. Ich streckte die Arme nach ihr aus, und meine Tochter setzte sich neben mich auf den Fußboden und ließ sich umarmen. Genau wie früher, wenn ich sie wegen eines aufgeschlagenen Knies getröstet hatte, schmiegte sie sich an mich und weinte, das Gesicht an meiner Schulter. Ich hielt sie fest und wiegte sie sanft hin und her.

Als ich später ins Bett ging, hatte ich noch immer ein warmes Gefühl in mir. Während ich über die Nachrichten nachdachte, die ich für meine Tochter geschrieben hatte, fiel mir auch der Umschlag wieder ein, der in meiner Nachttischschublade lag und darauf wartete, dass ich mich endlich aufraffte, ihn zu lesen. Bislang hatte ich mich einfach noch nicht überwinden können, mich mit dem zu beschäftigen, was mein Mann mir zu sagen hatte.

Zwar hatten wir im Laufe der Woche mehrmals kurz telefoniert, aber nur über unsere Töchter gesprochen und vereinbart, dass Markus sie am Samstagmorgen abholen und für das Wochenende mit zu seinen Eltern nehmen sollte. Sobald er am Telefon versucht hatte, ein anderes Thema anzuschneiden, hatte ich den Hörer sofort an Finja oder Merle weitergereicht.

Beim Abholen morgen früh würden wir uns zwangsläufig begegnen. Sicher war es besser, wenn ich dann wusste, was in diesem Brief stand. Also kramte ich den Umschlag hervor, riss ihn auf und begann zu lesen.

Liebe Charlotte,

es ist drei Uhr nachts, und ich liege wach in dem unbequemen Bett in meinem alten Kinderzimmer. Arnold Schwarzenegger alias der Terminator starrt mich vom Poster an der Wand an, aber das ist nicht der Grund, weshalb ich nicht schlafen kann. Ich kann nicht schlafen, weil du nicht an meiner Seite bist. Und weil das allein meine Schuld ist. Mir wird immer klarer, was für einen Scheiß ich gebaut habe. Und es tut mir leid, schrecklich leid. Ich wünschte, ich könnte es ungeschehen machen, aber das kann ich nicht. Ich kann nur darauf hoffen, dass du mir verzeihst.

Wenn man die halbe Nacht wachliegt, hat man viel Zeit zu grübeln. Und ich kann nicht aufhören, über uns nachzudenken. Darüber, wie es angefangen hat mit uns, über alles, was seitdem passiert ist, und darüber, wo wir jetzt stehen.

Wusstest du, dass ich mich als Erstes in deine Zehen verliebt habe? Ja, auch in die beiden kleinen, krummen. In die besonders. An deinem ersten Tag in der Redaktion trugst du Sandalen. Es war Sommer, aber lausiges Wetter. Du hattest trotzdem Sandalen an, und deine Zehennägel waren hellblau lackiert, passend zu deinem Kleid, das für die Temperatur auch zu dünn war. Es sei Juli, hast du mir erklärt, als du meinen Blick bemerkt hast, da seien Sandalen zu einem Kleid mehr als angemessen. Erst später habe ich verstanden, dass du das Outfit für deinen ersten Praktikumstag vermutlich Monate im Voraus gekauft hattest und dich von ein bisschen Wetter nicht von deinem Plan abbringen lassen wolltest.

Auch deine Schlagfertigkeit hat mich umgehauen. Der alte Kolhaus, unser Lokalchef, weißt du noch? Der wusste immer alles besser. Und als du reinkommst, sagt er: »Wie schön, dass Sie da sind. Können Sie uns mal frischen Kaffee kochen?« Und du, ganz ruhig: »Ich bin hier, um etwas zu lernen. Kaffee kochen kann ich schon.« Sein Gesicht vergesse ich nie mehr. Da wusste ich, dass ich mich vor dir in Acht nehmen musste.

Nach unserem Rendezvous am Rhein war es dann um mich geschehen. Ich hatte das Gefühl, dass ich mit dir über alles

reden kann. Du warst die Erste, der ich von meinen großen Träumen erzählte, einfach, weil du sie ernst genommen hast. Und dann hast du barfuß am Strand getanzt. Welcher Mann hätte dir da noch widerstehen können?
Aber dass ich dich liebe, wirklich liebe, ist mir erst in Verona klar geworden. Die Muscheln? Sicher erinnerst du dich! Als ich auf den kalten Badezimmerfliesen neben dir hockte und dir die Haare aus dem Gesicht hielt, da hast du matt gesagt: »Geh weg, du musst das nicht mit ansehen.« Und in dem Moment war mir klar, dass ich das niemals tun würde. Dass ich bei dir bleiben will, komme, was wolle. Und das will ich heute noch genauso. Ich hoffe, ich bekomme die Chance dazu.
In guten wie in schlechten Tagen, heißt es. Ich weiß, dass wir uns das nicht wörtlich so versprochen haben bei unserer standesamtlichen Trauung. Aber wir haben uns dieses Versprechen gegeben, als wir entschieden haben, unser Leben miteinander zu verbringen. Davon bin ich noch immer fest überzeugt. Und wenn ich auf die dreizehn Jahre zurückblicke, die wir nun schon verheiratet sind, erinnere ich mich vor allem an viele gute Tage.
Womit soll ich anfangen? Mit den zwei bewegendsten Momenten meines Lebens, als du unsere Töchter zur Welt gebracht hast?! Habe ich dir jemals gesagt, wie dankbar ich dir dafür bin? Und selbst wenn, das kann ich gar nicht oft genug sagen. Diese beiden Menschen, die du und ich gemacht haben, sind das Großartigste, Einzigartigste und oft genug Nervigste in meinem Leben. Ich möchte keine Sekunde mit ihnen missen. Und es gibt sie nur, weil es dich gibt.
Merle und Finja haben so viel von dir, wahrscheinlich ist das mit ein Grund, warum ich sie so liebe. Weil ich dich liebe, noch immer genauso wie am ersten Tag, oder besser gesagt, ganz anders. Denn natürlich hat meine Liebe sich verändert. Genauso wie du und ich uns verändert haben mit den Jahren.

Ich bewundere dich dafür, wie du mit deinem Organisationstalent unsere Familie am Laufen hältst. Ich bewundere deine Kreativität, mit der du sogar aus Badezimmerkeramik noch einen Knüller machst. Ich bewundere deinen Humor und deine Schlagfertigkeit, die nie verblasst sind und mich sogar im Streit zum Schmunzeln bringen können. Ich könnte jetzt seitenweise so weitermachen, aber es gibt ein Aber, und das möchte ich nicht verschweigen.

Wir haben immer über dieselben Sachen gelacht, aber wir lachen nicht mehr so oft miteinander wie früher. Ich habe immer gerne mit dir getanzt, aber es wird nicht mehr viel getanzt in unserem Leben. Der Sex mit dir war immer umwerfend, aber Sex steht schon zu lange nicht mehr auf unserer immer vollen Agenda. Wir haben gemeinsam geträumt, aber manchmal fürchte ich, dass wir das Träumen aufgegeben haben. Vielleicht kann man dieses Aber Alltag nennen. Doch es ist nicht das Leben, das ich mir mit dir wünsche. Das wir verdient haben.

Bitte denk nicht, dass ich damit versuchen möchte, auch nur ansatzweise das zu entschuldigen, was passiert ist. Das war einfach ein riesengroßer Fehler. Aber wenn du mir eine Chance gibst, wenn du mir verzeihen kannst, dann wünsche ich mir, dass unser Alltag – unser gemeinsames Leben – wieder aus vielen, vielen guten Tagen besteht. Ich denke, dass wir einige Dinge werden ändern müssen. Und ja, mir ist klar, dass das bedeutet, dass auch ich einige Dinge ändern muss. Ich weiß noch nicht, welche das sein werden, aber ich bin dazu bereit. Lass uns bitte gemeinsam überlegen, wie es weitergehen kann und soll.

Denn was ich mir vor allem wünsche, ist, dass wir wieder mehr zu einem Wir werden. Du und ich zusammen, wir sind ein starkes Team. Aber wir sind auch Mann und Frau, nicht nur Vater und Mutter. Und es gibt Sachen, die Mann und Frau miteinander machen sollten. Nein, ich denke dabei nicht

nur an das eine … Okay, ich gestehe, ich denke daran! Aber auch an Lachen und Tanzen, am Rhein sitzen und nach Italien reisen, Tagträumen und Sternegucken, miteinander ausgehen und Neues ausprobieren, etwas Verrücktes tun oder einfach mal wieder einen Film zusammen gucken.
Während ich all das aufschreibe, vermisse ich dich immer mehr. Ich ohne dich, das fühlt sich an wie halb. Das ist eine Zukunft, die ich mir gar nicht ausmalen möchte, weil es sich so falsch anfühlt. Wenn ich an die Zukunft denke, dann ergibt das nur einen Sinn, wenn ich dich dabei mitdenke. Bitte, Charlotte, gib mir eine Chance, aus meinen Fehlern zu lernen, und lass uns alle Fehler künftig lieber gemeinsam machen.

In Liebe
Markus

Kapitel 19

Am Samstagmorgen um zehn holte Markus die Mädchen ab. Mir fiel es schwer, mich von ihnen zu trennen, aber natürlich hatte er ein Recht darauf, seine Töchter zu sehen. Und die beiden freuten sich schon so auf ihn.

Ich wusste allerdings nicht, wie ich meinem Mann gegenübertreten sollte. Nachdem ich den Brief dreimal gelesen hatte, hatte ich selbst noch lange wachgelegen und über seine Worte nachgedacht. An all das erinnert zu werden, was wir gemeinsam erlebt hatten, hatte mich sehr berührt. Aber es hatte auch wehgetan. Denn umso schmerzhafter spürte ich den Verrat, den Markus begangen hatte. Als hätte er durch seine Untreue alles, was schön gewesen war, einmal durch den Dreck gezogen.

Irgendwann würde es einen Zeitpunkt geben müssen, an dem wir miteinander sprechen würden. Aber ich fühlte mich noch immer nicht bereit dazu. Auf keinen Fall wollte ich mich jetzt schon über den Inhalt des Briefes mit ihm unterhalten. Nicht zwischen Tür und Angel. Aber das musste ich ja auch nicht, beruhigte ich mich selbst. Markus kam nur vorbei, um unsere Töchter abzuholen.

Kaum fuhr das Auto vor unserem Haus vor, stürmte Finja aus der Tür und sprang ihrem Vater in die Arme, der erst halb ausgestiegen war und beinah umfiel, als ihn der Zwanzig-Kilo-Bulldozer überrannte.

»Gehen wir in den Zoo, Papa? Kann ich Pommes haben? Und ein Eis? Und einen Luftballon? Bitte, bitte, bitte!«

»Langsam, Floh.« Markus lachte. »Setz dich schon mal ins Auto, ich komme sofort.« Er stellte sie auf den Boden, aber statt in den Wagen zu krabbeln, kam Finja zu mir, zog mich zu sich hinunter und überschüttete mich mit feuchten Schmatzern.

»Igitt«, machte Merle, die aus der Tür schlenderte. Ihre Augen hatte sie dick mit schwarzem Kajal umrandet, der vom Weinen verwischt war. Es war nicht zu übersehen, dass sie unter schwerem Liebeskummer litt, vermutlich war das genau ihr Ziel. Am liebsten hätte ich sie schon wieder in einer mütterlichen Umarmung erstickt. Stattdessen beschränkte ich mich darauf, ihr einen Kuss auf die Wange zu hauchen, und freute mich umso mehr, als sie mir ebenfalls einen Kuss gab.

»Igitt«, äffte Finja ihre große Schwester nach, die sie daraufhin in den Schwitzkasten nahm und mit zum Auto zog.

»Ist alles in Ordnung mit ihr?«, erkundigte Markus sich besorgt, nachdem die Mädchen eingestiegen waren.

»Abgesehen von einem gebrochenen Herzen geht es ihr gut«, beruhigte ich ihn.

»Und wie geht's dir?«, fragte er. Finja klopfte gegen die Scheibe und winkte ungeduldig. Doch Markus rührte sich nicht vom Fleck, sondern sah mich unverwandt an.

»Es geht«, antwortete ich wahrheitsgemäß. »Viele Aufs und Abs, aber es geht.«

»Gut«, sagte er und bewegte sich immer noch kein Stück.

»Und wie geht's dir?«, fragte ich.

Er zuckte bloß mit den Schultern und sah mich weiter mit diesem Blick an, in dem eine unausgesprochene Frage zu liegen schien. Die Situation war genauso unangenehm, wie ich befürchtet hatte.

»Danke für deinen Brief.« Shit! Das war mir so herausgerutscht, vermutlich, weil ich die ganze Zeit daran gedacht hatte, dass ich ihn nicht ansprechen wollte.

»Charlotte, ich war so ein Idiot«, sagte Markus. »Ich ...«

»Ich wünsch euch viel Spaß am Wochenende«, unterbrach ich ihn schnell. Es war wirklich der absolut falsche Zeitpunkt für eine Aussprache. Entschieden drückte ich ihm die Tasche in die Hand, die ich für die Mädchen gepackt hatte, und hoffte, dass er endlich zu ihnen ins Auto steigen würde.

Doch noch immer blieb er wie angewurzelt stehen. Schließlich schien er sich einen Ruck zu geben. »Eins verspreche ich dir: Ich werde nicht aufgeben, bis du mir verzeihst«, sagte er inbrünstig, drehte sich um und ging zum Wagen. Er setzte sich auf den Fahrersitz und sagte etwas, das die Mädchen zum Lachen brachte. Dann fuhren sie los.

Ich schaute ihnen hinterher und spürte plötzlich den sehnlichen Wunsch, auch in diesem Auto zu sitzen. Für einen kurzen Moment träumte ich mich in eine andere Realität, eine Realität, in der Markus nicht fremdgegangen war, in der ich mich nicht um meine schwerkranke Mutter kümmern musste und in der mein größtes Problem darin bestand, dass Finja so lange quengeln würde, bis sie Pommes und Eis und einen Luftballon bekam.

Fünf Minuten nachdem ich wieder ins Haus gegangen war, klingelte es an der Tür. Während ich in den Flur lief, überlegte ich, was ich beim Einpacken für die Mädchen vergessen haben könnte. Vor der Haustür stand jedoch nicht Markus, sondern ein Mann, der sehr lang und sehr dünn war, zu lange dünne Haare hatte und einen schlecht sitzenden schwarzen Anzug trug, der für die sommerlichen Temperaturen viel zu warm war. Entsprechend schwitzte er. Gasableser? Spendensammler? Zeuge Jehovas?

»Gammel«, stellte er sich vor und streckte mir seine verschwitzte Hand entgegen. »Wir haben einen Termin.«

»Ich fürchte, Sie haben sich in der Tür geirrt«, sagte ich und ignorierte die Hand.

»Der Herr möchte zu mir«, erklang da Barbaras Stimme aus dem Wohnzimmer. »Kommen Sie rein!«

Also führte ich den Überraschungsgast ins Wohnzimmer, wo Barbara auf dem Sofa lag.

»Setzen Sie sich.« Meine Mutter dirigierte Herrn Gammel mit einer Handbewegung auf den Sessel, der dem Sofa gegenüberstand. »Könnten wir einen Kaffee haben?«, fragte sie mich. »Und mach dir bitte auch einen.«

Als ich kurz darauf mit einem Tablett mit drei Kaffeetassen und ein paar Keksen ins Wohnzimmer kam, hatte Herr Gammel bereits mehrere schwarze Mappen und einige Kataloge auf dem Couchtisch ausgebreitet.

»Setz dich zu uns«, lud Barbara mich ein. »Wir planen gerade meine Beerdigung.«

Fast wäre mir das Tablett aus den Händen gefallen. »Ihr ... bitte was?«, stammelte ich.

Sofort sprang Herr Gammel auf und streckte mir wieder seine Hand hin. »Ich habe mich noch gar nicht richtig vorgestellt. Gammel mein Name. Gammel junior, um genau zu sein. Vom Bestattungshaus Gammel in dritter Generation.« Seine Hand hing in der Luft, und ich war dankbar, dass ich sie wegen des Tabletts in meinen Händen auch dieses Mal nicht schütteln musste.

Barbara reagierte geistesgegenwärtig und schob die Mappen und Kataloge zur Seite, damit ich es abstellen konnte. Herr Gammel hatte sich wieder hingesetzt, mit der verschmähten Hand legte er sich die dünnen langen Haare über der Halbglatze zurecht. Gammel – wie konnte man mit diesem Namen überhaupt auf die Idee kommen, ein Beerdigungsinstitut zu gründen?

»Nun komm schon«, drängte Barbara mich. »Es wird langsam Zeit, dass wir das klären.«

Da war ich definitiv anderer Meinung! Trotzdem setzte ich mich neben sie aufs Sofa. Ich wollte Gammel junior gegenüber nicht zu unhöflich sein.

»Wie gesagt haben wir hier ein umfangreiches Sortiment an wunderschönen Särgen«, knüpfte der Bestatter daraufhin nahtlos an seine Präsentation an und schob zwei Kataloge zu uns herüber. »Da ist alles dabei, was das Herz begehrt, vom schlichten Kiefernholzsarg bis hin zum Luxusmodell aus poliertem Mahagoni, quasi der Porsche unter den Särgen.«

Ich fragte mich, ob Herr Gammel sich eigentlich selbst zuhörte, aber Barbara schien seine Verkaufsmasche nicht abzuschrecken. Interessiert blätterte sie durch die Hochglanzbroschüren.

»Sie können natürlich selbst am besten entscheiden, welcher Sarg optimal zu Ihnen passt«, fuhr Herr Gammel unbeirrt fort. »Aber wenn Sie eine Empfehlung aus dreiunddreißig Jahren Berufserfahrung hören wollen, dann rate ich Ihnen zu einem pietätvollen Modell. Man möchte ja einen würdigen Abschied, nicht wahr. Am Ende zu sparen zahlt sich nicht aus, sage ich immer zu den Angehörigen.« Er schaute mich vielsagend an, und mein Widerwille wuchs sekündlich. Ich war noch lange nicht bereit, mich mit dem Thema Beerdigung zu befassen. Und schon gar nicht wollte ich mit Herrn Gammel darüber sprechen, der den Tod einzig und allein für ein gutes Geschäft zu halten schien.

»Gibt es vielleicht auch etwas fröhlichere Särge?«, erkundigte Barbara sich interessiert.

»Fröhlichere Särge?«, wiederholte Gammel junior irritiert.

»Wie in Ghana«, erklärte Barbara. »Da bauen die Menschen Särge in allen möglichen Formen: Autos, Flugzeuge, Tiere, Colaflaschen ... Also, ich fände es ja lustig, in einer riesigen Champagnerflasche beerdigt zu werden.«

Gegen meinen Willen amüsierte mich diese absurde Vorstellung. Das war so typisch meine Mutter!

Herr Gammel schien sie allerdings weniger zu gefallen. »Eine Champagnerflasche, ja, also, das müsste ich mal überprüfen, ob das erlaubt ist. Aber wenn Sie etwas Besonderes wollen, dann kann ich Ihnen unseren Sargkonfigurator sehr empfehlen, mit dem können wir Ihnen ein ganz individuelles, pietätvolles Modell erstellen.« Er zog ein Notebook aus seinem schwarzen Aktenkoffer und fing an, hektisch darauf herumzutippen.

»Kann der Konfigurator auch eine Champagnerflasche?«, fragte Barbara schelmisch. Fast tat Herr Gammel mir leid.

»Was müssen wir denn ansonsten noch bedenken?«, fragte ich. Nicht, weil ich es wissen wollte, sondern um von der Sargfrage abzulenken, für die wir wohl kaum eine einvernehmliche Lösung finden würden.

Erleichtert legte Herr Gammel das Notebook zur Seite und war augenblicklich wieder in seinem Element. »Also, zunächst einmal wäre da der Blumenschmuck«, legte er los. »Der sollte ja möglichst pietätvoll sein …«

Als ich Herrn Gammel junior eine Dreiviertelstunde später zur Tür begleitete, fühlte ich mich völlig überfordert. Ich wusste jetzt, dass eine Beerdigung gut und gern so viel kosten konnte wie ein neuer Kleinwagen. Aber ich wusste beim besten Willen nicht, wie ich es jemals schaffen sollte, die Beerdigung meiner Mutter zu organisieren.

»Ich habe es mir überlegt«, sagte Barbara, als ich zurück ins Wohnzimmer kam. »Mir ist gerade klar geworden, dass ich überhaupt keinen Sarg will. Nicht mal eine Champagnerflasche. Und ganz sicher will ich dieses ganze andere Brimborium nicht. Ich will, dass meine Asche im Meer verstreut wird.«

»Das wird Herrn Gammel aber nicht freuen«, erwiderte ich abwehrend. Ich wollte darüber wirklich nicht mehr nachdenken.

»Das ist mein letzter Wunsch«, beharrte meine Mutter jedoch.

»Müssen wir das unbedingt jetzt besprechen?« Ich fing an, die leeren Kaffeetassen auf das Tablett zu räumen, und stellte auch den Teller mit den Keksen wieder dazu, die niemand angerührt hatte. Die Asche im Meer verstreuen … durfte man das überhaupt? Ich hatte von Seebestattungen in der Nordsee gelesen, aber da wurde die ganze Urne an einer bestimmten Stelle im Wasser versenkt.

»Ich dachte, du planst gerne alles Monate im Voraus«, sagte meine Mutter.

»Und ich dachte, du machst nie Pläne«, erwiderte ich und nahm das Tablett, um es in die Küche zu tragen. Mein sonst so vorausschauendes Hirn weigerte sich schlicht und ergreifend, sich mit dem Thema zu befassen.

Ich war auf halbem Weg zur Küche, als Barbara sagte: »Eine Trauerfeier musst du für mich jedenfalls nicht organisieren. Die hatte ich schon.«

Ich fuhr so heftig herum, dass das Tablett mir dieses Mal tatsächlich aus den Händen glitt. Scheppernd landeten die Tassen auf dem Boden und zerbrachen. Auch der Keksteller ging zu Bruch, und die Krümel verteilten sich zwischen den Scherben. Ich fluchte unterdrückt und lief in die Küche, um den Handfeger zu holen.

Immerhin gab mir das einen kurzen Moment, um Barbaras Bemerkung zu verdauen. Ihre Trauerfeier hatte bereits stattgefunden – was sollte das denn heißen? Und wie schaffte sie es, das so locker nebenbei zu erwähnen, als handelte es sich um einen Kindergeburtstag?

Ich wappnete mich innerlich für das weitere Gespräch, schnappte mir Besen und Kehrblech und kehrte ins Wohnzimmer zurück.

Doch als ich hereinkam, war meine Mutter auf dem Sofa eingedöst. Vorsichtig breitete ich die kuschelige Wolldecke, die auch nach dem Waschen noch einige hellrote Spaghetti-Bolognese-Picknick-Erinnerungsflecken aufwies, über ihre Beine und betrachtete ihr Gesicht. Es war fast so weiß wie das Porzellan der zerbrochenen Kaffeetassen. Die Haut wirkte dünn, dunkle Schatten lagen unter ihren Augen, und die Lippen waren spröde. Wieder drängten sich die Bilder aus Herrn

Gammels Broschüren in meinen Kopf. Mir wurde ganz anders, wenn ich nur an seine Hochglanz-Holzkisten dachte. Da klingelte mein Handy, und ich spurtete in die Küche, wo ich es hatte liegenlassen, damit das Läuten Barbara nicht weckte.

»Du hast dich diese Woche wieder nicht gemeldet«, sagte mein Vater ohne weitere Begrüßung, nachdem ich mich mit einem atemlosen Hallo gemeldet hatte. »Ich habe mir Sorgen gemacht.«

»Ich hatte viel um die Ohren«, rechtfertigte ich mich automatisch. Ein klärendes Gespräch mit meinem Vater stand aktuell nicht sehr weit oben auf meiner Prioritätenliste. Genau genommen stand es gar nicht darauf – und das sagte ja auch etwas aus.

Immer erwartete er, dass alles so lief, wie er es sich vorstellte. Ich musste funktionieren, hatte mich um unseren Haushalt kümmern müssen, als ich fast noch ein Kind war, musste jede Woche anrufen und immer die Himbeertorte backen, damit er zufrieden war. Und das hatte ich jahrelang mitgemacht. Weil ich nur dann sicher sein konnte, dass er zufrieden mit mir war. Aber damit war jetzt Schluss. Ich wollte nicht länger die gut funktionierende Charlotte sein.

»Ein kurzer Anruf wäre wohl nicht zu viel verlangt gewesen«, beschwerte mein Vater sich.

»Telefone funktionieren in beide Richtungen«, erwiderte ich kühl, auch wenn mein Herz wie wild pochte. »Außerdem war mir nicht nach Telefonieren. Barbara hat mir da ein paar Sachen erzählt. Über Antje und dich, und darüber, was damals wirklich passiert ist …« Ich ließ die Andeutungen bewusst in der Luft hängen.

»Was?«, fragte mein Vater, es sollte wohl überrascht klingen, ahnungslos, aber ich konnte hören, dass er auf Anhieb verstanden hatte, welche Sachen ich meinte.

»Wie konntest du?«, stieß ich hervor. Mir war klar, dass es nicht der beste Zeitpunkt war, um meinen Vater mit meinen

Vorwürfen zu konfrontieren, unvorbereitet und am Telefon. Doch auf einmal war mir das egal. »Du bist schuld, dass Barbara uns damals verlassen hat. Und es war auch deine Schuld, dass ich den Kontakt zu ihr abgebrochen habe. Weil du mich die ganze Zeit über angelogen hast. Wie konntest du nur!?«, wiederholte ich wütend und hilflos zugleich.

»Ich …«, sagte mein Vater und verfiel in Schweigen. »Ich …« Erneute Stille. »… wollte nur das Beste für dich«, vervollständigte er seinen Satz schließlich.

»Ach so, und du wusstest genau, was das Beste war?«, erwiderte ich spitz.

»Na hör mal, was hatte deine Mutter dir denn zu bieten auf dieser Ferieninsel?«

»Und was hattest du mir zu bieten, außer einem Haufen Lügen?«, brauste ich erneut auf.

»Bitte, Charlotte, lass uns das in Ruhe besprechen«, versuchte mein Vater mich zu beschwichtigen. »Wir können nächsten Sonntag beim Kaffeetrinken über alles reden.«

»Wir werden nächsten Sonntag nicht Kaffee trinken.«

»Aber …«, sagte mein Vater fassungslos. Diese Absage musste sein gesamtes Weltbild ins Wanken bringen. »Wir trinken immer am ersten Sonntag im Monat Kaffee.«

»Ich kann das im Moment einfach nicht«, erwiderte ich knapp und legte auf. Mein Herz raste noch immer. Ich hatte noch nie ein Sonntagskaffeetrinken mit meinem Vater abgesagt. Selbst als ich einmal fast vierzig Grad Fieber gehabt hatte, hatte ich ein paar Tabletten eingeworfen und Himbeertorte gebacken. Doch es fühlte sich richtig an. Befreiend.

»Charlotte«, rief meine Mutter aus dem Wohnzimmer, kaum hatte ich das Handy zur Seite gelegt. Ich sammelte mich kurz, dann ging ich zu ihr.

»Guck mal, wir haben Besuch.« Barbara zeigte auf die Wolldecke, mit der ich sie zugedeckt hatte. Darauf hatte es sich ein schwarzweißes Fellknäuel gemütlich gemacht. Fussel, erkannte ich erstaunt. Ich hatte noch nie erlebt, dass Kerstins Kater sich weiter als bis zum eigenen Gartenzaun von seinem Futternapf entfernt hatte. Bis zu unserem Haus musste er drei Grundstücke überqueren und war wohl durch die angelehnte Terrassentür hereinmarschiert, um sich auf Barbaras Beine zu kuscheln.

»Das ist Fussel«, stellte ich den einäugigen Kater vor.

»Hola guapo«, sagte meine Mutter zärtlich und kraulte ihn zwischen den Ohren, woraufhin er zu schnurren anfing. »Ich wollte immer einen Kater haben.«

»Na dann, sei uns willkommen«, begrüßte ich das Fellknäuel. Ich fand es rührend, dass er den weiten Weg gemacht hatte, um meine Mutter zu besuchen. Trotzdem warnte ich ihn: »Wenn du aufs Sofa pinkelst, fliegst du raus.«

Barbara lachte, dann ging das Lachen schnell in ein trockenes Husten über. Eilig lief ich in die Küche und holte ein Glas Wasser für sie, aber Trinken allein half ihr nicht, deshalb wühlte ich in ihrer Häkelhandtasche, bis ich das Pumpspray gefunden hatte.

»Wusstest du, dass Katzen oft zu Menschen kommen, die bald sterben?«, fragte Barbara, als sie schließlich wieder Luft bekam. So schnell waren wir also wieder bei dem Thema gelandet. »Ich habe mal von einem Hospiz gelesen, in dem eine Katze wohnte. Immer wenn sie sich zu einem der Bewohner legte, starb er innerhalb von zwei Tagen.«

»Wie traurig.« Ich setzte mich auf die Sofakante, nahm Barbaras Glas und trank einen großen Schluck Wasser, weil mein Hals sich plötzlich eng anfühlte.

»Findest du?«, fragte meine Mutter überrascht. »Ich finde das wunderschön. So ist dort niemand allein, wenn es so weit ist.«

»Das ist auch wieder wahr.« Ich trank noch einen großen Schluck.

»Keine Sorge, ich habe nicht vor, innerhalb der nächsten zwei Tage zu sterben.«

»Wie beruhigend.« Ich hob das Glas erneut an die Lippen und stellte fest, dass es leer war. Also stand ich auf, um es in der Küche aufzufüllen. Eine willkommene Gelegenheit, um dem Gespräch zu entkommen. Ich konnte einfach nicht mit meiner Mutter über den Tod plaudern wie über das Wetter.

»Warte, Charlotte«, stoppte sie mich. »Ich wollte dir noch von meiner Trauerfeier erzählen.«

Mit einem stummen Seufzen ließ ich mich wieder auf der Sofakante nieder.

»Auf den Kanaren läuft das ganz anders ab als hier«, fing sie an zu erzählen. »Wer dort stirbt, wird innerhalb von zwei Tagen beerdigt. Das war wohl früher wegen der Temperaturen nötig und hat sich als Brauch so erhalten. Vor der eigentlichen Beerdigung findet *el velatorio* statt, die Totenwache. Der oder die Verstorbene wird im offenen Sarg aufgebahrt, und alle kommen, um Abschied zu nehmen, die Familie, Freunde und Bekannte.«

»Das klingt deprimierend.«

»Im Gegenteil. Es wird viel umarmt und getröstet. Klar, am Sarg geht es pietätvoll zu ...«, sie traf perfekt Herrn Gammels näselnden Tonfall. »Aber weiter hinten unterhalten sich die Leute, man trifft Bekannte, die man lange nicht gesehen hat. Es ist eigentlich sehr nett, sehr lebendig. Auf jeden Fall habe ich meine Freunde und Bekannten auch zu meinem *velatorio* eingeladen, bevor ich nach Deutschland geflogen bin.«

»Du hast die Leute zu deiner eigenen Totenwache eingeladen?«, fragte ich verblüfft. Obwohl ich meiner Mutter eine Menge zutraute, hätte ich das nicht von ihr erwartet. »Ernsthaft?«

»Na ja.« Meine Mutter guckte verschmitzt. »Ich habe es Abschiedsparty genannt, und den Sarg habe ich mir gespart. Die meisten wussten trotzdem, dass wir uns nicht wiedersehen werden.«

»Wie machst du das bloß?«, fragte ich kopfschüttelnd. »Wie

kannst du das so locker nehmen? Es kann dir doch nicht völlig gleichgültig sein, was mit dir passiert!«

»Nein, natürlich nicht«, erwiderte meine Mutter empört. »Genau deshalb mache ich es ja. Weil mir nicht egal ist, wie ich Abschied nehme. Weil ich das selbst bestimmen will.«

Endlich begriff ich, was in meiner Mutter vorging. Sie tat das alles, um sich nicht vollständig von der Krankheit vereinnahmen zu lassen, sondern um selbst zu entscheiden, was mit ihr passierte. Und als ich es verstand, konnte ich es auf einmal nachvollziehen. Deshalb gab ich mir einen Ruck und fragte: »Wo genau soll deine Asche denn ins Meer gestreut werden?«

»Es gibt da diese Buchten.« Meine Mutter schaute mich dankbar an, dann rieb sie sich unwillig die Stirn. »*Coño*, mir fällt der Name nicht ein. Das gibt's doch nicht. Der Ort ist sehr bekannt.« Erschöpft sank sie wieder in die Kissen. »Weißt du noch, was ich über die Elemente auf Lanzarote gesagt habe? Dort sind sie alle vereint. Mächtige Lavafelsen, heller Sand, türkisblaues Meer, ein sanfter Wind und die warme Sonne und im Rücken die karge Vulkanlandschaft.«

»Hört sich wirklich schön an.« Ich musste mich räuspern, weil meine Stimme plötzlich heiser klang.

»Frag Josemi«, sagte meine Mutter. »Er war mein engster Freund, auch als wir längst kein Paar mehr waren, und er kennt mich besser als jeder andere. Er wird wissen, welche Stelle ich meine. Es ist ein wunderschöner Ort. Ich bin sicher, er wird dir gefallen.«

»Ich würde ihn mir aber viel lieber mit dir zusammen ansehen«, flüsterte ich.

Meine Mutter reagierte nicht, sie schaute aus dem Fenster, bis ihre Lider zu flattern anfingen und ihr einen Moment später die Augen zufielen. Der Kater auf ihren Beinen schnurrte wie ein kleiner Rasenmäher. Gedankenverloren strich ich ihm über das weiche Fell.

Kapitel 20

Fussel blieb. Am Abend schauten wir uns eine langweilige Quizsendung an, aber selbst das schlechte TV-Programm brachte den Kater nicht dazu, nach Hause zu gehen. Er verließ den Platz auf Barbaras Beinen nur einmal kurz, um im Garten eine Runde zu drehen und sich zu erleichtern. Er hatte wohl verstanden, dass er rausfliegen würde, wenn er das in meinem Wohnzimmer erledigte.

Barbara beschloss, auf dem Sofa zu übernachten. Sie schien Fussels Anwesenheit sehr zu genießen. Doch die Nacht in der unbequemen Liegeposition tat ihr nicht gut, am Sonntag erwachte sie mit rasenden Kopfschmerzen. Ich gab ihr ein paar ihrer Wunderpillen, dennoch war sie den ganzen Tag lang kaum ansprechbar. Nur ab und zu bat sie mich, den feuchten Waschlappen, den ich ihr auf die Stirn gelegt hatte, zu erneuern. Ich kochte Brühe, an der sie nur einmal nippte, bot an, ihr Sudoku-Heft zu holen oder mit ihr fernzusehen, aber sie lehnte ab.

Mehrmals nahm ich das Telefon in die Hand, um Kerstin Bescheid zu sagen, dass ihr Kater neuerdings bei uns zur Untermiete wohnte. Sicher machte sie sich schon große Sorgen. Doch ich rief nicht an. Obwohl ihre Worte letztlich genau der Tritt in den Hintern gewesen waren, den ich gebraucht hatte, hatten sie mich trotzdem verletzt. Und ich fürchtete, dass Kerstin auch noch sauer auf mich war. Dabei hätte ich wirklich gern mit ihr über alles gesprochen, was mich belastete. Schließlich löste Fussel das Dilemma für mich.

»Charlotte«, rief meine Mutter. »Die Decke ist nass.«

»Ich hab dich gewarnt«, sagte ich streng zu dem Kater und befreite meine Mutter von der Decke, auf der neben den kleinen roten nun ein großer gelber, feuchter Fleck prangte.

Wie ein nasser Sack hing Fussel in meinen Armen, als ich ihn nach Hause trug. Ich hatte den Verdacht, dass er sich extra schwer machte, aber ich ließ mich nicht erweichen. Energisch drückte ich mit dem Ellbogen die Klingel.

»Ich hab hier etwas, das euch gehört«, sagte ich, als Kerstin öffnete, und hielt ihr ihren Kater hin.

»Hallo, Fussel.« Kerstin nahm ihn mir ab und legte ihn in einen Korb mit dreckiger Wäsche. »War er etwa bei euch?« Sie sah mich mit hochgezogenen Brauen an, und ich war mir nicht sicher, ob der Ausdruck mir oder Fussels Ausflug galt.

»Ja«, bestätigte ich. »Seit gestern Mittag.«

»Echt?« Kerstins Brauen rutschten noch ein Stück höher. »Wir haben gar nicht gemerkt, dass er weg war.«

Manchmal war mir ihre Gelassenheit mehr als unheimlich. Wir musterten uns gegenseitig, beide unsicher, was wir als Nächstes tun sollten.

Schließlich gab ich mir einen Ruck. »Es tut mir leid«, sagte ich, genau in dem Moment, als Kerstin es auch sagte.

»Meine Güte, ist das albern«, setzte sie hinzu. »Jetzt komm schon rein.« Sie breitete die Arme aus, ich schlang meine um ihren Oberkörper, und wir drückten uns fest und ausgiebig. Tat das gut!

»Jetzt sind wir fast vierzig und benehmen uns trotzdem wie die Teenager.« Kerstin schüttelte den Kopf und ging vor mir her in die Küche.

»*Du* bist fast vierzig«, korrigierte ich.

Über die Schulter hinweg funkelte sie mich mit gespieltem Zorn an, dann blieb sie abrupt stehen. »Ich hab dieses Wochenende die Steuer gemacht, auf den letzten Drücker, wie immer. Entsprechend sieht es bei uns aus. Wehe, du fängst an, den Spüllappen zu schwingen.«

»Keine Sorge«, versprach ich. Viel zu spät wurde mir bewusst, wie unmöglich ich mich verhalten hatte, wenn ich ungebeten versuchte, Ordnung in Kerstins Chaos zu bringen. »Ich kann meine Finger bei mir behalten.« Sicherheitshalber setzte ich mich auf meine Hände, nachdem Kerstin für mich einen Stuhl von dreckigen Socken und einem Stapel Comics befreit hatte.

»So«, sagte sie, fegte ein paar alte Zeitschriften von einem weiteren Stuhl und setzte sich zu mir. »Und jetzt erzählst du mir alles schön der Reihe nach. Was ist nun mit Markus? Wie geht es deiner Mutter? Wie geht es Merle? Und vor allem: Wie geht es dir?«

Ich hatte Kerstin Anfang der Woche ein kurzes Update über das Wochenende in Paris gegeben, aber von unserem Streit abgesehen, hatten wir seither nicht mehr miteinander gesprochen. Erst als ich jetzt anfing zu reden, merkte ich, wie dringend ich dieses Gespräch mit meiner besten Freundin gebraucht hatte.

»Barbara hat gestern einen Bestatter zu uns bestellt«, erzählte ich.

»Was? Warum das denn?«

»Sie wollte ihre Beerdigung planen. Aber die Särge gefielen ihr nicht. Deshalb hat sie beschlossen, dass ihre Asche auf Lanzarote im Meer verstreut werden soll.«

»Ist das denn dort erlaubt?«, wunderte Kerstin sich.

»Keine Ahnung.« Ich zuckte hilflos mit den Schultern. »Ich werde es wohl rausfinden müssen.«

»Kann man denn wirklich nichts mehr machen?«, fragte meine Freundin mitfühlend.

»Man könnte.« Noch einmal zuckte ich mit den Schultern. »Eine Chemo könnte ihr Zeit verschaffen. Ein halbes Jahr vielleicht. Trotzdem will sie das auf keinen Fall machen.«

»Das ist heftig.« Kerstin stand auf, um uns einen Tee zu kochen. Im Vorbeigehen strich sie mir mit der Hand über den Arm. Während der veraltete Wasserkocher mit lautem Getöse das Teewasser erhitzte, sammelte ich mich ein wenig.

»Es gibt auch gute Neuigkeiten«, fuhr ich fort, nachdem Kerstin eine dampfende Tasse vor mich hingestellt hatte, aus der der tröstliche Duft von Fencheltee aufstieg. »Merle und ich haben uns am Freitagabend wieder versöhnt. Ich glaube, wir sind auf einem sehr guten Weg.«

»Wie schön!«, freute Kerstin sich. »Heißt das, dass du Lukas nicht mehr den Kopf abreißen willst?«

»Ich denke, ich werde ihn verschonen«, stimmte ich zu, nippte an dem Tee und verbrannte mir die Lippen. »Ach, und ich hab den Sonntagskaffee mit meinem Vater abgesagt.«

»Ist das eine gute oder eine schlechte Nachricht?«

»Gut, denke ich.« Ich war mir diesbezüglich selbst nicht sicher. »Ich kann einfach nicht begreifen, warum er sich damals so verhalten hat. Und mich dann all die Jahre belogen hat. Ich meine, ich habe mich immer so bemüht, ihm alles recht zu machen. Damit ist jetzt Schluss.«

»Endlich!« Kerstin schlug mit der flachen Hand auf die Tischplatte, sodass die Teetassen erzitterten.

»Du tust ja gerade so, als hättest du das längst für überfällig gehalten«, stellte ich überrascht fest.

»Ehrlich gesagt hab ich das«, erwiderte meine Freundin. »Ich fand schon immer, dass du dich zu sehr verbiegst, damit mit deinem Vater bloß alles schön harmonisch läuft.«

»Und das hast du mir nie gesagt?«, fragte ich vorwurfsvoll. Ich hatte gedacht, wir würden über alles miteinander reden.

»Hättest du es denn hören wollen?«, erwiderte Kerstin.

»Puh«, machte ich und zuckte schon wieder mit den Schultern. Denn plötzlich fiel mir ein, dass meine Mutter exakt dasselbe gesagt hatte, als ich hatte wissen wollen, warum sie mir nicht früher von der Affäre meines Vaters erzählt hatte. Jahrelang hatte ich mich geweigert, mit ihr über die Vergangenheit zu sprechen. Ich hatte sogar alle Erinnerungen an die Zeit verdrängt, bevor sie weggegangen war. Und wenn ich ehrlich war, musste ich mir eingestehen, dass ich genau dasselbe mit meinen aktuellen Problemen machte. Zumindest mit denen, die ich mit meinem Mann hatte.

Hoffte ich, dass der Konflikt sich in Luft auflöste, wenn ich mich nur lange genug nicht damit beschäftigte? Oder hatte ich so große Angst vor einer Aussprache, dass ich lieber weiter den Kopf in den Sand steckte und mich mit den Bildern von Markus' Seitensprung quälte? Ich war immer stolz darauf gewesen, dass ich den Dingen gern auf den Grund ging. Doch offensichtlich vermied ich genau das, wenn es um meine eigenen Gefühle ging.

»Markus hat mir einen Brief geschrieben.« Ich erzählte Kerstin, was darinstand.

»Das ist ja ein richtiger Liebesbrief«, rief sie. »Ist es unangemessen, wenn ich das romantisch finde? Mein Mann lässt sich für mich nur die Haare schneiden.«

»Für Thomas scheint mir das ein ziemlich großer Liebesbeweis zu sein«, widersprach ich.

»Und was wirst du jetzt tun?«, hakte meine Freundin nach.

»Tja, das ist die große Frage.« Nachdenklich nippte ich am Tee, der inzwischen Trinktemperatur hatte. »Ich schätze, wir werden miteinander reden müssen. Es ist ja keine Dauerlösung, dass er sich bei seinen Eltern mit dem Terminator ein Zimmer teilt.«

»Arnie, echt?« Kerstin kicherte, dann wurde sie wieder ernst. »Die Frage ist doch nicht, ob Markus Albträume hat, weil er mit seinem miserablen Filmgeschmack konfrontiert wird. Die Frage ist, ob du dir vorstellen kannst, dass er wieder zu Hause einzieht. Und ob du ihm verzeihen kannst.«

»Oh, Mann«, stöhnte ich und stützte den Kopf in die Hände. »Ich weiß es nicht. Ich habe immer gedacht, dass ich das auf keinen Fall könnte. Meinem Mann verzeihen, wenn er fremdgeht, meine ich. Ich dachte, dann werfe ich ihn raus, und das war's. Keine Kompromisse. Jetzt wird mir allerdings klar, dass es nicht so simpel ist.«

»Wieso?«

»Na ja, ich bin ja nicht mehr neunzehn. Damals hätte ich einfach Schluss gemacht, wenn Markus fremdgegangen wäre, keine Frage. Aber inzwischen hab ich eine Verantwortung unseren Töchtern gegenüber. Und dreizehn Jahre Ehe, die wirft man doch nicht einfach so weg ...« Ich starrte in meine Teetasse und wusste nicht, wie ich es Kerstin erklären sollte. »Weißt du, wenn ich mir vorstelle, dass es das jetzt gewesen sein soll ... dass Markus nicht wieder zurückkommt ... dass ich jede Nacht wach liege bis ans Ende meiner Tage, weil mir sein beruhigendes Kaffeemaschinenschnorcheln so sehr fehlt ... dass er mich nicht mehr mit seinen dummen Witzen zum Lachen bringt ... dass er mich nicht mehr in den Wahnsinn treibt, weil er überall seine dreckigen Socken herumliegen lässt ... dass ich nicht mehr mit ihm reden kann, wenn mich etwas bedrückt ... dass er mich nie wieder in den Arm nehmen wird ... Wenn ich mir das alles vorstelle, wird mir richtig elend.«

»Sag mal, Charlotte«, fragte Kerstin. »Könnte es sein, dass du ihn trotz allem liebst?«

Ich schnaubte, wollte aber nicht unehrlich sein. Nicht zu ihr und nicht zu mir. »Vielleicht. Schon möglich.«

»Tja«, sagte Kerstin. »Das macht die Sache kompliziert.«

»Nein.« Ich seufzte schwer. »Was die Sache wirklich kompliziert macht, ist, dass ich ihm eigentlich gern verzeihen möchte. Ich weiß nur beim besten Willen nicht, wie.«

»Oje«, erwiderte Kerstin. »Eine klassische Lose-lose-Situation. Ich fürchte, du wirst es herausfinden müssen.«

»Danke für die aufbauenden Worte«, spottete ich, wohl wissend, dass sie recht hatte. Ich würde es herausfinden müssen.

Als Markus die Mädchen nach Hause brachte, bat ich ihn, kurz mit hereinzukommen. Wir gingen in die Küche, ich machte ihm einen Espresso aus seinem geliebten Vollautomaten und rührte zwei Löffel Zucker hinein, so wie er es mochte.

»Wir müssen über den Urlaub reden«, sagte ich und reichte ihm das Tässchen. Anfang nächster Woche sollte es losgehen. Drei Wochen Sylt, wie immer. »Ich fürchte, das klappt dieses Mal nicht so wie geplant. Ich muss mich ja um meine Mutter kümmern.«

»Ich kann mit den Mädchen fahren«, bot Markus sofort an und kippte den Espresso in einem Schluck hinunter. Warum verbrannte er sich eigentlich nie den Mund dabei?

Ich hatte gehofft, dass er das anbieten würde – und gleichzeitig wurde mir das Herz schwer bei der Vorstellung, meine Töchter so lange nicht zu sehen. Dennoch war es vernünftig. Merle und Finja freuten sich schon seit Wochen auf die Ferien am Meer. Ich wusste nicht, was die nächste Zeit bringen würde, und ob ich mich, wenn sie zu Hause blieben, überhaupt gut um meine Mädchen würde kümmern können.

»Wir können auch hierbleiben«, bot Markus an, als er mein Zögern bemerkte. »Ich könnte dich unterstützen.«

»Nein, schon gut. Das ist die beste Lösung.« Ich betrachtete meinen Mann, der das kleine Espressotässchen in seinen großen Händen hielt, und am liebsten hätte ich es ihm abgenommen und seine Arme um mich gelegt. Er war immer mein Fels in der Brandung gewesen, und in diesem Moment wünschte ich mir inbrünstig die Zeit zurück, als ich mich in seine Umarmung hatte schmiegen können, und dann war alles auf Anhieb wieder gut gewesen. Oder wenigstens ein bisschen besser. Es war genau wie Kerstin gesagt hatte: Ich liebte ihn – und das machte die Sache noch viel komplizierter.

»Wir sollten reden«, sagte ich. »Lass uns zusammen essen gehen und über alles sprechen, okay?«

»Ich hatte so gehofft, dass du das sagen würdest«, antwortete Markus. »Ich reserviere uns einen Tisch. Morgen Abend um acht?«

Ich nickte.

»Ich hol dich ab.« Er wirkte dermaßen erleichtert, dass es fast schon rührend war.

Kapitel 21

»Wir haben Chips, wir haben süßes und salziges Popcorn, wir haben Eiscreme, wir haben Limo und Cola, und wir haben jede Menge Zeichentrickfilme dabei!« Kaum hatte ich die Haustür geöffnet, stürmte Mareike an mir vorbei in unser Wohnzimmer, warf die Arme in Siegerpose in die Höhe und rief: »Meine Damen und ... äh ... Damen, begrüßen Sie die besten Babysitter der Welt mit einem donnernden Applaus.«

Merle und Finja starrten sie an wie eine Erscheinung, nur meine Mutter fing spontan an zu klatschen.

»Danke, dass du das machst«, sagte ich. Ich war ihr ins Wohnzimmer gefolgt, hatte aber die Haustür angelehnt gelassen, weil ich wusste, dass Mareike noch jemanden mitgebracht hatte.

»Na, hör mal.« Meine Lieblingskollegin zog mich an sich und erdrückte mich fast mit ihrer Umarmung. »Ich habe ja kaum noch daran geglaubt, dass du mich in diesem Leben mal um Hilfe bitten würdest.«

Doch genau das hatte ich getan. Ich brauchte einen Babysitter, um beruhigt mit Markus ausgehen zu können. Nicht nur für Finja und Merle, sondern vor allem, weil ich meine Mutter nicht so lange allein lassen wollte. Annalena hatte sich leider eine schwere Halsentzündung zugezogen, deren Namen ich nicht kannte. Kerstin wollte ich nicht schon wieder einspannen, mein Vater kam nicht infrage, und meine Schwiegereltern waren am

Morgen für ein paar Tage nach Sylt gefahren, bevor Markus das Ferienhaus übernahm. Deshalb hatte ich Mareike gefragt, die laut »Halleluja« gerufen und sofort zugesagt hatte.

»Darf ich mir Unterstützung mitbringen?«, hatte sie gebeten. Natürlich hatte ich zugestimmt, ich hatte da nämlich eine Vermutung. Und tatsächlich kam in diesem Moment Mehmet ins Wohnzimmer, schwer beladen mit einem Rucksack, einer Kühltasche und einem Korb voller DVDs und CDs.

»Wofür sind denn die CDs?«, fragte ich verblüfft.

»Ich dachte, wir könnten nachher noch ein bisschen Party machen«, erwiderte Mehmet grinsend. Na, da hatte ich mir ja zwei Traumbabysitter ins Haus geholt!

»Ist es was Ernstes?«, fragte ich Mareike flüsternd und deutete mit dem Kopf möglichst unauffällig auf Mehmet, der gerade sein gesamtes Gepäck auf unserem Couchtisch ablud.

Mareike nickte mit verklärtem Gesichtsausdruck und strahlte dabei von Ohr zu Ohr. »Er kann einfach so BÄM-mäßig küssen. Ich konnte nichts dagegen tun«, flüsterte sie mir zu. »Ist das sehr peinlich?«

»Quatsch! Ihr seid das perfekte Paar.« Ich musste meine Kollegin gleich noch mal umarmen. »Ich freu mich so für euch.«

Vor dem Haus hupte jemand. War das etwa schon Markus? Ich schaute auf die Uhr. Pünktlich auf die Minute.

»Ich muss los, ihr Lieben«, sagte ich, was wenig Beachtung fand. Merle fachsimpelte mit Mehmet über seine Musikauswahl. Finja war damit beschäftigt, die beachtliche DVD-Sammlung zu inspizieren. Und Mareike hatte sich zu meiner Mutter gesetzt und machte ihr Komplimente über ihr außergewöhnliches Outfit.

Barbara hatte sich für den Besuch in Schale geworfen, zu einem ihrer wallenden Kleider trug sie einen grünen Turban, außerdem Ohrringe und eine Kette aus schwarzen und grünen Steinen. Seit Tagen hatte ich sie nicht so munter erlebt. Ich hatte mir Gedanken gemacht, dass sie womöglich beleidigt sein könnte, weil ich einen Babysitter organisiert hatte. Doch sie schien sich auf Anhieb mit Mareike zu verstehen.

Markus hupte wieder.

Ich schob mich an Mehmet vorbei, um Merle einen schnellen Kuss auf den Kopf zu drücken, was sie gnädig über sich ergehen ließ. Immerhin riss Finja sich kurz von den Filmen los und ließ sich umarmen.

»Du bist wunderschön, Mama«, flüsterte sie mir ins Ohr.

»Danke, mein Schatz.« Finja hatte mir bei der Kleiderauswahl geholfen, die zugegebenermaßen recht lange gedauert hatte. Ihre klare Wahl war auf das Seidenkleid aus Paris gefallen. Unsicher hatte ich mich in dem bunten Kleid vor dem Spiegel gedreht. »Immerhin kaschiert es die Speckröllchen.«

»Was heißt kastriert?«, hatte Finja wissen wollen.

»Das heißt ... nein, vergiss es. Es versteckt den Bauch.«

»Mensch, Mama«, hatte Finja empört erwidert. »Der Bauch ist am schönsten an dir, weil der so weich ist.«

Dieses Kind verstand es, Komplimente zu machen! Trotzdem behielt ich das Kleid an. Ich mochte mich darin.

Markus hupte dreimal. Es war wie am Anfang unserer Beziehung, wenn er mich bei meinem Vater zu Hause abgeholt hatte. Damals hatte er noch einen alten gelben Käfer Cabrio gefahren, den wir leider kurz nach Merles Geburt hatten verschrotten müssen. Und genau wie damals fühlte ich mich plötzlich nervös bis in die Haarspitzen.

»Tschüss, habt einen schönen Abend«, sagte ich in die Runde und schnappte mir meine Handtasche.

»Mach's gut«, rief meine Mutter mir nach.

»Aber nicht zu oft«, setzte Mareike hinzu. Ich würde sie wohl oder übel direkt wieder von meiner Babysitter-Liste streichen müssen.

Markus lehnte mit verschränkten Armen am Auto. Er fuhr den kleinsten Kleinwagen mit vier Sitzen, der auf dem Markt war, die große Familienkutsche brauchte ich als Mama-Taxi. Immerhin war es ein Cabrio, und er hatte das Verdeck weit geöffnet, was den Coolnessfaktor deutlich erhöhte.

Markus trug eine alte, zerschlissene Lederjacke, an die ich mich nur sehr vage erinnern konnte. Vermutlich hatte er sie in einem Schrank im Keller seiner Eltern wiedergefunden, aber sie stand ihm immer noch erstaunlich gut. Außerdem hatte er sich einen Dreitagebart wachsen lassen, was ihm ebenfalls erstaunlich gut stand. Reiß dich zusammen, Charlotte, rief ich mich zur Ordnung, es ist völlig gleichgültig, wie er aussieht!

»Wo fahren wir denn hin?«, fragte ich möglichst neutral. Ich wollte mir meine Nervosität nicht anmerken lassen.

»Überraschung«, erwiderte Markus, er wirkte ebenfalls nervös. Mein Mann wusste genau, dass ich Überraschungen eigentlich nicht mochte.

»Na, hoffentlich keine böse.«

Markus zuckte zusammen. Womöglich war er sogar noch nervöser als ich.

Ohne viel zu reden, ließ ich mich von ihm durch die Stadt kutschieren und genoss den kühlen Fahrtwind auf meinem Gesicht. Erst als der Wagen plötzlich eine Abbiegung zum Rhein nahm, wurde mir klar, wohin wir unterwegs waren. Wollte Markus etwa mit mir zum *Bacio?* Ernsthaft? Ich konnte es kaum glauben. Da fuhr er bereits auf den Parkplatz vor unserem ehemaligen Lieblingsrestaurant, das nun der Ort war, wo ich am allerwenigsten sein wollte.

»Das ist nicht dein Ernst!«

»Scheiße, gestern kam es mir noch wie eine gute Idee vor.« Markus sah sehr zerknirscht aus. »Weil das hier unser Ort ist. Und ich dir beweisen wollte, dass das auch so bleiben wird. Aber wenn ich jetzt so drüber nachdenke … tut mir leid, ich schätze, ich hab's vermasselt.«

»Ich schätze, da hast du recht«, gab ich bissig zurück. Schlechter hätte der Abend kaum beginnen können.

»Es tut mir wirklich leid«, wiederholte Markus. »Lass uns woanders hinfahren, okay?« Er schaute mich fragend an, bittend.

Ich war hin- und hergerissen, ob ich zustimmen oder mich direkt wieder von ihm nach Hause fahren lassen sollte. Da flog die Eingangstür des *Bacio* auf, und heraus trat Luigi.

»Buona sera! Buona sera!«, rief er laut. »Kommt rein, Leute, dat Essen is fast fertig!« Sein Strahlen war noch breiter als sein gezwirbelter Schnurrbart. Er holte mit einem Arm weit aus und machte eine einladende Geste.

Na toll, dachte ich. Damit kam keine der beiden Optionen mehr infrage. Offensichtlich hatte Luigi das *Bacio* heute Abend extra für Markus und mich geöffnet und nur für uns ein Abendessen zubereitet. Da wäre es grob unhöflich gewesen, einfach umzudrehen und wieder wegzufahren. Das brachte ich einfach nicht über mich. Also stieg ich aus dem Auto. Ohne Markus eines Blickes zu würdigen, schloss ich mich Luigi an.

»Was gibt es denn Gutes?«, erkundigte ich mich bei ihm, während er uns auf die Terrasse führte.

»Cozze alla marinara.«

»Muscheln?«, fragte ich entsetzt. Seit damals in Verona bekam ich keine Muscheln mehr runter. Ich schaute zu Markus. War das noch so eine bescheuerte Idee von ihm gewesen? Doch er sah ebenfalls erschrocken aus.

»Nä, Quatsch.« Luigi lachte schallend über seinen eigenen Witz. »Ihr Mann hat mir extra gesagt, dat isch kochen kann, wat isch will, nur keine *cozze*, Signora.« Er war nicht nur ein schräger Typ, er hatte offensichtlich auch einen ziemlich schrägen Humor.

Über der Terrasse leuchteten die Lichterketten, die ich für die Party aufgehängt hatte. Wie romantisch, dachte ich voller Sarkasmus und rang den Impuls nieder, sie herunterzureißen. Nur heute Abend, redete ich mir selbst gut zu. Danach würde ich das Lokal nie wieder betreten.

Vorn am Geländer war ein Tisch für uns gedeckt. Luigi wartete, bis wir Platz genommen hatten, goss aus einer Flasche, die schon bereitstand, großzügig Rotwein in unsere Gläser und eilte dann zurück ins Haus. Zum Nadelstreifenanzug trug er heute neongelbe Turnschuhe anstelle der Gummistiefel, und ich konnte mich einfach nicht entscheiden, welche Variante seltsamer aussah. Kaum war Luigi verschwunden, breitete sich an unserem Tisch unangenehmes Schweigen aus.

Ich sah einem Containerschiff nach, das schwer beladen den Rhein gegen den Strom hinaufkroch. Auf der anderen Seite des Flusses konnte man Menschen am Rheinufer sitzen sehen, mittendrin flackerte ein Lagerfeuer. Fast fand ich es schade, dass ich mir eben erst fest vorgenommen hatte, nie wieder hierherzukommen. Man hatte wirklich einen tollen Ausblick.

»Es tut mir echt leid, dass ich dich hierhergebracht habe«, sagte Markus schließlich, als ich gerade überlegte, ob ich eine Bemerkung über das Wetter machen sollte. »Das war ein blöder Fehler.«

»Na ja.« Ich trank einen Schluck Rotwein. »Du hast in letzter Zeit größere Fehler begangen.«

»Das stimmt wohl.« Markus schwenkte den Rotwein schwungvoll durchs Glas, nahm einen Schluck und schob ihn im Mund hin und her. Wieder dehnte sich das Schweigen zwischen uns aus. Endlich beendete mein Mann die aufwändige Verkostungszeremonie.

»Das andere, das war wirklich ein Riesenfehler«, räumte er ein. »Ich fürchte, das war so ein richtig peinliches Midlife-Ding.« Er starrte in sein Glas, als gäbe es dort etwas Hochspannendes zu entdecken. »Sie hat mit mir geflirtet, und ich dachte: Wow, ich bin voll der coole Typ. Ich bin vielleicht alt, schon vierzig, aber ich hab's immer noch drauf. Zu viel getrunken hatte ich auch, schätze ich.« Ich schnaubte, und er sah mich an. »Okay, sag's nicht, ich hatte viel zu viel getrunken. Und du warst so perfekt. Hast diese tolle Party organisiert, dich toll um unsere Mädels gekümmert, dich toll um die Gäste gekümmert. Nur mich hast du behandelt, als hätte ich mal wieder irgendwas falsch gemacht.«

»Willst du etwa mir die Schuld geben?« Ich stellte mein Glas so heftig auf dem Tisch ab, dass einige rote Tropfen auf die weiße Tischdecke spritzten.

»Nein, natürlich nicht.« Markus hob beschwichtigend die Hände. »Den Scheiß hab ich gebaut. Ich versuch es dir nur zu erklären. Weil ich denke, dass du eine Erklärung verdient hast.«

Luigi brachte zwei Teller mit gemischten Antipasti, schien aber die Gewitterstimmung am Tisch zu spüren. »*Buon appetito,* lasst et euch schmecken«, wünschte er, ehe er sich eilig wieder verzog.

»Wie weit seid ihr gegangen?«, fragte ich schnell, bevor Markus weiterreden konnte. Ich musste es wissen, auch wenn ich es lieber nicht wissen wollte. Mir wurde flau, kaum hatte ich die Frage ausgesprochen. Als ich meinen Mann beim Knutschen erwischt hatte, war ich ohne ein Wort aus dem Raum gelaufen. Mein Kopfkino hatte seither ganze Arbeit geleistet und die Leerstellen mit FSK-18-Bildern gefüllt. »Habt ihr …?«

»Nein!«, unterbrach Markus mich energisch. »Haben wir nicht. Sie hat mich abgefangen, als ich vom Klo kam, sie hat mich in diese Abstellkammer gezogen und angefangen, mich zu küssen, bevor ich wusste, wie mir geschah. Und, ja, ich hab sie auch geküsst. Aber sonst ist nichts passiert! Ich hab eine Tür schlagen gehört, und das hat mich wachgerüttelt. Plötzlich war mir klar, was für eine Scheiße ich da mache. In dem Moment habe ich es schon bereut. Und seitdem bereue ich es jeden Tag!«

Sein Geständnis schien ihm extrem unangenehm zu sein. Trotzdem schaute er mir dabei unverwandt in die Augen. Ich kannte meinen Mann gut genug, um zu erkennen, dass er die Wahrheit sagte – und das erleichterte mich mehr, als ich erwartet hätte. Dennoch blieb die unverrückbare Tatsache, dass er mit Business-Barbie rumgeknutscht hatte.

»Ich sag dir eins«, erklärte ich entschieden. »Wenn das mit uns noch irgendeine Chance haben soll, dann darf so etwas nie wieder passieren.«

»Das ist mir klar«, versicherte Markus.

»Gut.« Nachdenklich trank ich einen Schluck Rotwein und schob ihn im Mund hin und her, weil mir nichts mehr zu sagen einfiel. Endlich begriff ich den Sinn dieser Übung. Wir schwiegen eine Weile, und ich sah dem Rhein beim Fließen zu.

»Und wie soll es jetzt weitergehen?«, nahm Markus das Gespräch schließlich wieder auf. »Wenn ich das fragen darf.«

»Klar darfst du das fragen. Deswegen sind wir ja hier.« Ich schwenkte den Wein durchs Glas. »Allerdings habe ich keine Antwort darauf. Ich frage mich das selbst schon die ganze Zeit.«

»Was ich in meinem Brief geschrieben habe, ist mein voller Ernst«, sagte Markus. »Ich kann mir ein Leben ohne dich einfach nicht vorstellen. Aber ich denke, dass wir einiges ändern müssen, damit es wieder ein Leben wird, mit dem wir beide glücklich sind.«

»Ja, das stimmt wohl.« Ich dachte an meine Liste, die ich auf der Rückfahrt von Paris geschrieben hatte. Eine glückliche Ehe, hatte ich daraufgesetzt. Ich hatte nur keine Vorstellung gehabt, wie ich dieses Ziel erreichen sollte. Nun wurde mir klar, dass ich es niemals allein erreichen würde.

Bevor ich etwas hinzufügen konnte, kam Luigi über die Terrasse an unseren Tisch. In den Händen hielt er zwei große Teller mit Pasta. Missmutig betrachtete er die Antipasti, die weder Markus noch ich angerührt hatten. »Hat et nit geschmeckt, oder wat?«, erkundigte er sich beleidigt.

»Doch, doch«, beeilte ich mich zu versichern. »Oder besser gesagt, es sieht köstlich aus, wir sind nur noch gar nicht dazu gekommen, etwas zu essen. Lassen Sie bitte einfach alles stehen.«

»Wenn Se meinen, Signora.« Luigi stellte die beiden Teller

in der Mitte des Tisches ab, darauf befanden sich Spaghetti mit in Kräutern und viel Knoblauch gebratenen Garnelen, wie mir meine Nase verriet. Erwartungsvoll blieb er neben unserem Tisch stehen. Erst als Markus und ich uns jeder eine Gabel mit gebratenem Gemüse in den Mund geschoben hatten, nickte er zufrieden und überließ uns wieder uns selbst.

»Gar nicht schlecht«, lobte ich das Essen und pickte eine Garnele aus den Spaghetti, die ebenfalls köstlich schmeckte.

»Sag mal …« Markus sah mich forschend an. Seine Gabel hatte er zur Seite gelegt, er schien keinen großen Appetit zu haben. »Möchtest du eigentlich weiter in der Agentur arbeiten? Versteh mich bitte nicht falsch, ich wäre froh, wenn du ja sagst. Ich möchte nicht meine beste Mitarbeiterin verlieren. Ich hatte bloß schon länger den Eindruck, dass das für dich nur ein Kompromiss ist.«

»Schon möglich«, wich ich aus, denn ich wollte ihn nicht vor den Kopf stoßen. Obwohl er ursprünglich andere Träume gehabt hatte, war die Agentur längst zu seinem Lebenswerk geworden. Ich steckte mir noch eine Garnele in den Mund. Eigentlich hatte ich auch keinen Hunger, aber sie waren einfach zu gut. Ich kaute und schluckte, dann sagte ich: »Jedenfalls werde ich auf keinen Fall mehr das Projekt für … du weißt schon … betreuen.«

»Keine Sorge«, versicherte Markus schnell. »Ich habe den Vertrag gekündigt.«

»Du hast was?«, fragte ich verblüfft. »Können wir uns das überhaupt leisten? Womöglich wechselt jetzt auch ihr Vater die Agentur.«

»Wahrscheinlich sogar.« Markus nickte erstaunlich gleichgültig. »Aber gib's zu, du hast Frau Schwalbenbachs Eierlikörkuchen ohnehin immer scheußlich gefunden.«

Anstelle einer Antwort verzog ich gequält das Gesicht. Gleichzeitig spürte ich, wie erleichtert ich war, dass Markus Barbie-Girl in jeder Hinsicht aus seinem Leben gestrichen hatte. Wenn wir es noch mal miteinander versuchen wollten, dann war das die Grundvoraussetzung.

»Also, egal, wie du dich entscheidest«, fuhr er fort. »Ich will nur, dass du weißt, dass ich dich unterstützen möchte.«

»Okay, danke.« Ich spießte die nächste Garnele auf und drehte sie hin und her, unsicher, was ich von dem Angebot halten sollte.

»Ich will das wirklich«, bekräftigte Markus. »Ich habe über eine Menge nachgedacht in den vergangenen Tagen. Und mir ist klar geworden, dass ich dich ziemlich im Stich gelassen habe, zu Hause und mit den Mädchen. Das würde ich gern ändern, also, wenn du das überhaupt willst.«

»Okay«, wiederholte ich, und steckte mir die Gabel in den Mund.

»Allerdings müsstest du dann auch akzeptieren, dass ich es auf meine Weise mache«, fügte Markus hinzu.

Aha, dachte ich. Noch bis vor Kurzem hätte mich diese Bemerkung wütend gemacht. Genau genommen war ich tatsächlich ausgerastet, als Markus mir vorgeworfen hatte, dass er es mir nie recht machen könne. Dass ich den Tisch noch mal abwischte, wenn er es gerade getan hatte, und die Wäsche erneut zusammenlegte, wenn er sie gefaltet hatte. Wie unfair, hatte ich damals gedacht. Doch mittlerweile hatte ich dank Kerstins klarer Worte begriffen, dass ich meine Mitmenschen mit meinem Perfektionismus gelegentlich gehörig vor den Kopf stieß. »Ich kann manchmal ein ziemlicher Kontrollfreak sein, tut mir leid«, räumte ich ein.

Markus schmunzelte, dann wurde er wieder ernst. »Ich liebe dich, so wie du bist«, sagte er. »Und ich hoffe sehr, dass wir das wieder hinkriegen.«

Es fühlte sich gut an, ihn das sagen zu hören. »Ich muss nachdenken«, antwortete ich dennoch. »Über alles. Im Moment kann ich das nicht in Ruhe. Meine Mutter geht vor, ich muss mich um sie kümmern. Deshalb wäre es mir lieber, wenn du erst mal noch bei deinen Eltern bleibst. Fahr mit Finja und Merle nach Sylt, danach sehen wir weiter, okay?«

Markus sah nicht glücklich darüber aus, trotzdem nickte er. »Wie geht es Barbara denn eigentlich?«

Also erzählte ich ihm, was in der vergangenen Woche bei uns los gewesen war. Wir sprachen nicht nur über meine Mutter, sondern auch über Finja und Merle, und je länger wir redeten, desto mehr merkte ich, wie gut es mir tat, mit ihm darüber sprechen zu können. Irgendwann tauchte Luigi mit zwei Dessertschalen neben unserem Tisch auf.

»Dat nehm isch persönlich.« Missbilligend betrachtete er die kaum angerührten Teller. »Isch hab hier en lecker Tiramisu für euch, nach einem alten Familienrezept von meiner *Nonna*. Aber isch kann dat auch wieder mitnehmen.«

»Nein, bitte lassen Sie es hier«, sagte ich schnell. »Das Essen ist köstlich, wirklich. Sie sollten das *Bacio* nicht vermieten, sondern selber neu eröffnen.«

»Jetz' schmierste mir aber Honig um den Bart, Mädche«, erwiderte Luigi, schien jedoch besänftigt zu sein und fand auf dem eigentlich übervollen Tisch noch Platz für das Dessert.

Markus entschuldigte sich, um zur Toilette zu gehen, woraufhin Luigi sich direkt neben mich stellte, seine Bartspitzen zwirbelte und mich auffordernd ansah. Ich nahm den kleinen Löffel, steckte ihn in die cremige Masse und schob ihn mir in den Mund.

»Hmmmm«, machte ich genüsslich. Meine Begeisterung war nicht geheuchelt, ich hatte noch nie ein so gutes Tiramisu probiert. »Sie sollten wirklich darüber nachdenken, das Restaurant selbst zu führen«, wiederholte ich.

»Vielleicht mach isch dat.« Luigi zwirbelte die Bartspitzen noch etwas spitzer. »Sieht ja jetzt wieder janz ordentlich aus hier.«

Ich verkniff mir einen Hinweis darauf, wer das Lokal in diesen Zustand gebracht hatte. Allmählich begriff ich, wie Luigi

Probleme löste. Aber ich mochte diesen etwas schrulligen Typen in dem Nadelstreifenanzug und mit dem unpassenden Schuhwerk. Und die Vorstellung, dass er das *Bacio* mit neuem Leben füllen würde, sodass wir auch künftig hier bei ihm würden essen können, gefiel mir überraschend gut.

»Isch muss mal kurz weg, Signora, hab wat Wichtiges zu erledigen«, unterbrach er meine Überlegungen. »Lassen Se alles stehn, isch kümmer mich später drum.« Er verabschiedete sich mit einer halben Verbeugung und eilte auf seinen neongelben Turnschuhen davon.

Eine Weile löffelte ich gedankenverloren das Tiramisu und schaute in der hereinbrechenden Dunkelheit aufs Wasser. Als ich den letzten Löffel von meinem Nachtisch gegessen hatte, war Markus immer noch nicht wieder da. Ich beschloss, nach ihm zu schauen. Nicht, dass er sich den Magen verdorben hatte, er hatte ja schon den ganzen Abend nichts gegessen. Doch an der Treppe zu den Toiletten kam mir mein Mann entgegen.

»Wo warst du denn so lange?«, fragte ich.

»Nervöser Magen«, entschuldigte er sich. »Du kennst mich ja.«

»Du bist also nervös?«, zog ich ihn auf. »Wovor hast du denn Angst?«

»Kannst du dir das nicht denken?« Markus musterte mich von oben bis unten, nahm die letzten Treppenstufen und blieb vor mir stehen. »Ich habe immer noch eine Scheißangst, dass du mir nicht verzeihen kannst.« Er machte einen weiteren Schritt auf mich zu. Wir standen jetzt ziemlich dicht voreinander.

»Du siehst einfach umwerfend aus in diesem Kleid«, sagte er mit rauer Stimme. »Weißt du eigentlich, wie wunderschön du bist, Charlotte?«

»Ach, hör auf«, tat ich sein Kompliment ab, auch wenn mir bei seinen Worten und vor allem bei diesem Tonfall ein Schauer über den Rücken rieselte. »Ich hab definitiv ein paar Pfunde zu viel auf den Hüften.«

»Na und?« Markus zuckte die Schultern. »Ich finde deine Hüften enorm sexy. Und übrigens nicht nur deine Hüften.« Er kam einen weiteren Schritt näher, zwischen uns passte gerade noch eine Handbreit, aber er berührte mich nicht.

Ich betrachtete seine schön geschwungenen Lippen, die feucht und verführerisch glänzten, und von einer Sekunde auf die andere litt ich unter Herzrhythmusstörungen. Ich war so scharf auf meinen Mann wie schon sehr lange nicht mehr. Und gleichzeitig war ich plötzlich stinksauer. Alle Wut auf Markus ballte sich noch einmal in meinem Magen zusammen. Entschuldigungen und Absichtserklärungen waren ja gut und schön. Das änderte aber nichts daran, dass mein Mann mit dieser Schlampe rumgemacht hatte. Wie hatte er mir das bloß antun können?

Ich hob meine Hand und verpasste ihm eine knallende Ohrfeige. Nie zuvor im Leben hatte ich jemandem eine Ohrfeige verpasst. Und ich muss gestehen: Es fühlte sich großartig an.

»Du Arschloch«, schleuderte ich ihm entgegen. Auch das fühlte sich gut an.

»Dagegen kann ich nichts sagen«, erwiderte er ruhig und betrachtete mich mit einem Blick, der in Nanosekunden von Überraschung über Bewunderung hin zu Begierde wechselte.

Die Wut in meinem Bauch wich wieder der puren Lust. Ich krallte meine Hand in Markus' dichtes Haar, zog seinen Kopf fast schon brutal zu mir und presste meinen Mund auf seinen. Sofort öffnete er die Lippen, und wir küssten uns gierig. Markus drückte sich gegen mich, sodass ich spüren konnte, wie sehr er mich wollte. Ich stöhnte auf. Dann passierte gefühlt alles gleichzeitig.

Markus drängte mich gegen die Wand, die allerdings hinter mir nachgab. Die Wand war eine Tür, und wir stolperten eng umschlungen in den Raum dahinter. Wieder küssten wir uns wild, und Markus schob mich weiter, seine Hände überall auf meinem Körper und meine auf seinem.

Wir stießen gegen einen Tisch, Markus umfasste meinen Hintern, hob mich hoch und wischte mit einer ungeduldigen Armbewegung eine Reihe von Sachen hinunter. Ich lehnte mich zurück, und Markus beugte sich über mich und überzog meine Brüste unter dem dünnen Seidenkleid mit fordernden Küssen, die eindeutig nach mehr verlangten und mir Schnappatmung verursachten. Ich setzte mich halb auf, um seine Hose zu öffnen. Und genau in diesem Moment wurde mir bewusst, wo wir uns befanden. In der Abstellkammer! Hier hatte ich Markus und Salome Schwalbenbach erwischt. Ausgerechnet!

»Oh, Shit!«, stöhnte ich, und Markus hielt inne.

»Alles okay?«, fragte er verwundert. Dann schien er ebenfalls zum ersten Mal die Umgebung wahrzunehmen. »Scheiße«, stieß er hervor. »Charlotte, das tut mir leid.« Er wirkte so zerknirscht, dass ich beinah laut gelacht hätte. »Vielleicht ist das keine so gute Idee«, fügte er hinzu und bückte sich, um die Hose wieder hochzuziehen, die ihm um die Fußknöchel schlackerte.

In diesem Moment wusste ich mit absoluter Klarheit, dass das hier genau richtig war. Ich würde mir meinen Mann nicht von irgendeiner dahergelaufenen Barbie wegnehmen lassen. Und ich würde mir auch das *Bacio* nicht wegnehmen lassen. Nicht einmal diese Rumpelkammer. Das hier war kein Versöhnungssex. Es war exorzistischer Sex, mit dem wir den Geist von Salome Schwalbenbach vertreiben würden.

»Ich denke, das ist sogar eine sehr gute Idee«, erwiderte ich, griff erneut in Markus' Haare und zog ihn zu mir. Die freie Hand ließ ich in seine Hose gleiten und stellte zufrieden fest, dass das kleine Intermezzo seiner Lust keinen Abbruch getan hatte. Schon schob sich auch seine Hand unter mein dünnes Seidenkleid, und mit seinen Fingern sorgte er dafür, dass ich innerhalb kürzester Zeit an gar nichts mehr denken konnte.

»Glaub nur nicht, bloß weil wir Sex hatten, wäre jetzt alles wieder beim Alten«, zog ich Markus auf, als er mich nach Hause brachte. Ernster fügte ich hinzu: »Lass es uns so machen, wie wir besprochen haben. Nach dem Sylturlaub sehen wir weiter.«

»Dachte ich mir schon.« Er hielt vor unserem Haus, damit ich aussteigen konnte. »Ich kann warten. Ich weiß ja jetzt, dass es sich lohnt.«

»Idiot«, sagte ich.

»Auch das weiß ich.«

Ich winkte zum Abschied und sah ihm nach, bis er um die nächste Ecke bog.

Als ich ins Wohnzimmer kam, entdeckte ich als Erstes Finja und Merle, die halb übereinander auf dem Sofa lagen und offenbar ins Zuckerkoma gefallen waren. Vielleicht schliefen sie auch bloß. Meine Mutter, Mareike und Mehmet saßen daneben und zockten.

»Gut, dass du kommst«, begrüßte Mareike mich mit gespielter Erleichterung. »Mehmet und ich sind fast pleite.«

»Ich hätte euch warnen sollen«, erwiderte ich amüsiert. »Meine Mutter gewinnt jedes Kartenspiel. Nicht nur Poker. Selbst bei Mau-Mau ist sie unschlagbar.«

»Warum hast du nichts gesagt?«, stöhnte Mareike.

»Hattest du einen schönen Abend?«, fragte Barbara, die sichtlich zufrieden mit dem Verlauf ihres eigenen Abends war.

»Das sieht man doch, dass sie einen schönen Abend hatte«, mischte Mareike sich ein, bevor ich antworten konnte. »Dieser Gesichtsausdruck kann nur eins bedeuten, so guckt man nur, nachdem man …«

»Ja, es war schön«, unterbrach ich meine Lieblingskollegin. Ich hatte bestimmt nicht vor, die Ereignisse des Abends in dieser Runde zu erörtern. Aber gegen das grenzdebile Grinsen auf meinem Gesicht konnte ich beim besten Willen nichts tun.

kapitel 22

»Mäuse, ich muss was mit euch besprechen«, sagte ich am nächsten Morgen am Frühstückstisch. Ich konnte dieses Gespräch unmöglich länger aufschieben. »Nächste Woche geht's nach Sylt«, fuhr ich, um einen fröhlichen Ton bemüht, fort und bestrich Finja nebenbei einen Toast mit Schokocreme. Merle löffelte ein Müsli. Ich holte tief Luft und sprach dann schnell weiter. »Papa und ich haben besprochen, dass er dieses Jahr allein mit euch hinfahren wird.«

»Was?«, sagten meine Töchter wie aus einem Mund. »Wieso?«

»Ich muss hierbleiben und mich um eure Großmutter kümmern«, antwortete ich. »Und ihr habt euch schon so lange auf den Urlaub gefreut. Sicher wird es auch toll, wenn ihr nur mit Papa fahrt.«

»Aber Yaya kann doch mitkommen. Bitte, bitte, bitte!«, bettelte Finja und beachtete den Toast, den ich ihr auf den Teller legte, gar nicht.

»Ich fürchte, das klappt nicht. Ihr wisst ja, dass es ihr nicht so gut geht«, versuchte ich zu erklären. Ich musste den beiden endlich sagen, wie schwerkrank ihre Großmutter war, doch Merle kam mir zuvor.

»Was ist denn jetzt eigentlich mit Yaya?«, fragte sie. »Du hast gesagt, dass sie eine Behandlung bekommen kann, die sie wieder gesund macht, oder zumindest einigermaßen fit.«

Richtig, darüber hatten wir gesprochen, als wir zum Shoppen in der Stadt gewesen waren. Da hatte ich selbst noch all meine Hoffnung in die Wunderkraft der Immuntherapie gesetzt. Es kam mir so vor, als wäre es unendlich lange her.

»Ich fürchte, ganz so leicht ist es nicht. Diese Behandlung kann man bei eurer Yaya nicht machen. Die würde ihr nicht helfen.«

»Und was dann?«, hakte Merle nach. »Was kann man stattdessen machen?«

Tja, was konnte man machen? Eine weitere Chemotherapie, wäre die logische Antwort gewesen. Nur wie sollte ich meinen Töchtern erklären, dass ihre Großmutter die einzige Behandlung, die ihr noch etwas mehr Zeit verschaffen würde, strikt ablehnte? Ich nippte an meinem Kaffee, während ich mir meine nächsten Worte zurechtlegte. Doch dieses Mal war Finja schneller.

»Muss Yaya sterben?«, fragte meine kleine Tochter.

Ich verschluckte mich an meinem Kaffee und hustete so heftig, dass Merle aufstand und mir mehrmals mit Karacho auf den Rücken klopfte. »Wie kommst du denn darauf?«, fragte ich, als ich wieder sprechen konnte.

»Weil sie einen Krebs hat, also nicht das Tier, sondern den kranken Krebs. Und wer einen Krebs hat, muss sterben. Das weiß ich aus dem Kindergarten«, erklärte Finja, sichtlich stolz, dass sie sich die Erklärung gemerkt hatte.

»Ihr habt im Kindergarten darüber gesprochen?«, fragte ich erstaunt. »Warum?«

»Weil Aurelias Opa auch einen Krebs hatte. Und der ist gestorben.« Es klang wie eine unumstößliche Tatsache, die Finja nüchtern wiedergab, gleichzeitig schimmerten Tränen in ihren Augen.

»Ach, Finchen, komm mal her.« Ich breitete die Arme aus, und meine Tochter kletterte auf meinen Schoß und kuschelte sich an mich. Ich hatte ein schlechtes Gewissen, weil ich nicht längst den Mut besessen hatte, ehrlich mit meinen Töchtern über das Thema zu reden. Mir hätte klar sein müssen, dass die beiden sich ihre Gedanken dazu machen würden, was mit ihrer Großmutter passierte. Ich hatte sie schützen wollen, aber vor allem hatte ich wohl mich selbst schützen wollen.

»Es gibt gute Medizin gegen die Krankheit Krebs«, bemühte ich mich um eine Erklärung, die auch Finja verstehen würde. »Und viele Menschen werden wieder gesund. Aber bei eurer Großmutter hat diese Medizin nur für eine Weile geholfen. Und es gibt kein Mittel, das sie wieder gesund machen kann.« Ich holte tief Luft. »Also ist es so, ja, eure Großmutter wird bald sterben.«

»Ich will aber nicht, dass Yaya stirbt.« Finja drückte sich noch enger an mich, und ich strich ihr tröstend über den Kopf.

»Nein, Süße, das möchte ich auch nicht.«

»Und was, wenn sie stirbt, wenn wir auf Sylt sind?«, mischte Merle sich ein. »Dann sind wir ja gar nicht da.« Zwei Tränen flossen langsam über ihre Wangen und tropften in die Müslischüssel.

Ich schluckte energisch, weil mir ebenfalls Tränen in die Augen stiegen und ich nicht vor meinen Mädchen weinen wollte. Der Einwand war berechtigt. Dennoch fand ich, dass sie wegfahren sollten. Sie sollten Spaß auf Sylt haben. Nicht hier sitzen und zusehen müssen, wie es ihrer Großmutter immer schlechter ging.

»Ich verspreche hoch und heilig, nicht zu sterben, während ihr im Urlaub seid.« Das Timing meiner Mutter war wie immer auf den Punkt. In ihrem bunten Hippiekleid wehte sie in die Küche und wirkte ausgesprochen lebendig. Erst als sie sich zu uns an den Tisch setzte, fiel mir auf, dass sie eine dicke Schicht Make-up aufgetragen hatte und die tiefen dunklen Ringe unter ihren Augen trotzdem nur unzureichend abgedeckt waren.

»Ihr fahrt schön nach Sylt, ihr zwei. Und eure Mutter päppelt mich auf, während ihr weg seid«, versprach Barbara. »Apropos, könnte ich einen dieser grässlichen grünen Säfte bekommen, bei denen ich immer fürchte, dass ich wie ein Marsmensch aussehe, wenn ich sie getrunken habe?«

Finja und Merle grinsten erleichtert.

»Klar, ich mach dir einen Grünkohl-Spinat-Smoothie«, erwiderte ich, bemüht, ebenso fröhlich zu klingen wie meine Mutter. Dabei wusste ich, dass sie höchstens zwei Schlucke davon trinken würde. Ich sollte sie aufpäppeln? Wie sollte das gehen? Solange sie sich weigerte, eine weitere Chemotherapie zu machen, lief uns die Zeit davon. Mit grünen Säften würde ich höchstens bewirken, dass sie irgendwann wirklich wie ein Marsmensch aussah.

»Und bis ihr wegfahrt, machen wir uns noch eine richtig tolle Zeit. Einverstanden?« Meine Mutter streckte die Hand über den Tisch, und Finja und Merle schlugen ein.

Ich stellte meine kleine Tochter auf den Boden, die daraufhin auf den Schoß ihrer Großmutter umzog, und erhob mich, um den Smoothie zuzubereiten. Ich würde mich zusammenreißen, schon meinen Töchtern zuliebe. Und vielleicht, ganz vielleicht, konnte ich Barbara ja doch noch überzeugen, die Behandlung zu machen. Nicht aufgeben, Charlotte!

Tatsächlich erlebten wir in den nächsten Tagen viele schöne Momente in unserem Vier-Frauen-Haus. Wobei man eigentlich Vier-Frauen-und-ein-Kater-Haus hätte sagen müssen. Ich hatte gedacht, ich hätte Fussel meinen Standpunkt deutlich gemacht. Doch nur zwei Tage nachdem ich ihn nach Hause getragen hatte, stand er wieder vor unserer Terrassentür und maunzte fordernd, bis ich ihn schließlich hereinließ. Mit einem Na-endlich-hat-sie-es-kapiert-Ausdruck sprang er zu meiner Mutter auf die Couch, drehte sich dreimal um sich selbst und machte es sich dann wieder auf ihren Beinen bequem.

»So kann ich nicht mehr aufstehen«, tadelte Barbara zärtlich und kraulte den Kater zwischen den Ohren. Sie stand ja ohnehin meist nur noch auf, um ins Bad oder ins Bett zu gehen. Ich legte eine der alten Betteinlagen, die ich noch aus der Phase hatte, als Finja trocken wurde, unter den Kater, und rief Kerstin an. Die kam jeden Abend und holte Fussel ab. Am nächsten Tag maunzte er wieder auf unserer Terrasse.

Einmal kam Lukas, um ihn abzuholen. Er brachte Merle selbstgebackene Muffins mit, stammelte eine Entschuldigung und fragte, ob sie wieder Freunde sein könnten. Ich stand in der Küche, klapperte sehr leise mit den Töpfen und lauschte natürlich nicht! »Vielleicht«, sagte Merle. »Ich brauch noch etwas Zeit. Frag mich nach den Sommerferien noch mal.« Ich war sehr stolz auf mein großes Mädchen. »Hoffentlich ist kein Abführmittel drin«, sagte Merle, als sie die Törtchen in die Küche brachte.

Die Muffins schmeckten sehr gut und hatten keinerlei Nebenwirkungen, sogar meine Mutter aß eins davon. Ansonsten aß sie kaum noch etwas. Ich versuchte, jeden Tag etwas Besonderes zuzubereiten, aber sie stocherte nur darin herum und entschuldigte sich damit, dass ihr wohl die Medikamente auf den Magen schlugen. Kein Wunder, wenn sie die vielen Tabletten auf leeren Magen schluckte! Obwohl es draußen über dreißig Grad heiß war, stellte ich mich einen halben Vormittag in die Küche und kochte Gulaschsuppe, weil mir wieder eingefallen war, was meine Mutter im Keller gesagt hatte. Sie freute sich, als ich ihr die Suppe vorsetzte, aber sie kriegte keinen Löffel hinunter.

»Weißt du, was ich wirklich gern noch mal essen würde?«, fragte Barbara. »Maulwurfkuchen!«

»Au ja«, jauchzte Finja. »Ich will für Yaya backen!«

»Lass sie«, sagte meine Mutter, als sie mein Zögern bemerkte.

»Zusammen, okay?«, schlug ich vor. Wir mussten ja nicht direkt damit anfangen, dass Finja alleine das Handrührgerät bediente.

Von da an folgte unser Speiseplan Barbaras Wünschen. Es

gab Milchreis und Grießbrei, Kaiserschmarren und Arme Ritter mit Sirup. Die Kinder waren begeistert.

Manchmal lief es nicht so gut. Zum Beispiel als Merle und Finja darauf bestanden, dass ich mit ihnen Yoga üben sollte.

»Schau, Charlotte, wirklich einfach«, sagte Barbara und erhob sich etwas steif vom Sofa. »Fangen wir mit dem Baum an, der sorgt für inneres Gleichgewicht. Du musst den Fuß nicht bis ganz nach oben nehmen, es reicht, wenn du ihn erst mal nur bis zum Knöchel hebst. Und schön gerade bleiben. So.«

Sie stellte sich aufrecht hin, doch kaum hatte sie den rechten Fuß ein kleines Stück vom Boden gehoben, fiel sie lang hin wie ein gefällter Baum. Erschrocken schrie ich auf und stürzte zu meiner Mutter, die halb auf dem Sofa gelandet war.

»Um mein inneres Gleichgewicht scheint es heute nicht besonders gut bestellt zu sein«, stellte sie lapidar fest, nachdem sie sich von dem Schreck erholt hatte.

Ich half ihr erleichtert zurück auf die Couch, und danach beschränkten wir uns auf gemeinsame Aktivitäten, bei denen Barbara vom Sofa aus mitmachen konnte.

Finja kuschelte sich oft zu ihrer Yaya und lauschte gebannt deren Geschichten. Wenn meine Mutter zu erschöpft war, um noch eine Geschichte zu erzählen, dann »las« Finja ihr aus ihren Bilderbüchern vor. Manchmal fiel ihr nicht mehr ein, was in dem Buch genau passierte, dann erfand sie einfach eine eigene Geschichte zu den Bildern. »Sie ist genauso kreativ wie du, Charlotte«, sagte meine Mutter.

Merle spielte ihrer Großmutter ihre Lieblingssongs auf dem Handy vor, und weil ich endlich wissen wollte, was sie eigentlich immer in ihrem Zimmer hörte, setzte ich mich dazu. Fasziniert lauschte ich meiner Tochter, die von ihren Lieblings-Youtube-Stars erzählte wie von ihren besten Freunden, mit den Titeln aktueller Hits jonglierte und Musik laufen ließ, die mir so gut gefiel, dass ich automatisch anfing, im Takt zu wippen.

»Bitte, jetzt nicht tanzen, Mama«, sagte Merle gequält.

»Als ich so alt war wie du, war ich schwer verknallt in Elvis«, erinnerte sich meine Mutter. »Dieser Hüftschwung ... *Fantástico!* Jahre später hatte ich so eine Wackelfigur fürs Auto, die hatte das auch drauf.«

»Und du, Mama?« Merle schaute mich erwartungsvoll an.

»Oh, nein, das sag ich lieber nicht.«

»Los, komm schon«, drängte meine Große.

»Wir lachen nicht«, versprach Barbara.

»Na gut, Eros Ramazotti.« Ich schlug die Hände vors Gesicht. Da prusteten Merle und meine Mutter schon los, und schließlich stimmte ich kichernd mit ein.

Einmal bat meine Mutter Finja, ins Gästezimmer zu laufen und die Schatzkiste zu holen. Finja wusste sofort, was sie meinte, und kam mit einer großen Kiste voller Perlen zurück. Schwarze aus porösem Stein und bunte Glasperlen mit zum Teil kunstvoll verschlungenen Mustern.

»Das ist Lava«, erklärte Finja fachmännisch, nahm ein paar schwarze Perlen heraus und legte sie vor mir auf den Tisch. »Lava kommt aus einem Vulkan. Erst ist sie ganz heiß und flüssig. Und wenn sie kalt ist, wird sie so hart wie ein Stein. Aber nicht so glatt. Fühl mal, Mama.« Sie drückte mir eine der kleinen Kugeln in die Hand.

»Auf Lamarote gibt es total viel Lava«, fuhr sie eifrig fort. »Und Vulkane. Darum ist es da unter der Erde so heiß wie in einem Backofen. Man kann sogar Würstchen grillen, über dem Vulkan. Echt! Das hat Yaya mir erzählt. Erzähl noch mal von dem Vulkan, Yaya, bitte, bitte, bitte.«

Meine Mutter nahm ebenfalls einige Perlen und ließ sie über ihre Handfläche rollen. »Es sind noch so viele übrig«, sagte sie nachdenklich. »Wollen wir uns jede eine Kette machen? Und ich erzähl dabei noch ein bisschen von der schwarzen Insel?«

Finja nickte glücklich und fing sofort an, sich Perlen zusammenzusammeln. Auch Merle kam dazu und suchte sorgfältig jede einzelne Perle für ihr Schmuckstück aus. Nur ich saß vor der Schatzkiste und konnte mich nicht entscheiden. In meinem Kopf hatte sich ein Gedanke gebildet, der mich zögern ließ: Meine Mutter hatte ihren selbstgemachten Schmuck auf Märkten als Souvenirs verkauft, damit die Touristen sich ein Stück Lanzarote mit nach Hause nehmen konnten. Bastelten wir hier gerade unsere Erinnerungsstücke an meine Mutter?

»Du musst nicht die perfekte Perle suchen, die gibt es nämlich nicht«, neckte meine Mutter mich, als ich mich nach ein paar Minuten immer noch nicht entschieden hatte. Sie konnte ja nicht ahnen, was ich dachte. »Kein Stück ist wie das andere. Das hat mich beim Herstellen der Glasperlen immer am meisten fasziniert, dass jede anders wird.« Sie suchte in der Kiste und gab mir schließlich ein tropfenförmiges Exemplar, dessen Farben zu einem einzigen großen Fleck verlaufen waren. »Die wollte nicht rund werden.«

Ich nahm den Tropfen und legte ihn neben mich. Dann suchte ich mir dazu passende Perlen zusammen.

Während wir unsere Ketten auffädelten, erzählte meine Mutter von kargen Feuerbergen und schwarzen Steinfeldern, die aussahen wie die Landschaft eines fernen Planeten, von Lavahöhlen, wo geheime Wasserfälle aus dem Gestein sprudelten und wo ein unterirdischer See das Auge täuschte, der bodenlos erschien, obwohl er kaum tiefer war als eine Pfütze. Manchmal fiel ihr ein deutsches Wort nicht ein, dann sagte sie es auf Spanisch, aber das ließ die Bilder, die sie uns beschrieb, erst recht lebendig erscheinen.

»Das Wahrzeichen der Insel ist der Timanfaya-Teufel«, erzählte sie. »Ein frecher Teufel, der nackt auf dem Vulkan tanzt. Das wollte ich auch immer mal machen, aber ich hab mich nie getraut.« Die Mädchen kicherten.

»Mama.« Finja sah von ihrer Kette auf. »Können wir nach Lamarote fliegen und Würstchen grillen und auf dem Vulkan tanzen? Bitte, bitte, bitte!«

»Aber nicht nackt«, mischte Merle sich ein.

Finja ignorierte den Einwand ihrer Schwester. »Wir können Yaya mitnehmen«, schlug sie vor. »Die kann uns alles zeigen.«

»Wer weiß, Finchen, mal schauen, okay?« Ich umklammerte meine Kette, bis sich der Glastropfen in meine Hand bohrte, und schluckte, wie so oft in diesen Tagen, die Tränen hinunter. Was sollte ich meiner Tochter sagen, die so fest auf das Versprechen ihrer Großmutter vertraute, dass ich sie in den nächsten Wochen wieder aufpäppeln würde? Ich schaute zu meiner Mutter, die plötzlich abwesend wirkte. Mit halb geschlossenen Augen schien sie die Bilder in ihrem eigenen Kopf zu betrachten.

Am Tag bevor die Mädchen mit Markus losfahren sollten, wich die schwüle Hitze, die so typisch für unsere Gegend ist, angenehmeren Temperaturen und einer sanften Sommerbrise. Wir beschlossen, den Tag im Garten zu verbringen. Unser Garten war nicht groß, kaum mehr als ein Handtuch zwischen den anderen Handtuchgärten in unserer Vorstadtreihenhaussiedlung. Für meinen Geschmack war das völlig ausreichend, denn das Stückchen Grün ließ sich mit nicht allzu großem Aufwand in einem gepflegten Zustand halten.

Doch nun hatte ich mich schon seit einigen Wochen nicht mehr darum gekümmert. Das Gras war viel zu lang und durchsetzt mit weißblühendem Klee und gelben Butterblümchen. Unter den Büschen sprossen lilafarbene Blumen, die ich nicht nur nicht kannte, sondern auch nie angepflanzt hatte, und an einigen Stellen hatte sich bereits Löwenzahn breitgemacht.

»Wie im Urlaub«, freute meine Mutter sich und streckte sich auf der Gartenliege aus. Ich breitete eine Wolldecke über sie, trotz der warmen Temperaturen fror sie ständig. Fussel zeigte sich leicht verwirrt, mit einem empörten Maunzen ließ er sich auf seinem üblichen Platz auf Barbaras Beinen nieder.

Ich setzte mich auf einen unserer Gartenstühle, versuchte, über das viele Unkraut hinwegzusehen, und genoss meinen Kaffee. Meiner Mutter schmeckte Kaffee seit ein paar Tagen nicht mehr, sie naschte lieber die Milchcreme direkt aus der Tube, die ich extra für sie besorgt hatte.

Finja und Merle suchten so lange den Garten ab, bis sie beide ein vierblättriges Kleeblatt gefunden hatten. Danach pflückte Finja Löwenzahn und pustete kräftig und ausdauernd, sodass überall in der Luft kleine weiße Fallschirme schwebten. Ich schaute den filigranen Gebilden zu, die, vom Wind federleicht getragen, über die Hecke davonflogen. Die Nachbarn würden sich freuen, wenn sie demnächst auch den Garten voller Löwenzahn hatten.

»Wie Schneeflocken mitten im Sommer.« Meine Mutter schaute den winzigen Fliegern lächelnd hinterher. Und plötzlich war mir völlig egal, was die Nachbarn dachten.

»Früher hab ich manchmal davon geträumt, dass ich fliegen kann«, sagte Barbara nach einer Weile. »Im Traum hab ich mich hingestellt und kräftig mit den Armen gerudert, und dann bin ich einfach abgehoben.«

»Ich will auch fliegen können.« Finja kam mit ausgebreiteten Armen angelaufen wie ein Flugzeug und ließ sich neben der Liege ihrer Großmutter rücklings ins Gras fallen. »Guck mal, ein Dinosaurier«, rief sie und zeigte auf eine bucklige Wolke, die über den Himmel zog.

»Nee, das ist ein Hundehaufen.« Merle legte sich neben ihre Schwester und knuffte sie in die Seite.

»Ich finde, das sieht wie ein Delfin aus«, mischte ich mich ein, bevor die Mädchen zu streiten anfangen konnten. Ein Delfin, der Ähnlichkeit mit einem Hundehaufen hatte, aber das sagte ich selbstverständlich nicht laut.

»Auf Lanzarote kann man Delfine beobachten«, erzählte meine Mutter.

»Ui, Delfine.« Finja war sofort begeistert. »Können wir bald nach Lamarote fliegen und Delfine sehen, Yaya, bitte, bitte, bitte?«

»Möchtest du auch fliegen können, Mama?«, fragte Merle. Meine Tochter wusste genau, dass ich unter Flugangst litt, und grinste mich frech an.

»Wenn ich eine Superkraft hätte, würde ich gern die Zeit zurückdrehen können, nur ein paar Stündchen. Damit ich alles, was zu tun ist, ohne Stress schaffe«, erwiderte ich. Vielleicht würde ich sie auch um ein paar Jahre zurückdrehen, vielleicht sogar um zwanzig, dachte ich. Wieder ein Gedanke, den ich nicht aussprach.

»Wenn ich mir eine Superkraft aussuchen könnte«, sagte Merle plötzlich ernst, »dann eine, mit der ich alle Krankheiten heilen könnte.« Sie schaute an mir vorbei zu ihrer Großmutter. Barbara streckte die Arme nach ihr aus, und Merle stand von der Wiese auf, legte sich vorsichtig neben sie auf die Liege und ließ sich umarmen. Schnell sprang auch Finja auf, quetschte sich auf die andere Seite neben ihre Yaya und schlang die Arme um deren Hals.

»Ich wünsche euch einen tollen Urlaub«, sagte Barbara heiser.

»Du musst schwören, dass du hier bist, wenn wir wiederkommen, bitte, bitte, bitte«, bettelte Finja.

»Das hab ich doch schon versprochen«, erwiderte meine Mutter, aber einen Schwur leistete sie nicht.

Ich saß daneben, zerquetschte beinah die Kaffeetasse in meinen Händen und wusste nicht, wohin mit all den Gefühlen, die in mir nach oben drängten. Nicht weinen, nicht vor den Mädchen. Stumm wiederholte ich mein neues Mantra. Ich ertrug es kaum zu sehen, wie schwer meinen Töchtern der Abschied fiel. Abschied. Bei dem Gedanken schnürte sich mir der Hals immer fester zu, bis ich kaum noch Luft bekam. Atmen, Charlotte, atmen. Ein. Aus. Endlich fand ich meine Stimme wieder. Ich musste es noch einmal versuchen.

»Und wenn du doch die Behandlung machst«, stieß ich hervor. »Das bringt uns mehr Zeit, bis zu sechs Monate, hat Onkel Uli gesagt. Wir könnten in den Herbstferien alle zusammen nach Lanzarote fliegen.«

Meine Mutter antwortete nicht. Sie drückte erst Finja und anschließend Merle einen Kuss auf die Stirn, dann wandte sie ihr Gesicht zum Himmel und schaute in die Wolken.

Kapitel 23

»Charlotte! Ich brauche Hilfe!«, rief meine Mutter aus dem Badezimmer.

Schnell spurtete ich die Treppe hoch. Hoffentlich war sie nicht gestürzt. Seitdem sie bei der missglückten Yoga-Übung den umgestürzten Baum demonstriert hatte, machte ich mir jedes Mal Sorgen, wenn sie das Sofa verließ. Ihre Schritte wirkten zunehmend zögerlich. Ein paarmal hatte ich sie dabei beobachtet, wie sie sich, wenn sie zur Toilette ging, auf halber Strecke auf einer Stuhllehne abstützte.

Morgens hielt ich die Luft an, bis sie den Weg aus dem Gästezimmer in der zweiten Etage hinunter ins Wohnzimmer geschafft hatte, und abends war es dasselbe Spiel. Aber Barbara lehnte jede Hilfe ab, klammerte sich so fest ans Treppengeländer, dass ihre Knöchel weiß hervortraten, und benötigte jeden Tag ein paar Minuten mehr für die dreißig Stufen. Immerhin gab es neben dem Gästezimmer ein WC, sodass ich wenigstens nachts beruhigt schlafen konnte. Doch nun ertönte ihre Stimme aus dem Badezimmer im ersten Stock.

»Charlotte?«

Meine Hand lag schon auf dem Türgriff, mein Herz schlug schneller. Was erwartete mich im Bad? Ich hatte gedacht, meine Mutter wäre längst im Bett.

Am frühen Abend hatte Markus die Mädchen abgeholt, er wollte am nächsten Tag sehr früh losfahren, damit Finja und

Merle den Nachmittag schon auf der Insel genießen konnten. Es war ein emotionaler Abschied gewesen. Meine Mutter hatte hinterher so mitgenommen ausgesehen, wie ich mich fühlte, und sich kurz danach auf den Weg nach oben gemacht. Ich wappnete mich und drückte die Klinke hinunter.

»Ich krieg das alleine nicht hin.« Meine Mutter saß auf dem geschlossenen Toilettendeckel, sie hatte ein großes Duschhandtuch um ihren Körper geschlungen und unter den Achseln festgesteckt. In den Händen hielt sie eine Packung, die sie mir nun auffordernd entgegenstreckte.

»Was ist das?«, fragte ich verwirrt. Ich hatte mit einer Notlage gerechnet, hatte sie schon in einer Wasserlache vor der Wanne liegen sehen, blaue Flecken, offene Platzwunden, aber Barbara schien unverletzt zu sein. »Was machst du denn hier?«

»Ich will mir die Haare färben«, erklärte sie, als sei das eine Selbstverständlichkeit. »*Azul como el mar*. Ich wollte schon immer mal blaue Haare haben.«

»Die Haare. Blau färben?«, echote ich ungläubig und betrachtete die Packung genauer. Es handelte sich um Haarfärbemittel in Leuchtendblau.

»Das ist doch total ungesund«, war das Erste, was mir zu dieser abstrusen Idee einfiel.

»Ja, ich habe auch gehört, dass man davon Krebs kriegen kann.« Barbara lachte laut, dann schaute sie mich ernst an. »Komm schon, Charlotte. Das ist meine letzte Chance auf blaue Haare. Wenn ich die Chemo mache, fallen sie ja alle wieder aus.«

Mein Kopf war noch mit den blauen Haaren beschäftigt, sodass es einen Moment dauerte, bis ich den letzten Satz begriff. »Du willst die Chemo machen?«

»Na ja, von wollen kann nicht die Rede sein.« Barbara verzog den Mund zu einem gequälten Lächeln. »Aber ich will die Mädchen nicht enttäuschen«, sagte sie leise. »Und dich auch nicht.« Der letzte Satz war kaum mehr als ein Flüstern.

Ich spürte, wie Erleichterung mich durchflutete. Noch sechs Monate. Ein halbes Jahr. Wir würden noch so viele schöne Momente teilen können.

»Natürlich helfe ich dir mit den Haaren«, sagte ich. »Und dann rufe ich direkt Onkel Uli an.« Dass Sonntagabend war, war mir egal, genau für diesen Fall hatte er mir ja seine Nummer gegeben.

»Wie machen wir das am besten? Warte, ich hole Merles Schreibtischstuhl, da kann man die Lehne zurückstellen.« Voller Tatendrang brachte ich den Stuhl, platzierte meine Mutter vor dem Waschbecken, rührte die Farbe an, holte Finjas Spielzeuggießkanne zum Ausspülen, legte ein Handtuch bereit. Es fühlte sich so gut an, etwas zu tun zu haben. Etwas tun zu können. Meiner Mutter, die sich nun doch entschieden hatte, die Chemotherapie zu machen, eine Freude zu bereiten.

Behutsam massierte ich die Farbe in die kurzen Haare ein. Meine Mutter hatte den Kopf in den Nacken gelegt und die Augen geschlossen. Trotz der Plastikhandschuhe, die ich trug, konnte ich den Schädelknochen spüren, jede Erhebung und jede Kuhle ertasten.

Barbaras magere Schultern entspannten sich während der Prozedur. Ihr Schlüsselbein stach spitz unter ihrer dünnen Haut hervor. Ein kleines Stück darunter wölbte sich eine münzgroße Erhebung. Das musste der Portkatheter sein, über den sie während der letzten Chemotherapien ihre Medikamente bekommen hatte. Meine Finger erstarrten in der Bewegung. Plötzlich war ich voller Mitgefühl. Was hatte sie schon alles durchmachen müssen? Und was lag nun vor ihr?!

Sie schlug die Augen auf. »Hören Sie mal, Fräulein, wenn Sie das so schlampig machen, zahl ich am Ende kein Trinkgeld.«

Noch sechs Monate, rief ich mir ins Gedächtnis. Das musste es wert sein.

Barbaras Haare leuchteten weithin sichtbar in *azul,* als wir am übernächsten Vormittag das Onkologische Zentrum ansteuerten. Onkel Uli hatte dort für sie schnellstmöglich einen Termin vereinbart. Einige der notwendigen Untersuchungen, die normalerweise vor der Chemo durchgeführt wurden, konnte er allerdings nicht so schnell arrangieren. So sollte noch ein MRT des Kopfes gemacht werden, dafür hatten wir erst Ende der Woche einen Termin bekommen.

Meine Mutter setzte langsam einen Schritt vor den anderen, aber sie hielt sich kerzengerade. Den ganzen vorherigen Tag war es ihr schlecht gegangen. Ein Migräneanfall, dazu schlimme Übelkeit. Sie schaffte es nicht aus dem Bett. Als ich ihr einen Vanillepudding kochte, brachte sie einen Löffel hinunter, dann fing sie an zu würgen.

»*Perdona,* liegt nicht an deiner Kochkunst«, hatte sie geflüstert, immer einen Scherz auf Lager, selbst wenn es ihr miserabel ging. Wie ähnlich wir uns in manchen Dingen waren. »Bin wahrscheinlich nur nervös«, hatte sie meine Besorgnis abgetan.

Jetzt war ihr davon kaum etwas anzumerken. Zeig deiner Angst den Stinkefinger, hatte sie auf dem Eiffelturm zu mir gesagt. Ich begriff: Genau das tat sie mit ihren blauen Haaren und dem aufrechten Gang.

»Soll ich nicht doch mit reinkommen?«, fragte ich zum wiederholten Mal, als wir schließlich vor den doppelten Schiebetüren des Klinikgebäudes standen. »Ich würde dich wirklich gern begleiten.«

Wie schon zuvor winkte meine Mutter ab. »Lass mal. Das ist sterbenslangweilig«, flüchtete sie sich wieder in schwarzen Humor. »Sie pieken mich an, lassen eine Flasche Gift in mich hineinlaufen, und ich liege da und warte, dass mir schlecht wird.« Sie tätschelte meinen Arm, als wäre ich diejenige, die Zuspruch brauchte.

»Aber …«, versuchte ich es erneut, doch sie unterbrach mich.

»Ich ruf dich an, wenn ich fertig bin.« Sehr langsam und sehr gerade ging sie auf die Glastür zu. Als diese sich lautlos öffnete, drehte meine Mutter sich noch einmal um. »Und bitte bring eine Schüssel mit. Ich will dir nicht die Autositze ruinieren.«

Hilflos sah ich ihr nach und fühlte mich schrecklich. Ich hätte ihr so gerne beigestanden, aber ich konnte sie ja schlecht zwingen, mich zur Behandlung mitzunehmen. Also fuhr ich nach Hause, wusste nichts mit mir anzufangen und schaute alle paar Minuten auf mein Handy, bis sie endlich anrief.

Die Frau, die ich aus dem Krankenhaus abholte, war eine völlig andere als die, die ich wenige Stunden zuvor dorthin gebracht hatte. Mit hängenden Schultern saß sie auf einer der hellgrünen Bänke im Wartebereich, ihr Kopf war nach vorn gesunken, das Blau ihrer Haare wirkte stumpf, und sie schaukelte mit geschlossenen Augen hin und her, als wäre sie im Sitzen eingenickt. Neben ihr saß eine junge Frau, deren Namensschild sie als »Patientenlotsin« auswies.

»Gut, dass Sie da sind«, sagte sie freundlich, als ich mich vorstellte. »Ihre Mutter fühlt sich nicht so wohl. Sie wird froh sein, sich gleich hinlegen zu können.«

Ihr nettes Lächeln sollte wohl ermutigend sein, verursachte mir jedoch ein schlechtes Gewissen. Wie lange hatte ich meine Mutter warten lassen? Warum war ich überhaupt nach Hause gefahren? Wenn sie mich schon nicht bei der Behandlung dabeihaben wollte, hätte ich hier auf sie warten können und wäre sofort zur Stelle gewesen, als sie fertig war. Beim nächsten Mal würde ich es so machen. Als Begleitung einer Krebspatientin hatte ich offenbar noch einiges zu lernen.

»Dann lass uns mal gehen«, sagte ich zu meiner Mutter und nahm ihren Arm, um ihr aufzuhelfen. Sie stützte sich schwer auf mich. Als sie endlich stand, taumelte sie und wäre beinah wieder rückwärts auf die Bank gefallen, wenn nicht die nette Patientenlotsin beherzt ihren anderen Arm gepackt hätte.

»Soll ich Ihnen einen Rollstuhl holen?«, bot die junge Frau an.

»Nein, das geht.« Meine Mutter schüttelte unwillig den Kopf. Na klasse, da war sie wieder, ihre typische Unvernunft! Andererseits konnte ich sie verstehen. Wenn ich sie jetzt im Rollstuhl aus der Klinik gefahren hätte, hätte das ihre schlimmsten Befürchtungen bestätigt.

»Wir kriegen das hin«, betonte ich deshalb mit weit mehr Überzeugung als ich besaß, fasste meine Mutter mit einem Arm unter der Achsel hindurch um den Rücken und ergriff mit der anderen Hand fest ihren Arm, der sich nicht dicker als Finjas Ärmchen anfühlte. So trug ich sie fast zum Auto. Immerhin brauchte sie auf der Rückfahrt die Schüssel nicht, die ich extra in den Fußraum gestellt hatte. Zu Hause schafften wir es auf ähnliche Weise wie in der Klinik die Treppe hinauf ins Gästezimmer, wo Barbara sich aufs Bett sinken ließ und ohne ein weiteres Wort einschlief.

So schlimm ist es gar nicht, redete ich mir ein, als ich mich abends ins Bett legte. Immerhin war meine Mutter bisher von der befürchteten Übelkeit verschont geblieben. Allerdings hatte ich mich im Internet informiert, und mir war klar, dass viele Nebenwirkungen verzögert auftraten, manche erst nach der zweiten oder dritten Sitzung.

Ich hatte mich so gut es ging vorbereitet. In der Küche lag eine riesige Ingwerknolle bereit, Ingwertee sollte gegen Übelkeit helfen. Außerdem hatte ich eine große Menge an Äpfeln und Bananen gekauft. Zerdrückte Banane und geriebener Apfel wurden bei Durchfällen empfohlen. Für diesen Tipp hätte ich das Internet eigentlich nicht gebraucht, denn das gab ich meinen Mädchen auch bei jedem Magen-Darm-Infekt. Ich hatte Elektrolyte besorgt und sogar einige Entspannungsübungen ausgedruckt, die man bei Schlafstörungen anwenden sollte. Und ich hatte die starken Medikamente gegen Schmerzen und

Übelkeit aus der Apotheke geholt, für die Onkel Uli ihr ein Rezept geschrieben hatte. Ich wusste nicht, was ich noch hätte tun können. Trotzdem wälzte ich mich lange im Bett, bevor ich endlich einschlief.

Am nächsten Morgen erwachte ich sehr früh. Ein Geräusch hatte mich geweckt, und ich lauschte in die Stille des Hauses, um herauszufinden, was es war. Aus dem Dachgeschoss hörte ich ein Würgen, dann ein leises Stöhnen. Unverkennbar. Ich war sofort hellwach, sprang aus dem Bett und eilte nach oben.

»Barbara, alles okay?« Natürlich nicht, schalt ich mich in Gedanken, das war ja deutlich zu hören. Ich fand sie in dem kleinen Gästebad, wo sie zusammengekrümmt wie ein Embryo vor der Toilette lag, einen Arm kraftlos auf dem Rand abgestützt. Sie sah so schutzlos aus, dass ich mich am liebsten neben sie gelegt und sie in den Arm genommen hätte.

»Das sieht nicht bequem aus«, sagte ich stattdessen und beugte mich hinunter, um ihr aufzuhelfen und sie ins Bett zurückzubringen. Doch Barbara stöhnte nur und fing wieder an zu würgen. Ich konnte ihr gerade noch rechtzeitig helfen, ihren Kopf über die Schüssel zu heben und das Nichts, was sie im Magen hatte, hineinzuspucken. Sanft strich ihr über den Rücken, so wie sie es in Paris bei mir gemacht hatte. Jetzt hatten wir die Rollen getauscht.

»Qué mierda! Qué gran putada! Me cago en todo!«, fluchte sie. Dann ließ sie sich kraftlos zurücksinken und lehnte sich halb sitzend, halb liegend gegen meinen Körper.

»Keine Ahnung, was das heißt, aber ich stimme dir in allem zu.« Ich hielt meine Mutter im Arm, konnte ihren säuerlichen Atem riechen und den kaum wahrnehmbaren Duft nach Sommerblumen, der ihr trotz allem anhaftete. Ihr Körper, den ich unter dem weiten Kaftan spürte, schien nur noch aus Knochen zu bestehen. Sie war so zerbrechlich und so klein, fast wie Finja, wenn sie krank war und sich vertrauensvoll in meinen Arm kuschelte. So nah war ich meiner Mutter seit meiner Kindheit nicht mehr gewesen, aber in diesem Moment kam es mir ganz selbstverständlich vor.

Ich streichelte über Barbaras Kopf und ließ meine Finger durch ihre blauen Löckchen gleiten. »Alle Haare noch da«, sagte ich, um einen aufmunternden Ton bemüht. »Komm schon, nicht aufgeben. Alles wird gut.«

Meine Mutter schnaubte und schaute mich mit einem Blick aus blutunterlaufenen Augen an, bei dem ich innerlich zusammenzuckte. »Hör bloß auf mit diesen Glückskekssprüchen«, sagte sie erschöpft. »Das hier ist erst der Anfang.«

Ich stützte sie auf dem Weg zurück ins Bett und brachte ihr einen nassen Waschlappen, damit sie sich das Gesicht kühlen konnte. Dann holte ich die Schüssel aus dem Auto und stellte sie in Griffweite, damit meine Mutter nicht ins Bad musste, wenn ihr wieder übel wurde. Und nachdem ich sie gezwungen hatte, wenigstens drei Schlucke Wasser zu trinken, schlief sie schließlich wieder ein.

Ich ging nach unten, setzte mich an den Wohnzimmertisch, stützte den Kopf in die Hände und biss die Zähne fest zusammen, um die Tränen zurückzudrängen. Alles wird gut, betete ich stumm. Doch meine Mutter hatte recht, das war bloß ein Glückskeksspruch, und zwar einer von den ganz schlechten.

Leider behielt sie auch damit recht, dass die Übelkeitsattacke nur der Anfang gewesen war. Die nächsten beiden Tage waren grauenhaft. Als Finja gerade in die Kita gekommen war, hatte sie uns als Mitbringsel einen Norovirus mit nach Hause gebracht. Erst wurde sie krank, dann Merle und als Nächstes Markus. Ich war fünf Tage und Nächte lang zwischen ihren Betten hin und her gerannt, hatte Köpfe gehalten, Eimer geleert und Betten frisch bezogen. Als ich mich am Ende ebenfalls ansteckte, war ich bereits so übermüdet, dass ich beinah froh gewesen war, mich endlich selbst ins Bett legen zu können.

Zwar hatte ich dieses Mal nur eine Patientin zu versorgen, allerdings brauchte die fast genauso viel Aufmerksamkeit.

Meine Mutter war so schwach, dass sie es nicht mehr allein aus dem Bett schaffte. Wenn sie ins Bad wollte, musste ich sie stützen. Sie weigerte sich zu essen. Die Bananen bekamen braune Stellen, die Äpfel würde ich irgendwann zu Mus einkochen müssen. Sie weigerte sich, Ingwertee zu trinken, obwohl ich ein halbes Paket Traubenzucker hineinrührte. Nicht einmal die starken Medikamente schienen ihr zu helfen. Sie fiel immer weiter in sich zusammen, in einem Tempo, dass man ihr beinah dabei zuschauen konnte.

Und genau das tat ich. Hilflos stand ich daneben, während es Barbara immer schlechter ging. Ich wusste einfach nicht, was ich für sie tun sollte. Da hatte ich stundenlang recherchiert und mich schlaugemacht, und das Einzige, was ich anzubieten hatte, waren Ingwertee und Entspannungsübungen, für die sie viel zu müde war. Ich kam mir lächerlich vor. Zudem musste ich mich mit meinem schlechten Gewissen herumstreiten, schließlich hatte ich meine Mutter zu der Behandlung überredet. Halt endlich die Klappe, sagte ich zu ihm. Die Chemo verschafft uns Zeit. Ein halbes Jahr. Das ist es wert. Das muss es wert sein. Durchhalten!

Nur wenn ich abends mit meinen Töchtern per Videochat sprach, gewährte mir das eine kleine Pause. Begeistert berichteten Finja und Merle von ihren Erlebnissen. Seit ich ihnen erzählt hatte, dass ihre Großmutter eine Behandlung machte, die ihr noch viele Monate Lebenszeit schenken würde, schienen die beiden Mädchen ihre Ferien noch mehr genießen zu können. Wie es im Moment um Barbara stand, verschwieg ich natürlich. Ich wollte ihnen die Urlaubsstimmung auf keinen Fall verderben, deshalb fand ich immer eine Ausrede, warum sie nicht selbst mit ihr sprechen konnten. Nur Markus erzählte ich am Telefon, wie schwierig die Situation war. »Halt durch, Charlotte«, ermutigte auch er mich.

Am Freitagmorgen mussten wir früh los, um für das MRT in die Klinik zu fahren. In der kommenden Woche sollte dann die Chemotherapie fortgesetzt werden. Lange bevor mein Wecker klingelte, lag ich schon wach und grübelte, wie ich meine Mutter ins Krankenhaus bringen sollte, wenn sie es kaum ins Bad schaffte.

Vorsichtig öffnete ich schließlich ihre Zimmertür. Im schwachen Schein der Nachtlampe, die ich extra aus Finjas Zimmer nach oben gebracht hatte, lag meine Mutter in ihrem Bett. Sie hatte sich bis zur Nasenspitze in die Decke eingerollt, über den Saum hinweg schaute sie mir aus dunkel umschatteten Augen entgegen. Gut, sie war immerhin schon wach.

»Guten Morgen, die Dame«, imitierte ich den Tonfall eines übereifrigen Zimmermädchens und knipste das Licht an. »Möchten Sie vielleicht einen kleinen Ingwertee, bevor es losgeht?« Bloß nicht den Humor verlieren! Doch meine Mutter verzog nicht einmal die Mundwinkel. Ihr Blick schien durch mich hindurchzugehen. Vielleicht schlief sie mit offenen Augen? Ich setzte mich auf die Bettkante, legte ihr die Hand auf die Schulter und rüttelte sie sanft.

»Aufstehen«, sagte ich leise, aber bestimmt. »Wir müssen gleich los.«

Barbara schien aus ihrer Trance zu erwachen, sie wandte mir ihren Blick zu, ansonsten bewegte sie sich keinen Millimeter.

»Komm schon. Ich such dir was Schickes zum Anziehen raus. Du willst doch gut aussehen, wenn sie dich in die Röhre schieben.« Ich ging zum Schrank, um in dem unvermeidlichen Chaos nach einem frischen Kleid, einer Strickjacke und Schuhen zu suchen, als Barbaras Stimme mich stoppte.

»Ich komme nicht mit«, sagte sie.

»Was?« Perplex drehte ich mich zu ihr um. »Was soll das denn heißen?«

»Das heißt, ich komme nicht mit.« Sie hatte die Decke ein kleines Stück nach unten gezogen, sodass ich ihren Mund sehen konnte, die aufgesprungenen Lippen waren fest aufeinandergepresst.

»Aber die Untersuchung ist wichtig«, erwiderte ich, noch immer verwirrt. »Wir haben Glück, dass Onkel Uli so schnell einen Termin organisieren konnte, damit es nächste Woche wie geplant mit der Chemotherapie weitergehen kann.« Ich ging wieder zum Bett und schlug die Decke zurück, um meiner Mutter beim Aufstehen behilflich zu sein. »Komm schon, wir schaffen das«, versuchte ich, sie zu motivieren.

Barbara hielt die Arme verschränkt und drückte das Kinn auf die Brust, sodass ich sie überhaupt nicht greifen konnte. Das war ja schwieriger, als Merle aus dem Bett zu holen. Vielleicht sollte ich es mit lauter Musik versuchen, dachte ich. Denn so langsam fürchtete ich, dass wir es nicht pünktlich zu dem Termin schaffen würden, wenn das so weiterging.

»Ich komme nicht mit«, wiederholte meine Mutter. »Ich mache diese Untersuchung nicht. Und mit der Chemo mache ich auch nicht weiter.« Mühsam drehte sie sich im Bett um, sodass sie mir den Rücken zuwandte, und zog sich die Decke wieder bis über beide Schultern.

»Barbara, jetzt reiß dich zusammen«, drängte ich. Panik breitete sich in mir aus. Wenn meine Mutter jetzt nicht aufstand. Wenn sie die Untersuchung nicht machte. Wenn sie das ernst meinte und die Chemo nicht fortsetzen wollte … »Bitte.«

Unter der Bettdecke erklang abwehrendes Brummen.

Ich legte meine Hand wieder auf ihre Schulter und rüttelte etwas kräftiger als zuvor. »Bitte!«

»Lass mich in Ruhe!«

Fassungslos hockte ich auf der Bettkante und starrte auf ihren mageren Rücken, der sich unter der Decke wölbte. Und plötzlich machte es in meinem Kopf klick. Eine Erinnerung. Zwanzig Jahre alt. Gut verpackt in einer tiefen, sehr weit hinten liegenden Ecke meines Gehirns, verdrängt, vergessen. Bis zu diesem Moment.

Ein anderes abgedunkeltes Zimmer. Ein Bett. Unser Gästebett, nicht das Ehebett meiner Eltern. Warum? Wieso schlief meine Mutter im Gästebett? Und wieso lag sie dort noch mittags, wenn ich aus der Schule kam? *Mama? Was hast du?* Tablettenschachteln auf dem Nachttisch. Drückende Luft. *Bist du krank?* Keine Reaktion. *Wir müssen los. Die Schulaufführung. Du hast versprochen mitzukommen.* Keine Reaktion. *Mama? Steh auf.* Was soll ich machen? Sie liegt direkt vor mir. Und ist so weit entfernt, dass ich sie nicht erreiche. Ich rüttele an ihrer Schulter. *Lass mich in Ruhe.* Ich bin hilflos. Lass mich nicht allein. Bitte. Die Angst kriecht in mich hinein. Durch mich hindurch. In jede Faser meines Körpers. Lähmt mich.

Damals hatte ich panisch meinen Vater angerufen. Er hatte Barbara zum Arzt gebracht. Kurz darauf war sie ins Flugzeug gestiegen und nicht mehr wiedergekommen.

»Das meinst du nicht ernst!« Unerwartete Wut packte mich. »Raus aus dem Bett.« Ich zog ihr die Decke weg.

»*Coño!* Lass mich!«

»Vergiss es! Du stehst jetzt auf. Und dann bringe ich dich in die Klinik. Du lässt das MRT machen. Und die Chemo machst du auch!« Ich würde so was nicht noch mal mitmachen. Nicht noch einmal hilflos sein. Nicht noch einmal vor Angst gelähmt. »Du hast es versprochen!« Unser Gespräch im Keller stand mir wieder deutlich vor Augen. Auch wenn seitdem so vieles passiert war, galt unser Deal ja wohl immer noch. Vielleicht war es kindisch, darauf zu beharren. Andererseits, wenn sich hier jemand kindisch benahm, dann war es meine Mutter. »Ich habe gesagt, du kannst bei uns bleiben, wenn du dich behandeln lässt …«

»Ach, so ist das!« Barbara schnellte plötzlich mit einer Geschwindigkeit hoch, die ich ihr überhaupt nicht mehr zugetraut hätte. Ihr schmaler Körper bebte, und ihre Augen schienen Funken zu sprühen. »Du willst mich erpressen! Du willst, dass sie mich vergiften. Und dass ich dabei noch mitmache. Oh, nein!

Das werde ich nicht tun.« Sie stemmte sich von der Matratze hoch und kam schwankend zum Stehen. Mit der einen Hand umklammerte sie den Bettpfosten, mit der anderen fuhr sie sich durch die blauen Haare, als wollte sie sie ordnen. Doch dann riss sie plötzlich daran, bis sie ein paar blaue Strähnen in den Fingern hielt, und warf sie neben mich auf die Bettdecke. »Das Zeug hat mich krank gemacht«, stieß sie hervor. »So krank, dass ich fast nicht mehr leben wollte.« Tränen liefen ihr übers Gesicht. »Ich hab mir geschworen, dass mir das nicht noch einmal passiert. Nicht noch einmal, hörst du! Du kannst mich nicht zwingen, die Chemo fortzusetzen. Dann geh ich lieber.«

Meine Mutter wankte zum Schrank und fing an, wahllos Kleidungsstücke herauszureißen und in den Koffer zu werfen, der geöffnet am Boden lag. Sie hatte es noch immer nicht geschafft, ihn fertig auszupacken.

»Was tust du da?«, rief ich. »Hör auf mit dem Quatsch.«

Sie ignorierte mich, schaffte es irgendwie, sich zu bücken, die Kofferhälften aufeinanderzupressen und die Schnallen zu schließen. Dann rappelte sie sich mühsam auf und torkelte, den Koffer in der Hand, zur Tür.

»Hey, stopp!« Ich sprang vom Bett und war mit wenigen Schritten bei ihr. Fasste sie am Arm, zog daran. »Bleib gefälligst hier.« Wut, Angst, Hilflosigkeit. Da waren sie alle wieder, meine verhassten Begleiter. »Geh nicht weg! Bleib hier!«

Meine Mutter riss sich los. Die Lippen fest aufeinandergepresst, die Augen halb geschlossen, bewegte sie sich wie eine Schlafwandlerin auf die Treppe zu. Das war ja irre! Doch Vernunft war noch nie ihr Ding gewesen … Ich sah die Katastrophe kommen, Sekundenbruchteile, bevor es passierte, aber ich war wie gelähmt, unfähig, es zu verhindern.

»Mama!«, schrie ich. Da stolperte sie schon und fiel die Treppe hinunter. Eine Stufe, noch eine. Rumms, rumms, rumms, hallte es überlaut in meinen Ohren wider, und wie bei einem Film, der immer langsamer läuft, sah ich vor ihr den Koffer die Treppe hinunterpoltern, sich überschlagen, aufspringen und seinen gesamten Inhalt über die Stufen verteilen, sah meine Mutter, die durch die Kleiderhaufen purzelte, Arme, Beine, wie eine übergroße Schlenkerpuppe.

Am Fuß der Treppe blieb sie liegen. Die Schatzkiste war aufgegangen, die Perlen lagen überall um meine Mutter verteilt, wie ein buntes Mosaik. Eine silberne Sandale war an ihrer einen Hand hängengeblieben, an ihrem Fuß ein geblümter Schlüpfer. Du meine Güte, Schlüpfer, wo kam dieses Wort denn jetzt her? Unpassende Gedanken. Rot sickerte durch blaue Haare auf die weißen Fliesen. Blut. Da war Blut an ihrem Kopf.

Starr und stumm gucken hilft nicht weiter. Reiß dich zusammen, Charlotte! Mein Autopilot startete zum Glück ohne Ruckeln. Ich rannte Slalom um die Kleiderhaufen die Treppe hinunter, hockte mich neben meine Mutter, fühlte am Hals nach ihrem Puls, endlich machte der Erste-Hilfe-bei-Säuglingen-Kurs sich bezahlt. Der Puls war da, meine Mutter jedoch nicht, sie reagierte nicht, als ich sie ansprach. Und auch nicht auf mein leichtes Rütteln. Der Autopilot fand mein Handy. Wählte 112. Ließ den Notarzt rein und beantwortete alle seine Fragen. Meine Mutter hatte zwar die Augen wieder geöffnet, sagte aber nichts. Der Autopilot nickte, als der Notarzt schließlich erklärte: »Wir bringen sie in die Uniklinik. Sie können uns in Ihrem eigenen Wagen folgen.« Doch ich stieg nicht in meinen Wagen.

Kaum war die Haustür hinter dem Rettungsteam zugefallen, schaltete der Autopilot sich ab. Zurück blieb der Teil von mir, der von Anfang an hilflos auf der Treppe gestanden und stumm und starr zugeschaut hatte. Der Teil von mir, den meine Mutter gerade eben noch einmal verlassen hatte. Ich nahm die silberne Sandale in die eine Hand, um sie wegzuräumen, dann die geblümte Unterhose in die andere. Ich wusste nicht, wohin damit. Achtlos ließ ich die Sachen wieder fallen und setzte mich kraftlos auf die unterste Treppenstufe.

Autsch. Etwas bohrte sich in meinen Po. Ich zog es hervor.

Eine kleine, flache Kiste, eine hölzerne Zigarrenschachtel, über und über beklebt mit wunderschönen bunten Glasperlen. Was war das denn? Ich klappte den Deckel auf, und da schaute sie mich direkt an. Das Foto war alt. Meine Mutter trug eine Dauerwelle, so wie es in den Achtzigern Mode gewesen war, und dazu ein unsägliches Nachthemd mit Puffärmeln. Ihre Augen blitzten stolz, und mit einem Lächeln voller Liebe schaute sie auf das winzige Baby in ihrem Arm. Mich.

Weinend brach ich mit dem gelbstichigen Foto in der Hand zusammen.

Kapitel 24

Ich weiß nicht, wie lange ich dort saß und auf das Foto starrte. Die Tränen rannen mir unaufhörlich über das Gesicht, tropften an mir herunter und bildeten kleine Pfützen auf dem Boden. Ich hatte sie so lange zurückgehalten, jetzt war es wie ein Dammbruch. Ich weinte und schniefte und wischte mir den Rotz mit der geblümten Unterhose von der Nase.

Irgendwann klingelte mein Handy, das ich mir in die hintere Hosentasche gesteckt hatte. Ein Videoanruf von Markus. Ach herrje, so verheult konnte ich mich doch nicht meinen Mädchen zeigen. Schnell wischte ich mir mit der Blümchenhose durchs Gesicht und nahm den Anruf an.

»Wir sind am Wenningstedter Strand und wollten dir nur mal schnell Hallo sagen«, rief mein Mann fröhlich in den Wind. Weißer Sand und blaues Meer waren im Hintergrund zu erkennen. Unser Lieblingsstrand, Lichtjahre entfernt. »Finja, Merle, kommt mal her!« Dann hielt er inne, schien mein Gesicht auf seinem Handy zu mustern. »Lotti, alles okay bei dir? Weinst du etwa?« So fürsorglich. So weit weg. Schon wieder liefen meine Augen über.

»Meine Mutter ist gestürzt«, schniefte ich. »Sie ist im Krankenhaus. Und ich schaffe es nicht, zu ihr zu fahren.«

»Atmen, Lotti, atmen! Natürlich schaffst du das!«

»Was denn?«, hörte ich Merles Stimme, dann erschienen die Köpfe meiner Mädchen hinter Markus.

»Ich hab euch alle lieb. Sehr, sehr lieb!«, rief ich und drückte den Anruf weg.

Ich schluchzte trocken auf, ich schluckte, ich schniefte. Doch von jetzt auf gleich kamen keine Tränen mehr. Und in mir drin herrschte eine seltsame, wohltuende Leere. Keine Panik mehr. Keine Hilflosigkeit. Und keine Wut. Als hätte ich alles weggeweint. Ich klemmte mir die Zigarrenkiste unter den Arm und fuhr ins Krankenhaus.

Dieses Mal wurde ich von der Aufnahme direkt auf die Intensivstation geschickt. Im Aufzug wappnete ich mich gegen Desinfektionsmittelgeruch, quietschendes Linoleum und die große Glasscheibe, aber eigentlich wusste ich, dass die Panik nicht zurückkommen würde.

Meine Mutter schlief. In der einen Hand steckte eine Kanüle, der andere Arm lag eingegipst auf der weißen Decke. Um ihren Kopf war ein weißer Verband gewickelt, von dem sich die blauen Haare umso leuchtender abhoben. Auch ihr Gesicht wirkte weiß. Ich musste spontan an einen Schlumpf denken, bei dem die Farben vertauscht worden waren. Meine Güte, Charlotte. Was denn? Wenn nichts mehr geht, geht's nur noch mit Humor!

Eine Ärztin kam ins Zimmer. »Sie sind die Tochter, richtig?« Klick, klick, klick. Es war Frau Doktor Kugelschreiber, die ich schon von Barbaras letztem Aufenthalt im Krankenhaus kannte. Genau wie beim ersten Mal schien sie enorm unter Zeitdruck zu stehen.

»Ihnen auch einen guten Tag«, wünschte ich höflich. »Wie geht es meiner Mutter?«

»Wir mussten das Handgelenk richten. Eine distale Radiusfraktur«, erklärte die junge Ärztin knapp.

»Sie hat sich also das Handgelenk gebrochen?«, half ich ihr bei der Übersetzung. »Und was sonst noch?«

»Professor Leyendecker hat sich die Patientin bereits angeschaut«, umschiffte Frau Doktor Kugelschreiber meine Frage.

»Wenn es keine weiteren Komplikationen gibt, können wir morgen auf die Onkologie verlegen. Alles Weitere möchte der Herr Professor dann persönlich mit Ihnen besprechen.«

»Gut. Und wo finde ich den Herrn Professor?«

»Er ist heute leider nicht mehr im Haus.« Sie eilte aus dem Zimmer.

Ich seufzte und kramte nach meinem Handy, um Onkel Uli anzurufen. Dann zögerte ich. War das auf der Intensivstation überhaupt erlaubt?

»Charlotte?« Meine Mutter blinzelte. Die Hand mit der Kanüle tastete über die Bettdecke.

»Ich bin hier.« Ich steckte das Handy schnell wieder ein und legte meine Hand vorsichtig über ihre Finger.

Mühsam klappte sie die Augen auf. Ihr Blick wanderte unstet umher, sie murmelte etwas vor sich hin.

»Was sagst du?« Ich beugte mich zu ihr, um sie besser zu verstehen.

»Blumen«, flüsterte sie. »Fehlen immer noch.«

»Nicht dein Ernst.« Trotz allem musste ich schmunzeln. Meine Mutter brachte so etwas wie ein verschmitztes Lächeln zustande, dann blinzelte sie ein paarmal. Ich dachte schon, sie würde sofort wieder einschlafen, da ging ein Ruck durch ihren Körper, und sie schaute mich mit klarerem Blick an.

»Perdóname«, nuschelte sie. Das Sprechen fiel ihr sichtlich schwer.

»Schsch«, machte ich beruhigend. »Schon gut.«

»Nein.« Sie zog die Finger unter meinen weg und legte ihre Hand auf meine. »Hör ... zu.« Ich beugte mich noch etwas näher, damit sie sich nicht so sehr anstrengen musste. »Ich hab mich furchtbar benommen ... Es tut mir leid.«

»Schsch«, machte ich wieder. »Ruh dich aus. Wir sprechen später darüber.«

Doch Barbara war noch nicht fertig. Sie drückte meine Hand, damit ich ihr zuhörte. »Ich ... werd die Chemo weitermachen.« Ihre Brust flatterte, als sie versuchte, tief einzuatmen. »Für dich. Ich … weiß, dass ich es dir schuldig bin. Es … ist nur … so schwer.«

»Was meinst du damit?« Ich war unendlich erleichtert zu hören, dass Barbara die Behandlung fortsetzen wollte. Nur wieso dachte sie, es mir schuldig zu sein?

»Muss … wiedergutmachen, was ich dir angetan habe … damals«, erklärte sie stockend.

»Darum hast du die Chemo angefangen? Weil du wiedergutmachen wolltest, dass du mich verlassen hast?« Ich schüttelte den Kopf. »Aber das musst du nicht.«

Noch vor nicht allzu langer Zeit war ich überzeugt gewesen, dass das, was meine Mutter damals getan hatte, unverzeihlich war. Mittlerweile kannte ich die zwei Seiten der Geschichte. Ich hatte begriffen, warum sie geglaubt hatte, weggehen zu müssen, und weshalb sie nicht wieder zurückgekommen war. Es machte mich traurig, dass sie nicht stark genug gewesen war, bei mir zu bleiben. Doch das war die Vergangenheit. Und ohne dass ich hätte sagen können, wann genau es passiert war, hatte ich meinen Frieden damit gemacht. Ich hatte meiner Mutter verziehen.

»Du musst wirklich nichts wiedergutmachen«, versicherte ich noch einmal. Barbara blinzelte, dann fielen ihre Augen wieder zu.

Am nächsten Morgen rief ich Onkel Uli an, und wir vereinbarten, uns um elf bei meiner Mutter zu treffen, die bis dahin auf die onkologische Station verlegt sein würde.

Auf dem Weg in die Klinik stoppte ich beim Blumenladen und besorgte einen riesigen Strauß Sonnenblumen. Die würden dem Ambiente sicher guttun. Der Strauß war so groß, dass ich meine eigenen Füße nicht mehr sehen konnte und fast über einen Rollstuhl gefallen wäre, der auf dem Gang neben dem Zimmer meiner Mutter abgestellt war.

»*Chacho!* Willst du einen Blumenladen eröffnen?«, begrüßte

sie mich, als ich – Strauß voran – das Zimmer betrat. Es war ein modernes Zweibettzimmer mit großem Fenster, an dem meine Mutter lag, das andere Bett schien nicht belegt zu sein. Neben ihr stand ein Pfleger mit grellgrün gefärbten Haaren. Sie schenkte ihm ein charmantes Lächeln, als er die Blutdruckmanschette von ihrem Arm löste. Na, wenn sich da nicht zwei gefunden hatten. Barbara wirkte so klar wie seit Tagen nicht mehr, stellte ich erleichtert fest.

»Ich dachte, ich verkaufe sie einzeln«, antwortete ich. »Damit lässt sich hier bestimmt gutes Geld verdienen.«

»Seien Sie sich da mal nicht so sicher.« Der Pfleger grinste. »Pralinen gehen besser, vor allem die mit Schnaps.«

»Darf ich vorstellen: Schwester Andreas«, sagte meine Mutter.

Der Pfleger verdrehte gutmütig die Augen. »Einfach Andreas«, korrigierte er, an mich gewandt.

Ich legte die Blumen auf den Tisch und stellte die Tasche, die ich für meine Mutter gepackt hatte, daneben. Dann zog ich mir einen Stuhl ans Bett und betrachtete Barbara, die mit dem Pfleger flirtete. Es war schön, sie so zu sehen. Bleich und krank, ja, aber wieder ein ganzes Stück mehr sie selbst.

»Einfach Andreas« packte seine Sachen zusammen. »Eine Frage noch, bevor ich Sie verlasse. Was hätten Sie gern zum Mittagessen? Die Empfehlung des Hauses ist heute feines Hühnerfrikassee à la Chef oder Brokkolibratlinge auf Tomatenjus. Und zum Dessert könnte ich Ihnen einen Blaubeerjoghurt oder eine Paradiescreme kredenzen.« Er klang wie der Oberkellner im Drei-Sterne-Restaurant.

»Was schmeckt denn am besten, wenn es wieder hochkommt?«, erkundigte meine Mutter sich.

»Na, hören Sie mal«, tat er empört. »Wir haben Ihnen genug Medikamente gegeben, damit Sie unsere Haute Cuisine genießen können. Aber unter uns …«, er beugte sich verschwörerisch zu ihr, »ich empfehle die Paradiescreme.«

»Dann bitte zweimal die Paradiescreme«, orderte meine Mutter. »Du nimmst auch eine, oder?«, fragte sie mich.

Andreas grinste wieder, als er meine schlecht verborgene Grimasse bemerkte. »Nicht vergessen«, sagte er zu meiner Mutter. »Sie haben hier eine Schmerzpumpe.« Er zeigte auf den Infusionsständer, an dem außer zwei durchsichtigen Beuteln auch ein kleines Gerät mit Tasten hing, in dem eine große Spritze steckte. Dann reichte er ihr eine Art Fernbedienung mit nur einem Knopf. »Hiermit dosieren Sie das Morphin, wenn die Schmerzen kommen. Sie haben es also selbst in der Hand, wie viele Drogen Sie nehmen. Und für Ihren Blumenladen bringe ich Ihnen gleich noch eine Vase«, fügte er hinzu, bevor er sich zur Tür wandte. Ich nickte ihm dankbar zu. Es waren weniger die Blumen, die dem Ambiente guttaten, als Menschen wie er.

Kaum war die Tür hinter ihm zugefallen, sank meine Mutter tiefer in ihr Kissen und schloss erschöpft die Augen.

Ich wusste nicht, was ich tun sollte. Ihre Sachen einräumen, die ich von zu Hause mitgebracht hatte? Ich schaute mich um, es gab einen Einbauschrank direkt neben der Tür. Die Frage war, wie lange würde sie hierbleiben müssen? Lohnte sich das überhaupt? Mit einem gebrochenen Handgelenk lag man sicher nicht lange im Krankenhaus.

Mir fiel ein, dass ich meiner Mutter ein paar ihrer Sudoku-Hefte eingepackt hatte. Ich holte eins davon samt Stift aus der Tasche und setzte mich wieder neben ihr Bett. Auf der Suche nach einer freien Seite blätterte ich durch das Heft, aber die meisten Rechenrätsel waren bereits gelöst, zumindest die im ersten Drittel. Je weiter ich nach hinten blätterte, desto häufiger tauchten Lücken in bereits begonnenen Zahlenquadraten auf, und immer wieder hatte meine Mutter die Kästchen schließlich kräftig durchgestrichen. Seltsam, dachte ich. Da öffnete sich die Tür, und Onkel Uli kam herein. Als er mich begrüßte, schlug auch meine Mutter die Augen auf.

»Hallo, Barbara.« Uli trat neben das Bett und legte ihr die Hand auf die Schulter. »Wie geht es dir?«

»Besser, würde ich sagen.« Sie schien einen Moment in sich hineinzuhorchen. »Mir ist nicht mehr so schlecht. Ich glaube, die Paradiescreme hat gute Chancen.«

»Das klingt gut.« Falls Uli verwundert war, ließ er es sich nicht anmerken. »Wir haben deine Schmerzmedikation angepasst. Und du erhältst seit gestern hochdosierte Cortisonpräparate, die gut anzuschlagen scheinen.«

»*Qué bueno!* Bevor ich nach Hause gehe, musst du noch auf meinem Gips unterschreiben«, scherzte meine Mutter.

Uli lächelte, aber es war kein überzeugendes Alles-wird-gut-Lächeln. »Barbara. Charlotte.« Er schaute meine Mutter und mich nacheinander ernst an, dann redete er schnell weiter. »Als du gestern eingeliefert wurdest, wurde ein CT gemacht, um Kopfverletzungen auszuschließen. Dabei haben wir eine hühnereigroße Metastase gefunden. Der Tumor hat ins Hirn gestreut. Es tut mir leid.«

Ich schaute zu meiner Mutter, die plötzlich einen ganz leeren Gesichtsausdruck hatte. Er spiegelte exakt, wie es in mir aussah. Ich versuchte zu verstehen, was Onkel Uli gesagt hatte, aber mein Kopf versagte mir den Dienst. Metastase, Ödem. Der Tumor hatte ins Hirn gestreut. Das klang alles gar nicht gut. Doch was noch viel schlechter geklungen hatte, war Onkel Ulis »Es tut mir leid«. Das hatte sich endgültig angehört. So, als ob sein Zauberumhang in der Altkleidersammlung gelandet wäre.

»Was bedeutet das?«, fragte ich schließlich. Meine Mutter machte nicht den Eindruck, als wäre sie selbst in der Lage, Fragen zu stellen. Oder überhaupt etwas zu sagen.

»Die Metastase im Kopf hat zu einem erhöhten Hirndruck geführt«, erklärte Onkel Uli. »Dieser Druck verursacht erst Kopfschmerzen, dann Übelkeit und Erbrechen, Gedächtnislücken, Schwindel und Benommenheit. Vermutlich bist du deshalb auch gestürzt.«

»Also war die heftige Übelkeit gar keine Nebenwirkung der Chemo?«

»Gut möglich«, stimmte Uli zu. »Mit dem Cortison haben wir das Gehirn zum Abschwellen gebracht. Deshalb fühlst du dich jetzt besser«, wandte er sich wieder direkt an meine Mutter. Die nickte leicht, noch immer stumm. »Die Chemotherapie müssen wir unter diesen Vorzeichen allerdings infrage stellen«, fügte er bedauernd hinzu.

»Moment mal.« Das ging mir alles ein bisschen zu schnell. »Wegen des Tumors im Hirn können wir nicht mit der Chemo weitermachen?«

»Das ist so weit richtig«, bestätigte Onkel Uli.

»Aber was tun wir dann gegen den Tumor?«, fragte ich. Wenn Plan A nicht mehr funktionierte, brauchten wir halt Plan B oder meinetwegen C.

»Wir könnten die Hirnmetastase bestrahlen und dadurch hoffentlich verkleinern«, erklärte er. »Allerdings kann es unter der Bestrahlung zunächst zu einer stärkeren Schwellung kommen. Im ungünstigsten Fall kann das dazu führen, dass der Patient ins Koma fällt.«

»Das könnt ihr vergessen«, mischte meine Mutter sich da plötzlich ein. »Ihr beschießt mich nicht mit irgendwelchen Strahlen, bis es mir womöglich das Licht ausknipst.«

So viel zu Plan B.

»Welche anderen Möglichkeiten gibt es?«, fragte ich.

»Man könnte über eine Operation nachdenken ...«, fuhr Onkel Uli fort, aber meine Mutter schnitt ihm das Wort ab.

»Ihr schnippelt mir nicht am Kopf herum.«

Mach's gut, Plan C.

»Okay, was sind die Alternativen?« Auch wenn mir klar war, dass Onkel Uli nicht anstelle eines Stethoskops einen Zauberstab in seiner Kitteltasche versteckt hatte, musste es doch irgendwelche Möglichkeiten geben. Das Alphabet hatte ja noch eine Menge Buchstaben.

»Wir können die Hirnschwellung weiter mit dem Cortison behandeln, damit du nicht so stark unter den Symptomen zu leiden hast, Barbara«, erklärte Onkel Uli ruhig. »Allerdings wird der Tumor unter dem Medikament schneller wachsen.«

Ich schaute zu meiner Mutter, um zu sehen, ob sie auch dazu etwas sagen wollte. Doch sie presste bloß ihre Lippen zu einem dünnen Strich zusammen.

»Was heißt schneller?«, fragte ich.

»Das kann man wirklich nicht vorhersagen.« Onkel Uli wirkte, als würde es ihm schwerfallen, die Worte auszusprechen. Auch im weißen Kittel war er noch ein langjähriger Freund. »Aber du solltest dich darauf einrichten, dass es nicht mehr lange dauern wird, Barbara. Es tut mir leid«, wiederholte er.

Ich sah aus dem Fenster. Ein paar dünne weiße Wölkchen zogen über den hellblauen Himmel und verschwammen vor meinen Augen zu kleinen Schaumkrönchen. Wie Badeschaum, der sich auf dem Wasser aufhäuft, bevor er nach und nach zerfließt.

»Dann ist das so«, hörte ich meine Mutter sagen.

»Komm her.«

Onkel Uli war längst aus dem Zimmer gegangen, aber ich starrte immer noch in die Badeschaumwolken.

»Jetzt komm schon.«

Ich löste meinen verschwommenen Blick von der faszinierenden Aussicht und schaute meine Mutter an. Sie hob ihre Arme, den mit dem Gips und den anderen mit der Kanüle in der Hand, nur ein kleines Stück über die Bettdecke, dennoch war die Geste eindeutig. Und meine Reaktion geschah wie ein Reflex.

Ich setzte mich auf die Bettkante, versuchte, meinen Oberkörper so neben den dürren Körper meiner Mutter zu platzieren, dass ich sie nicht erdrückte, und legte meinen Kopf an ihre

Schulter. Meine Tränen durchweichten den Stoff des dünnen OP-Hemds, das man ihr übergezogen hatte. Ihre Hand klopfte sanft auf meinen Rücken. Für einen kleinen Moment war ich einfach nur ihr Kind, das Trost brauchte. Und wie tröstlich fühlte es sich an, ihn auch zu bekommen.

»Ach, Mama.« Mama. Es war mir rausgerutscht, ohne dass ich darüber nachgedacht hatte. Aber es fühlte sich ganz selbstverständlich an. »Was machen wir denn jetzt?«

»Sterben, fürchte ich.« Ihre Stimme klang gedämpft, weil sie in meine Haare sprach. »Also, nur ich.«

Ich schnaubte. Ihren Humor kriegte selbst ein Hirntumor nicht klein. Barbaras Brust bebte leicht, und im ersten Moment dachte ich, sie würde lachen. Dann wurde mir klar, dass sie ebenfalls angefangen hatte zu weinen.

»Dabei hatte ich jetzt eigentlich geplant, noch etwas länger zu bleiben«, sagte sie mit heiserer Stimme.

»Na ja, planen war noch nie deine größte Stärke, oder?« Ich richtete mich auf, strich mir energisch über die Wangen und zog die Nase mit einem Geräusch hoch, das meiner Mutter unter den Tränen ein kleines Lächeln entlockte. Sie hatte es trotz allem geschafft, mich zu trösten. Jetzt war ich an der Reihe, für sie da zu sein.

»Mir sind die Pläne auch ausgegangen«, gab ich zu. Und in dem Moment, als ich es sagte, stellte ich überrascht fest, dass das in Ordnung war. Es gab Situationen im Leben, in denen es auch ohne Plan gehen musste. Und das würde es. »Wir müssen uns eben durchwurschteln, das kriegen wir schon irgendwie hin«, versprach ich. »Und wenigstens fallen dir die blauen Haare nun doch nicht aus.« Ich strich ihr eine widerspenstige Strähne aus der Stirn, die sich unter dem Verband hervorkringelte. Noch ein Lächeln, fast schon ein richtiges. Eine Weile hielten wir uns an der Hand und sagten nichts.

»Ich habe Angst«, sagte meine Mutter schließlich leise, und mein Hals schnürte sich zusammen.

»Ich auch«, gab ich zu. »Aber wir zeigen der Angst gemeinsam den Stinkefinger, ja?«

Meine Mutter nickte. »Ich hätte gern noch mehr Zeit mit euch gehabt«, flüsterte sie. »Ich wäre so gern noch mit euch nach Lanzarote geflogen.«

»Ich weiß.« Fast wäre ich wieder in Tränen ausgebrochen, aber ich schaffte es, mich zusammenzureißen, und drückte ihre Hand. »Auch wenn es jetzt vielleicht ein paar Momente weniger sind, machen wir trotzdem aus jedem das Beste, okay?«

kapitel 25

Als ich aus der Klinik trat, empfingen mich strahlender Sonnenschein und ein blitzblauer Himmel. Sogar die wenigen Badeschaumwölkchen hatten sich verzogen. Kaum hatte ich drei Schritte aus dem klimatisierten Krankenhausgebäude gemacht, hüllte mich die Hitze ein. Das Sonnenlicht flimmerte über den hellgrauen Pflastersteinen des großen, fast leeren Platzes zwischen den hohen Gebäuden. Auf zwei einsamen Bänken in der Mitte saßen zwei ältere Männer, unverkennbar Patienten in ihren Frotteebademänteln und mit den rollbaren Infusionsständern, und rauchten.

Aus dem spärlichen Schatten eines Vordachs lösten sich drei Gestalten und kamen auf mich zu. Eine große, eine mittelgroße und eine kleine. Ich blinzelte. Diese drei passten überhaupt nicht ins Bild.

Da schallte ein markerschütternder Kampfschrei über den Platz. »Mama!« Ein Minibulldozer rannte mich mit Karacho beinah über den Haufen.

»Finchen.« Ich hockte mich hin, schloss meine kleine Tochter in die Arme und überschüttete ihren Kopf mit Küssen.

»Hi, Mama.« Auch Merle und Markus hatten uns erreicht, und ich richtete mich mühsam wieder auf, während Finja noch immer mit ihren kurzen Armen wie ein Klammeraffe um meinen Hals hing, um auch meine große Tochter in den Arm zu nehmen und fest an mich zu drücken.

»Was macht ihr denn hier?«, stammelte ich völlig überwältigt.

»Ich hab mir Sorgen gemacht.« Markus kam einen Schritt näher. »Nach dem Telefonat gestern haben wir direkt die Koffer gepackt und heute Morgen den ersten Autozug genommen.«

»Wir haben doch mitgekriegt, dass es dir nicht gut geht, Mama«, erklärte Merle. »Da wollten wir lieber bei dir sein.«

»Ach, ihr Süßen!« Ich drückte meine Mädchen noch fester an mich.

»Mama, du machst meinen Kopf nass«, beschwerte Finja sich. »Bist du traurig wegen Yaya?«

»Ja.« Ich ließ die Tränen einfach weiter auf ihr Haar tropfen, ich hatte ja ohnehin keine Hand frei, um sie abzuwischen. »Aber ich bin auch sehr glücklich, dass ihr hier seid. Dass wir uns haben.«

Da breitete Markus die Arme aus. Ich zögerte kurz. Dann merkte ich, dass es genau das war, was ich jetzt brauchte. Irgendwie schaffte ich es, mich und die Mädchen in seine Umarmung zu manövrieren – seine Arme waren zum Glück lang genug für drei –, und er hielt uns fest. Ich lehnte meinen Kopf an seine Brust und sog seinen vertrauten Geruch tief ein. Es fühlte sich an wie Nachhausekommen.

»Kaffee?«, fragte Markus.

»Ich will lieber Eis«, trötete Finja und löste sich aus dem Familienknäuel. Wir folgten der Beschilderung zur nächsten Cafeteria, die für eine Krankenhauskantine erstaunlich wenig scheußlich war. Es gab sogar Kaffee aus einer Siebträger-Maschine und eine selbst für Finja zufriedenstellende Eisauswahl.

»Vorsicht, sehr heiß«, sagte Markus, als er den Kaffee vor mir abstellte. Er kannte mich einfach zu gut, mein Mann.

»Wie geht es Yaya denn?«, erkundigte Merle sich, als wir einen Platz unter einem Sonnenschirm auf der Terrasse gefunden hatten, und nippte sehr erwachsen an ihrem Cappuccino. Finja war vollauf mit ihrem Flutschfinger beschäftigt, der seinem Namen alle Ehre machte.

»Ja, was ist denn eigentlich genau passiert?«, wollte nun auch Markus wissen.

Ich blies auf den Milchschaum in meiner Tasse. Wie sollte ich meiner Familie erklären, was ich selbst erst langsam anfing zu begreifen? Wie sollte ich meinen Töchtern sagen, dass ihrer Großmutter doch nur noch so wenig Zeit blieb? Ich muss ehrlich mit ihnen sein, sagte ich mir. Ich konnte sie nicht schützen, indem ich ihnen die Wahrheit vorenthielt. Möglichst sachlich schilderte ich deshalb, was mit Barbara passiert war, vom Sturz auf der Treppe bis hin zu dem, was Onkel Uli uns eröffnet hatte.

»Also stirbt sie schon bald?« Merle starrte in ihre Cappuccino-Tasse, eine einzelne Träne rann über ihre Wange. »Wann?«

Ich zuckte mit den Schultern. Es fühlte sich furchtbar an, keine bessere Antwort zu haben. Markus legte seine Hand auf meine und nickte mir aufmunternd zu.

»Und wann fliegen wir nach Lamarote?«, fragte Finja. Sie hatte ihr Eis im Rekordtempo vertilgt, nur die klebrigen Spuren in ihrem Gesicht zeugten noch von der Schlacht. Wieder konnte ich nur mit den Schultern zucken. »Ich weiß es nicht.«

»Aber wir wollen doch Würstchen grillen. Auf dem Vulkan«, beharrte Finja. Sie schniefte, und ihre Stimme kippelte verdächtig nah an einem Trotzanfall. Ich zog sie auf meinen Schoß und strich ihr tröstend über die Haare, bis sie sich wieder beruhigte.

»Können wir sie wenigstens besuchen?«, fragte Merle.

»Ich fürchte, das geht nicht so einfach«, bremste Markus sie. »Wir haben uns eben am Empfang erkundigt, auf welches Zimmer wir müssen. Und da hat man uns gesagt, dass Besuch mit Kindern nur nach Absprache mit dem Arzt möglich ist. Und mit Finjas Rotznase könnte das wohl problematisch werden. Deshalb haben wir ja draußen gewartet.«

»Ich will aber jetzt zu Yaya.« Finja, die eine chronische Rotznase hatte, seit sie im Kindergarten war, klang plötzlich ganz unglücklich und kleinlaut. Wieder strich ich ihr über den Kopf. Dabei dachte ich fieberhaft nach. Ich konnte so gut verstehen, dass meine Töchter sich wünschten, ihre Großmutter zu sehen. Und ich konnte mir vorstellen, dass auch meine Mutter sich riesig darüber freuen würde. Also, was konnten wir machen? Da hatte ich einen Einfall. Einen etwas verrückten Einfall, zugegeben, aber gerade deshalb ging ich davon aus, dass er sowohl Finja und Merle als auch meiner Mutter gut gefallen würde. Mir gefiel er jedenfalls hervorragend.

»Könnt ihr hier auf mich warten?«, sagte ich. »Ich muss mal eben Straßenkreide besorgen.«

Eine halbe Stunde später standen Finja, Merle, Markus und ich mitten auf dem großen Platz zwischen den Klinikgebäuden. Die Männer in den Bademänteln, die immer noch auf der Bank saßen, beäugten uns neugierig. Es war noch eine junge Frau mit rosa Fellpuschen, einem Kopftuch mit Leopardenmuster und einem Rollator dazugekommen, die sich nicht für uns interessierte, sondern unablässig auf ihrem Handy tippte.

Die Pflastersteine des Platzes lagen unberührt vor uns, von den gelegentlichen Kaugummiflecken und einigen Zigarettenkippen mal abgesehen. Unschlüssig rollte ich die dicke Straßenkreide in meiner Hand.

»Okay«, sagte ich. »Was gibt es auf Lanzarote? Was hat Yaya uns erzählt?«

»Vulkane!«, meldete Finja sich sofort zu Wort.

»Logisch, Vulkane.« Ich nahm eine schwarze Kreide aus dem großen Eimer, den ich in einem Spielwarengeschäft in der Nähe gekauft hatte, und legte sie zu der roten in meine Hand. Dann hockte ich mich hin und zog eine beherzte schwarze Kurve über die hellen Steine. Die alten Herren auf der Bank hüstelten verwundert. Schnell, bevor mich irgendwelche Zweifel überkommen konnten, wechselte ich die Kreiden und malte rote Funken, die aus dem schwarzen Kegel sprühten. Begeistert hockte Finja sich neben mich und fing ebenfalls sofort an zu malen.

»Ist das überhaupt erlaubt?«, fragte Merle von oben. »Hier einfach auf den Platz zu malen?«

»Keine Ahnung.« Ich sah zu ihr hoch und zuckte mit den Schultern. »Ich hab jedenfalls kein Verbotsschild gesehen. Du?«

Merle lachte überrascht auf. »Wer bist du, und was hast du mit meiner Mutter gemacht?«, fragte sie beinah ehrfürchtig.

»Gewöhn dich lieber dran«, erwiderte ich nur und widmete mich wieder den Vulkanen.

»Und jetzt der Teufel!« Finja hüpfte selbst wie ein kleiner Springteufel über die drei Vulkankegel, die ich nebeneinander auf den Boden gemalt hatte.

»Wenn ihr meint.« Merle hockte sich neben mich und zeichnete einen grinsenden Teufel, der auf dem höchsten der drei Vulkane tanzte und seinen langen Teufelsschwanz durch die Luft schleuderte. Er wirkte so lebendig, als wollte er uns gleich anspringen. Meine Tochter war wirklich talentiert!

»Der Timanfaya-Teufel braucht einen Fünfzack«, wandte Markus ein. Er stand immer noch herum und betrachtete unser entstehendes Kunstwerk. War ja klar, dass mein Mann sich dank der vielen Reisemagazine, die er las, mal wieder bestens auskannte.

»Dann mal ihm halt einen!« Ich zog an seinem Hosenbein. »Na, komm schon. Hilf uns.«

»Ich fürchte, Malen zählt nicht unbedingt zu meinen Kernkompetenzen«, zierte er sich. Was denn? Plötzlich so bescheiden?

»Ich denke, dann solltest du es erst recht probieren«, widersprach ich. »Du kannst das Meer malen, viel Blau, das kriegst sogar du hin!«

Und so kniete schließlich meine ganze Familie auf dem Boden und malte das schönste Panorama, das die kastenförmigen Krankenhausbauten je zu sehen bekommen würden. Vulkane und das Meer, Palmen und eine Grotte mit einem geheimen Wasserfall, Regenbogenfische, die Finja in die Wellen malte – und ein paar auch an Land –, und Delfine, die Merle lebensecht aus dem Wasser springen ließ. Schließlich bestand Finja darauf, dass Merle auch noch ein Lama auf Lamarote malte.

»Dat is ja doll!«, sagte einer der Bademantelmänner, die sich längst von ihrer Bank erhoben hatten, um uns zuzusehen.

»Könnste meinen, du wärst im Urlaub«, bestätigte der zweite und kratzte sich das herausquellende Brusthaar.

Auch das Leopardenmädchen mit den pinken Puschen hatte sich, auf ihren Rollator gestützt, zu uns gesellt und erzählte ihrem Telefon aufgeregt, was hier heute los war. Besucher, Patienten und Mitarbeiter kamen, betrachteten unser Bild, und keiner ging ohne ein Schmunzeln vorbei.

Da baute sich ein Mann im Anzug breitbeinig mitten auf einem der Vulkane auf. »Was wird das denn, wenn man fragen darf?«, erkundigte er sich missbilligend. So ein Mist. Er sah aus wie ein personifiziertes Verbotsschild.

Markus sprang auf und hielt ihm die Hand hin, die er zögernd ergriff. »Das ist eine therapeutische Maßnahme«, erklärte mein Mann im Brustton der Überzeugung. Es war faszinierend, wie er immer den richtigen Ton traf. »Hat man Sie denn nicht darüber informiert?«

»So, aha«, sagte der Anzugträger unentschlossen. »Hm, na ja, das kann man aber wieder wegmachen, oder?«

»Spätestens beim nächsten Regen ist alles wie vorher«, versicherte Markus.

Wie gut, dachte ich, dass die Wettervorhersage für die gesamte nächste Woche Sonnenschein versprochen hatte. Stolz betrachtete ich unser Kunstwerk und meine Familie und fühlte mich einen Moment lang einfach nur glücklich.

Der Erste, der mir auf der Station über den Weg lief, war Pfleger Andreas, der eine überdimensionale Vase vor sich hertrug.

»Ich bräuchte mal Ihre Hilfe«, bat ich.

»Ich wollte sowieso gerade zu Ihrer Mutter. War viel zu tun. Hoffentlich kommt bei den Blumen nicht jede Rettung zu spät.« Er ließ mich vorangehen.

»Meinen Sie, sie kann aufstehen?«

»Eher nicht.« Er schüttelte bedauernd den Kopf.

»Ist aber wichtig«, erklärte ich.

»Dann probieren wir es mit dem Rollstuhl.« Er deutete auf das Gefährt, über das ich mit dem großen Strauß in der Hand vorhin beinah gefallen wäre.

»Hast du kein Zuhause?«, begrüßte Barbara mich, als wir ins Zimmer traten. Offensichtlich freute sie sich, mich so schnell wiederzusehen.

»Ich hab eine Überraschung für dich«, erklärte ich. »Dafür musst du nur in diese Luxuslimousine steigen.«

Zweifelnd betrachtete meine Mutter den Rollstuhl. »Muss das sein? Wenn es nicht weit ist, könnte ich gehen.« Sie versuchte vergeblich, sich aufzusetzen. Es schnürte mir die Brust zusammen, sie so hilflos zu sehen. Doch davon wollte ich mich in diesem Moment nicht entmutigen lassen.

»Okay, ich nehme die Limousine«, erklärte Barbara sich schließlich einverstanden.

Andreas half ihr mit geübten Griffen und legte ihr nebenbei noch den viel zu großen Bademantel um die Schultern, den ich von zu Hause mitgebracht hatte. Bei ihm sah wirklich alles ganz einfach aus. Sogar die Blumen hatte er schon in die Vase gestellt.

»Viel Spaß, lassen Sie es knallen«, verabschiedete er sich. Meine Mutter griff nach dem Infusionsständer, und ich schob sie vorsichtig ans Fenster.

Ich hatte Markus, Merle und Finja vorher gezeigt, in welchem Zimmer Barbara lag, und sie blickten bereits erwartungsvoll zu uns hoch. Leider ließ sich das Fenster nicht öffnen, aber als ich laut gegen die Scheibe klopfte, fingen Merle und Finja sofort an zu winken. Und dann, das war gar nicht abgesprochen gewesen, führten sie ein wildes Tänzchen quer über den Vulkanen auf, sogar Markus machte mit. Ich musste gleichzeitig lachen und schon wieder weinen, und als ich zu meiner Mutter schaute, sah ich, dass es ihr genauso ging.

»Ihr seid ja völlig verrückt«, sagte sie anerkennend. »Danke. Ich liebe es. Ich liebe euch.«

»Wir dich auch«, sagte ich leise und drückte ihr einen vorsichtigen Kuss auf den Kopf. »Ich dich auch«, flüsterte ich in ihre blauen Haare.

kapitel 26

»Vorsicht, treten Sie nicht auf die Schildkröte!« Frau Goldstern wies warnend auf das gepanzerte Tier, das sich gemächlich vor uns über den Boden schob.

»Sie halten hier eine Schildkröte?«, fragte ich erstaunt.

»Im Hospiz sind das die idealen Haustiere. Diese Ruhe, die sie ausstrahlen. Diese Langsamkeit. Und sie haaren nicht. Das ist übrigens Beppo.« Frau Goldstern wartete geduldig, bis die Schildkröte unseren Weg gekreuzt hatte, dann setzte sie die Führung durch die Räumlichkeiten fort.

Meine Mutter hatte darauf bestanden, für die letzten Tage oder Wochen ihres Lebens in ein Hospiz zu ziehen.

»Du kannst doch bei uns wohnen!«, hatte ich gesagt.

»Und wie soll ich die Treppe hochkommen?«, hielt sie dagegen. Ein paar Schritte schaffte sie, wenn sie sich abstützen konnte, längere Wege fielen ihr zu schwer, und sie brauchte einen Rollstuhl. Eine Treppe war undenkbar.

»Dann stellen wir ein Pflegebett ins Wohnzimmer.« Ich wollte ihr so gern ermöglichen, bei uns zu sein. Zu Hause zu sterben.

Doch meine Mutter winkte ab. »Ich will nicht auf dem Präsentierteller liegen«, erklärte sie entschieden, um dann hinzuzufügen: »Ich möchte nicht, dass du mich pflegen musst. Ich will die schönen Momente mit dir verbringen.«

Es war ihr Wunsch, ihre Entscheidung. Also hatte ich zugestimmt. Und kaum hatten wir das Gebäude betreten, wusste ich, dass es die richtige Entscheidung gewesen war. Ein Hospiz mochte ein Ort sein, an den die Menschen kamen, um zu sterben. Doch vor allem war es ein Ort, um bis zuletzt zu leben.

»Unser Dschungelcamp.« Frau Goldstern führte uns in den Aufenthaltsraum, einen lichtdurchfluteten Wintergarten voller Palmen und Rankpflanzen in Hängekörben. Dazwischen standen Korbmöbel, und in der Ecke entdeckte ich ein Klavier.

»Hier trifft sich immer die Kartenrunde.« Die Hospizleiterin begrüßte zwei Damen in beinah identischen Jogginganzügen aus Nickistoff und einen Mann, der in Hemd, Krawatte und Bundfaltenhose aussah, als käme er direkt aus dem Büro, wären da nicht die Sauerstoffflasche neben ihm und der durchsichtige Schlauch gewesen, der in seiner Nase steckte.

»Spielen Sie vielleicht Doppelkopf?«, fragte er meine Mutter. »Wir spielen nur deshalb Skat, weil vorgestern unser vierter Mann gestorben ist.«

Ich zuckte zusammen, aber Barbara blieb ungerührt.

»Ich zocke in der Regel nur Poker«, antwortete sie.

»Schade«, erwiderte er. »Ich hoffe, man sieht sich trotzdem bald mal wieder.«

»Nun lassen Sie unseren neuen Gast erst einmal ankommen.« Frau Goldstern wandte sich an meine Mutter. »Hier entlang, ich zeige Ihnen jetzt Ihr Zimmer.« Sie ging voran, und ich schob den Rollstuhl hinter ihr her.

Nach dem Aufenthaltsraum hatte ich mit etwas Ausgefallenem gerechnet, aber das Zimmer, in das uns Frau Goldstern brachte, war zweckmäßig mit hellen Holzmöbeln eingerichtet, ein Bett, ein Schrank, eine Kommode mit einem Fernseher, ein gemütlich aussehender Sessel.

»Sogar an die Blumen haben sie hier gedacht«, stellte meine Mutter zufrieden fest und deutete auf das Fenster, das auf einen großen Garten hinausging, in dem Sonnenblumen blühten und bunte Windräder sich sanft im Wind drehten.

»Eine der Pflegekräfte kommt später vorbei und bespricht mit Ihnen alles Weitere. Ihre Medikamente, Ihre Essenswünsche ... Aber jetzt richten Sie sich erst einmal in Ruhe ein«, sagte Frau Goldstern zum Abschied. »Melden Sie sich, wenn Sie etwas brauchen. Wir sind jederzeit für Sie da. Bei uns ist niemand allein.«

Ich half meiner Mutter ins Bett, holte den Koffer aus dem Auto und räumte ihre Sachen in den Schrank. Als Letztes legte ich die Zigarrenkiste mit den Fotos auf ihren Nachttisch und stellte eine zweite Kiste daneben: Fotos aus den letzten zwanzig Jahren meines Lebens, Bilder von Momenten, in denen meine Mutter nicht dabei gewesen war und die ich gerne noch mit ihr teilen wollte.

Barbara hatte die Augen geschlossen. Ich war mir nicht sicher, ob sie eingeschlafen war, falls ja, wollte ich sie nicht wecken. Ich sah mich im Zimmer um. Es gab nichts mehr zu tun. Also setzte ich mich in den Ohrensessel, der genauso gemütlich war, wie er aussah, schaute aus dem Fenster und beobachtete zwei weiße Schmetterlinge, die miteinander tanzten.

Die letzten Wochen hatten sich angefühlt wie ein endloser Marathon. Endlich hatte ich das Gefühl, zur Ruhe kommen zu dürfen. Dies war ein Ort, um vollständig im Jetzt zu sein. Ein Ort für viele kleine Momente.

Dieser erste Eindruck bestätigte sich auch in den kommenden Tagen. Es gab Pfleger und Pflegerinnen, die sich um meine Mutter kümmerten, wenn sie Schmerzen hatte oder schlecht Luft bekam, sie halfen ihr beim Waschen und brachten ihr das Essen, das sie sich wünschte, auch wenn sie nur wenige Happen zu sich nahm. Es gab eine Ärztin, die ihr die richtigen Medikamente verabreichte. Und es gab immer jemanden zum Reden, zum Lachen oder zum Weinen, je nachdem, was man gerade brauchte.

Ich hatte vorher nicht geglaubt, dass ich das konnte. Nichts planen und nichts organisieren. Mich auf die Hilfe anderer

Menschen verlassen. Solange ich mich erinnern konnte, hatte ich mich angestrengt, es allen recht zu machen. Alles richtig zu machen. Doch hier gab es plötzlich kein Richtig oder Falsch mehr. Hier gab es nur noch Zeit.

Viele Stunden saß ich neben meiner Mutter in dem Ohrensessel, bis ich überzeugt war, dass sich der Abdruck meines Hinterns für alle Ewigkeit in dem weichen Polster eingedrückt hatte. Es war eine Zeit des Zusammenseins und des Abschiednehmens. Und alle trugen ihren Teil dazu bei, dass sie zu etwas Besonderem wurde.

Markus war wieder zu Hause eingezogen, um mich zu unterstützen. Er hielt mir den Rücken frei, indem er sich um Merle und Finja, den Einkauf, das Essen und den Haushalt kümmerte. Damit das funktionierte, arbeitete er im Homeoffice.

»Die Kolleginnen und Kollegen lassen dich grüßen«, hatte er mir ausgerichtet. »Sie sind alle bereit, Überstunden zu machen, um uns zu entlasten.«

Ich hatte mir verstohlen über die Augen wischen müssen, weil ich so gerührt war.

Wenn ich abends nach Hause kam, sah ich geflissentlich über die Wäscheberge hinweg und ließ mir auch noch beim fünften Mal den Strammen Max schmecken, den Markus gekocht hatte.

Jeden Tag kam er für ein oder zwei Stunden mit den Mädchen zu Besuch. Wenn Barbara fit genug war, brachte sie ihnen pokern bei. Meistens war sie nicht fit genug. Dann spielte sie mit ihnen Mau-Mau, hörte mit Merle zusammen über Kopfhörer Musik oder betrachtete mit Finja die Dinosaurier-Delfin-Hundehaufen-Wolken, die draußen vor dem Fenster vorbeizogen.

Wenn meine Mutter schlief, gingen wir ins Dschungelcamp, und Finja dressierte die Schildkröte. Sie hatte einen Hula-Hoop-

Reifen von zu Hause mitgebracht, den sie dem Tier direkt vor den Kopf hielt, bis es gezwungenermaßen hindurchstieg.

»Bravo!«, rief Herr Wesselow, wie immer trug er eine Krawatte um den Hals und den Sauerstoffschlauch in der Nase. Auch seine Mitspielerinnen im Jogginganzug-Partnerlook applaudierten. Merle hatte sich ein wenig mit Herrn Wesselow angefreundet. Ich konnte gerade noch verhindern, dass sie mit ihm um ihr Taschengeld pokerte.

»Wenn ich groß bin, werde ich Domina. Im Zirkus«, erklärte Finja.

»Grüßen Sie Ihre charmante Frau Mutter von mir«, trug mir Herr Wesselow auf. »Und richten Sie ihr bitte aus, dass sie mir noch eine Partie Poker schuldet, bevor sie von uns geht. Es muss auch nicht unbedingt Poker sein, ein kleines Schwätzchen würde mir schon genügen.«

»Du wolltest Seiltänzerin werden«, erzählte meine Mutter, als wir später in ihrem Zimmer saßen und von Finjas Berufswunsch erzählt hatten. Sie nahm die Zigarrenkiste vom Nachttisch und kramte darin herum, schließlich zog sie ein Foto heraus und zeigte es uns.

Auf dem Bild war ich ungefähr fünf, trug ein pinkfarbenes Tutu und hatte einen gepunkteten Regenschirm in der Hand. Mit der anderen hielt ich mich an meiner Mutter fest und reckte ein Bein in die Luft. »Du hast ein Seil zwischen zwei alte Apfelbäume gespannt und versucht, darauf zu balancieren. Eigentlich müsstest du noch die Narbe am Schienbein haben.«

Ja, die Narbe hatte ich noch, jetzt wusste ich auch endlich, woher.

Einmal erwischte ich meine Mutter und meinen Mann, als ich ins Zimmer zurückkam, dabei, wie sie die Köpfe zusammensteckten und leise miteinander redeten. Blitzschnell ließ Markus einen Block und einen Kugelschreiber zwischen sich und der Armlehne des Ohrensessels verschwinden.

»Ich habe Markus meine Trauerrede diktiert«, erklärte meine Mutter auf meinen fragenden Blick hin.

»Aha«, machte ich und musste schlucken beim Gedanken an einen Zeitpunkt irgendwann in nicht allzu ferner Zukunft, wenn diese Trauerrede vorgetragen werden würde. Einen Zeitpunkt, zu dem meine Mutter nicht mehr bei uns sein würde. Dann riss ich mich zusammen.

»War ja klar, dass du unbedingt das letzte Wort haben musst«, sagte ich und wurde mit einem Lächeln belohnt.

An einem ihrer besonders guten Tage wollte meine Mutter in den Garten. Also half ich ihr in den Rollstuhl und schob sie langsam vorbei an strahlenden Sonnenblumen, duftenden Rosensträuchern und wiegendem Lavendel, in dem die Hummeln ein Summkonzert veranstalteten. Es war schwülheiß, und ich steuerte eine Bank im Schatten an, aber meine Mutter bestand darauf, in der Sonne zu sitzen.

Sie legte ihren Kopf zurück, und mit geschlossenen Augen genoss sie sichtlich die warme Sonne im Gesicht. Doch dann zog der Himmel im Nullkommanichts zu, und erste Tropfen fielen aus dunkelgrauen Wolken. So ein Mist! Da ging es meiner Mutter endlich mal gut genug, um rauszugehen und die Sonne zu genießen – und dann das! Ich sprang auf, um sie so schnell wie möglich ins Trockene zu bringen, aber wie zu erwarten hatte meine Mutter mal wieder andere Vorstellungen.

»Lass uns noch einen Moment bleiben«, bat sie, und als sie mein Zögern bemerkte, fügte sie hinzu: »Was soll denn passieren, oder hast du Sorge, ich könnte mir den Tod holen?«

Dem Argument konnte ich wenig entgegensetzen. Also setzte ich mich wieder und beobachtete fasziniert, wie sie ihr Gesicht in den immer stärker werdenden Regen hielt. Zuvor im Sonnenschein hatte sie zufrieden gewirkt, nun sah sie glücklich aus.

»Perfekt«, sagte sie. »Einfach perfekt.«

Als wir schließlich ins Haus gingen, liefen wir Frau Goldberg über den Weg. Sie grüßte uns, ohne eine Miene zu verziehen, als sei es das Normalste auf der Welt, dass ihre Gäste gelegentlich nass bis auf die Haut zurückkehrten.

»Das war in der Toskana.« Meine Mutter zeigte mir ein Foto, auf dem wir beide, unter mehreren Decken vergraben, auf einem Sofa hockten und uns über ein Buch beugten. »Die Italiener haben uns versichert, sie hätten noch nie einen so nasskalten Sommer erlebt. Im Haus gab es einen Kamin, aber das Feuerholz war feucht. Regen macht nicht immer Spaß. Dein Vater hat Siena, Lucca und Cosa besichtigt, und ich hab dir dreimal hintereinander *Ronja Räubertochter* vorgelesen, das einzige Buch, das wir dabeihatten.«

»Das ist immer noch eins meiner Lieblingsbücher«, sagte ich. »Ich habe es Merle und Finja auch bestimmt dreimal vorgelesen.«

Mareike kam zu Besuch, an einer Hand hielt sie Mehmet, in der anderen hatte sie zwei unförmige Tüten.

»Sind sie das?«, fragte meine Mutter.

Mareike nickte und stellte die großen Tüten auf dem Bett zu Barbaras Füßen ab.

»Hast du deinen Schrank ausgemistet?«, erkundigte ich mich bei meiner Lieblingskollegin.

»Das sind Geschenke für Merle und Finja«, erklärte meine Mutter. »Ich habe sie bei Mareike in Auftrag gegeben. An dem Abend, als sie auf mich aufgepasst hat.« Die beiden Frauen tauschten ein verschwörerisches Grinsen.

Als Merle und Finja die Tüten auspackten, rollten mir wieder Tränen über die Wangen. Zwei dicke Kuschelmonstertiere aus wildgeblümtem Stoff. Die Hippiekleider meiner Mutter hatten eine neue Form angenommen.

»Die haben mir eh nicht mehr gepasst«, erklärte sie über die Köpfe der Mädchen hinweg, die sie mit ihren Umarmungen beinah erdrückten.

Ich musste kurz aus dem Zimmer gehen.

»Möchtest du, dass ich dir auch eins nähe?« Mareike war mir auf den Flur gefolgt und nahm mich in den Arm. Ich schniefte und schüttelte den Kopf, was sie vermutlich gar nicht sehen konnte, weil sie mich so fest an ihren großen Busen drückte.

»Findest du es total unpassend, wenn ich dich bitte, meine Trauzeugin zu werden?«, fragte sie.

»Was?« Ich löste mich aus ihrer Bärenumarmung und schaute sie überrascht an.

»Wir haben uns verlobt, nach nicht mal einem Monat. Ist das lächerlich?«

»Absolut nicht, das ist großartig. Und natürlich möchte ich liebend gern deine Trauzeugin sein.« Ich musste sie einfach anstrahlen. So nah lagen Traurigkeit und Glück manchmal beieinander.

Der Duft von Weihnachtsgebäck zog durchs Zimmer. Bei hochsommerlichen dreißig Grad war das im ersten Moment irritierend.

Dann kam ein junger Mann mit einem Teller herein. »Wir haben für unseren Opa Zimtsterne gebacken. Die wollte er unbedingt noch mal essen. Möchten Sie auch welche?«

»Ich esse leider nicht mehr viel«, entschuldigte meine Mutter sich.

»Aber lassen Sie gerne ein paar zum Riechen da«, schlug ich vor.

»Das hier war letztes Jahr an Weihnachten«, erzählte ich meiner Mutter und zeigte ihr ein Foto von Merle, Finja und mir. Beide Mädchen zogen Grimassen und streckten ihre Zungen raus. Dazwischen ich mit einem entsetzten Ausdruck auf dem

Gesicht, weil Markus, kurz bevor er abdrückte, gesagt hatte: »Ich glaube, der Braten brennt an«.

»Wir haben es behalten, falls wir mal einen Wettbewerb für das schlimmste Weihnachtsfoto gewinnen wollen«, erzählte ich.

»Ich find's toll«, sagte meine Mutter.

»Warum wundert mich das überhaupt nicht?« Ich lehnte das Bild gegen die Fotokiste auf ihrem Nachttisch. »So sind wir immer bei dir.«

»Das seid ihr doch sowieso«, erwiderte sie und legte sich die Hand auf die Brust, direkt über ihrem Herzen.

Pünktlich zur Kaffeezeit am Sonntag kam überraschender Besuch. Ein zaghaftes Klopfen an der angelehnten Tür, dann schob sich ein riesiger Präsentkorb ins Zimmer.

»Ich dachte, mit ein paar Leckereien kann man nichts falsch machen«, sagte mein Vater und schaute unsicher zwischen dem Trinkjoghurt auf Barbaras Nachttisch und der Hartsalami hin und her, die aus der Zellophanfolie ragte.

»Papa«, begrüßte ich ihn perplex. »Was machst du denn hier?« Im ersten Moment wollte ich ihn mitsamt seinem Präsentkorb wieder aus dem Zimmer schieben, stattdessen nahm ich ihm das Ungetüm ab, um es zur Seite zu stellen. Ich wollte keinen Streit, nicht hier und nicht jetzt.

»Ja, ähm«, machte mein Vater. »Ich hoffe, mein Besuch kommt nicht ungelegen.« Es war ihm sichtlich unangenehm, nicht Wochen vorher einen Termin vereinbart zu haben. »Aber, ähm, es erschien mir auch unangemessen, nicht zu erscheinen, also, ähm, angesichts der Umstände, meine ich.« Er wrang die Hände. Ohne den Präsentkorb schien er nicht zu wissen, was er mit ihnen anfangen sollte. »Ich dachte jedenfalls, ähm, es wäre vielleicht angebracht, sich auszusprechen, über, tja, ähm, es ist ja viel Zeit vergangen seit damals …« Er machte einen unsicheren Schritt auf das Bett zu, in dem meine Mutter lag, doch die schüttelte sanft den Kopf.

»Es gibt nichts, worüber wir sprechen sollten«, sagte sie entschieden, aber ohne Groll. »Mit diesem Kapitel meines Lebens habe ich abgeschlossen.«

»Ach so«, erwiderte mein Vater. Feine Schweißperlen bildeten sich auf seiner Stirn. »Ja, ähm, dann alles Gute.«

Ich begleitete ihn hinaus. Vor der Zimmertür holte er tief Luft, dann sagte er: »Es tut mir leid, Charlotte. Ich habe dir gesagt, dass ich damals nur das Beste für dich wollte. Und das stimmt. Aber, ähm, es gab noch einen anderen Grund.«

»Und der wäre?« Ich verschränkte die Arme unter der Brust und sah ihn abwartend an.

»Ich, ähm, wollte dich nicht verlieren«, erwiderte er. Fahrig wischte er sich über die Stirn. »Das war der Grund.«

»Oh«, machte ich überrascht. Es war die größte Liebeserklärung, die ich je von meinem Vater bekommen hatte.

»Ruf mich jederzeit an, wenn du etwas brauchst«, bot er an, und ich nickte. »Darf ich dich ansonsten anrufen?«, fragte er. »Am Montag?«

Ich nickte wieder. Er hatte einen folgenschweren Fehler begangen. Aber er blieb trotzdem mein Vater – und ich wollte ihn auch nicht verlieren.

»Darf ich Ihnen meine Tochter vorstellen.« Sichtlich stolz deutete Herr Wesselow auf eine schmächtige Frau mit wilden dunklen Locken.

»Hi, ich bin Nelja«, sagte sie und begrüßte mich mit einem angenehm kräftigen Händedruck. »Ich gehe nachher zum Trauercafé für Angehörige, magst du mitkommen?«

»Ich weiß nicht«, sagte ich zweifelnd. Ich konnte der Vorstellung, Trauer als Gruppenübung zu betreiben, wenig Verlockendes abgewinnen.

»Ich gehe eigentlich nur wegen dem Kuchen hin«, erklärte Nelja. »Den backt immer eine der Ehrenamtlichen selbst. Und der Kaffee ist besser als sein Ruf.«

»Ich könnte solange Ihrer Mutter Gesellschaft leisten«, bot Herr Wesselow sich mit einem Zwinkern an.

»Na dann«, stimmte ich zu.

Der Kuchen war wirklich gut, und auch den Kaffee konnte man trinken. Das warme Gefühl, das ich nach einer Weile in meinem Bauch spürte, kam jedoch nicht nur vom Kaffee, sondern vor allem davon, dass ich mich in einer unerwarteten Gemeinschaft mit anderen wiederfand, die alle, jeder auf seine eigene Weise, gerade das erlebten, was ich erlebte.

»Das hier ist mein Lieblingsbild«, sagte meine Mutter und betrachtete lange das Foto, das mich als Säugling in ihrem Arm zeigte. »Es ist das erste Foto, das wir nach deiner Geburt gemacht haben. Diese Dauerwellen damals waren wirklich zum Abgewöhnen.« Sie reichte mir das Bild. »Es gab viele glückliche Momente in meinem Leben«, fügte sie leise hinzu. »Aber dieser war der glücklichste.«

Als Kerstin zu Besuch kam, hatten wir plötzlich Platzprobleme, denn sie brachte alle ihre fünf Männer mit, inklusive Fussel.

»Der Kater wollte unbedingt mit«, erklärte sie entschuldigend. »Er hat rumgeschrien, bis wir ihn in die Transportbox gepackt haben. Normalerweise hasst er die Box, aber diesmal war er sofort mucksmäuschenstill.«

Meine Mutter kicherte. Ihr Humor scheint immer einfacher zu werden, dachte ich. Doch das war ja auch irgendwie schön.

Kerstin holte den Kater heraus und setzte ihn, pragmatisch wie immer, meiner Mutter mitten auf den Bauch.

»Aber schön dichthalten«, ermahnte Barbara das inkontinente Tier. »Ich muss in diesem Bett noch eine Weile liegen.« Mit geschlossenen Augen kraulte sie ihm den Kopf, ihre eingefallenen Gesichtszüge entspannten sich. Wenn ich mich nicht täuschte, hatten beide angefangen zu schnurren.

Lukas, Benedikt und Dominik traten von einem Fuß auf den

anderen, offensichtlich war ihnen langweilig. Zum Glück traf bald auch Markus mit Merle und Finja ein, und die fünf zogen los, um den großen Garten zu erkunden. Ich stellte mich ans Fenster und beobachtete die Kinder, die auf der Wiese Fangen spielten. Niemand schien sich daran zu stören, im Gegenteil. Ines, eine der Pflegerinnen, brachte ihnen sogar eine Frisbeescheibe.

»Wenn ihr jemanden braucht, der sich spontan um die Mädchen kümmert, sag Bescheid. Auch mitten in der Nacht.« Kerstin war neben mich ans Fenster getreten. »Sie können gerne ein paar Tage bleiben, auf zwei mehr oder weniger kommt es bei uns nicht an.«

»Danke.« Ich legte den Arm um sie und zog sie an mich. Und zum ersten Mal während unserer Freundschaft dachte ich nicht darüber nach, wie ich mich bei ihr revanchieren könnte.

»Was ist denn jetzt?«, hörte ich Thomas sagen. »Ich hab das Ding hier hoffentlich nicht nur zur Dekoration mitgebracht.« Er klopfte auf seinen schwarzen Gitarrenkoffer und wandte sich an meine Mutter. »Wunschkonzert. Ich spiele alles, was du möchtest, für dich. Ich wäre dir allerdings sehr verbunden, wenn du dich nicht als Schlagerfan outest.«

»Ach bitte, nur noch einmal die Wildecker Herzbuben hören«, sagte meine Mutter mit gespieltem Ernst und kicherte erneut, als Thomas sie voller Entsetzen ansah.

»Mach mir den Elvis«, bat sie.

»Nichts leichter als das«, erwiderte er sichtlich erleichtert. Er griff bereits in die Saiten, als ich ihn ausbremste.

»Warte. Sicher würden sich auch ein paar andere Gäste über ein Konzert freuen.« Die Idee war mir spontan gekommen. Warum sollten wir diesen besonderen Moment ganz allein genießen, wenn wir andere daran teilhaben lassen konnten? »Lasst uns ins Dschungelcamp umziehen«, schlug ich deshalb vor.

Schon kurz darauf hatte sich ein erwartungsvolles Publikum im Gemeinschaftsraum versammelt, auch einige der Pflegekräfte waren da und Frau Goldstern, die Hospizleiterin. Meine Mutter hatten wir in ihrem Bett hinübergeschoben, denn erstens konnte sie nicht mehr längere Zeit im Rollstuhl sitzen, und zweitens hatte sie sich geweigert, Fussel von ihrem Bauch zu verscheuchen. Direkt neben ihrem Bett hatte Herr Wesselow Platz genommen und wirkte dabei genauso zufrieden wie der Kater.

Thomas strich sich über die stoppeligen Reste seiner Haartolle, die er auf Kerstins Wunsch hin tatsächlich abgeschnitten hatte, und legte los. *Jailhouse Rock. Blue Suede Shoes.* Das volle Programm. Und auch wenn der Hüftschwung etwas eierte, weil einfach zu viel Hüfte da war, war es die beste Elvis-Show, seit der King persönlich die Bühne gerockt hatte.

Die meisten Zuhörer wippten im mitreißenden Rhythmus der Musik, einige sangen begeistert die bekannten Textstellen mit, und Frau Goldstern legte mit Herrn Berendt, dem Seelsorger, sogar ein Tänzchen aufs Parkett, wobei sie immer wieder Beppo, der Schildkröte, ausweichen mussten.

Meine Mutter war viel zu schwach, um zu tanzen oder zu singen, aber sie strahlte wie ein Teenager. »Elvis lebt!«, raunte sie mir glücklich zu.

»Nur noch eins«, bat sie, als Thomas nach drei Zugaben bereits schweißgebadet war. »Spiel *Can't Help Falling in Love.*«

Hätte ich schon bei unserer Hochzeit gewusst, dass der Schmusehit zu den Lieblingssongs meiner Mutter gehörte, hätte ich mich sicher für ein anderes Lied entschieden. Jetzt war ich froh, dass ich es nicht getan hatte.

»Darf ich bitten, Frau Stern«, fragte mein Mann.

Ich betrachtete die Hand, die er mir hinhielt, und dachte, dass ich mir eine Zukunft ohne ihn einfach nicht vorstellen konnte. Also würden wir einen Weg finden müssen, wie wir diese Zukunft gestalteten. Miteinander zu tanzen schien mir ein guter Anfang zu sein.

Finja machte alberne Knutschgeräusche, als wir im Wackelschritt an ihr vorbeischoben. Meine Mutter zeigte mir einen Daumen hoch, und der Kater streckte ebenfalls eine Pfote in die Luft, um sich ausgiebig am Hinterteil zu putzen. Markus zog mich enger an sich, wir drehten uns über die kleine Fläche, und ich fühlte mich geborgen im Kreis meiner Familie, guter Freunde und neuer Gesichter, die mir alle bereits so vertraut waren.

Als ich am nächsten Vormittag ins Hospiz kam, fing Ines mich auf dem Gang ab.

»Ich war heute Morgen bei Ihrer Mutter, um sie zu waschen«, sagte die Pflegerin, und angesichts ihrer ernsten Miene war mir sofort klar, dass etwas passiert sein musste. »Ihr Zustand hat sich deutlich verschlechtert, sie ist nicht mehr ansprechbar.«

Ich hatte gewusst, dass dieser Moment kommen würde. Frau Goldstern hatte mich in einem langen Gespräch auf das vorbereitet, was uns am Ende erwartete.

»Der Tod ist so individuell wie das Leben«, hatte sie gesagt. Und sie hatte mir erklärt, dass viele Sterbende in den letzten Stunden oder Tagen das Bewusstsein verloren. Trotzdem fühlte ich mich in diesem Augenblick völlig unvorbereitet und nicht in der Lage, durch die Tür ins Zimmer meiner Mutter zu gehen, durch die ich in den letzten zwei Wochen so oft gegangen war.

»Haben Sie schon den Champagner tiefgefroren?«, fragte ich Ines.

Wir hatten uns vor einigen Tagen darüber unterhalten, dass viele Gäste in der letzten Phase ihres Lebens nichts mehr zu sich nehmen konnten. Hier im Hospiz gab es deshalb Eiswürfel in verschiedenen Geschmacksrichtungen, um ihnen damit die Lippen zu benetzen. Ines hatte erzählt, dass sie für einen älteren Herrn, der immer gern Bier getrunken hatte, Eiswürfel aus seinem Lieblingsgetränk vorbereitet hatten. »Ich nehme Champagner«, hatte meine Mutter daraufhin erklärt.

»Klar haben wir das«, sagte Ines und schmunzelte. »Sie haben denselben herrlichen Humor wie Ihre Mutter«, fügte sie hinzu.

Endlich fand ich die Kraft, die Klinke nach unten zu drücken. Dann saß ich neben meiner Mutter, die aussah, als würde sie schlafen, wenn auch in einer leicht verdrehten, unbequemen Haltung. Ich nahm ihre kleine, schmale Hand und strich sanft darüber, ihre Haut fühlte sich an wie brüchiges Pergament. Da schlossen sich ihre Finger fest um meine und ließen mich nicht wieder los.

Ich lauschte ihrem schweren Atem, der immer wieder stockte, um dann rasselnd wieder einzusetzen. Ich atmete ruhig und ganz selbstverständlich mit ihr. Ein und aus. Ein und aus. Die Minuten flossen ineinander, dehnten sich zu Stunden und schnurrten gleichzeitig zu einem einzigen Moment zusammen. Ein und aus. Und dazwischen ein winzig kleines Nichts, in dem die Luft die Richtung wechselte.

Schließlich fiel mir ein, dass Frau Goldstern noch etwas gesagt hatte: »Das Gehör ist das Letzte, was geht, heißt es.«

Ohne groß nachzudenken, fing ich an, meiner Mutter von den vielen großen und kleinen Momenten zu erzählen, die wir in den letzten Wochen miteinander erlebt hatten. Von dem atemberaubenden Blick über Paris, der sich vom Eiffelturm geboten hatte, von der Angst, der wir den Stinkefinger gezeigt hatten, vom Tanzen im Thalys, vom Picknick auf dem Wohnzimmerfußboden, von blauen Haaren, Rock 'n' Roll im Dschungelcamp und Dinosaurier-Delfin-Hundehaufen-Wölkchen. Und während ich all diese Erinnerungen noch einmal lebendig werden ließ, spürte ich, wie traurig ich war – und wie dankbar. Da war kein Bedauern mehr über die Momente, die wir nicht miteinander erlebt hatten.

Irgendwann hörte ich auf zu erzählen. Und in die Stille hinein sagte meine Mutter plötzlich: »Muss los.«

Ich sog scharf die Luft ein vor Schreck. Doch dann atmete

ich erleichtert auf. Danke, dass du Bescheid sagst, dachte ich. Ich wusste, dass ich sie loslassen musste, und das war in Ordnung so. Weil ich sie immer bei mir haben würde.

»Gute Reise, Mama.«

Epilog

»Playas Papagayo«, sagt José-Miguel, als wir aus seinem Auto steigen und an den Strand gehen. Er klingt so stolz, als hätte er diesen Ort selbst erfunden, oder zumindest die schroffen Klippen mit eigener Hand aus dem dunklen Stein gehauen.

Es ist genauso traumhaft, wie meine Mutter es beschrieben hat. Mächtige Felsen umschließen hier mehrere schmale Buchten, heller Sand führt zum tiefblauen Meer, auf dem sich Schaumkronen kräuseln. Der Wind treibt ein paar graue Wolken über den Himmel. Hinter uns erstreckt sich die faszinierende, karge Vulkanlandschaft. Laut José-Miguel ist der Strand sehr beliebt, deshalb sind wir spät gekommen, um ungestört zu sein. Und dank ungünstiger Wetterprognose packen gerade die letzten Besucher ihre Sachen zusammen.

Zwei Monate sind vergangen, seit meine Mutter gestorben ist. Zwei Monate, in denen das Leben weitergegangen ist, auch wenn mir das manchmal unvorstellbar erschien. Zwei Monate, in denen vieles passiert ist und sich manches verändert hat.

Finja ist jetzt ein Vorschulkind und geht in die »Wabbelzahngruppe«. Wenn ich meine Kleine in die Kita bringe, verabschiedet sie sich mit einem flüchtigen Küsschen und rast in ihren Gruppenraum. Wir haben sie zur Nachmittagsbetreuung angemeldet, und wenn wir sie gelegentlich früher abholen, beschwert sie sich. Auch ihre Verwandlung zur Falschparkerkralle im Beisein von Fremden hat sie aufgegeben. Ihre Erzieherin meinte dazu im Elterngespräch: »Manche Kinder klammern besonders stark, bevor sie loslassen.« Ich schätze, dass das auch für manche Mütter gilt. Ich bin jedenfalls ziemlich erleichtert, dass ich nicht mit im Klassenraum werde sitzen müssen, wenn Finja nächstes Jahr in die Schule kommt.

Zweimal in der Woche macht Markus im Büro früher Schluss und kümmert sich um die Mädchen, damit ich länger arbeiten kann. Ich habe mich nämlich beruflich verändert. Ich bin jetzt zweite Geschäftsführerin in der *Agentur Stern*. Nachdem ich mir lange den Kopf darüber zerbrochen hatte, welcher Job der richtige für mich wäre, kam die Antwort wie von selbst zu mir. Nach Barbaras Tod ging ich weiterhin zum Trauercafé ins Hospiz, und dort fragte mich eines Tages Frau Goldstern, ob unsere Agentur die Öffentlichkeitsarbeit für das Hospiz professioneller gestalten könne. Sie müssten dringend mehr Spenden einwerben.

Ich übernahm den Auftrag und merkte schnell, dass es genau das war, was ich machen wollte. Nicht die Agenturarbeit an sich hatte mich gelangweilt, ich hatte mich nur nie für Toilettentrends, frische freche Früchtchen und die ganzen anderen Themen erwärmen können. Als ich Markus vorschlug, uns stärker um soziale Einrichtungen als Kunden zu bemühen, war er sofort begeistert. Ich leite jetzt den Bereich Sozialmarketing und habe meine Stelle auf dreißig Stunden aufgestockt. Endlich habe ich das Gefühl, etwas Sinnvolles zu tun, das mir noch dazu Spaß macht.

Auch privat tanzen Markus und ich wieder zusammen durchs Leben, buchstäblich: Wir besuchen einen Tanzkurs. Wir haben uns für Boogie entschieden, weil wir darin beide Anfänger sind. Meistens gelingt es mir, meinen Leistungsanspruch an der Garderobe abzugeben. Und wenn ich doch mal zu viel nörgele, macht mein Mann einen besonders blöden Witz und bringt mich damit so zum Lachen, dass wir völlig aus dem Takt kommen.

Wenn wir freitagabends zum Tanzkurs gehen, passt Merle in den zwei Stunden auf Finja auf. Sie macht das sehr verantwortungsvoll, unsere Große, und wir haben die zwei bei unserer Rückkehr bisher erst einmal dabei erwischt, dass sie zusammen irgendwelche Videos auf Youtube angeschaut haben, die eigentlich noch überhaupt nichts für Finja waren.

Merle und ich haben immer wieder unsere Streite. Ich schätze, das ist bei einer pubertierenden Dreizehnjährigen und ihrer Mutter völlig normal. Ich versuche, es nicht persönlich zu nehmen, wenn sie Türen knallt und ihre Musik so laut stellt, dass man nicht einmal mehr mit einem Megafon mit ihr reden könnte. Ich bleibe einfach hartnäckig. Bisher haben wir uns noch jedes Mal wieder versöhnt. Und ich sage nichts, wenn sie mit mehr Löchern als Hose und zu kurz geratenem Top in die Schule geht. Ich stecke nur heimlich ein Sweatshirt in ihren Schulrucksack, wenn es draußen viel zu nass und viel zu kalt ist.

Damit habe ich alle wichtigen Punkte auf meiner Lebens-to-do-Liste abgehakt – oder bin zumindest auf einem guten Weg. Ein paar andere habe ich einfach gestrichen. Zehn Kilo abnehmen, zum Beispiel, ebenso wie regelmäßiges Fensterputzen. Es gibt Sachen, die braucht man wirklich nicht zum Glücklichsein.

Mit Mareike bereite ich ihre Hochzeit vor. Sie hat bereits das *Bacio* reserviert, das Luigi tatsächlich selbst wiedereröffnet hat. Auch Caro und die vier Elvisse sind schon als Live-Band gebucht.

Bei Kerstin und Thomas ist der Alltag wieder eingekehrt, mit dem kleinen Unterschied, dass Thomas regelmäßig etwas in die Haushaltskasse einzahlen kann, weil er und die Band schon mehrere Auftritte auf Firmenfeiern und runden Geburtstagen hatten. Außerdem hat er die Lüge zur Wahrheit gemacht und eine Reihe von Gitarrenschülern angenommen.

Wenn ich so darüber nachdenke, ist in den zwei Monaten tatsächlich eine Menge passiert. Nicht zuletzt habe ich mich überwunden und ein Training gegen Flugangst absolviert, um Barbara ihren allerletzten Wunsch zu erfüllen. Dabei habe ich gelernt: Gleichmäßiges Ein- und Ausatmen hilft sogar zehntausend Meter über dem Meer.

Und so sind wir in den Herbstferien schließlich nach Lanzarote geflogen. Wie meine Mutter es mir geraten hatte, habe ich vorher José-Miguel angerufen. Wir hatten auf Anhieb einen guten Draht zueinander, und er hat sich um alles gekümmert, ein Apartment mit Meerblick für uns gemietet und uns in den vergangenen Tagen alle Orte auf der Insel gezeigt, die meine Mutter besonders mochte.

Und er hat noch etwas erledigt: Er hat ihre Asche beim örtlichen Bestatter abgeholt.

»Das läuft hier alles ein bisschen anders als bei euch in *Alemania*«, hat er mir mit seinem sehr spanischen Englisch erklärt. »Wenn man die Urne erst mal in der Hand hat, kann man damit eigentlich machen, was man möchte.«

Jetzt holt er sie aus dem Kofferraum, ein unscheinbares schwarzes Ding, die sogenannte Urnenkapsel, die normalerweise in der Schmuckurne verschwindet. Aber die brauchen wir ja nicht, nur um die Asche bis zum Meer zu tragen. José-Miguel presst seine Lippen für einen kurzen, innigen Moment auf den Deckel der Urne, dann drückt er sie mir in die Hand und steigt wieder ins Auto.

»Willst du nicht mitkommen?«, frage ich verwundert.

»Nein, das ist eine Sache für die Familie«, wehrt er ab. »Wir haben uns verabschiedet, bevor sie nach *Alemania* geflogen ist. Und ich weiß ja, wo ich sie finden kann.« Er macht eine ausladende Bewegung mit der Hand über den ganzen Strand. »Ruf mich an, wenn ich euch abholen soll«, sagt er und gibt Gas.

Dann stehe ich mit der Urne im Arm da. Markus ist mit Merle und Finja bereits zum Meer vorgelaufen, und die Mädchen springen barfuß in die Wellen, die an den Strand rollen. Ich betrachte das schmucklose Gefäß in meinen Händen. Es ist schwerer, als ich erwartet habe, etwa so schwer wie ein neugeborenes Kind, schießt es mir durch den Kopf. Der Anfang und das Ende. Wie symbolisch! In den Deckel sind Barbaras Name sowie ihr Geburtstag und ihr Sterbedatum eingeprägt.

»So, dann wollen wir mal«, sage ich zu meiner Mutter, bevor ich zu rührselig werden kann. Ich drücke die Urne an meinen Oberkörper und rufe nach meiner Familie. Wir haben entschieden, die Asche von den Klippen ins Meer zu streuen, damit sie nicht direkt wieder an den Strand zurückgespült wird. Ja, solche praktischen Gedanken habe ich mir im Voraus gemacht.

Und ich habe auch im Internet recherchiert, wie man so ein Gefäß öffnet. Zum Glück bin ich in solchen Dingen die Alte geblieben, ansonsten stünden wir jetzt mit einer Urne hier, die wir nicht aufkriegen. Aber so habe ich einen schmalen Schraubenzieher eingepackt, mit dem ich den Deckel, der rund um die Öffnung verplombt ist, aufhebeln kann. Nicht sehr pietätvoll, denke ich und muss in Erinnerung an Herrn Gammel junior schmunzeln.

Wir laufen über das Geröll auf den schroffen Felsen, das letzte Stück kraxeln wir über die Klippen. Ich muss aufpassen, dass mir nicht die Urne aus dem Arm fällt, während ich gleichzeitig versuche, das Gleichgewicht zu halten, um nicht samt der Asche meiner Mutter ins Meer zu stürzen. Auch nicht gerade pietätvoll. Finja und Merle haben Spaß beim Klettern, und ich schaffe es sogar, der besorgten Stimme in mir einen Maulkorb zu verpassen, die ihnen alle drei Sekunden zurufen will, sie sollen vorsichtig sein.

Schließlich stehen wir ganz vorn, unter uns schäumen die Wellen gegen den Felsen, und die Luft schmeckt salzig. Es ist wunderschön und genau der richtige Ort. Plötzlich weiß ich nicht mehr, was ich als Nächstes tun soll. Einfach die Urne öffnen und die Asche verstreuen? Unentschlossen nehme ich den kleinen Schraubenzieher aus meiner Handtasche und setze ihn am Rand des Deckels an.

»Pass auf, dass du die Asche nicht gegen den Wind streust«, wirft Markus ein. »Das ist wie beim Pinkeln.«

Das ist nun wirklich der Gipfel der Pietätlosigkeit! Finja und Merle prusten los, und auch ich lache laut auf, weil der Kommentar meines Mannes so unpassend ist. Garantiert hätte er meiner Mutter genau deshalb gefallen. Wieder will ich mich dem Öffnen des Deckels widmen, als Finja mich unvermittelt stoppt.

»Kann ich Yaya auch noch mal halten?«, fragt sie.

Tränen schießen mir in die Augen. »Natürlich, mein Schätzchen.« Ich knie mich vor sie hin und reiche ihr die Urne. »Pass auf, sie ist schwerer, als man denkt«, warne ich, aber Finja hält das Gefäß bereits fest umklammert in ihren kurzen Kinderarmen.

Tausend kleine Küsschen landen auf dem Deckel. »Tschüss, Yaya.«

»Ich auch«, meldet sich Merle. Sie nimmt die Urne entgegen, betrachtet sie von allen Seiten, dann drückt sie sie ebenfalls an sich und flüstert ihr etwas zu. Etwas, das nur ihre Großmutter hören soll. »Tschüss, Yaya«, sagt sie schließlich und gibt die Urne an Markus weiter.

»*Adios,* Barbara!«, sagt mein Mann und reicht mir die Urne. Er und die Mädchen sehen zu, wie ich den Rand Stück für Stück aufhebele. Dabei überlege ich, welche Worte ich meiner Mutter zum Abschied noch mitgeben möchte, aber ich stelle erleichtert fest, dass es zwischen uns nichts mehr gibt, was noch gesagt werden müsste.

Als der Deckel endlich gelöst ist, zieht Markus ein kleingefaltetes Blatt Karopapier aus der Hosentasche. Ach ja, die Trauerrede! Offenbar gibt es doch noch etwas, was meine Mutter uns sagen möchte. Markus räuspert sich, dann beginnt er vorzulesen.

Liebe Trauergesellschaft, oder besser gesagt: Liebe Charlotte, liebe Merle, liebe Finja, lieber Markus, denn ich gehe mal davon

aus, dass ihr vier es seid, die diesen allerletzten Weg mit mir gehen. Nun sind wir also doch noch zusammen nach Lanzarote gereist, zumindest vermute ich, dass wir in diesem Moment in meiner Lieblingsbucht stehen und ihr mit euren eigenen Sinnen erlebt, was mich mit dieser Insel verbunden hat. Ich bin so glücklich, dass das möglich geworden ist. Vielleicht erinnerst du dich an das, Charlotte, was ich zu dir gesagt habe, als wir zusammen im Thalys saßen. Die Sache mit den Wundern: dass man nicht auf die großen warten soll, weil man sonst die vielen kleinen verpasst?! Es gab viele solcher kleinen Wunder in meinem Leben. Ich hatte gute Freunde, ich hatte eine Arbeit, die mir Freude gemacht hat, und ich habe an einem Ort gelebt, wo ich mich lebendig fühlen konnte. Doch jetzt, am Ende, ist mir etwas klar geworden: Sich jeden Tag an den kleinen Wundern zu freuen ist genauso wichtig, wie die Hoffnung auf ein großes Wunder nie aufzugeben. Meine letzten zwei Monate mit euch waren für mich dieses Wunder. Das wollte ich euch noch sagen. Und jetzt höre ich auf, denn nichts ist so sterbenslangweilig wie ausschweifende Reden von einer, die nicht einmal auf ihrer eigenen Beerdigung die Klappe halten kann.

Markus faltet das Blatt und steckt es zurück in seine Hosentasche. Mit dem Handballen wische ich mir die Tränen aus dem Gesicht. Markus nimmt Merle in den Arm, die ebenfalls angefangen hat zu weinen. Mit dem anderen Arm hebt er Finja auf seine Hüfte, worauf sie ihren Kopf an seine Schulter schmiegt. Ich mache noch einen Schritt nach vorn. Markus' Warnung im Ohr, prüfe ich zunächst sorgfältig die Windrichtung. Dann drehe ich die Urne um.

Gerade als wir den Strand wieder erreichen, bricht der Regen los. Erst sind es nur ein paar dicke Tropfen, doch schnell werden es mehr. Viel mehr. Es schüttet. Hektisch schaue ich mich nach einem Unterstand um, es gibt ein Strandcafé oben auf den Felsen, aber es ist geschlossen.

»Pass auf, dass du die Asche nicht gegen den Wind streust«, wirft Markus ein. »Das ist wie beim Pinkeln.«

Das ist nun wirklich der Gipfel der Pietätlosigkeit! Finja und Merle prusten los, und auch ich lache laut auf, weil der Kommentar meines Mannes so unpassend ist. Garantiert hätte er meiner Mutter genau deshalb gefallen. Wieder will ich mich dem Öffnen des Deckels widmen, als Finja mich unvermittelt stoppt.

»Kann ich Yaya auch noch mal halten?«, fragt sie.

Tränen schießen mir in die Augen. »Natürlich, mein Schätzchen.« Ich knie mich vor sie hin und reiche ihr die Urne. »Pass auf, sie ist schwerer, als man denkt«, warne ich, aber Finja hält das Gefäß bereits fest umklammert in ihren kurzen Kinderarmen.

Tausend kleine Küsschen landen auf dem Deckel. »Tschüss, Yaya.«

»Ich auch«, meldet sich Merle. Sie nimmt die Urne entgegen, betrachtet sie von allen Seiten, dann drückt sie sie ebenfalls an sich und flüstert ihr etwas zu. Etwas, das nur ihre Großmutter hören soll. »Tschüss, Yaya«, sagt sie schließlich und gibt die Urne an Markus weiter.

»*Adios,* Barbara!«, sagt mein Mann und reicht mir die Urne. Er und die Mädchen sehen zu, wie ich den Rand Stück für Stück aufhebele. Dabei überlege ich, welche Worte ich meiner Mutter zum Abschied noch mitgeben möchte, aber ich stelle erleichtert fest, dass es zwischen uns nichts mehr gibt, was noch gesagt werden müsste.

Als der Deckel endlich gelöst ist, zieht Markus ein kleingefaltetes Blatt Karopapier aus der Hosentasche. Ach ja, die Trauerrede! Offenbar gibt es doch noch etwas, was meine Mutter uns sagen möchte. Markus räuspert sich, dann beginnt er vorzulesen.

Liebe Trauergesellschaft, oder besser gesagt: Liebe Charlotte, liebe Merle, liebe Finja, lieber Markus, denn ich gehe mal davon

aus, dass ihr vier es seid, die diesen allerletzten Weg mit mir gehen. Nun sind wir also doch noch zusammen nach Lanzarote gereist, zumindest vermute ich, dass wir in diesem Moment in meiner Lieblingsbucht stehen und ihr mit euren eigenen Sinnen erlebt, was mich mit dieser Insel verbunden hat. Ich bin so glücklich, dass das möglich geworden ist. Vielleicht erinnerst du dich an das, Charlotte, was ich zu dir gesagt habe, als wir zusammen im Thalys saßen. Die Sache mit den Wundern: dass man nicht auf die großen warten soll, weil man sonst die vielen kleinen verpasst?! Es gab viele solcher kleinen Wunder in meinem Leben. Ich hatte gute Freunde, ich hatte eine Arbeit, die mir Freude gemacht hat, und ich habe an einem Ort gelebt, wo ich mich lebendig fühlen konnte. Doch jetzt, am Ende, ist mir etwas klar geworden: Sich jeden Tag an den kleinen Wundern zu freuen ist genauso wichtig, wie die Hoffnung auf ein großes Wunder nie aufzugeben. Meine letzten zwei Monate mit euch waren für mich dieses Wunder. Das wollte ich euch noch sagen. Und jetzt höre ich auf, denn nichts ist so sterbenslangweilig wie ausschweifende Reden von einer, die nicht einmal auf ihrer eigenen Beerdigung die Klappe halten kann.

Markus faltet das Blatt und steckt es zurück in seine Hosentasche. Mit dem Handballen wische ich mir die Tränen aus dem Gesicht. Markus nimmt Merle in den Arm, die ebenfalls angefangen hat zu weinen. Mit dem anderen Arm hebt er Finja auf seine Hüfte, worauf sie ihren Kopf an seine Schulter schmiegt. Ich mache noch einen Schritt nach vorn. Markus' Warnung im Ohr, prüfe ich zunächst sorgfältig die Windrichtung. Dann drehe ich die Urne um.

Gerade als wir den Strand wieder erreichen, bricht der Regen los. Erst sind es nur ein paar dicke Tropfen, doch schnell werden es mehr. Viel mehr. Es schüttet. Hektisch schaue ich mich nach einem Unterstand um, es gibt ein Strandcafé oben auf den Felsen, aber es ist geschlossen.

»Pass auf, dass du die Asche nicht gegen den Wind streust«, wirft Markus ein. »Das ist wie beim Pinkeln.«

Das ist nun wirklich der Gipfel der Pietätlosigkeit! Finja und Merle prusten los, und auch ich lache laut auf, weil der Kommentar meines Mannes so unpassend ist. Garantiert hätte er meiner Mutter genau deshalb gefallen. Wieder will ich mich dem Öffnen des Deckels widmen, als Finja mich unvermittelt stoppt.

»Kann ich Yaya auch noch mal halten?«, fragt sie.

Tränen schießen mir in die Augen. »Natürlich, mein Schätzchen.« Ich knie mich vor sie hin und reiche ihr die Urne. »Pass auf, sie ist schwerer, als man denkt«, warne ich, aber Finja hält das Gefäß bereits fest umklammert in ihren kurzen Kinderarmen.

Tausend kleine Küsschen landen auf dem Deckel. »Tschüss, Yaya.«

»Ich auch«, meldet sich Merle. Sie nimmt die Urne entgegen, betrachtet sie von allen Seiten, dann drückt sie sie ebenfalls an sich und flüstert ihr etwas zu. Etwas, das nur ihre Großmutter hören soll. »Tschüss, Yaya«, sagt sie schließlich und gibt die Urne an Markus weiter.

»*Adios*, Barbara!«, sagt mein Mann und reicht mir die Urne. Er und die Mädchen sehen zu, wie ich den Rand Stück für Stück aufhebele. Dabei überlege ich, welche Worte ich meiner Mutter zum Abschied noch mitgeben möchte, aber ich stelle erleichtert fest, dass es zwischen uns nichts mehr gibt, was noch gesagt werden müsste.

Als der Deckel endlich gelöst ist, zieht Markus ein kleingefaltetes Blatt Karopapier aus der Hosentasche. Ach ja, die Trauerrede! Offenbar gibt es doch noch etwas, was meine Mutter uns sagen möchte. Markus räuspert sich, dann beginnt er vorzulesen.

Liebe Trauergesellschaft, oder besser gesagt: Liebe Charlotte, liebe Merle, liebe Finja, lieber Markus, denn ich gehe mal davon

aus, dass ihr vier es seid, die diesen allerletzten Weg mit mir gehen. Nun sind wir also doch noch zusammen nach Lanzarote gereist, zumindest vermute ich, dass wir in diesem Moment in meiner Lieblingsbucht stehen und ihr mit euren eigenen Sinnen erlebt, was mich mit dieser Insel verbunden hat. Ich bin so glücklich, dass das möglich geworden ist. Vielleicht erinnerst du dich an das, Charlotte, was ich zu dir gesagt habe, als wir zusammen im Thalys saßen. Die Sache mit den Wundern: dass man nicht auf die großen warten soll, weil man sonst die vielen kleinen verpasst?! Es gab viele solcher kleinen Wunder in meinem Leben. Ich hatte gute Freunde, ich hatte eine Arbeit, die mir Freude gemacht hat, und ich habe an einem Ort gelebt, wo ich mich lebendig fühlen konnte. Doch jetzt, am Ende, ist mir etwas klar geworden: Sich jeden Tag an den kleinen Wundern zu freuen ist genauso wichtig, wie die Hoffnung auf ein großes Wunder nie aufzugeben. Meine letzten zwei Monate mit euch waren für mich dieses Wunder. Das wollte ich euch noch sagen. Und jetzt höre ich auf, denn nichts ist so sterbenslangweilig wie ausschweifende Reden von einer, die nicht einmal auf ihrer eigenen Beerdigung die Klappe halten kann.

Markus faltet das Blatt und steckt es zurück in seine Hosentasche. Mit dem Handballen wische ich mir die Tränen aus dem Gesicht. Markus nimmt Merle in den Arm, die ebenfalls angefangen hat zu weinen. Mit dem anderen Arm hebt er Finja auf seine Hüfte, worauf sie ihren Kopf an seine Schulter schmiegt. Ich mache noch einen Schritt nach vorn. Markus' Warnung im Ohr, prüfe ich zunächst sorgfältig die Windrichtung. Dann drehe ich die Urne um.

Gerade als wir den Strand wieder erreichen, bricht der Regen los. Erst sind es nur ein paar dicke Tropfen, doch schnell werden es mehr. Viel mehr. Es schüttet. Hektisch schaue ich mich nach einem Unterstand um, es gibt ein Strandcafé oben auf den Felsen, aber es ist geschlossen.

Bis José-Miguel mit dem Auto wieder da ist, werden wir nass sein bis auf die Haut.

Meine Töchter und meinen Mann scheint der Regen nicht zu stören. Kreischend jagen sie sich gegenseitig durch die menschenleere Bucht. Da höre ich eine Stimme in meinem Kopf, die eindeutig meiner Mutter gehört. »Perfekt«, sagt sie. »Einfach perfekt.«

Ich stelle die Urne auf den Boden und breite die Arme weit aus. Dann lege ich den Kopf in den Nacken und lasse den Regen auf mein Gesicht prasseln. Es stimmt, es ist perfekt, genau wie sie gesagt hat. Bis zu dem Moment, als mich ein Minibulldozer mit voller Kraft rammt. Ich schwanke, rudere wild mit den Armen und verliere dennoch das Gleichgewicht. Unsanft lande ich mit dem Po voran im nassen Sand. Sofort wirft Finja sich auf mich.

»Jipppiiiie! Kitzelschlacht!«, brüllt sie, nur Sekunden später stürzt sich auch Merle auf mich. Die beiden kitzeln mich durch, bis ich vor Lachen kaum noch Luft kriege. Da taucht mein Retter auf. Markus, der mir eine helfende Hand entgegenstreckt, um mich hochzuziehen. Ich greife nach der Hand, umschließe sie fest. Und ziehe so fest, wie ich nur kann.

»Du Biest«, ruft Markus, als er ebenfalls zu Boden geht. »Na, warte, das wirst du mir büßen.«

Er fängt ebenfalls an, mich durchzukitzeln. Immerhin lassen Finja und Merle nun von mir ab, um sich auf ihren Vater zu stürzen. Ich mutiere zum Kitzelnator und teile in alle Richtungen aus. Lachend und schreiend wälzen wir uns als unentwirrbares Knäuel durch den nassen Sand, und ich muss mich selbst korrigieren: Erst jetzt, in diesem Moment, ist es wirklich perfekt.

Dank

Ich danke meinem Agenten Bastian Schlück für die spontane Begeisterung und die hervorragende Vermittlung.

Meiner Lektorin Stefanie Zeller für das, was sie von Anfang an in diesem Buch gesehen hat, ihr professionelles Engagement sowie Geduld und Zuspruch, als es nötig war.

Meiner Lektorin Claudia Schlottmann für das ebenso feinfühlige wie anspruchsvolle Lektorat, durch das dieses Buch zu dem werden konnte, das ich schreiben wollte.

Uli Hoischen für die zahnärztliche Beratung, Ulrike Rüddel für die Beantwortung auch komplizierter medizinischer Fragen – zumindest für mich kompliziert, Dagmar Siewertsen für den Einblick ins Thema Depression und Lara Loges für das bereichernde Gespräch über das Leben und Sterben im Hospiz und für Biereiswürfel.

Tanja für lanzarotenisches Lebensgefühl, spanische Schimpfwörter und kreative Schmuckinspirationen auf La Royal Lanzarote.

Den Schreibweltlerinnen und Schreibweltlern für jeden wunderbaren Plausch an der virtuellen Kaffeemaschine.

Steffi, Britta und Kyra für Tipps, Kraft und Champagner und die Ladies Night im Hot Tub.

Anne, Nicole und Amelie für Netz und doppelten Boden, und dafür, dass ihr immer da seid, also wirklich immer.

Meiner Mutter für alles.

Jonah und Ronja, weil ihr seid, wie ihr seid.

Daniel.

Und nicht zuletzt Ihnen, liebe Leserinnen und vielleicht auch Leser. Ich hoffe, wir lesen uns bald wieder.